SAUVAGE

Journaliste, Jane Harper a travaillé pendant de nombreuses années pour la presse écrite, en Australie et au Royaume-Uni. Son premier roman, *Canicule*, récompensé de plusieurs prix dont le Gold Dagger Award 2017, le British Book Award 2018 et le Prix des lecteurs 2018 du Livre de Poche, a été traduit en une vingtaine de langues et est en cours d'adaptation pour le cinéma. Elle vit à Melbourne.

Paru au Livre de Poche :

CANICULE

JANE HARPER

Sauvage

TRADUIT DE L'ANGLAIS (AUSTRALIE)
PAR DAVID FAUQUEMBERG

CALMANN-LÉVY

Titre original :
FORCE OF NATURE
Première publication : Macmillan, Pan Macmillan, Sydney, 2017.

ISBN : 978-2-253-08625-3 – 1re publication LGF

Pour Pete et Charlotte, avec amour.

Prologue

Après coup, les quatre femmes qui restaient ne s'accorderaient vraiment que sur deux points. Un : personne n'avait vu le bush engloutir Alice Russell. Et deux : Alice avait la langue si acérée qu'elle pouvait vous blesser.

Les femmes étaient en retard au lieu de rendez-vous.

Le groupe des cinq hommes – qui avait atteint le panneau trente-cinq bonnes minutes avant midi, l'heure prévue – ressortit de la forêt en se congratulant. Ils avaient fait du bon boulot. Le responsable du séminaire d'entreprise les attendait, l'air chaleureux et accueillant dans sa polaire rouge réglementaire. Les hommes lancèrent leurs duvets high-tech à l'arrière du minibus, dans lequel ils grimpèrent avec des soupirs de soulagement. À l'intérieur, ils trouvèrent des provisions de fruits secs et des Thermos de café. Les hommes se penchèrent par-dessus la nourriture, tendant plutôt le bras vers le sac contenant leurs téléphones portables, qu'ils avaient dû abandonner dès leur arrivée dans le parc. Retrouvailles.

Il faisait froid dehors. Rien de changé, de ce côté-là. Le pâle soleil d'hiver n'était apparu qu'une seule fois au cours des quatre jours précédents. Au moins, dans le minibus, on était au sec. Les hommes s'enfoncèrent sur leurs sièges. L'un d'eux balança une blague sur les femmes et leur talent pour lire une carte, et tous éclatèrent de rire. Ils burent du café et attendirent que leurs collègues les rejoignent. Cela faisait trois jours qu'ils ne les avaient pas revues ; ils pouvaient bien patienter encore quelques minutes.

Ce n'est qu'au bout d'une heure que leur autosatisfaction céda la place à l'irritation. Les uns après les autres, les cinq hommes s'extirpèrent des banquettes moelleuses et firent les cent pas sur la piste de terre. Ils tendaient leurs portables vers le ciel, comme si cette longueur de bras supplémentaire allait suffire pour capter un réseau hors d'atteinte. Ils tapaient des textos impatients que ne recevraient pas leurs moitiés respectives, restées en ville. En retard. On a été retenus. Ces quelques jours avaient paru une éternité, et des douches chaudes et des bières fraîches les attendaient là-bas. Et le boulot, le lendemain.

Le responsable du séminaire contemplait les arbres. Finalement, il décrocha sa radio.

De maigres renforts débarquèrent. Les gardes du parc parlaient d'une voix enjouée en enfilant leurs gilets fluo. *On va vous les retrouver en moins de deux.* Ils savaient à quels endroits les gens se trompaient de chemin, et il restait encore des heures avant la tombée de la nuit. Enfin, quelques-unes. C'était plus que suffisant. Ça n'allait pas prendre longtemps. Ils s'engouffrèrent dans le bush d'un pas professionnel. Le groupe des hommes s'entassa de nouveau dans le minibus.

L'assortiment de fruits secs avait été dévoré et ce qu'il restait de café au fond des Thermos était froid et amer quand les rangers du parc réapparurent. Les silhouettes des eucalyptus se détachaient sur le ciel de plus en plus sombre. Les visages étaient graves. Le ton badin avait disparu en même temps que la lumière du jour.

Assis dans le van, les hommes restèrent silencieux. S'il s'était agi d'une réunion de crise du conseil de direction, ils auraient su quoi faire. Une baisse soudaine du dollar, une clause indésirable dans un contrat, aucun problème. Mais ici, le bush semblait brouiller les réponses. Ils serraient leurs portables sans vie contre leur ventre, comme des jouets cassés.

On marmonna de nouveau dans les radios. Les phares des véhicules percèrent l'épais mur d'arbres. Le souffle des hommes formait des nuages dans l'air glacial de la nuit. L'équipe de recherche fut réunie pour faire le point. Les hommes dans le minibus ne pouvaient pas entendre les détails de cette discussion, mais ils n'en eurent pas besoin. Le ton disait tout. On ne pouvait pas faire grand-chose après la tombée de la nuit.

Au bout d'un moment, l'équipe de recherche se scinda. Un type en veste fluo grimpa à l'avant du minibus. Il allait conduire les hommes jusqu'au gîte du parc. Ils allaient devoir y passer la nuit, on ne pouvait pas se permettre d'envoyer quelqu'un faire le trajet de trois heures jusqu'à Melbourne, pas maintenant. Les hommes étaient encore en train d'assimiler l'info quand ils entendirent le premier hurlement.

Aigu comme le cri d'un oiseau, un son qui tranchait dans la nuit, et toutes les têtes se tournèrent tandis que quatre silhouettes apparaissaient au sommet de la colline. Deux d'entre elles semblaient soutenir une troisième, tandis que la quatrième les suivait d'un pas titubant. Le sang sur son front paraissait noir à cette distance.

À l'aide ! criait une voix. Non, plusieurs en réalité. *Nous sommes là. On a besoin d'aide, il lui faut un docteur. Aidez-nous, s'il vous plaît. Oh, Dieu soit loué, nous vous avons trouvés.*

Les membres de l'équipe de recherche couraient déjà ; les hommes, portables abandonnés sur les banquettes du minibus, haletaient plusieurs foulées derrière.

On s'est perdues, disait une voix. Une autre : *On l'a perdue.*

Il était difficile de faire la distinction. Les femmes appelaient au secours, elles criaient, leurs voix se couvraient les unes les autres.

Alice est là ? Elle a réussi à s'en sortir ? Elle va bien ?

Dans le chaos, dans la nuit noire, il était impossible de dire laquelle des quatre s'était inquiétée du sort d'Alice.

Par la suite, quand tout allait dégénérer, chacune des quatre femmes jurerait que c'était elle.

Chapitre 1

« Ne paniquez pas. »

L'agent fédéral Aaron Falk, qui l'instant d'avant n'avait nulle intention de le faire, referma le livre qu'il était en train de lire. Il fit basculer le portable dans sa bonne main et se redressa sur son lit.

« OK.

— Alice Russell a disparu. »

La femme au bout du fil avait prononcé ce nom à voix basse.

« Apparemment.

— Comment ça, disparu ? »

Falk posa son livre à côté de lui.

« Positivement disparu. Cette fois, ce n'est pas juste qu'elle ne répond pas à nos appels. »

Falk entendit son binôme soupirer dans le combiné. Depuis trois mois qu'ils travaillaient ensemble, Carmen Cooper ne lui avait jamais paru si stressée, et cela en disait long.

« Elle est perdue quelque part dans les monts Giralang, poursuivit Carmen.

— Les monts Giralang ?

— Ouais, là-bas dans l'Est, vous voyez ?

— Je sais où c'est, répondit-il. Je pensais plutôt à la réputation des lieux…

— L'affaire Martin Kovac ? Je crois que ça n'a rien à voir du tout, heureusement.

— Faut espérer. Ça doit bien faire vingt ans maintenant, de toute façon, c'est ça ?

— Presque vingt-cinq, je crois. »

Mais certaines choses ne disparaissaient jamais tout à fait. Falk était à peine un adolescent quand les monts Giralang avaient fait la une des journaux du soir, une première fois. Puis à trois autres reprises au cours des deux années suivantes. Chaque fois, des images d'équipes de recherche progressant péniblement à travers les arbustes et les buissons trop hauts du bush, avec des chiens renifleurs qui tiraient sur leur laisse, s'étaient immiscées dans tous les salons de l'État. On avait fini par retrouver la plupart des corps.

« Qu'est-ce qu'elle faisait là-bas ? demanda-t-il.

— Un séminaire d'entreprise.

— Vous plaisantez ou quoi ?

— Non, malheureusement, répondit Carmen. Allumez la télé, ils en parlent aux infos. Les recherches s'organisent.

— Restez en ligne. »

Falk sortit de son lit, en caleçon, et enfila un tee-shirt. La nuit était froide. Il traversa sa salle à manger et alluma une chaîne d'informations en continu. Le présentateur évoquait la journée au Parlement.

« Ce n'est rien. Le boulot, c'est tout. Rendors-toi », murmura Carmen dans son oreille, et Falk comprit qu'elle parlait à quelqu'un, chez elle. Par la force de l'habitude, il se l'était représentée dans leur box partagé, tassée derrière le bureau qu'on avait fait tenir tant bien que mal à côté du sien, douze semaines plus tôt. Ils travaillaient en étroite collaboration depuis, littéralement. Quand Carmen s'étirait, ses pieds venaient buter contre la chaise de Falk. Il se tourna vers l'horloge. Dix heures du soir passées, un dimanche soir ; bien sûr qu'elle était chez elle.

« Ça y est, vous avez vu ? » lui demanda Carmen, murmurant pour ne pas réveiller la personne avec qui elle était. Son fiancé, se dit Falk.

« Pas encore. » Falk, lui, n'avait pas besoin de baisser la voix. « Attendez… » Le bandeau se mit à défiler en bas de l'écran. « Oui, ça y est. »

LES RECHERCHES REPRENDRONT À L'AUBE DANS LES MONTS GIRALANG POUR RETROUVER LA RANDONNEUSE DE MELBOURNE, ALICE RUSSELL, 45 ANS, PORTÉE DISPARUE.

« La randonneuse ? s'étrangla Falk.

— Oui, je sais.

— Depuis quand Alice… »

Il s'interrompit. Il visualisait les chaussures d'Alice. Des talons hauts. À bouts pointus.

« Je sais bien. D'après le communiqué, c'était une sorte d'exercice de team-building. Elle faisait partie d'un groupe qui devait passer quelques jours là-bas et…

— Quelques jours ? Mais ça fait combien de temps qu'elle manque à l'appel ?

— Je ne sais pas. Depuis hier soir, je crois.

— Elle m'a appelé », déclara Falk.

Il y eut un silence à l'autre bout du fil. Puis :

« Qui ça, Alice ?

— Oui.

— Quand ?

— Hier soir. »

Falk jeta un coup d'œil à son portable, faisant défiler la liste de ses appels manqués. Il porta de nouveau l'appareil à son oreille.

« Toujours là ? Tôt ce matin, en fait, vers quatre heures trente. Je n'ai pas entendu la sonnerie. J'ai juste vu qu'il y avait un message vocal en me réveillant. »

Nouveau silence.

« Elle disait quoi ?

— Rien.

— Rien du tout ?

— Pas un mot. J'ai cru que l'appel s'était déclenché tout seul, dans sa poche. »

Le flash info diffusait une photo récente d'Alice Russell. Manifestement, elle avait été prise lors d'une fête. Ses cheveux blonds étaient ramenés en un chignon sophistiqué, et elle portait une robe argentée qui mettait en valeur les heures passées à la salle de fitness. Elle faisait facilement cinq ans de moins que son âge, voire davantage. Et elle souriait à l'objectif comme elle ne l'avait jamais fait devant Falk et Carmen.

« J'ai essayé de la rappeler à mon réveil ; vers six heures trente, à peu près, reprit Falk, sans quitter des yeux le téléviseur. Elle n'a pas répondu. »

Une image aérienne des monts Giralang apparut sur l'écran. Des collines et des vallées à perte de vue, un océan de verdure qui ondulait sous la lumière fade de l'hiver.

LES RECHERCHES REPRENDRONT À L'AUBE…

Carmen ne disait rien. Falk l'entendait respirer. À la télé, les monts Giralang semblaient vastes. Gigantesques, en fait. Cet épais tapis d'arbres paraissait totalement impénétrable, vu d'en haut.

« Laissez-moi réécouter le message, dit-il. Je vous rappelle.

— OK. »

Carmen raccrocha.

Falk s'assit sur son canapé dans la pénombre du salon, la lumière bleutée du téléviseur scintillait encore autour de lui. Il n'avait pas fermé les rideaux, et par-delà le petit balcon il distinguait les lueurs des gratte-ciel de Melbourne. Le signal lumineux au sommet de l'Eureka Tower clignotait, rouge et régulier.

LES RECHERCHES REPRENDRONT À L'AUBE DANS LES MONTS GIRALANG…

Il éteignit la télé et cliqua sur sa messagerie vocale. Appel reçu à 4 h 26 du portable d'Alice Russell.

Falk n'entendit d'abord rien, et il pressa le combiné contre son oreille. Des parasites assourdis, pendant cinq secondes. Dix. Il continua d'écouter, jusqu'au bout cette fois. Le bruit blanc se distordait par vagues, c'était comme être sous l'eau. Il y avait une sorte de bourdonnement, qui aurait pu être la voix de quelqu'un. Puis, sortie de nulle part, une voix se fit entendre. Falk écarta brusquement le portable de son oreille et le regarda. La voix était si faible qu'il se demanda si elle était le fruit de son imagination.

Doucement, il cliqua sur l'écran. Il ferma les yeux dans son appartement silencieux et se repassa le message. Rien, rien, puis, dans le noir, une voix lointaine prononçant quatre mots dans son oreille :

« … lui faire du mal… »

Chapitre 2

Le jour n'était pas encore levé quand Carmen s'arrêta devant l'immeuble de Falk. Il l'attendait déjà sur le trottoir, son sac à dos posé par terre. Ses chaussures de marche étaient raides, faute d'être régulièrement utilisées.

« Écoutons ce message », dit-elle lorsqu'il monta dans sa voiture. Elle avait reculé le siège conducteur. Carmen était l'une des rares femmes que Falk avait rencontrées assez grande pour le regarder dans les yeux lorsqu'ils se trouvaient face à face.

Falk mit son portable sur haut-parleur. Le bruit des parasites envahit l'habitacle. Cinq, dix secondes de silence, puis les quatre mots émergèrent, à peine audibles. Quelques secondes supplémentaires de bourdonnements assourdis, puis la communication s'arrêtait brusquement.

Carmen fronça les sourcils. « Encore une fois. »

Elle ferma les yeux et Falk observa son visage tandis qu'elle écoutait. À trente-huit ans, Carmen n'avait que six mois d'avance sur lui, à la fois en termes d'âge et d'ancienneté, mais c'était la première fois que leurs routes se croisaient au sein de la police fédérale. Elle venait tout juste d'être affectée à la brigade d'enquête financière de Melbourne, en provenance de Sydney. Falk ne parvenait pas à savoir si elle regrettait sa mutation. Carmen rouvrit les yeux. Dans la lueur orangée d'un réverbère, sa peau et ses cheveux semblaient plus sombres que d'habitude.

« Lui faire du mal…, répéta-t-elle.

— C'est ce que j'ai cru entendre aussi.

— Vous n'avez pas entendu autre chose, juste à la fin ? »

Falk monta le volume au maximum et appuya sur Réécouter. Il se surprit à retenir son souffle, l'oreille aux aguets.

« Là, dit Carmen. N'est-ce pas une voix qui dit "Alice" ? »

Ils écoutèrent encore et, cette fois, Falk distingua l'inflexion quasi imperceptible dans le bourdonnement sourd, comme un sifflement chuintant.

« Je ne sais pas, dit-il. Ça pourrait être des parasites. »

Carmen démarra le moteur. Il gronda furieusement dans les premières lueurs de l'aube. Elle s'engagea sur la route avant de reprendre la parole :

« À votre avis, est-ce que ça pourrait être la voix d'Alice ? »

Falk essaya de se remémorer le timbre d'Alice Russell. Sa voix était assez reconnaissable. Elle était souvent saccadée. Toujours déterminée.

« Rien n'indique que ce ne soit pas elle. Mais on entend mal.

— Vraiment mal. Je ne pourrais même pas affirmer qu'il s'agit d'une femme.

— Non. »

Dans le rétroviseur latéral, les gratte-ciel de Melbourne rapetissaient déjà. Devant, vers l'est, le ciel passait du noir au bleu marine.

« Je sais qu'Alice est une chieuse, déclara Falk. Mais j'espère vraiment qu'on ne l'a pas mise dans la merde.

— Moi aussi. »

La bague de fiançailles de Carmen refléta le soleil quand elle tourna le volant pour prendre l'autoroute.

« Et le type de la police d'État, qu'est-ce qu'il dit ? C'est quoi son nom, déjà ?

— King. »

Juste après avoir écouté le message d'Alice Russell, la veille, Falk avait immédiatement appelé la police du Victoria. Le sergent-chef chargé d'organiser les recherches avait mis une demi-heure à le rappeler.

« Désolé. » Le sergent-chef King avait une voix fatiguée. « Fallait que je trouve un fixe. La météo fout le réseau en l'air, encore plus que d'habitude. Alors dites-moi, ce message… »

Il avait patiemment écouté les explications de Falk.

« Bien, soupira King, quand il en eut terminé. Écoutez, on a examiné ses relevés téléphoniques.

— OK.

— Quelle est la nature de votre relation avec elle, au juste ?

— Professionnelle, répondit Falk. Confidentielle. Elle nous aidait dans une affaire, mon binôme et moi.

— Il s'appelle comment, votre binôme ?

— *Elle*. C'est une femme. Carmen Cooper. »

Falk avait entendu le frottement d'un stylo-bille sur du papier, tandis que le sergent-chef notait le nom.

« L'un de vous deux attendait-il un appel de sa part ? »

Falk avait hésité.

« Non, pas particulièrement.

— Vous savez vous débrouiller, dans le bush ? »

Falk avait baissé les yeux sur sa main gauche. La peau était encore rose et étrangement lisse par endroits, là où les brûlures n'avaient pas bien cicatrisé.

« Non.

— Et votre binôme ?

— Je ne pense pas. »

Falk s'était rendu compte, alors, qu'il n'en savait rien.

Il y avait eu un long silence.

« D'après l'opérateur téléphonique, tôt ce matin, Alice Russell a tenté de joindre deux numéros, avait repris King. Le numéro d'urgence, 000, et le vôtre. Vous voyez une raison qui pourrait expliquer ça ? »

Cette fois, c'est Falk qui avait marqué un temps d'arrêt. Il entendait le sergent respirer dans l'écouteur.

Lui faire du mal.

« Je crois que nous ferions mieux de vous rejoindre sur place, déclara-t-il. Pour en parler de vive voix.

— Ouais, ça ne serait pas une mauvaise idée. Venez avec votre téléphone. »

Jour 4 : dimanche matin

La femme voyait sa propre peur se refléter sur les trois visages qui l'observaient. Son cœur battait fort et elle entendait le souffle court des autres. Au-dessus d'elle, la poche de ciel encadrée par les arbres était d'un gris terne. Le vent agitait les branches mouillées, douchant le groupe. Personne ne bronchait. Derrière eux, le bois pourri de la cabane gronda puis se calma.

« Il faut qu'on se tire d'ici. Maintenant », dit la femme.

Les deux femmes sur sa gauche acquiescèrent aussitôt, unies pour une fois par la panique, les yeux sombres et écarquillés. Sur sa droite, un bref instant d'hésitation, puis un troisième hochement de tête.

« Mais…

— Mais quoi ?

— … mais Alice ? »

Silence de mort. Le seul bruit était le craquement et les bruissements des arbres penchés sur les quatre femmes, étroitement blotties les unes contre les autres.

« Alice l'a bien cherché. »

Chapitre 3

Quand Falk et Carmen s'arrêtèrent après deux heures de route, il faisait grand jour et la ville était loin derrière eux. Ils s'étirèrent sur le bord de la route, en contemplant les ombres des nuages qui couraient sur les prairies. Maisons et hangars de ferme étaient rares et espacés. Un camion transportant du matériel agricole passa en trombe, le premier véhicule croisé depuis trente kilomètres. Le vacarme effraya une volée de galahs posés sur un arbre tout proche, qui s'éparpillèrent dans un fracas d'ailes et de cris.

« Continuons », dit Falk.

Il prit les clés que Carmen lui tendait et s'assit derrière le volant de sa berline marron, cabossée. Il démarra le moteur. L'impression lui était familière.

« J'avais une voiture comme ça, dans le temps.

— Mais vous avez eu le bon sens de vous en débarrasser ? »

Carmen s'installa sur le siège passager.

« Pas eu le choix. Elle s'est fait esquinter il y a de cela quelques mois, dans ma ville natale. Un geste de bienvenue de la part de deux ou trois mecs du coin. »

Elle se tourna vers lui, un léger sourire aux lèvres.

« Oh, oui. J'en ai entendu parler. "Esquinter", on peut dire ça comme ça…

Falk fit glisser sa main sur le volant avec une pointe de regret. Sa nouvelle voiture était très bien, mais ce n'était pas la même chose.

« C'est la voiture de Jamie, de toute façon, ajouta Carmen tandis qu'il démarrait. Elle est mieux que la mienne pour les longues distances.

— Je vois. Il va comment, Jamie ?

— Bien. Comme d'habitude. »

Falk ne savait pas vraiment ce que cela voulait dire. Il n'avait rencontré qu'une fois le fiancé de Carmen. Jamie était un type musclé en jean et tee-shirt, qui bossait dans le marketing, pour une boîte de boissons énergétiques destinées aux sportifs. Il avait serré la main de Falk et lui avait offert une bouteille remplie d'un liquide bleu et pétillant qui promettait d'améliorer ses performances. Le sourire de l'homme semblait sincère, mais il contenait aussi un soupçon d'autre chose, tandis qu'il étudiait la grande carcasse fine de Falk, sa peau claire, ses cheveux d'un blond tirant vers le blanc et sa main brûlée. S'il avait fallu deviner, Falk aurait parié qu'il s'agissait d'un léger soulagement.

Le portable de Falk bipa sur la console centrale. Il détacha les yeux de la route pour regarder l'écran et tendit l'appareil à Carmen.

« Le sergent m'a envoyé un e-mail. »

Carmen ouvrit le message.

« Bon, il dit que deux groupes participaient à ce séminaire. Un groupe d'hommes et un groupe de femmes, avec chacun un itinéraire différent. Il envoie les noms des femmes qui étaient dans le groupe avec Alice Russell.

— Les deux groupes travaillaient chez BaileyTennants ?

— On dirait bien, oui. »

Carmen sortit son propre téléphone et ouvrit le site Internet de l'entreprise. Du coin de l'œil, Falk reconnut le logo en lettres noir et argent de ce cabinet d'expertise comptable ultra-sélect.

« OK. Breanna McKenzie et Bethany McKenzie, lut-elle à voix haute. Breanna est l'assistante d'Alice, n'est-ce pas ? » Carmen cliqua sur l'écran. « Oui, c'est bien ça. Bon Dieu, elle a une tête à faire des pubs pour des vitamines. »

Elle tendit le téléphone vers Falk, qui jeta un coup d'œil au portrait officiel rayonnant d'une fille qui devait avoir aux alentours de vingt-cinq ans. Il comprit ce que Carmen voulait dire. Même dans la lumière peu flatteuse d'un bureau, Breanna McKenzie avait le teint éclatant de santé d'une personne qui courait tous les matins, faisait son yoga avec un grand sérieux et appliquait religieusement chaque dimanche un masque sur sa queue-de-cheval d'un noir brillant.

Carmen reprit son téléphone, et cliqua de nouveau. « Rien sur l'autre fille, Bethany. Deux sœurs, vous croyez ?

— C'est possible. »

Peut-être même des jumelles, songea Falk. Breanna et Bethany. Bree et Beth. Il fit rouler ces noms sur sa langue. Ça sonnait comme un duo.

« On trouvera facilement qui c'est, déclara Carmen. La suivante, c'est Lauren Shaw.

— On a déjà eu affaire à elle, non ? fit remarquer Falk. Cadre intermédiaire dans la boîte ?

— Ouais, elle est… bien sûr, c'est ça, elle est "responsable stratégie et gestion prévisionnelle". »

Carmen lui tendit de nouveau le portable.

« Ce que ça veut dire, mystère… » Le visage étroit de Lauren ne fournissait aucun indice. Difficile de lui donner un âge, mais Falk l'estima entre quarante-cinq et cinquante ans. Ses cheveux étaient d'un brun ni clair ni foncé, et ses yeux gris clair fixaient l'objectif, avec une expression aussi neutre que pour une photo de passeport.

Carmen poursuivit l'examen de la liste de noms.

« Oh…

— Quoi ?

— Apparemment, Jill Bailey était avec elles.

— Vraiment ? »

Falk garda les yeux fixés sur la route, mais la petite boule d'inquiétude qui s'était formée dans sa poitrine depuis la veille grandit soudain et palpita.

Carmen ne prit pas la peine d'afficher la photo de Jill. Ils connaissaient très bien, tous les deux, les traits massifs de la présidente. Elle allait avoir cinquante ans cette année et, malgré ses tenues et ses coiffures hors de prix, elle les faisait vraiment.

« Jill Bailey », répéta Carmen en faisant défiler jusqu'au bout le message du sergent. Son pouce se figea brusquement.

« Merde. Et son frère figurait dans le groupe des hommes.

— Vous êtes sûre ?

— Ouais. Daniel Bailey, directeur général. C'est écrit noir sur blanc.

— Je n'aime pas ça du tout, dit-il.

— Moi non plus. »

Carmen tapota doucement l'écran du bout des ongles tout en réfléchissant. « Bon. Nous n'en savons pas encore suffisamment pour tirer la moindre conclusion, finit-elle par dire. Nous ignorons dans quel contexte ce message vocal a été envoyé. D'un point de vue pragmatique, mais aussi statistique, il y a de grandes chances qu'Alice Russell se soit trompée de chemin et qu'elle se soit perdue.

— Oui, il y a de grandes chances », confirma Falk.

Mais il se fit la réflexion que ni Carmen ni lui n'avaient l'air convaincus.

Ils poursuivirent leur route, les stations de radio disparaissant les unes après les autres, tandis que le paysage changeait. Carmen joua avec le bouton, jusqu'à ce qu'elle trouve une fréquence AM grésillante. Un flash d'actualités, entre deux coupures. La randonneuse de Melbourne manquait toujours à l'appel. La route obliqua doucement vers le nord et, tout à coup, Falk distingua les crêtes arrondies des monts Giralang, à l'horizon.

« Vous êtes déjà venue par ici ? demanda-t-il, et Carmen secoua la tête.

— Non. Et vous ?

— Non. »

En revanche, il avait grandi dans un endroit assez semblable à celui-ci. Une région isolée, où les arbres formaient des forêts épaisses et denses, sur un terrain qui répugnait à laisser quoi que ce soit s'échapper.

« L'histoire qui s'est passée dans le coin m'en a toujours dissuadée, poursuivit Carmen. Je sais que c'est idiot, mais… »

Elle haussa les épaules.

« Qu'est devenu Martin Kovak, au final ? interrogea Falk. Il est toujours sous les verrous ?

— Je ne sais pas trop. »

Carmen pianota sur son écran.

« Non. Il est mort. En prison, il y a trois ans. À l'âge de soixante-deux ans. En fait, maintenant que j'y pense, j'en avais entendu parler. Il s'est battu avec un autre détenu, sa tête a heurté le sol et il ne s'est jamais réveillé. C'est ce qui est écrit ici. Difficile de trouver ça triste. »

Falk acquiesça. Le premier corps avait été celui d'une professeure stagiaire de Melbourne, la vingtaine, partie profiter de l'air frais des montagnes le temps d'un week-end. Un groupe de campeurs l'avait retrouvée, plusieurs jours trop tard. La fermeture Éclair de son short était arrachée et son sac à dos avec ses affaires et ses provisions avait disparu. Elle était pieds nus, et les lacets de ses chaussures étaient serrés autour de son cou.

Il avait fallu deux nouveaux cadavres de femmes, et une autre portée disparue au cours des trois années suivantes, avant que le nom du travailleur itinérant Martin Kovac soit mentionné pour la première fois en lien avec ces meurtres. Mais les dégâts étaient déjà bel et bien faits. Une ombre pesante et durable s'était abattue sur la paisible chaîne des monts Giralang, et Falk appartenait à une génération qui avait grandi en frissonnant chaque fois que ce nom était prononcé.

« Apparemment, Kovac est mort sans avoir avoué le meurtre de ces trois femmes, déclara Carmen en lisant l'article sur son téléphone. Ni celui de la quatrième, qu'on n'a jamais retrouvée. Sarah Sondenberg. C'est vraiment terrible, cette histoire. Elle avait à peine dix-huit ans. Vous vous rappelez, quand ses parents lançaient des appels à la télé ? »

Falk s'en souvenait. Vingt ans après, il voyait encore le désespoir dans leurs regards.

Carmen voulut poursuivre sa lecture, mais laissa échapper un soupir.

« Désolée, ça bugge. Le réseau flanche. »

Falk n'était pas surpris. Les arbres au bord de la route projetaient une ombre qui bloquait la lumière du matin. « J'imagine que là où on va, il n'y en aura plus du tout. »

Ils restèrent silencieux jusqu'au moment où ils quittèrent la route. Carmen sortit la carte et le guida, tandis que la piste se rétrécissait et que les collines occupaient peu à peu tout l'espace du pare-brise. Ils passèrent devant une petite rangée de boutiques qui vendaient des cartes postales et du matériel de randonnée. Elles étaient encadrées par un petit supermarché d'un côté, et une station-service déserte de l'autre.

Falk jeta un coup d'œil à la jauge d'essence et mit son clignotant. Carmen descendit de voiture pendant qu'il faisait le plein. Ils bâillaient tous les deux, commençant déjà à payer ce départ aux aurores. Il faisait plus froid ici, et l'air était mordant. Falk laissa Carmen s'étirer le dos en grognant, et il alla payer à l'intérieur.

L'homme derrière le comptoir portait un bonnet et une barbe d'une semaine. Il se redressa un peu quand Falk approcha.

« Vous allez dans le parc ? » Il parlait avec l'empressement d'un type privé de conversation.

« Oui.

— Pour chercher cette femme, celle qui a disparu ? »

Falk cligna des yeux.

« Eh bien, oui. Effectivement.

— Y a un tas de gens qui sont passés. Ils ont lancé un appel à volontaires. Une bonne vingtaine de personnes ont dû faire le plein ici, hier. Le coup de feu toute la journée. Aujourd'hui, c'est pas mieux. »

Il secoua la tête, accablé. Falk balaya les lieux d'un regard discret. Leur voiture était la seule garée dehors. Pas d'autres clients dans la boutique.

« J'espère qu'ils la retrouveront vite, continua l'homme. Sale affaire, ça, quand quelqu'un disparaît. Mauvais pour le commerce, aussi. Ça fait fuir les gens. Ça leur rappelle de mauvais souvenirs, j'imagine. »

Il n'en dit pas davantage. Falk comprit qu'il était superflu pour les gens du coin de mentionner Kovac.

« Vous savez s'il y a du nouveau ? demanda-t-il.

— Nan. Mais je crois pas qu'ils aient trouvé quoi que ce soit, parce que je ne les ai pas vus redescendre. Et ils s'arrêtent chez moi dans les deux sens, à l'aller et au retour. La station-service la plus proche est à cinquante kilomètres. Plus loin encore si vous allez vers le nord. Tout le monde fait le plein ici. Au cas où, vous voyez ? Y a quelque chose, dans le fait de venir ici, qui leur donne envie de prendre toutes leurs précautions. »

Il haussa les épaules.

« C'est le côté positif, pour nous. Enfin, j'imagine.

— Vous vivez ici depuis longtemps ?

— Assez longtemps. »

En lui tendant sa carte de crédit, Falk remarqua le petit voyant rouge d'une caméra de sécurité derrière le comptoir.

« Il y a des caméras au-dessus des pompes ? » demanda-t-il, et l'homme suivit son regard vers la cour. Carmen était adossée à la voiture, les yeux fermés et le visage tourné vers le ciel.

« Ouais, bien sûr. » Les yeux du type s'attardèrent un peu plus longtemps que nécessaire avant qu'il ne les ramène sur son interlocuteur. « Pas le choix. J'suis tout seul ici, la plupart du temps. Je ne peux pas prendre le risque que les gens s'en aillent sans payer.

— La femme disparue est-elle passée ici avec son groupe, quand elles sont entrées dans le parc ? interrogea Falk.

— Ouais. Jeudi dernier. Les flics ont déjà pris une copie de l'enregistrement. »

Falk sortit ses papiers. « Y en aurait-il une autre, par hasard ? »

Le type examina sa carte, puis haussa les épaules. « Laissez-moi une minute. »

Il disparut dans l'arrière-salle. Falk jeta un coup d'œil dehors à travers la vitrine en l'attendant. Par-delà la cour, on ne voyait qu'un mur de vert. Les collines occultaient le ciel. Il se sentit soudain encerclé. Il sursauta quand l'homme réapparut, une clé USB à la main.

« Les sept derniers jours, annonça-t-il en la lui remettant.

— Merci. J'apprécie le geste.

— Pas de problème, si ça peut aider. Personne n'aimerait rester perdu là-dedans trop longtemps. C'est la panique qui vous met dedans. Tout se ressemble après quelques jours, difficile de se fier à ce qu'on voit. »

Il jeta un coup d'œil dehors.

« Ça les rend dingues. »

Jour 1 : jeudi après-midi

Quelques gouttes de pluie constellaient le pare-brise quand le minibus s'arrêta. Le chauffeur éteignit le moteur et pivota sur son siège.

« On est arrivés, les amis. »

Neuf têtes se tournèrent vers les vitres.

« Moi, je sors seulement si on va à gauche, pas à droite », lança une voix masculine à l'arrière, et les autres éclatèrent de rire.

À gauche se dressait un gîte chaud et douillet, ses façades en bois bien solides face au vent glacé. On apercevait de la lumière aux fenêtres et, plus loin, une impeccable rangée de bungalows semblait appeler les voyageurs.

À droite, derrière une pancarte marquée par les intempéries, commençait un chemin boueux. Les eucalyptus se courbaient au-dessus pour former une arche irrégulière, et le sentier serpentait comme un ivrogne avant de se précipiter brusquement dans le bush où il disparaissait.

« Désolé, mon pote. Ce sera à droite pour tout le monde, aujourd'hui. » Le chauffeur ouvrit la porte du minibus, laissant entrer une bourrasque glacée. Un par un, les passagers se mirent en mouvement.

Bree McKenzie défit sa ceinture de sécurité et descendit, évitant une grande flaque au tout dernier moment. Elle se tourna pour prévenir les autres, mais Alice avait déjà un pied dehors. Le vent rabattit les cheveux blonds de la femme sur son visage, l'empêchant de voir sa chaussure hors de prix plonger dans l'eau froide.

« Merde. » Alice rabattit ses cheveux derrière ses oreilles et baissa les yeux. « Ça commence bien.

— Désolée, soupira Bree par automatisme. L'eau est rentrée dedans ? »

Alice examina sa chaussure. « Non. Je crois que je m'en sors bien. » Courte pause, puis elle sourit et poursuivit son chemin. Bree laissa échapper un soupir de soulagement, muet.

Elle frissonna, zippa son blouson jusqu'au cou. Une épaisse odeur d'eucalyptus mouillés alourdissait l'air et, en regardant autour d'elle, elle constata que le parking recouvert de gravier était pratiquement inoccupé. Basse saison, songea-t-elle. Elle se dirigea vers l'arrière du minibus, où l'on était en train de décharger les sacs à dos. Ils avaient l'air plus lourds que dans son souvenir.

Lauren Shaw se trouvait déjà là, sa grande silhouette fine penchée en avant pour récupérer son sac tout en bas de la pile.

« Vous avez besoin d'un coup de main ? » Bree ne connaissait pas Lauren aussi bien que d'autres employés plus anciens, mais elle savait se rendre utile.

« Non, ça ira…

— Ça ne me dérange pas… »

Bree tendit la main vers le sac au moment où Lauren le dégageait du tas. Il y eut un moment de lutte un peu embarrassant, chacune tirant le sac dans une direction opposée.

« Je crois que je vais y arriver. Merci. » Les yeux de Lauren étaient du même gris froid que le ciel, mais elle gratifia Bree d'un petit sourire.

« Vous avez besoin d'aide ?...

— Oh, non. »

Bree tendit la main devant elle. « Pas besoin. Merci. » Elle leva les yeux vers le ciel. Les nuages semblaient s'épaissir. « J'espère que le temps tiendra assez longtemps pour nous.

— À en croire les prévisions, non.

— Oh. Eh bien, quand même. On ne sait jamais.

— Non. »

Lauren semblait presque amusée par l'optimisme de Bree.

« Non, j'imagine qu'on n'est jamais sûr. » Elle paraissait sur le point d'ajouter quelque chose quand Alice l'appela. Lauren se tourna dans sa direction et hissa son sac sur les épaules. « Excusez-moi. »

Elle se dirigea vers Alice en faisant craquer le gravier, laissant Bree seule avec les sacs. Bree tira sur le sien pour le dégager, et tenta de le soulever, chancelant un peu sous ce poids inhabituel.

« Vous vous y ferez. »

Relevant la tête, Bree vit le chauffeur qui lui souriait. Il s'était présenté au groupe lorsqu'ils étaient montés dans le minibus à Melbourne, mais elle n'avait pas pris la peine d'enregistrer son prénom. Maintenant qu'elle le regardait vraiment, elle se rendit compte qu'il était plus jeune qu'elle l'avait d'abord cru, sans doute le même âge qu'elle ou quelques années de plus.

Pas plus de trente ans, en tout cas, avec les mains noueuses et les jointures calleuses d'un grimpeur. Il était svelte, mais il avait l'air fort. Sa polaire rouge portait le logo *Corporate Adventures* brodé sur la poitrine, mais pas de badge avec son nom. Elle n'arrivait pas à savoir s'il était attirant ou pas.

« Assurez-vous qu'il est bien réglé. » L'homme lui prit le sac des mains et l'aida à passer ses bras dans les bretelles. « Ça vous facilitera la tâche. »

Ses longs doigts ajustèrent les clips et les lanières, et le sac parut soudain non pas léger à proprement parler, mais un peu moins lourd. Bree ouvrit la bouche pour le remercier quand une forte odeur de cigarette prit possession de l'air humide. Ils se tournèrent tous les deux. Bree savait déjà ce qu'elle allait voir.

Bethany McKenzie se tenait à l'écart du groupe, les épaules voûtées. D'une main, elle protégeait sa cigarette du vent, l'autre était enfoncée dans la poche de son blouson. Elle avait somnolé dans le minibus pendant le voyage, tête appuyée contre la vitre, et s'était réveillée avec un air embarrassé.

Le chauffeur se racla la gorge. « On ne peut pas fumer ici. »

Beth s'interrompit au milieu d'une bouffée. « On est dehors.

— Nous sommes dans l'enceinte du gîte. Tout autour de nous, c'est une zone non-fumeurs. »

Beth parut sur le point de se rebeller, mais, quand elle vit que tous les regards étaient tournés vers elle, elle haussa les épaules et écrasa la cigarette sous la semelle de sa botte. Elle resserra contre elle les pans de son blouson. Il était vieux, Bree le savait, et il ne lui allait plus vraiment.

Le chauffeur se tourna de nouveau vers Bree avec un sourire conspirateur.

« Ça fait longtemps que vous travaillez avec elle ?

— Six mois, répondit Bree. Mais je la connais depuis toujours. C'est ma sœur. »

Le regard de l'homme alla de Bree à Beth puis revint, chargé de surprise, comme elle s'y attendait. « Vraiment ? »

Bree pencha légèrement la tête de côté et passa la main sur sa queue-de-cheval noire. « On est jumelles, en fait. De vraies jumelles », ajouta-t-elle, sachant que l'expression sur le visage du type allait lui plaire. Il ne la déçut pas. Il ouvrit la bouche, mais un coup de tonnerre résonna au loin. Tout le monde leva les yeux.

« Désolé. » Le chauffeur se fendit d'un sourire. « Je ferais mieux d'y aller, pour que vous puissiez vous mettre en route. Comme ça, vous aurez le temps d'atteindre le site avant la nuit. La seule chose pire qu'un campement mouillé, c'est un campement mouillé monté dans la précipitation. »

Il distribua les derniers sacs à dos et se tourna vers Jill Bailey, qui avait du mal à passer son gros bras à travers la sangle de son sac. Bree avança d'un pas pour l'aider, soutenant le poids du sac pendant qu'elle tâtonnait.

« Vous voulez partir tout de suite, mesdames ? demanda le chauffeur en s'adressant à Jill. Je peux vous indiquer le chemin. Sauf si vous préférez attendre que tout le monde soit là… »

Dans un dernier sursaut, Jill passa son bras dans la bretelle du sac et respira bruyamment, le visage rougi par l'effort. Elle jeta un coup d'œil sur la route d'accès. Elle était déserte. Jill plissa le front.

« Avec la voiture qu'il a, Daniel aurait dû arriver ici avant nous », fit remarquer l'un des hommes, récoltant des rires polis.

Jill se fendit de son petit sourire professionnel, mais ne fit aucun commentaire. Daniel Bailey était son frère, mais il était quand même le directeur général. Bree songea qu'il avait sans doute le droit d'être en retard.

Bree avait vu Jill recevoir l'appel dix minutes avant l'horaire de départ prévu, devant le siège de Bailey-Tennants, à Melbourne. Jill s'était éloignée pour ne pas être entendue et elle avait écouté, raide sur ses jambes et la main sur sa hanche.

Comme toujours, Bree avait tenté de déchiffrer l'expression sur les traits de la P-DG. Agacement ? Possible. Peut-être autre chose. Elle trouvait souvent Jill difficile à interpréter. Quoi qu'il en soit, quand Jill avait raccroché et rejoint le groupe, l'expression s'était envolée.

« Daniel a été retenu », avait-elle simplement annoncé. Les affaires, comme toujours. Ils partiraient devant, sans lui. Il les rejoindrait en voiture.

Maintenant, tandis qu'ils faisaient les cent pas sur le parking du gîte, Bree vit les commissures des lèvres de la présidente se raidir. Les nuages s'étaient épaissis, pas de doute, et Bree sentit des gouttes tomber sur son blouson. La route était toujours aussi déserte.

« Ça n'a vraiment aucun sens que nous attendions tous ici. » Jill se tourna vers les quatre hommes, qui se tenaient debout devant le minibus, sac au dos. Daniel ne devrait plus tarder.

Elle ne s'excusa pas pour le retard de son frère, au grand soulagement de Bree. C'était l'une des choses qu'elle admirait chez Jill : elle ne se justifiait jamais.

Les hommes sourirent, dans un haussement d'épaules. Pas de problème. Bien sûr que non, se dit Bree. Daniel Bailey était le patron. Qu'auraient-ils pu dire d'autre ?

« Très bien. » Le chauffeur frappa dans ses mains. « Allons-y, mesdames. Par ici… »

Les cinq femmes échangèrent des regards, puis le suivirent à travers le parking, le rouge brillant de sa polaire se détachant sur le fond vert et brun mat du bush. Les graviers craquèrent sous leurs semelles, avant de laisser place à de l'herbe boueuse. Le chauffeur s'arrêta à l'orée du sentier et se pencha sur la vieille pancarte en bois. Sous une flèche gravée, on pouvait y lire ces deux mots : *Mirror Falls*.

« Vous avez bien tout pris ? » demanda l'homme.

Bree sentit que le groupe se tournait vers elle et elle tâta la poche de son blouson. La carte était impeccablement pliée, et elle distingua le coin en plastique, nouveau pour elle, de la boussole. On l'avait envoyée suivre une formation d'une demi-journée pour apprendre à s'orienter. Cela lui parut soudain dérisoire.

« Ne vous en faites pas, lui dit le chauffeur. Vous n'en aurez pas vraiment besoin sur cette portion. Dirigez-vous au pif et vous tomberez sur la première clairière où vous pourrez camper. Vous ne pouvez pas la louper. Il y a un peu plus de courbes et de virages, ensuite, mais gardez les yeux bien ouverts et vous vous en sortirez très bien. Je vous attends à l'autre bout dimanche. Quelqu'un a une montre ? Parfait. Midi au plus tard. Après, l'amende augmentera toutes les quinze minutes.

— Et si on arrive en avance ? On pourra rentrer plus tôt à Melbourne ? »

Le chauffeur dévisagea Alice.

« Ça fait plaisir de vous voir si optimiste. »

Elle haussa les épaules. « Je dois absolument être rentrée pour un truc, dimanche soir.

— Je vois. Eh bien, oui. J'imagine. Si les deux équipes atteignent le point de rendez-vous avant l'heure… »

Le chauffeur se tourna vers les hommes qui papotaient à l'autre bout du parking, adossés au minibus, en attendant le dernier membre du groupe.

« Mais bon, pas la peine de vous épuiser. La circulation n'est jamais très chargée le dimanche. Du moment que vous arrivez là-bas pour midi, je vous ramènerai en ville avant le soir. »

Alice ne répondit rien, mais elle pinça ses lèvres. Bree connaissait cette expression. C'était celle qu'elle s'efforçait en général de ne pas provoquer.

« Pas d'autres questions ? » Le chauffeur passa en revue les cinq visages. « Parfait. Et maintenant, faisons une petite photo de groupe pour votre newsletter. »

Bree vit Jill hésiter. La newsletter du cabinet était discutable, du point de vue à la fois de sa régularité et de l'intérêt des nouvelles qu'elle contenait, et Jill tapota sa poche d'un geste sans conviction.

« Je n'ai pas… » Elle lança un regard vers le minibus où leurs téléphones portables étaient entreposés dans un sac bien zippé à côté du siège conducteur.

« C'est bon, je vais la prendre moi-même, répondit le chauffeur, sortant son propre téléphone de la poche de sa polaire. Serrez-vous. Un peu plus. Voilà. Passez vos bras autour de vos voisines, mesdames. Faites comme si vous vous aimiez… »

Bree sentit Jill glisser le bras autour de sa taille, et elle sourit.

« Super. C'est dans la boîte. » Le chauffeur vérifia sur l'écran. « Très bien, c'est tout. Allez-y. Bonne chance. Et tâchez de vous amuser, hein ? »

Il fit volte-face en les saluant de la main, et les cinq femmes se retrouvèrent seules. Elles restèrent pétrifiées jusqu'à ce que Jill s'ébranle, et alors toutes dégagèrent leurs bras enchevêtrés.

Bree se tourna vers Jill et vit que Jill la regardait.

« À quelle distance se trouve le premier campement ?

— Oh, je vais juste… »

Bree déplia la carte, rabattant d'un geste maladroit les coins chahutés par le vent. Le point de départ avait été entouré, l'itinéraire à suivre tracé en rouge. Elle entendit les autres ajuster les lanières des sacs, tandis qu'elle suivait du doigt la ligne, s'efforçant de localiser le premier site. Où était-il ? Des taches de pluie imbibaient le papier et l'un des coins se rabattit violemment sur lui-même, formant un pli profond. Elle tenta de lisser la carte du mieux qu'elle put, et expira sans bruit en repérant le campement près de l'ongle de son pouce.

« OK, ce n'est pas très loin, dit-elle, tout en essayant de déchiffrer l'échelle de la carte. C'est pas si terrible.

— Je soupçonne votre définition de “terrible” d’être assez différente de la mienne, fit remarquer Jill.

— Environ dix kilomètres ? »

Bree prononça malencontreusement cette phrase comme s’il s’agissait d’une interrogation.

« Pas plus de dix.

— Très bien. »

Jill remonta son sac un peu plus haut sur ses épaules. Elle avait déjà l’air de souffrir. « Passez devant. »

Bree se mit en marche. Le sentier se fit plus sombre au bout de quelques pas, encerclé par les branches recourbées qui dissimulaient le ciel. Bree entendait le ruissellement des gouttes d’eau sous les feuilles et, là-bas, bien caché au fond de la forêt, un carillonneur huppé qui criait. Elle jeta un regard par-dessus son épaule aux quatre visages derrière elle, dans l’ombre des capuches. Alice marchait en deuxième position, ses mèches blondes flottant dans le vent.

« Bien joué », articula-t-elle. Bree décréta qu’elle était sans doute sincère, et elle lui sourit.

Lauren venait juste après, les yeux rivés au sol irrégulier, tandis que les joues rondes de Jill rosissaient déjà. Bree aperçut sa sœur qui fermait la marche : Beth, un demi-pas derrière, dans ses chaussures d’emprunt et son blouson trop serré. Les regards des deux sœurs se croisèrent. Bree ne ralentit pas.

Le sentier devint plus étroit et dessina une courbe serrée. La lumière du gîte tremblota un instant avant de disparaître pour de bon quand les arbres se refermèrent derrière elles.

Chapitre 4

Le parking du gîte était bondé. Les pick-up des volontaires se tassaient contre les fourgonnettes des médias et les véhicules de police.

Falk se gara en double file devant le gîte et laissa Carmen dans la voiture avec les clés. Il tapa ses semelles sur la véranda, et une vague de chaleur l'enveloppa quand il ouvrit la porte. Une équipe de recherche, blottie dans un coin de la réception lambrissée, étudiait une carte avec attention. D'un côté, une porte ouvrait sur la cuisine commune. De l'autre, Falk aperçut un grand salon avec des canapés élimés et une étagère croulant sous les livres cornés et les jeux de société. Un vieil ordinateur était posé dans un recoin. Au-dessus, on pouvait lire sur une feuille, écrits à la main, les mots suivants : *Pour la clientèle*. Falk se demanda si c'était une invitation ou une menace.

Le ranger qui tenait la réception leva à peine les yeux lorsqu'il s'approcha.

« Désolé, mon vieux, on est vraiment complet, annonça-t-il. Vous débarquez au mauvais moment.

— Le sergent King est par ici ? demanda Falk. Il nous attend. »

Cette fois, le type leva les yeux sur lui.

« Oh, pardon. Je vous ai vu vous garer, et j'ai cru que vous étiez… » Il n'acheva pas sa phrase. *Encore un branleur de la ville.* « Il est au QG des recherches. Vous savez où c'est ?

— Non. »

L'homme déploya une carte du parc sur le comptoir. La masse verte du bush occupait tout l'espace, striée de lignes tordues désignant pistes et chemins. Le ranger prit un stylo et lui expliqua au fur et à mesure tout ce qu'il soulignait. L'itinéraire suivait une piste secondaire qui traversait la forêt en direction de l'ouest, jusqu'à un carrefour, avant d'obliquer brusquement vers le nord. Le type donna ses dernières instructions et entoura le point d'arrivée. Celui-ci semblait perdu au milieu de nulle part.

« C'est à vingt minutes en voiture d'ici, à peu près. Ne vous en faites pas. » Le type tendit la carte à Falk. « Je vous promets que vous reconnaîtrez l'endroit quand vous serez là-bas.

— Merci. »

En ressortant, le froid le frappa comme une gifle. Il ouvrit sa portière et reprit sa place derrière le volant, en se frottant les mains. Courbée en avant, Carmen regardait à travers le pare-brise. Elle lui fit signe de se taire quand il commença à parler, et désigna un point, dehors. Falk suivit son regard. À l'autre bout du parking, un homme, la cinquantaine, en jean et blouson de ski, était penché sur le coffre d'une BMW noire.

« Regardez. Daniel Bailey, dit Carmen. C'est lui, n'est-ce pas ? »

La première pensée qui vint à l'esprit de Falk fut que le directeur général de BaileyTennants avait une autre allure sans son costume. Il n'avait jamais vu Bailey en chair et en os jusque-là ; cet homme bougeait avec une aisance athlétique qu'on ne soupçonnait pas quand on le voyait en photo. Falk l'avait imaginé un peu plus grand, mais il était large d'épaules et avait un dos massif. Sa chevelure épaisse était d'un brun étincelant, sans aucune trace de gris. Si cette couleur n'était pas naturelle, alors il s'agissait d'une imitation convaincante et, à coup sûr, très onéreuse. Bailey ne les connaissait pas – ou du moins, il n'était pas censé les connaître –, mais Falk se surprit quand même à se faire plus petit sur son siège.

« Je me demande s'il va vraiment participer aux recherches, reprit Carmen.

— Je ne sais pas pourquoi il est là, mais, en tout cas, il n'est pas resté assis sans rien faire. »

Les chaussures de Bailey étaient couvertes de boue fraîche.

Ils regardèrent l'homme fouiller le coffre de sa BMW. La berline avait l'air d'un animal exotique au pelage soyeux parmi les vieux pick-up et les camionnettes. Il finit par se redresser, et glissa un objet sombre dans la poche de son blouson.

« C'était quoi, ça ? interrogea Carmen.

— Une paire de gants, on dirait. »

Bailey ferma le coffre, qui se verrouilla lentement dans un luxueux silence. Il resta planté là pendant quelques instants, à contempler le bush, puis il se dirigea vers les bungalows, courbant le front sous les assauts du vent.

« Le fait qu'ils soient là tous les deux, Jill et lui, risque de nous compliquer la tâche, déclara Carmen, tandis qu'ils suivaient sa silhouette du regard.

— Ouais. »

C'était un euphémisme, et tous deux le savaient. Falk démarra le moteur et remit la carte à Carmen.

« Enfin. Pour l'instant, c'est là que nous allons. »

Carmen regarda le cercle au milieu de tout ce vert.

« Qu'est-ce qu'il y a, là-bas ?

— C'est l'endroit où on a retrouvé les quatre autres. »

Les amortisseurs de la berline souffraient. Ils rebondissaient violemment sur la piste cabossée et ressentaient chaque secousse, sous le regard des eucalyptus aux troncs pelés qui montaient la garde de part et d'autre. Par-dessus le ronronnement du moteur, Falk distinguait un sifflement assourdi mais perçant.

« Bon Dieu, c'est le vent qui fait ça ? » Carmen leva la tête.

« Je crois, oui », répondit Falk, sans détacher ses yeux de la route. Le bush devenait plus dense autour d'eux. Sa main brûlée serrait fort le volant. Elle commençait à lui faire mal.

Au moins, le ranger ne s'était pas trompé : impossible de manquer l'endroit. Falk négocia un virage et la route déserte devant eux se transforma soudain en véritable fourmilière. Des véhicules étaient garés les uns derrière les autres sur le bas-côté, et une journaliste s'exprimait avec gravité devant une caméra, en désignant d'un geste les équipes de recherche derrière elle. Quelqu'un avait installé une table sur des tréteaux, avec un Thermos de café et des bouteilles d'eau. Des feuilles se détachaient des arbres sous l'effet du souffle d'un hélicoptère de police suspendu au-dessus de la scène.

Falk se gara tout au bout de la file de voitures. Il était bientôt midi, mais le soleil n'était guère qu'une pâle lueur dans le ciel. Carmen demanda à un ranger qui passait par là où trouver le sergent-chef King, et on leur montra du doigt un homme de grande taille, cinquante ans passés. Il était mince et son regard alerte oscillait sans relâche entre la carte et le bush. Il regarda Falk et Carmen approcher avec un intérêt visible.

« Merci d'être venus. » Il leur serra la main tandis que les deux agents se présentaient, et jeta un coup d'œil aux caméras par-dessus son épaule. « Écartons-nous un peu de tout ce cirque. »

Ils remontèrent un peu plus loin sur la piste et se planquèrent derrière un gros pick-up qui les protégeait en partie du vent.

« Toujours rien ? demanda Falk.

— Pas encore.

— Vous en avez mené beaucoup, des recherches de ce genre ?

— Un tas. Je suis ici depuis près de vingt ans. Les gens se perdent sans arrêt.

— Et en général, vous mettez combien de temps à les retrouver ?

— Ça dépend. Difficile à dire. Parfois, on a de la chance et on les localise de suite, mais souvent, ça prend un peu plus de temps. »

King gonfla ses joues creusées.

« Elle est toute seule dans le bush depuis au moins trente heures, donc, dans l'idéal, il faudrait la retrouver aujourd'hui. D'après ce qu'elles disent, ces femmes ont eu le bon sens de récolter de l'eau de pluie, ce qui est déjà un début, mais elle n'a probablement rien à manger. Et puis, il y a aussi le risque d'hypothermie. Ça peut arriver très vite quand on est mouillé. Mais ça dépend en grande partie de comment elle gère son affaire. Elle aura peut-être du bol ; apparemment, elle a fait pas mal de camping dans sa jeunesse. Souvent, les gens s'en sortent tout seuls. »

Il marqua une pause.

« Parfois, non.

— Mais vous arrivez toujours à les localiser ? demanda Carmen. Au final, je veux dire.

— Presque toujours. Même à l'époque de Kovac, on a fini par les retrouver, voyez-vous. Sauf une des filles. Depuis, je ne me rappelle qu'un cas ou deux où les personnes ne sont pas réapparues. On a eu un type assez âgé, il y a une quinzaine d'années. Il n'était pas en forme, son cœur faisait des siennes. Il n'aurait vraiment pas dû randonner seul. Il s'est sans doute assis pour se reposer dans un endroit tranquille, et il a fait une crise cardiaque. Et on a eu aussi ce couple de Néo-Zélandais, il y a dix ans. Ça, c'était plutôt bizarre. La petite trentaine, entraînés, pas mal d'expérience. Bien plus tard, on a appris qu'ils avaient accumulé de très grosses dettes là-bas, en Nouvelle-Zélande.

— Alors, quoi, vous pensez qu'ils ont volontairement disparu ? interrogea Falk.

— Je saurais pas vous dire. Mais disparaître du radar, sûr que ç'aurait pas été la pire chose qui pouvait leur arriver… »

Falk et Carmen échangèrent un regard.

« Mais qu'est-ce qui s'est passé, cette fois ? demanda Carmen.

— Alice Russell faisait partie d'un groupe de cinq

femmes qui ont été déposées au départ du circuit de Mirror Falls jeudi après-midi – quelqu'un pourra vous montrer l'endroit un peu plus tard, si vous voulez –, avec tout le matos de base. Une carte, des tentes, une boussole, des provisions. Elles étaient censées marcher à peu près droit vers l'ouest, franchir des obstacles pendant la journée pour faire leur foutu "team-building" ou je ne sais quoi, et camper pendant trois nuits.

— C'est le parc qui propose ça ? interrogea Carmen.

— Non, c'est organisé par une agence privée, mais ces gens travaillent ici depuis plusieurs années. Corporate Adventures ? Ils sont plutôt pas mal, ils ont l'air de savoir ce qu'ils font. Il y avait aussi un groupe de cinq mecs de chez BaileyTennants qui faisait l'activité. Leur parcours était différent, mais les deux groupes étaient censés arriver au lieu de rendez-vous, ici, hier avant midi.

— Mais les femmes ne sont pas arrivées.

— Non. Enfin, quatre d'entre elles ont fini par se pointer. Mais avec six heures de retard, et en mauvais état. Elles avaient des blessures. Des coupures et des hématomes, un peu partout. Un coup à la tête pour l'une d'elles. Y en a même une qui s'est fait mordre par un serpent…

— Mon Dieu, laquelle ? s'inquiéta Falk. Elle va bien ?

— Ouais. Dans l'ensemble. Breanna McKenzie. D'après ce que j'en sais, c'est juste une secrétaire. Ils ont tous de ces foutus titres ronflants… Enfin, c'était sans doute juste un python tapis, même si, sur le moment, elles ne le savaient pas. Elles ont eu la trouille de leur vie. Elles ont cru que c'était un serpent-tigre et que la fille allait tomber raide. C'en était pas un – il n'était pas venimeux, ça, c'est sûr. Mais la plaie s'est infectée, alors elle va avoir droit à deux ou trois jours d'observation dans un centre médical.

— À Melbourne ? demanda Carmen, et King secoua la tête.

— Au petit dispensaire d'à côté, répondit le sergent. C'était le meilleur endroit pour elle. Quand on fait une overdose de speed dans un squat, vaut mieux avoir affaire aux médecins de l'hôpital, dans la grande ville. Mais quand on se fait choper par un serpent, croyez-moi, vaut mieux être traité par des docteurs qui connaissent les bestioles. Sa sœur est avec elle là-bas. »

Il sortit un petit carnet de sa poche et relut ses notes.

« Bethany McKenzie. Elle participait à la rando, elle aussi, mais elle s'en est tirée sans trop de bobos. »

King se tourna vers les équipes de recherche. Un groupe se préparait à entrer dans la forêt, leurs combinaisons orange se détachant sur la masse des arbres. Falk aperçut une faille dans les broussailles, d'où partait un chemin. Il était indiqué par un malheureux panneau en bois.

« Nous savons qu'elles se sont égarées le deuxième jour, car elles ne sont jamais arrivées au campement ce soir-là, poursuivit King. Il y a une trace assez large, laissée par des kangourous, qui coupe le sentier principal. On pense que c'est là qu'elles se sont plantées. Elles s'en sont rendu compte au bout de quelques heures, mais ça suffit amplement pour se retrouver dans la merde. »

Il consulta de nouveau son calepin et tourna une page.

« À partir de là, les détails deviennent un peu plus flous. Mes agents ont fait ce qu'ils ont pu pour obtenir des informations de ces femmes, hier soir et ce matin. Mais il reste encore quelques trous à combler. Apparemment, quand elles se sont rendu compte de leur erreur, elles ont commencé à tourner en rond pour essayer de revenir sur leurs pas. Ça, c'est le meilleur moyen d'aggraver la situation. Elles étaient censées récupérer de l'eau et des vivres au deuxième campement, alors, quand elles ont vu qu'elles ne le trouveraient pas, elles se sont mises à paniquer. »

Falk repensa alors à ce que le pompiste lui avait dit, tout à l'heure. *C'est la panique qui vous met dedans. Difficile de se fier à ce qu'on voit.*

« On leur avait toutes demandé de laisser leur portable à l'entrée, mais Alice avait pris le sien, comme vous le savez. » King fit un signe de tête à l'intention de Falk. « Mais le réseau est pourri, ici. Parfois on a un coup de bol et ça marche, mais en général on ne capte rien. Enfin bref, elles ont erré au hasard jusqu'au samedi, et là elles sont tombées sur une cabane abandonnée. »

Le sergent marqua une pause. Il semblait sur le point d'ajouter quelque chose, mais il se ravisa.

« Pour l'instant, nous ne savons pas exactement où se trouve cette cabane. Mais elles se sont planquées dedans pour y passer la nuit. Quand elles se sont réveillées, hier matin, la fille qui a disparu n'était plus là. Enfin, à en croire les quatre autres. »

Falk plissa le front. « Et d'après elles, qu'est-ce qui a pu lui arriver ?

— Elle aurait pété les plombs. Serait partie toute seule. Il y avait eu pas mal de discussions dans le groupe, sur la meilleure chose à faire. Manifestement, Alice a fait une crise pour qu'elles coupent à travers le bush vers le nord, pour trouver une route. Les autres n'étaient pas pour, et ça l'a énervée.

— Et vous, vous en pensez quoi ?

— C'est plausible. Son sac à dos et son portable ont disparu avec elle. Et elle a pris la seule lampe torche en état de marche. »

Les lèvres de King se crispèrent.

« Et à en juger d'après leurs blessures et leur niveau de stress quand on les a retrouvées, entre vous et moi, j'ai l'impression qu'à un moment, les choses ont dû un peu dégénérer.

— Vous pensez qu'elles se sont battues ? Physiquement ? demanda Carmen. À cause de quoi ?

— Je vous l'ai déjà dit : il reste pas mal de points à éclaircir. Nous avançons aussi vite que possible, étant donné les circonstances. Chaque minute compte, par ici. Priorité absolue aux recherches. »

Falk acquiesça du chef. « Comment ont fait les quatre autres pour retrouver leur chemin ?

— Elles ont marché droit vers le nord, jusqu'à tomber sur une piste, et elles l'ont suivie. C'est une technique un peu grossière, ça ne marche pas chaque fois, mais je crois qu'elles n'avaient pas trop le choix. Surtout après la morsure de serpent et tout le reste. Ça leur a pris des heures, mais au bout du compte, ça a payé. »

Il soupira.

« Pour l'instant, nous nous concentrons sur la cabane, on essaie de la localiser. Dans le meilleur des cas, elle a fait demi-tour et elle s'est réfugiée à l'intérieur. »

Falk ne lui demanda pas quel serait le pire scénario. Perdue seule au milieu du bush et de tous ses dangers : comme ça, sans réfléchir, pas mal d'hypothèses lui venaient.

« Bon, voilà où on en est, conclut King. À vous, maintenant. »

Falk sortit son portable. Il avait sauvegardé le message vocal d'Alice Russell et il s'en félicitait : plus une seule barre de réseau sur l'écran. Il tendit l'appareil à King, qui le colla à son oreille.

« Foutu vent. » King couvrit son autre oreille avec sa main libre, et ferma les yeux pour mieux entendre. Il écouta deux fois encore, avant de rendre le portable à Falk, la mine grave.

« Y aurait moyen de me dire de quoi vous parliez avec cette fille ? » demanda-t-il.

L'hélicoptère s'approcha de nouveau du sol, secouant frénétiquement les arbres. Falk se tourna vers Carmen, qui lui répondit d'un hochement de tête discret.

« Nous avons aperçu Daniel Bailey sur le parking du gîte, déclara Falk. C'est le DG du cabinet qui emploie tous ces gens. Son nom figurait sur la liste des participants que vous nous avez envoyée.

— Le patron ? Ouais, je sais qui il est. Il faisait partie du groupe des mecs.

— Le groupe des hommes est-il entré en contact avec celui des femmes, pendant qu'ils étaient dans le bush ?

— Officiellement, non. Officieusement ? Ouais, j'ai cru comprendre qu'il y avait eu des contacts. Pourquoi ?

— C'est de ce sujet-là que nous parlions avec Alice Russell, répondit Falk. Daniel Bailey. »

Jour 1 : jeudi après-midi

Jill Bailey voyait l'arrière de la tête d'Alice s'éloigner à chaque nouvelle foulée.

Cela faisait à peine vingt minutes qu'elles marchaient, et déjà le talon gauche de Jill frottait de manière inquiétante dans sa chaussure, malgré le prix à trois chiffres qu'elle avait payé pour un article décrit comme offrant une « technologie confort pieds secs ». Il faisait froid, mais son tee-shirt collait à ses aisselles et une perle de sueur coula sur sa poitrine et mouilla son soutien-gorge. Son front était moite et luisant, et elle l'essuya discrètement sur sa manche.

La seule personne qui devait souffrir encore plus qu'elle, c'était Beth. Jill entendait le raclement de ses bronches de fumeuse derrière elle. Elle avait conscience qu'il aurait fallu se retourner pour lui adresser quelques paroles d'encouragement, mais à cet instant aucun mot ne lui venait à l'esprit. Rien de convaincant, en tout cas.

Elle s'appliqua donc à garder un rythme régulier, et à ne pas laisser paraître son inconfort. Le goutte-à-goutte mélodieux qui tombait des branches lui rappelait les ambiances sonores qu'on entendait dans les spas. Ça aurait mieux correspondu à l'idée qu'elle se faisait d'un week-end agréable ; les activités de plein air, ça avait toujours plutôt été le truc de Daniel. *Foutu Daniel.* Elle se demanda s'il était arrivé au gîte, maintenant.

Elle sentit un changement dans le mouvement du groupe, devant elle, et, en détachant ses yeux du sentier, elle vit que les autres avaient ralenti. Le chemin s'élargissait, dans une portion de bois moins dense, et elle comprit que ce qu'elle avait pris pour le bruit du vent était en fait celui d'une chute d'eau. Elle rattrapa les autres à l'orée de la clairière et cligna des yeux quand le bush s'ouvrit brusquement, dévoilant un mur blanc mouvant.

« Oh, mon Dieu. Incroyable, souffla Jill. On dirait que nous avons trouvé les chutes. »

« Magnifique » était le mot qui venait à l'esprit. Une rivière impétueuse serpentait au milieu des arbres, bouillonnante, parsemée d'écume, elle filait sous un pont de bois avant de tomber en chute libre du haut d'un promontoire rocheux. Elle plongeait comme un lourd rideau dans un rugissement confus et assourdissant, vers une vasque sombre à son pied.

Les cinq femmes traversèrent bruyamment le pont et se penchèrent par-dessus la balustrade, contemplant le gouffre où l'eau dégringolait. L'air était si vif que Jill avait presque l'impression de pouvoir le toucher, et l'eau vaporisée rafraîchissait ses joues. C'était un spectacle hypnotisant et, en s'y perdant, elle eut la sensation que son sac pesait un peu moins lourd sur ses épaules. Elle se dit qu'elle pourrait rester là pour toujours.

« On devrait y aller. »

La voix venait de l'autre extrémité du pont. Jill se tourna. Alice était déjà en train d'étudier le chemin devant elles. « Le jour tombera certainement de bonne heure, par ici, dit-elle. Nous devrions continuer. »

Aussitôt, l'ampoule qui se formait sur le talon de Jill la lança de plus belle, et son tee-shirt lui irrita la peau. Elle leva les yeux vers le ciel chargé de nuages, puis admira une dernière fois la vue. Elle laissa échapper un soupir.

« Très bien. Allons-y. »

Elle s'écarta du garde-fou et tomba sur Bree, qui examinait la carte avec perplexité.

« Tout va bien ? demanda-t-elle, et Bree découvrit dans l'instant ses dents blanches et bien droites.

— Oui. C'est par là. »

Elle replia la carte, repoussa sa queue-de-cheval noire par-dessus son épaule et désigna l'unique sentier, droit devant. Jill hocha la tête sans rien dire. Un seul chemin, une seule possibilité. Elle espérait que Bree ferait preuve d'autant de confiance lorsqu'il faudrait prendre une décision.

Le sentier était boueux, et Jill avait peur de glisser à chaque pas. Une douleur commençait à monter lentement le long de sa colonne vertébrale. Elle ne savait pas si cela était dû au poids du sac ou au fait de courber sans cesse le cou pour voir où elle posait les pieds.

Elles n'avaient pas beaucoup avancé quand un cri, à l'avant, vint soudain briser le bourdonnement sourd du bush. Bree s'était arrêtée et désignait du doigt quelque chose à l'écart du chemin.

« Regardez. C'est le premier drapeau, pas vrai ? »

Un carré de tissu d'un blanc étincelant claquait dans

la brise, bien visible sur le fond brun des troncs d'eucalyptus. Bree posa son sac et se fraya un chemin à travers les broussailles pour l'examiner de plus près.

« C'est bien ça. Il y a le logo de Corporate Adventures dessus. »

Jill plissa les yeux. À cette distance, elle ne distinguait pas grand-chose. Bree se dressa sur la pointe des pieds, tendant le bout de ses doigts vers le fanion. Elle sauta mais pas assez haut.

« Il faudrait que je monte sur quelque chose. » Bree regarda autour d'elle, les cheveux rabattus sur son visage.

« Oh, laissez tomber. » Alice étudiait le ciel. « Ça ne vaut pas la peine de vous briser le cou. On aura droit à quoi si on retrouve les six ? Cent dollars, c'est ça ?

— Deux cent quarante chacune. »

Jill se tourna en reconnaissant la voix de Beth. C'était la première fois qu'elle l'entendait parler depuis le début de la randonnée.

Beth déposa son sac à ses pieds.

« Je vais te faire la courte échelle. »

Jill vit l'enthousiasme s'évaporer du visage de Bree.

« Non, c'est bon. Laissons-le où il est. »

Mais il était trop tard, sa sœur venait déjà à sa rencontre.

« Deux cent quarante dollars, Bree. Je vais l'attraper moi-même si tu ne veux pas le faire. »

Jill se planta à côté d'Alice et Lauren, qui contemplaient la scène, les bras croisés sur la poitrine pour résister au froid. Beth s'agenouilla devant sa sœur, entrelaçant ses doigts pour former une marche de fortune, et elle attendit jusqu'à ce que Bree, à contrecœur, daigne poser sa chaussure maculée de boue sur ses paumes jointes.

« C'est une perte de temps », déclara Alice. Puis elle se tourna de côté vers Jill.

« Pardon. Pas le truc dans son ensemble. Juste ça.

— Oh, laissez-les tenter le coup. »

Lauren regardait les jumelles s'appuyer contre le tronc de l'arbre, en équilibre instable.

« Elles ne font de mal à personne. Deux cents dollars, c'est beaucoup d'argent quand on a vingt ans. »

Jill dévisagea Alice.

« Et puis d'ailleurs, pourquoi êtes-vous si pressée ?

— C'est juste qu'à ce rythme-là, nous allons monter les tentes sous la pluie et dans le noir. »

Jill se dit qu'Alice n'avait sans doute pas tort. Le ciel était de plus en plus bas, et elle constata qu'on n'entendait plus aucun oiseau chanter.

« On va repartir dans une minute. Mais ce que je voulais savoir, en fait, c'est pourquoi vous tenez tellement à rentrer à Melbourne de bonne heure, dimanche. Vous avez quelque chose de prévu, c'est ça ?

— Oh. »

Il y eut un silence embarrassé, puis Alice leva la main devant elle.

« Rien d'important…

— C'est la soirée de remise des prix à l'Endeavour Ladies' College, intervint Lauren, et Alice lui lança un regard que Jill n'eut pas le temps d'interpréter.

— Ah bon ? Dans ce cas, nous ferons en sorte d'être rentrées à temps, déclara Jill. Margot va recevoir quel prix ? »

Chaque fois qu'elle croisait la fille d'Alice, Jill repartait avec l'étrange sensation d'avoir été, en quelque sorte, *évaluée*. Non pas que l'opinion d'une gamine de seize ans eût la moindre valeur dans le monde de Jill – cela faisait trente-cinq ans qu'elle n'avait plus besoin de ce genre d'approbation –, mais le regard froid de Margot Russell avait quelque chose de troublant.

« Elle a eu le prix de danse, répondit Alice.

— C'est chouette.

— Mmm », grommela Alice qui, Jill le savait, avait un master en business et commerce.

Jill se tourna vers Lauren. Elle n'avait jamais rencontré la fille de Lauren, mais savait qu'elle étudiait aussi à l'Endeavour College. Elle avait surpris plusieurs fois Lauren en train de se plaindre des frais de scolarité. Jill eut beau chercher, pas moyen de se remémorer le prénom de la jeune fille.

« Vous aussi, vous devez y être ? » demanda-t-elle finalement.

Pause. « Non, pas cette année. »

À cet instant, de brèves acclamations se firent entendre et Jill se retourna, honteusement soulagée. Les deux sœurs brandissaient le drapeau.

« Bien joué, mesdames », les félicita Jill, et Bree rayonna de fierté. Même Beth souriait. *Cela change son visage*, songea Jill. *Elle devrait le faire plus souvent.*

« C'est pas trop tôt », soupira Alice entre ses dents mais sans grande discrétion. Elle hissa de nouveau son sac sur ses épaules. « Désolée, mais nous n'arriverons décidément pas avant la nuit si nous n'accélérons pas un peu.

— Oui, merci, Alice. Vous avez raison. »

Jill se tourna vers les jumelles.

« Super travail d'équipe, les filles. »

Quand Alice se remit en route, le sourire de Bree demeura ferme et éclatant. Le petit rictus au coin des lèvres était si infime que, si elle n'avait pas si bien connu Bree, Jill aurait pu croire qu'elle l'avait imaginé.

Alice n'avait pas tort. Quand elles arrivèrent au campement, il était plongé dans l'obscurité. Elles avaient parcouru le dernier kilomètre de leur randonnée à un rythme d'escargot, car elles avaient dû trouver leur chemin à la lueur de la torche, s'arrêtant tous les cent mètres pour étudier la carte.

Jill pensait éprouver un certain soulagement en atteignant la clairière, mais tout ce qu'elle ressentait, c'était l'épuisement. Ses jambes la faisaient souffrir et ses yeux étaient fatigués d'avoir tant scruté la pénombre. C'était difficile à dire dans le noir, mais le site paraissait plus grand qu'elle ne l'avait imaginé. Des eucalyptus l'entouraient de toutes parts, ballottés par le vent, leurs branches dessinant comme des doigts sombres sur le ciel nocturne. Elle ne distinguait aucune étoile.

Jill laissa tomber son sac, heureuse de se libérer du fardeau. Comme elle reculait, son talon buta sur quelque chose et elle bascula en arrière, tombant lourdement sur le coccyx en criant.

« C'était quoi, ça ? » Un faisceau lumineux se braqua sur les yeux de Jill, et l'aveugla. Il y eut un bref éclat de rire surpris, aussitôt étouffé. Alice. « Bon sang, Jill. Vous m'avez fait peur. Tout va bien ? »

Jill sentit quelqu'un l'empoigner par le bras.

« Je crois que vous avez trouvé l'endroit pour le feu de camp. »

Bree. Évidemment.

« Laissez-moi vous aider. »

Jill sentit Bree s'affaisser un peu sous son poids tandis qu'elle se relevait tant bien que mal.

« Je vais bien. Merci. » Sa paume lui donnait l'impression d'être éraflée, à vif, et elle se demanda si elle ne saignait pas. Elle tendit la main vers sa torche mais ne trouva qu'une poche vide.

« Mince.

— Vous êtes blessée ? »

Bree traînait encore par là.

« Je crois que j'ai fait tomber ma lampe. »

Jill jeta un coup d'œil vers l'endroit où elle avait trébuché, mais il faisait trop noir.

« Je vais chercher la mienne. » Et Bree s'évapora. Jill l'entendit fouiller dans son sac.

« Tenez. » La voix avait jailli de nulle part, tout près de son oreille, et Jill sursauta. Beth. « Prenez-la. »

Jill sentit un objet au creux de ses mains. C'était une torche en métal professionnelle, longue et lourde.

« Merci. » Jill chercha l'interrupteur à tâtons. Un faisceau puissant fendit la nuit, braqué droit sur Alice. Celle-ci eut un mouvement de recul et se protégea les yeux de la main, les traits de son visage anguleux dans cette lumière crue.

« Oh, elle éclaire fort. »

Jill prit son temps pour baisser le faisceau sur les pieds d'Alice.

« Je crois qu'elle remplit son job. Ça nous servira sans doute par la suite.

— Oui, j'imagine. »

Alice resta plantée, les pieds encerclés par le rond de lumière, puis elle fit un pas de côté et disparut.

Jill balaya lentement le campement avec sa lampe. La lumière blanche effaçait toutes les couleurs ou presque, donnant des teintes monochromes à tout ce qu'elle touchait. Le chemin par lequel elles étaient arrivées était étroit et cabossé, et l'emplacement pour le feu, à ses pieds, était noirci au centre. Un cercle d'arbres silencieux encadrait le site, leurs troncs brillaient dans la lumière artificielle. Au-delà, le bush était obscur. Une ombre attira le regard de Jill, tandis qu'elle faisait courir le faisceau, et elle s'arrêta. Elle revint en arrière, plus lentement cette fois. Une silhouette élancée se tenait debout, immobile, à l'orée de la clairière et Jill sursauta, manquant de nouveau trébucher et faisant virevolter l'éclat de sa lampe. Elle se reprit aussitôt, stabilisant sa main. La lumière tremblait légèrement quand elle redressa le faisceau.

Jill relâcha l'air de ses poumons. Ce n'était que Lauren. Son long corps fin se fondait presque dans les lignes verticales des arbres et les espaces sombres qui les séparaient.

« Bon Dieu, Lauren, vous m'avez fait peur », l'interpella Jill. Son cœur battait encore un peu trop fort. « Qu'est-ce que vous faites ? »

Lauren restait figée, tournant le dos au groupe, le regard plongé dans l'obscurité.

« Lau… »

Elle dressa la main. « Chut… »

Toutes l'entendirent en même temps. Un craquement. Jill retint son souffle, ses oreilles sifflaient dans le vide. Rien. Puis un autre craquement. Cette fois, le rythme brisé des débris cédant sous une semelle était clairement reconnaissable.

Jill recula brusquement. Lauren se retourna, le visage gris dans l'éclat de la lampe.

« Il y a quelqu'un par là. »

Chapitre 5

« Daniel Bailey ? » répéta King, ses yeux se posant sur Falk puis sur Carmen. « Pourquoi vous intéressez-vous à lui ? »

Le vent souleva dans les airs des nuages de poussière et de feuilles et, de l'autre côté de la piste, Falk vit le groupe de recherche s'enfoncer dans le bush. Melbourne semblait vraiment très loin.

« C'est strictement confidentiel », répondit Falk, et il attendit un moment que King hoche la tête.

« Bien sûr.

— C'est une histoire de blanchiment d'argent. Supposée.

— Chez BaileyTennants ?

— Nous avons des raisons de le croire. »

Ils n'étaient pas les seuls. Le prestigieux cabinet d'expertise comptable était dans le collimateur de l'AFP, la police fédérale australienne, qui enquêtait simultanément sur d'autres compagnies du même genre.

« Je croyais que c'était censé être une entreprise respectable ? Gérée par la même famille depuis plusieurs générations, et tout ça…

— Ouais. Nous pensons que le père de Daniel et Jill était déjà mouillé avant eux.

— Vraiment ? » King fronça les sourcils. « Alors il aurait, disons, transmis une tradition familiale ?

— On peut dire ça.

— Et on parle de quoi, là ? demanda King. Quelques magouilles dans les comptes, ou bien…

— Les allégations sont assez graves, répondit Carmen. Crime organisé. À haut niveau. Toujours en cours. »

En réalité, Falk savait que Carmen et lui n'étaient pas informés de l'ampleur exacte qu'avait prise l'enquête dans son ensemble. On les avait chargés spécifiquement d'enquêter sur BaileyTennants, et on ne leur transmettait que les infos qui les concernaient directement. Le cabinet n'était qu'un simple rouage dans un vaste réseau, voilà ce qu'ils savaient. Mais jusqu'où s'étendait ce réseau, et quelle était l'étendue de ses activités, ça, on n'avait pas jugé nécessaire de le leur dire. Ils se doutaient qu'il s'agissait d'une affaire nationale, voire internationale.

King plissa le front. « Et cette Alice est venue vous voir pour balancer ?…

— C'est nous qui l'avons approchée », rectifia Falk.

Elle n'avait peut-être pas été le bon choix ; ça, il pouvait le reconnaître à présent. Mais sur le papier, elle remplissait tous les critères. Assez haut dans la hiérarchie pour avoir accès à ce qu'il leur fallait, suffisamment dans la mouise pour faire pression sur elle. Et elle n'était pas de la famille Bailey.

« Donc, c'est à la fois Daniel et Jill Bailey qui vous intéressent ?

— Oui, confirma Carmen. Et Leo. Leur père.

— Il doit être à la retraite depuis un bail, pas vrai ?

— Il est encore actif. Apparemment. »

King hocha la tête, mais Falk distingua un drôle d'éclat dans son regard. Un éclat qu'il connaissait bien. Falk avait conscience que dans le grand ordre des choses, la plupart des gens classaient le blanchiment d'argent quelque part entre le vol à l'étalage et la fraude dans les transports en commun : cela n'aurait pas dû arriver, bien sûr, mais une poignée de gens riches déterminés à ne pas payer leur part d'impôts, cela ne méritait pas qu'on mobilise de vastes moyens policiers.

C'était plus grave que ça, et Falk essayait parfois de l'expliquer. Quand le moment s'y prêtait, et que son interlocuteur n'était pas trop obtus. Si de grosses sommes d'argent étaient dissimulées, il y avait forcément une raison à cela. Ces cols blancs impeccables, à force de tremper là-dedans, perdaient peu à peu tout scrupule, jusqu'à faire des choses terribles. Falk détestait ça. Il détestait tout là-dedans. Il détestait la manière dont ces hommes dans leurs bureaux luxueux pouvaient s'en laver tranquillement les mains et se dire qu'il ne s'agissait finalement que d'une manière un peu fantaisiste de gérer les comptes. La manière qu'ils avaient de dépenser leurs bonus, de s'acheter des villas somptueuses et des voitures rutilantes, tout en prétendant ignorer absolument ce qu'il y avait de pourri à l'autre bout de la chaîne. Drogue. Ventes d'armes illégales. Exploitation des enfants. Ça prenait des formes variables, mais toutes se négociaient avec une monnaie commune, celle de la misère humaine.

« Les Bailey savent-ils qu'on enquête sur eux ? » demanda King, et Falk se tourna vers Carmen. Cette question, ils se la posaient eux-mêmes.

« Nous n'avons aucune raison de le penser, finit-il par répondre.

— Sauf le fait que votre contact vous ait appelé la nuit de sa disparition.

— Sauf ça, oui. »

King se frotta le menton et contempla le bush.

« C'est quoi l'enjeu pour eux ? demanda-t-il au bout d'un moment. Alice Russell vous donne les infos dont vous avez besoin, et alors quoi ? Les Bailey perdent leur boîte ?

— Non, dans l'idéal, ils vont en prison, répondit Falk. Mais le cabinet sera fermé, oui.

— Donc tous les autres employés perdront leur boulot ?

— Oui.

— Y compris toutes les femmes qui sont parties là-bas avec elle ?

— Oui. »

King semblait pour le moins perplexe. « Et Alice Russell, ça ne la dérangeait pas ?

— Pour être tout à fait honnête, répondit Carmen, elle n'avait pas vraiment le choix. Si elle ne nous avait pas aidés, elle aurait risqué aussi gros que les Bailey.

— Je vois. »

King réfléchit quelques instants.

« Et ça dure depuis un moment, hein ?

— Nous travaillons directement avec elle, par intermittence, depuis trois mois, expliqua Falk.

— Mais alors, pourquoi aurait-elle eu besoin de vous contacter hier ? demanda King. C'était quoi, l'urgence ? »

Carmen soupira.

« Les données qu'Alice nous a fournies jusqu'à présent étaient censées être remises à l'équipe chargée de l'enquête générale, dit-elle. Aujourd'hui.

— Aujourd'hui ?

— Ouais. Il nous manque encore quelques documents clés, mais ce que nous avons déjà était prêt à l'envoi, pour être examiné.

— Alors vous l'avez fait ? Vous avez envoyé ces données ?

— Non, répondit Carmen. Une fois qu'elles seront envoyées, ça ne dépendra plus de nous. Ni d'Alice. Nous voulions d'abord nous faire une idée précise de la situation ici.

— Vous pensez qu'elle voulait faire machine arrière ? interrogea King.

— Nous l'ignorons. C'est possible. Mais il est un peu tard pour nous faire un coup comme ça. Elle risque d'être poursuivie si elle fait ça. Il faudrait vraiment qu'elle ait une sacrée bonne raison. »

Carmen hésita, avant d'ajouter : « Ou qu'elle n'ait pas eu le choix, j'imagine. »

Ils se tournèrent tous les trois vers le paysage sombre qui refusait, jusqu'ici, de leur rendre Alice Russell.

« Mais qu'est-ce que vous attendez encore d'elle ? demanda King.

— Une série de documents commerciaux, répondit Falk. Des documents anciens. »

BT-51X à BT-54X, tels étaient leurs noms officiels, même si Carmen et lui les appelaient plus simplement *les contrats*. « Nous en avons besoin pour prouver l'implication du père de Daniel et de Jill. »

Falk et Carmen avaient été informés du caractère crucial de ce qui s'était déroulé par le passé. C'était Leo Bailey qui avait mis en place la combine sous sa forme actuelle, et c'était lui aussi qui avait tissé des liens avec un certain nombre d'acteurs clés faisant eux aussi l'objet d'une enquête. Ces choses appartenaient peut-être au passé, mais le cordon qui les reliait au présent était encore vivace et actif.

King resta silencieux. On entendait dans la distance le vrombissement de l'hélico. Il s'éloignait.

« Bon…, reprit le sergent au bout d'un certain temps. Écoutez, à l'heure où je vous parle, ma seule et unique priorité est Alice Russell. La retrouver, et la ramener ici saine et sauve. Le scénario le plus probable quand une personne est portée disparue dans le bush, c'est qu'elle se soit écartée du chemin et ait perdu ses repères, donc je m'en tiendrai à cette hypothèse-là jusqu'à nouvel ordre. Mais s'il y a des chances que le fait de vous avoir donné des infos ait pu lui causer des problèmes avec ce groupe, alors c'est toujours bon à savoir. Donc merci de votre franchise. »

Le sergent ne tenait plus en place à présent, pressé de retourner à ses affaires. Une drôle d'expression s'était installée sur son visage. Presque du soulagement. Falk l'observa encore un peu, puis reprit la parole.

« Quoi d'autre ?

— Comment ça, quoi d'autre ?

— Qu'espérez-vous encore qu'il ne soit pas arrivé ? demanda Falk. Aucun de ces scénarios ne me paraît rassurant.

— C'est vrai. »

King détourna le regard.

« Alors, qu'est-ce qui pourrait être pire, comme scénario ? »

Le sergent cessa de s'agiter et son regard se perdit le long de la piste. L'équipe de recherche avait été engloutie par les bois, et leurs combinaisons orange étaient désormais invisibles. Les médias observaient l'action à distance, trop loin pour les entendre. Pourtant, il se pencha un peu et laissa échapper un soupir.

« Kovac. Kovac est pire. »

Ils le contemplèrent avec stupéfaction.

« Kovac est mort, répliqua Carmen.

— Martin Kovac est mort. » King fit glisser sa langue sur ses dents. « Mais son fils, on n'est pas très sûr. »

Jour 1 : jeudi soir

Lauren eut envie de crier.

Ce n'étaient que les hommes. Le cœur battant et un goût amer dans la bouche, elle avait vu le groupe de cinq sortir de la forêt. Leurs sourires éclatants, tandis qu'ils brandissaient des bouteilles de vin. Daniel Bailey ouvrait la marche.

« Alors, vous avez fini par arriver ? » lui lança Lauren d'un ton sec, désinhibée par l'adrénaline. Daniel ralentit le pas.

« Oui… »

Ses yeux se plissèrent, et Lauren pensa d'abord qu'il était fâché, avant de comprendre qu'il essayait seulement de se souvenir de son nom. Il fut sauvé par sa sœur, jaillie de la pénombre.

« Daniel. Qu'est-ce que vous faites là ? » Si Jill était surprise, ou ennuyée, elle ne le montrait pas. Mais bon, elle ne montrait jamais grand-chose, Lauren le savait d'expérience.

« On s'est dit qu'on allait passer vous saluer. Voir comment vous vous en tirez. » Il examina le visage de sa sœur. « Oh, pardon. On vous a fait peur ? »

Peut-être Daniel savait-il mieux déchiffrer les pensées de sa sœur que la plupart des gens, songea Lauren. Jill ne dit rien, elle se contenta d'attendre.

« Tout le monde va bien ? poursuivit Daniel. Notre campement n'est qu'à un kilomètre d'ici. On a apporté à boire. » Il se tourna vers les quatre autres hommes, qui tendirent docilement leurs bouteilles dans la lumière. « Qu'un de vous aille aider les filles à allumer leur feu.

— On va se débrouiller, rétorqua Lauren, mais Daniel tendit la main devant lui.

— Non, non. Ça ne les dérange pas. »

Il se tourna vers sa sœur et Lauren les vit s'éloigner. Elle retourna au site prévu pour le feu de camp, où un type maigrelet du service marketing essayait de faire prendre un allume-feu sur un tas de feuilles mouillées.

« Pas comme ça. » Lauren lui prit les allumettes des mains. Il la regarda fouiller le sol autour d'un arbre mort, tombé à l'orée de la clairière, et ramasser des bouts de bois protégés de la pluie. À l'autre bout de la clairière, Lauren entendait Alice expliquer aux jumelles comment monter les tentes. Visiblement, les deux sœurs faisaient l'essentiel du boulot.

Elle s'accroupit devant le foyer, tâchant de se rappeler comment il fallait faire. Elle disposa les branches en tipi au-dessus d'un lit de brindilles, et examina son ouvrage. Ça avait l'air parfait. Lauren frotta une allumette et retint son souffle tandis que la flamme embrasait les bouts de bois, puis s'élevait, baignant les alentours d'une lueur orangée.

« Où avez-vous appris ça ? » Le type du marketing la fixait, interloqué.

« Un camp, à l'école. »

Un bruissement dans la nuit, et Alice apparut dans la

lumière. « Hé. Les tentes sont montées. Bree et Beth en ont pris une, alors on partagera l'autre, toutes les deux. Jill prendra la tente une place. » Elle désigna le feu d'un geste du menton, ses traits déformés par l'éclat dansant des flammes. « Super. Mettons le dîner à cuire.

— On ne devrait pas demander à Jill ? »

La clairière était vaste, et Lauren mit quelques instants à la localiser, debout à l'autre extrémité avec son frère, en grande conversation. Jill dit quelque chose et Daniel secoua la tête.

« Ils sont occupés, fit remarquer Alice. Mettons-nous au travail. On va devoir le faire de toute manière. Et puis je suis sûre qu'elle ne sait pas cuisiner sur feu de camp. »

C'était sans doute vrai, se dit Lauren, tandis qu'Alice commençait à sortir des casseroles, du riz et des sachets de ragoût de bœuf lyophilisé.

« Je me rappelle m'être juré, pendant un camp de vacances, de ne plus jamais faire ça, mais c'est comme le vélo, pas vrai ? déclara Alice quelques minutes plus tard, en regardant les premières bulles se former à la surface de l'eau. J'ai l'impression qu'on devrait renfiler nos uniformes d'écolières. »

Avec ce parfum d'eucalyptus et de bois brûlé dans les narines, et la présence d'Alice à ses côtés, Lauren sentit la poussière autour d'elles relâcher un souvenir vieux de trente-deux ans. Le camp McAllaster.

Le campus en plein bush de l'Endeavour Ladies' College figurait toujours en bonne place sur la brochure clinquante de l'établissement pour filles. Une chance – une chance obligatoire – pour les filles de troisième de passer toute une année scolaire dans ce bout du monde. Ce programme était conçu pour développer la force de caractère, la résistance et un respect salutaire pour l'environnement naturel australien. Conçu aussi – c'était subtilement écrit entre les lignes habilement rédigées – pour éloigner les adolescentes de tout ce qui pouvait attirer les filles de leur âge.

Alors âgée de quinze ans, Lauren avait souffert d'être séparée des siens dès le premier jour, d'ampoules et de piqûres de moustique à partir du deuxième. Elle n'était pas vraiment sportive et avait depuis longtemps passé l'âge où on pouvait encore parler de rondeurs enfantines. Et au bout d'une interminable semaine, elle s'était en plus retrouvée avec un bandeau sur les yeux. Quel était l'intérêt de ce défi fondé sur la confiance, alors qu'elle n'avait confiance en aucune de ses camarades ?

Elle savait que celles-ci l'avaient emmenée à l'écart du campement, en plein bush – c'était évident, à cause du craquement des feuilles sous ses pieds. Mais à part ça, elle était perdue. Elle aurait tout aussi bien pu se trouver au bord d'une falaise, ou sur le point de tomber dans une rivière. Elle avait entendu des mouvements autour d'elle. Des bruits de pas. Un gloussement. Elle avait tendu la main devant elle pour fouiller les ténèbres. Ses doigts s'étaient refermés sur le vide. Un pas hésitant avait failli s'achever par une chute, quand ses orteils avaient buté sur le sol inégal. Soudain, une main avait agrippé son bras, ferme et déterminée. Elle avait senti un souffle chaud contre sa joue, et une voix lui avait murmuré à l'oreille.

« C'est bon, je te tiens. Par ici. » Alice Russell.

C'était la première fois, dans son souvenir, qu'Alice lui avait vraiment adressé la parole, mais elle avait tout de suite reconnu sa voix. Lauren, qui était grosse alors et n'avait pas d'amis, se souvenait encore de la sensation de soulagement un peu confus qui s'était emparée d'elle quand Alice avait pris son bras. À présent, presque trente ans plus tard, elle regardait Alice par-dessus le feu de camp en se demandant si elle aussi se souvenait de ce jour-là.

Lauren inspira, mais fut interrompue par un frôlement derrière elle. Daniel surgit à côté d'elle, le visage teint en orange par la lueur des flammes.

« Ils ont réussi à allumer le feu, alors ? Bien. » Ses pupilles étaient noires dans la pénombre du campement et il tendit une bouteille de vin rouge à Lauren. « Tenez, servez-vous un verre. Alice, j'aurais besoin de vous parler deux minutes, s'il vous plaît.

— Maintenant ? » Alice ne bougea pas.

« Oui, s'il vous plaît. » Daniel posa sa main délicatement entre ses omoplates. Après un bref instant d'hésitation, Alice se laissa conduire à l'écart du groupe. Lauren les vit pratiquement disparaître en bordure de la clairière, avalés par l'ombre. Elle entendit le bourdonnement grave et indistinct de la voix de Daniel, avant qu'elle soit couverte par le brouhaha des conversations autour d'elle.

Lauren tourna le dos au feu et remua les sachets de ragoût. Ils étaient prêts. Elle les ouvrit. Ajouta à chacun la même quantité de riz, exactement.

« Le dîner est servi », lança-t-elle, sans s'adresser à personne en particulier.

Bree la rejoignit, tenant à la main le drapeau qu'elle avait récupéré plus tôt et traînant deux hommes dans son sillage.

« Je l'ai trouvé dans un arbre au bord du chemin, leur disait-elle. Vous avez peut-être loupé le vôtre. »

Elle avait les joues roses et sirotait du vin dans un gobelet en plastique. Elle prit l'un des sachets-repas.

« Merci. Ça fait envie. » Elle tritura le contenu avec sa fourchette et sa mine s'assombrit un peu.

« Vous n'aimez pas le bœuf ? demanda Lauren.

— Oh, si. Ça me va très bien. C'est juste que… »

Bree s'interrompit. « Ça a l'air délicieux, merci. »

Lauren regarda Bree avaler une petite bouchée. Rien que de la viande, pas de riz. Lauren savait reconnaître une personne qui évitait les féculents le soir au premier coup d'œil. L'envie de faire un commentaire la démangeait, mais elle préféra se taire. Ce n'étaient pas ses affaires.

« Si votre dîner a le même goût que le nôtre tout à l'heure, vous allez avoir besoin de quelque chose pour le faire passer », fit remarquer l'un des hommes en se penchant vers Bree. Il remplit de nouveau son gobelet de vin sans lui laisser le temps de répondre.

Lauren les surveilla du coin de l'œil tandis qu'elle se servait et s'installait sur un rondin de bois, près du feu, pour manger. Elle ouvrit le sachet. Le bœuf et le riz la contemplèrent. Elle se dit qu'il fallait manger, puis jeta un œil autour d'elle. Personne ne la regardait. Tout le monde ici s'en fichait, de toute manière. Elle posa sa fourchette.

Une ombre se posa sur les cuisses de Lauren et elle releva les yeux.

« Je peux en avoir un ? » Beth pointait du doigt la nourriture.

« Bien sûr.

— Merci. Je meurs de faim. »

Beth désigna du menton le rondin. « Je peux m'asseoir avec vous ? »

Lauren se décala et sentit la bûche craquer et s'enfoncer dans la boue sous le poids de Beth. Celle-ci mangea à toute vitesse, en observant sa sœur qui tenait salon au milieu des hommes. Bree bascula en arrière son long cou diaphane et but une gorgée de son gobelet, qui fut aussitôt rempli.

« D'habitude elle n'aime pas trop boire, déclara Beth, la bouche encore un peu pleine. Ça lui monte vite à la tête. »

Lauren se souvint de la bouteille de rouge que Daniel lui avait glissée dans la main et elle la tendit, mais Beth fit non de la tête.

« Non merci, ça ira.

— Vous non plus, vous n'aimez pas ça ?

— J'aime trop ça.

— Oh. »

Lauren n'aurait su dire si Beth plaisantait ou pas. Elle ne riait pas, en tout cas.

« Ça vous dérange si je fume ? » Beth froissa son sachet de ragoût vide et sortit de sa poche un paquet de cigarettes.

Ça dérangeait un peu Lauren, mais elle prétendit le contraire. Elles étaient en plein air ; qu'elle fume donc. Les deux femmes se perdirent dans la contemplation des flammes. Les rires et les éclats des conversations autour d'elles se faisaient de plus en plus forts, au fur et à mesure que l'on débouchait des bouteilles. L'un des hommes s'arracha à l'emprise de Bree pour venir à leur rencontre.

« Je peux vous prendre une cigarette ? » Il se baissa vers Beth, tout sourires. Beth hésita, puis lui tendit son paquet.

« Merci. » Il en prit deux, en glissant une entre ses lèvres et l'autre dans sa poche. Il avait déjà tourné le dos à Beth quand il tira sa première bouffée. Lauren vit les yeux de Beth le suivre, tandis qu'il retournait vers sa sœur.

« Ça te plaît, BaileyTennants ? »

Beth haussa les épaules. « Ça va. C'est cool. »

Elle s'efforçait de paraître enthousiaste, mais était loin du compte. Lauren ne pouvait pas lui en vouloir. L'archivage des données était un job notoirement mal payé, même pour un premier poste, et le service occupait le sous-sol de l'immeuble. Chaque fois qu'elle devait y descendre, Lauren éprouvait un irrépressible besoin de retrouver la lumière du jour.

« C'est sympa de travailler avec ta sœur ?

— Oui, vraiment. »

L'enthousiasme semblait sincère, cette fois.

« C'est grâce à elle que j'ai eu ce job. Elle m'a recommandée.

— Tu étais où, avant ? »

Beth l'enveloppa d'un drôle de regard, et Lauren se demanda si elle n'avait pas mis les pieds dans le plat.

« Entre deux jobs.

— Oh. »

Beth tira sur sa cigarette et relâcha un nuage de fumée en soupirant. « Désolée. Je suis très heureuse d'avoir obtenu ce boulot. C'est juste tout ça… » Elle balaya d'un geste la clairière.

« C'est pas trop mon truc.

— Je crois que ce n'est le truc de personne. Sauf peut-être Daniel. »

Lauren repensa soudain à Alice et releva les yeux. L'endroit où Daniel l'avait emmenée pour parler était désert, et Lauren aperçut le directeur général à l'autre bout de la clairière. Il se tenait un peu à l'écart, avec sa sœur, à observer le groupe. Alice n'était nulle part.

Un coup de tonnerre craqua dans le lointain et les conversations se turent peu à peu, tandis que les visages se tournaient vers le ciel. Lauren sentit une goutte sur son front.

« Je vais aller vérifier que mon sac est bien dans la tente », dit-elle, et Beth acquiesça.

Lauren traversa la clairière et enjamba les cordelettes des tentes, bien tendues. Les jumelles avaient fait du bon travail, se dit-elle en s'agenouillant pour remonter la fermeture Éclair de la porte.

« Alice ! »

Alice sursauta. Elle était assise en tailleur au centre de la tente, tête baissée, le visage baigné d'une inquiétante lueur bleue. Un téléphone portable était posé sur ses genoux.

« Merde. » Alice serra le portable contre sa poitrine. « Tu m'as fait peur.

— Pardon. Tout va bien ? Le dîner est prêt, si tu veux.

— Non, ça va.

— Tu es sûre ? Qu'est-ce que tu fais ?

— Rien. Vraiment, ça va. Merci. »

Alice appuya sur un bouton et l'écran du téléphone s'éteignit, les traits de son visage disparaissant en même temps que la lumière. Sa voix était bizarre. Lauren se demanda un instant si elle n'avait pas pleuré.

« Daniel, qu'est-ce qu'il te voulait ? l'interrogea-t-elle.

— Rien. Juste un truc concernant l'organisation de l'assemblée générale annuelle.

— Ça ne pouvait pas attendre ?

— Bien sûr que si. Mais tu le connais…

— Oh. » Lauren avait mal aux genoux à force d'être accroupie dans l'entrée. Elle entendit la pluie frapper la toile de tente près de son oreille.

« C'est ton téléphone ? Je croyais que tu l'avais laissé dans le bus.

— C'était mon portable du boulot. Hé, tu as le tien ?

— Non, on n'était pas censés les apporter. »

Un petit rire méchant.

« Alors, bien sûr, tu ne l'as pas fait. Peu importe. De toute façon, j'ai pas de réseau.

— Tu voulais appeler qui ?

— Personne. »

Une pause.

« Margot.

— Il y a un problème ?

— Non. »

Alice s'éclaircit la voix. « Non, aucun problème. Elle va bien. »

Alice appuya sur le bouton et l'écran s'illumina de nouveau. Ses yeux avaient vraiment l'air humides.

« Toujours pas de réseau ? »

Pas de réponse.

« Tu es sûre que tout va bien ?

— Oui. Faut juste… »

Il y eut le bruit sourd du portable atterrissant sur un duvet.

« Faut juste que je l'appelle.

— Margot a seize ans, Alice. Elle peut très bien se débrouiller seule pendant deux ou trois jours. Tu la verras dimanche, de toute façon. À la remise des prix. »

Lauren distingua une note d'amertume dans son propre ton. Alice ne parut rien remarquer.

« Je veux juste être sûre qu'elle va bien.

— Bien sûr que oui. Margot va très bien. Elle va toujours bien. »

Lauren se força à respirer profondément. Alice était fâchée, à l'évidence. « Écoute, je sais ce que c'est. Moi aussi, je m'inquiète pour Rebecca. » C'était peu de le dire. Lauren avait parfois l'impression qu'elle n'avait pas dormi une seule nuit entière depuis la naissance de sa fille, seize ans plus tôt.

Pas de réponse. Un frôlement de mains qui cherchent, puis la lumière bleue de l'écran réapparut.

« Alice ?

— J'ai entendu. » Alice semblait ailleurs. Ses traits étaient durs, elle contemplait ses cuisses.

« Au moins, Margot semble s'en sortir très bien. Avec son prix de danse, et tout le reste. » L'amertume était de retour.

« Peut-être. Simplement... » Lauren entendit Alice soupirer. « J'espérais mieux pour elle.

— Je vois. Bon. Je sais ce que tu ressens. » Lauren pensa à sa propre fille, restée à la maison. C'était l'heure du dîner. Elle tenta de deviner ce qu'elle pouvait bien être en train de faire, et son éternel nœud à l'estomac se reforma.

Alice se frotta les yeux du revers de la main. Sa tête se redressa brusquement.

« Pourquoi tout est si calme, dehors ?

— Il pleut. La fête est finie.

— Daniel s'en va ?

— Ils partent tous, je crois. »

Alice la poussa sur le côté et sortit tant bien que mal de la tente, écrasant le doigt de Lauren sous le talon de sa chaussure de randonnée. Lauren la suivit en se frottant la main. Dehors, le campement s'était vidé. Les jumelles étaient invisibles, mais on apercevait le halo d'une torche à travers la toile de leur tente. Jill se tenait seule au coin du feu, son blouson zippé jusqu'en haut, capuche rabattue sur le front. Elle piochait dans un sachet du bout de sa fourchette en contemplant les flammes à l'agonie, tandis que des gouttes de pluie sifflaient et grésillaient sur les braises. Jill leva les yeux en les entendant approcher.

« Ah, vous voilà. » Jill les dévisagea. « Je t'en prie, Alice, dis-moi que tu n'enfreins pas les règles… »

Silence. « Pardon ? »

Jill désigna d'un hochement de tête la main d'Alice. « Les portables sont interdits. »

Lauren entendit Alice recracher l'air de ses poumons. « Je sais. Je regrette. Je ne m'étais pas rendu compte qu'il était dans mon sac.

— Faites en sorte que Bree et Beth ne le voient pas. Les règles sont les mêmes pour tout le monde.

— Je sais. Elles ne le verront pas.

— On capte, ici ?

— Non.

— Oh, eh bien… »

Les dernières braises crachotèrent avant de s'éteindre. « Dans ce cas, il ne vous sert à rien, de toute manière. »

Chapitre 6

Falk et Carmen dévisageaient King, stupéfaits. L'hélico descendit en piqué vers le site, le *flap-flap* de ses pales s'approchant au-dessus de leurs têtes.

« J'ignorais que Kovac avait un fils, déclara Falk.

— À vrai dire, ce n'était pas vraiment la famille idéale. Le gamin aurait presque trente ans aujourd'hui, le fruit d'une relation épisodique que Kovac entretenait à l'époque avec une serveuse, au pub du coin. Ils se sont retrouvés avec ce gosse, Samuel – Sam –, et il semble que Kovac ait surpris tout le monde en prenant son rôle de père plus à cœur qu'on ne pourrait s'y attendre de la part d'un psychopathe. »

King soupira.

« Mais le gamin avait à peine quatre ou cinq ans quand Kovac s'est retrouvé derrière les barreaux. La mère avait des problèmes d'alcool, si bien que Sam a navigué de famille d'accueil en famille d'accueil. Il a refait surface à la fin de son adolescence, il rendait visite à son père en prison – au dire de tous, c'était bien son seul visiteur –, puis il a disparu du radar il y a cinq ans, à peu près. Porté disparu et présumé mort.

— Présumé mais pas confirmé ? interrogea Carmen.

— Tout à fait. »

King se tourna vers une équipe de recherche qui ressortait des bois, leurs mines n'annonçant aucune bonne nouvelle.

« Mais c'était un escroc à la petite semaine, qui avait un peu la folie des grandeurs… Il s'est essayé au trafic de drogue, a gravité autour des gangs de bikers. C'était écrit : tôt ou tard, il allait rejoindre son père en prison, ou bien il allait marcher sur les pieds de la mauvaise personne et en paierait le prix. On a une équipe à Melbourne qui essaie d'en savoir plus. » Il eut un sourire sinistre. « Ça aurait été mieux si on l'avait fait à l'époque. Mais quand un type comme Sam Kovac est porté disparu, faut dire que ça n'embête pas grand monde. La seule personne qui a fait du foin, c'est son père.

— Qu'est-ce qui vous fait croire qu'il puisse être impliqué dans la disparition d'Alice Russell ? demanda Falk.

— Je ne crois pas que ce soit le cas. Enfin, pas vraiment. Mais il y a cette vieille théorie selon laquelle Martin Kovac avait une base quelque part dans le bush. Un endroit où il pouvait se planquer. À l'époque, on pensait que cette base se trouvait sans doute près des endroits où les victimes ont été enlevées. Mais si elle a existé, on ne l'a jamais trouvée. »

Il fronça les sourcils.

« Et d'après les descriptions qu'en ont faites les femmes, il y a une petite chance que la cabane qu'elles ont trouvée ait un lien avec lui. »

Falk et Carmen échangèrent un regard.

« Comment les femmes ont-elles réagi quand vous leur avez dit ça ? demanda Carmen.

— Elles ne savent pas. On s'est dit qu'il ne servait à rien de les affoler avant d'être vraiment sûr qu'il y a des raisons de s'inquiéter.

— Et vous n'avez aucune idée de l'endroit où se trouve cette cabane ?

— On pense que ces femmes se trouvaient quelque part dans le nord, mais "le nord", par ici, ça représente une sacrée surface. Des centaines d'hectares, que nous connaissons mal.

— Vous ne pouvez pas réduire la zone grâce au signal émis par le portable d'Alice ? demanda Falk, mais King secoua la tête.

— Si elles avaient été sur les hauteurs, peut-être. Mais manifestement, ce n'était pas le cas. Il y a de petites poches de terrain où le réseau passe, mais c'est vraiment aléatoire. Parfois, ça se limite à quelques mètres carrés, ou alors ça va et ça vient. »

Depuis le chemin, un des membres du groupe de recherche interpella King, et le sergent lui répondit d'un geste.

« Désolé, mais je ferais mieux d'y retourner. On se reparle tout à l'heure.

— Les autres personnes de BaileyTennants sont encore dans le coin ? Nous pourrions avoir besoin de les interroger, déclara Carmen tandis qu'ils traversaient la piste avec le policier.

— J'ai demandé aux femmes de ne pas s'éloigner pour l'instant. Tous les hommes sont rentrés en ville, sauf Daniel Bailey. Vous pouvez leur dire que vous êtes là pour m'aider, si ça peut vous faciliter le boulot. Tant que vous partagez les infos, bien sûr.

— Ouais, entendu.

— Venez, je vais vous présenter Ian Chase. »

King leva la main et un jeune homme en polaire rouge sortit d'un groupe de recherche pour venir à leur rencontre.

« C'est lui qui dirige le programme de Corporate Adventures dans le parc. »

Le sergent eut un demi-sourire.

« Laissez-le vous expliquer lui-même combien tout ce bordel est censé être sûr et bien organisé. »

« C'est vraiment un jeu d'enfant si on suit l'itinéraire comme il faut », déclara Ian Chase. C'était un type sec, à la chevelure sombre, avec des yeux qui n'arrêtaient pas de se projeter vers le bush, comme s'il s'attendait à tout moment à voir réapparaître Alice.

Ils avaient regagné le gîte, Falk et Carmen roulant derrière le minibus de Chase sur la petite piste isolée. À présent, Chase posait la main sur un panneau de bois qui marquait le début d'un sentier. On pouvait y lire une inscription gravée dans le bois, rongée par les intempéries : *Mirror Falls*. À leurs pieds, un chemin de terre sinueux s'enfonçait dans le bush.

« C'est d'ici que le groupe des femmes est parti, expliqua Chase. Le sentier de Mirror Falls n'est même pas notre itinéraire le plus difficile. Nous avons une quinzaine de groupes qui le font chaque année, et il n'y a jamais eu de problème.

— Vraiment jamais ? demanda Falk, et Chase bascula d'un pied sur l'autre.

— De temps en temps, peut-être. Il arrive que des groupes arrivent plus tard que prévu. Mais généralement pas parce qu'ils sont perdus, plutôt parce qu'ils sont lents. En remontant le chemin, on les retrouve en train de tirer la patte près du dernier campement. Ils n'en peuvent plus de porter leurs sacs.

— Mais pas cette fois, fit remarquer Carmen.

— Non, reconnut Chase en secouant la tête. Pas cette fois. Nous déposons de la nourriture et de l'eau dans des coffres cadenassés au deuxième et au troisième campement, pour que les groupes n'aient pas à tout porter du début à la fin. Quand on a vu que les filles n'arrivaient pas au point de rendez-vous final, deux ou trois rangers sont partis à leur recherche. Ils connaissent les raccourcis, vous voyez ? Ils ont vérifié le coffre du troisième campement : aucune trace de leur passage. Et au deuxième campement, pareil. C'est là qu'on a appelé la police d'État. »

Chase sortit une carte de sa poche et pointa son index sur une épaisse ligne rouge qui s'incurvait légèrement vers le nord avant de filer plein ouest.

« Voici l'itinéraire qu'elles étaient censées suivre. Elles se sont sans doute plantées quelque part par là… » Il posa son doigt entre les deux croix marquant le premier et le deuxième campement. « Nous sommes pratiquement certains qu'elles ont emprunté par erreur la trace des kangourous. Le problème, c'est de savoir où elles se sont retrouvées, ensuite, quand elles ont essayé de revenir sur leurs pas. »

Falk examina le parcours. Il avait l'air assez facile sur le papier, mais il savait pertinemment combien le bush pouvait fausser les choses.

« Et le groupe des hommes, quel était leur itinéraire ?

— Ils sont partis d'un point situé à dix minutes en voiture d'ici. »

Chase désignait une autre ligne, tracée en noir. Elle restait pratiquement parallèle à celle des femmes le premier jour, puis plongeait vers le sud avant d'atteindre le même point d'arrivée, plein ouest.

« Les mecs sont partis pratiquement une heure après elles, mais ils avaient encore largement le temps d'atteindre leur premier campement. Et d'après ce que j'ai compris, ils ont même eu le temps de se rendre au campement des filles pour prendre quelques verres… »

Carmen prit un air étonné.

« C'est courant ?

— Ce n'est pas encouragé, mais ça arrive. La marche entre les deux campements n'est pas difficile, mais on prend toujours un risque en faisant du hors-piste. Quand on se plante, ça peut vraiment mal tourner.

— Pourquoi les hommes sont-ils partis si tard ? interrogea Falk. Je croyais que vous les aviez tous emmenés ensemble ?

— Sauf Daniel Bailey, répondit Chase. Il a loupé le bus.

— Ah bon ? Il a donné une raison ? »

Chase fit non de la tête.

« Pas à moi, en tout cas. Il a présenté ses excuses aux autres types. Il a dit qu'une affaire l'avait retenu.

— Je vois. »

Falk se pencha de nouveau sur la carte. « On leur donne tous cette carte le jour même ou… ? »

Chase secoua la tête.

« Nous l'envoyons deux semaines avant. Mais ils n'en ont qu'une seule par équipe, et on leur demande de ne pas en faire de copies. On ne peut pas leur interdire d'en faire, bien sûr, mais ça fait partie du concept. Ça leur permet d'appréhender la rareté des choses ici, et le fait qu'il n'est pas facilc de les remplacer. C'est pour ça aussi qu'on garde leurs téléphones. Nous voulons que les gens s'en remettent à leurs propres capacités plutôt qu'à la technologie. Et puis de toute façon, les portables ne captent pas bien dans le parc.

— Quelle était l'ambiance dans le groupe des femmes, au moment du départ ? demanda Falk. Vous les avez trouvées comment ?

— Très bien, répondit Chase sans hésiter. Un peu nerveuses peut-être, mais pas plus que la moyenne. Je ne les aurais pas laissées partir si j'avais eu des doutes. Mais elles semblaient plutôt contentes. Je vous laisse en juger… »

Il sortit son portable de sa poche et tapa sur l'écran avant de le tendre sous le nez de Falk. C'était une photo.

« Je l'ai prise juste avant qu'elles partent. »

Les cinq femmes souriaient, elles se tenaient les unes les autres. Jill Bailey était au centre du groupe, le bras droit passé autour des hanches d'Alice, qui enlaçait elle-même une femme que Falk reconnut comme étant Lauren Shaw. Sur la gauche de Jill se tenaient deux femmes plus jeunes, qui avaient un air de ressemblance, mais sans plus.

Falk examina Alice, sa tête blonde légèrement penchée de côté. Elle portait un blouson rouge et un pantalon noir, et son bras était posé délicatement sur les épaules de Jill. Ian Chase avait raison : sur cet instantané, elles avaient toutes l'air plutôt heureuses.

Falk lui rendit son téléphone.

« On est en train d'imprimer des copies pour les équipes de recherche, précisa Chase. Venez, je vais vous montrer la première partie du chemin. » Il étudia Falk et Carmen de bas en haut, notant leurs chaussures neuves. Son regard s'attarda brièvement sur la main brûlée de Falk. « Il y a un petit bout, jusqu'aux chutes, mais ça devrait aller. »

Ils s'enfoncèrent dans les bois et, presque aussitôt, la main de Falk fut prise de fourmillements. Il n'y prêta pas attention, se concentrant sur le décor. Le sentier était clairement tracé et Falk aperçut des marques sur le sol, de vieilles empreintes de pas sans doute, en partie effacées par la pluie. Au-dessus d'eux, des eucalyptus de grande taille oscillaient dans la brise, enveloppant de leur ombre le chemin de manière constante. Falk vit Carmen frissonner sous sa veste. Il pensa à Alice Russell et se demanda ce qui avait pu lui passer par la tête lorsqu'elle était entrée dans la forêt, marchant sans le savoir vers quelque chose qui allait l'empêcher d'en ressortir avec les autres.

« Comment fonctionnent les activités de Corporate Adventures ? demanda Falk, dont la voix semblait exagérément forte dans les bruissements du bush.

— Nous organisons des programmes sur mesure pour la formation du personnel et le team-building, répondit Chase. La plupart de nos clients sont basés à Melbourne, mais nous proposons des activités dans tout l'État du Victoria. Des parcours aventure, des séminaires à la journée, entre autres…

— Et ici, dans le parc, vous gérez ça tout seul ?

— Pour l'essentiel, oui. Il y a un autre gars qui organise des stages de survie à deux ou trois heures d'ici. On se remplace mutuellement quand l'autre part en congé, mais, la plupart du temps, il n'y a que moi.

— Et vous vivez ici ? demanda Falk. Vous êtes logé dans le parc ?

— Non. J'ai une petite piaule en ville. Près de la station-service. »

Falk, qui avait passé les premières années de sa vie au fin fond de nulle part, songea que même lui aurait hésité à considérer comme une ville la poignée de magasins devant lesquels ils étaient passés.

« Ça semble un peu isolé, dit-il, et Chase haussa les épaules.

— C'est pas si mal. »

Il progressait sur ce chemin inégal avec l'aisance de celui qui l'avait emprunté maintes fois.

« J'aime être dans la nature, et les gardes du parc sont sympas. Je venais souvent camper ici quand j'étais jeune, alors je connais le terrain. Je n'ai jamais voulu bosser dans un bureau. J'ai signé chez Corporate Adventures il y a trois ans, et ça fait deux ans que je suis ici. Mais c'est la première fois que ce genre de choses arrive à l'un de mes groupes. »

Falk distinguait au loin le grondement reconnaissable d'une chute d'eau. Ils grimpaient lentement mais sûrement depuis le départ.

« Combien de temps ils ont devant eux pour retrouver Alice, selon vous ? demanda Falk. Dans le meilleur des cas… »

Chase pinça les lèvres. « Difficile de vous répondre. Je veux dire, l'hiver est moins rude qu'en Alaska, ici, mais il peut faire très froid quand même. Surtout la nuit, et surtout quand on n'a pas d'abri. Quand on se retrouve à dormir dehors, avec un peu de vent et un peu de pluie, on n'est jamais très loin de la fin… » Il poussa un soupir. « Mais vous savez, si elle a du bon sens, qu'elle reste autant que possible au sec et au chaud, pense à bien s'hydrater, alors on ne sait jamais. Les gens sont parfois plus résistants qu'on ne pourrait le croire. »

Chase dut hausser la voix, car, au détour d'un dernier virage, ils se retrouvèrent face à un rideau d'eau blanche. Un torrent basculait par-dessus le rebord d'une falaise et dégringolait dans une vasque, beaucoup plus bas. Ils traversèrent le pont dans le rugissement de la chute.

« Mirror Falls, annonça Chase.

— C'est impressionnant ! »

Carmen s'appuya sur la rambarde, ses cheveux giflant son visage. Les fins embruns semblaient suspendus dans l'air froid.

« Elle fait combien de mètres ?

— Celle-ci, c'est un bébé, à peu près quinze mètres de haut, répondit Chase. Mais la vasque à son pied fait au moins autant de profondeur, et la pression de l'eau est si forte qu'on n'a pas envie de s'y baigner. Tomber de cette hauteur, ça serait pas si terrible, mais le choc et le froid, ça, c'est la mort assurée. Vous avez de la chance, c'est le meilleur moment de l'année pour la voir. Elle n'est pas aussi spectaculaire en été.

Cette année, il ne restait qu'un filet d'eau. On a eu une sécheresse, vous savez ? »

Falk serra le poing, avec sa peau neuve et lisse sur la paume. Oui. Il savait.

« Mais ça va mieux depuis que la pluie s'est remise à tomber, reprit Chase. On a eu de bonnes précipitations cet hiver, et maintenant vous pouvez voir d'où vient le nom de Mirror Falls… »

Falk le voyait, effectivement. Au pied de la cataracte, la majeure partie de l'eau était emportée par le torrent. Mais un mouvement de terrain avait créé une sorte de déversoir naturel qui donnait sur une grande mare paisible. Sa surface très légèrement ridée reflétait le paysage grandiose des environs. Une copie à l'identique, juste un peu plus sombre. Falk contemplait la scène, captivé, comme hypnotisé par le grondement ambiant. La radio de Chase bipa à sa ceinture, brisant le sortilège.

« Je ferais mieux de rejoindre les autres, dit-il. Si vous êtes prêts…

— Pas de souci. »

Comme Falk se retournait pour suivre Chase, son œil repéra une touche de couleur au loin. De l'autre côté des chutes, là où le sentier disparaissait dans une forêt dense, une silhouette minuscule, solitaire, contemplait l'eau. Une femme, se dit Falk. Son chapeau violet contrastait avec les verts et les marrons du décor.

« Il y a quelqu'un là-bas, dit-il à Carmen.

— Ah oui, acquiesça-t-elle en fixant le point qu'il désignait. Vous la reconnaissez ?

— Pas à cette distance.

— Moi non plus. Mais en tout cas, ce n'est pas Alice.

— Non. »

La silhouette était trop fine, les cheveux qui dépassaient du chapeau trop foncés.

« Malheureusement. »

La femme ne pouvait pas les avoir entendus d'aussi loin, et dans le vacarme des chutes, mais elle tourna brusquement la tête dans leur direction. Falk leva la main, mais la minuscule silhouette n'esquissa pas le moindre geste. Tandis qu'ils regagnaient le sentier, l'agent jeta un ou deux coups d'œil en arrière. La femme les regardait encore quand les arbres se refermèrent sur eux, la dérobant aux yeux de Falk.

Jour 2 : vendredi matin

Beth remonta la fermeture Éclair de la tente de l'intérieur, grimaçant quand le bruit fit vibrer toute la toile. Elle se retourna. Sa sœur dormait toujours profondément, recroquevillée sur le flanc, ses longs cils posés sur ses pommettes et ses cheveux formant un halo sombre autour de son visage.

Elle avait toujours dormi comme ça, enfant. Beth aussi, d'ailleurs, presque nez contre nez, cheveux entrelacés sur l'oreiller, souffles mêlés. Chaque matin, quand elle ouvrait les yeux, Beth découvrait une image d'elle-même qui la regardait. Il y avait longtemps que cela n'était plus arrivé. Et Beth ne dormait plus en chien de fusil. Son sommeil était désormais agité et intermittent.

Elle rampa hors de la tente, dans l'air glacial, et referma la porte derrière elle. Elle eut un mouvement de recul en enfilant ses chaussures de randonnée. Déjà trempées la veille, elles l'étaient tout autant à présent. Le ciel était aussi bas et gris que le premier jour. Aucun signe de vie sous les autres tentes. Elle était seule.

Une envie la prit de réveiller sa sœur, pour qu'elles puissent être seules ensemble pour la première fois depuis… Beth ne savait plus combien de temps. Elle avait saisi la déception sur le visage de Bree quand

Alice avait déposé leurs deux sacs à dos devant la même tente. Bree aurait préféré dormir avec sa boss qu'avec sa propre sœur.

Beth alluma une cigarette et savoura la première bouffée en étirant ses muscles courbaturés. Elle se dirigea vers le feu de camp, dont les braises s'étaient changées en morceaux de charbon noirs et froids. Les sachets plastique du dîner avaient été mis de côté, coincés sous une pierre, les restes de sauce avaient coulé un peu partout. Des morceaux de ragoût – qu'un animal avait dû trouver pendant la nuit – étaient éparpillés sur le sol, mais il en restait encore plein. Quel gaspillage, songea Beth tandis que son estomac grondait. Elle avait beaucoup aimé le sien.

Un martin-pêcheur, perché sur une branche toute proche, l'observait de ses petits yeux noirs. Elle ramassa un fragment de bœuf dans l'un des sachets abandonnés et le jeta dans sa direction. L'oiseau l'attrapa du bout de son bec. Beth continua de fumer tandis qu'il secouait la tête, agitant sa prise en tous sens. Enfin convaincu qu'elle était bien morte, il l'avala d'une seule bouchée et s'envola, laissant Beth de nouveau seule. Elle se pencha pour écraser son mégot. Sa chaussure buta contre une bouteille de vin à moitié vide qui se renversa, et son contenu se répandit comme une tache de sang sur la terre.

« Merde. »

Elle sentit le picotement chaud de la contrariété l'envahir. Alice ne manquait vraiment pas d'air. Beth n'avait rien dit quand elle avait aboyé ses ordres au moment de monter les tentes, mais quand elle lui avait demandé de sortir l'alcool, Beth l'avait regardée sans comprendre. Amusée, Alice avait ouvert elle-même le sac de Beth et, plongeant la main tout au fond, elle en avait sorti trois bouteilles de vin. Beth ignorait qu'elles se trouvaient là.

« Elles ne sont pas à moi. »

Alice avait éclaté de rire. « Je sais. Elles sont pour tout le monde.

— Alors pourquoi elles étaient dans mon sac ?

— Parce qu'elles sont pour tout le monde, justement. »

Alice parlait doucement, comme si elle s'adressait à un enfant.

« Nous devons tous porter une partie des vivres.

— Je porte déjà ma part. Ces bouteilles pèsent une tonne. Et… »

Beth s'était interrompue.

« Et quoi ?

— Je ne suis pas censée…

— Censée faire quoi ? Aider ?

— Non. »

Beth s'était tournée vers sa sœur, qui la fusillait du regard, rougissant de honte. *Putain, arrête de faire des histoires.* Beth avait laissé échapper un soupir.

« Je ne suis pas censée me promener avec de l'alcool.

— Eh bien, avait répliqué Alice en tapotant les bouteilles. Ce n'est plus le cas. Problème résolu.

— Jill est au courant ? »

Alice avait mal réagi. Elle souriait toujours, mais ça ne l'amusait plus.

« Quoi ?

— Jill sait que tu as mis ça dans mon sac ?

— C'est juste quelques bouteilles, Beth. Tu n'as qu'à porter plainte si tu te sens gravement lésée. »

Alice avait attendu, laissant le silence s'étirer jusqu'à ce que Beth secoue la tête. Elle avait vu Alice rouler de gros yeux en lui tournant le dos.

Plus tard, quand Lauren lui avait tendu une bouteille devant le feu de camp, Beth avait été tentée – cela faisait longtemps qu'elle ne l'avait été à ce point. Le bush avait l'air d'être le genre d'endroit qui savait garder les secrets. Et Bree semblait trop occupée pour la fliquer. L'odeur du vin était aussi chaude et familière qu'une étreinte, et Beth s'était forcée à dire non avant de dire oui par accident.

Elle aurait préféré que Daniel Bailey n'amène pas les hommes ici. Qu'ils n'aient pas apporté encore plus d'alcool. Elle avait du mal à résister quand il y avait du monde. Ça ressemblait trop à une fête, même si elle était un peu pourrie.

C'était la première fois que Beth rencontrait le directeur général en personne. Il ne venait pas s'encanailler dans les entrailles du service des archives, et, évidemment, Beth n'avait jamais eu l'honneur d'être invitée au douzième étage. Mais d'après la manière dont les gens parlaient de lui, elle s'était attendue à un personnage plus impressionnant. Autour du feu, Daniel Bailey n'était qu'un type comme un autre, avec une coupe de cheveux à cent dollars et un sourire dont on lui avait visiblement dit dans le temps qu'il était charmant. Peut-être était-il différent au bureau.

Beth était en train d'observer Daniel en se faisant ces réflexions lorsqu'elle l'avait vu emmener Alice à l'écart, et disparaître avec elle dans la nuit. Y avait-il une histoire entre ces deux-là ? s'était-elle demandé. Quelque chose, dans l'attitude de Bailey, lui disait que non. Mais qu'est-ce qu'elle en savait ? Cela faisait des années que personne n'avait voulu disparaître dans la nuit avec elle.

Elle avait surpris des bribes de leur conversation en se promenant autour du campement, cherchant quelqu'un à qui parler. Non. Sa première impression avait été la bonne. Cette discussion-là n'avait rien d'un flirt.

« Il se la pète un peu le patron, non ? avait murmuré Beth à l'oreille de sa sœur, plus tard, lorsqu'elles s'étaient retrouvées côte à côte sous la tente, duvets bien refermés.

— Il paie ton salaire, Beth. Il a droit de se la péter. »

Sur ce, Bree s'était tournée de l'autre côté, laissant Beth contempler la toile de la tente, mourant d'envie d'une cigarette ou, mieux, d'un truc plus fort.

Maintenant elle s'étirait, tandis que le ciel s'illuminait, incapable d'ignorer plus longtemps l'appel de sa vessie. Elle chercha l'arbre qu'ils avaient désigné dans la nuit comme leurs toilettes de fortune. Il était là-bas, tout près de la clairière, derrière les tentes. Celui avec la branche cassée.

Beth se dirigea vers lui d'un pas lourd, regardant bien où elle posait les pieds. Elle ne savait pas grand-chose sur la faune locale, si ce n'est qu'il y avait sans doute un tas de machins, dans cette forêt, sur lesquels il valait mieux ne pas marcher. Dans son dos, elle entendit du bruit dans le campement. Une porte de tente qui s'ouvrait, puis une discussion à voix basse. Quelqu'un d'autre était levé.

Elle s'arrêta au pied de l'arbre. Était-ce bien celui-ci ?

Il avait une autre allure dans la lumière du jour, mais elle pensait que c'était le bon. Il y avait cette branche cassée à hauteur d'homme. Et en se concentrant, il lui semblait distinguer une vague odeur d'urine.

Tandis qu'elle restait plantée là, des voix lui parvinrent du campement. Elles parlaient bas mais elle les reconnut : Jill et Alice.

« Vous avez beaucoup bu hier soir. Pas seulement vous, nous tous…

— Non, Jill, ce n'est pas l'alcool. Je ne me sens pas bien. Il faut que je rentre.

— Dans ce cas, nous serions toutes obligées de rentrer avec vous.

— Je sais trouver mon chemin toute seule…

— Je ne peux pas vous laisser faire demi-tour seule. Non, il faut m'écouter – déjà, c'est une question de responsabilité. Nous serions toutes obligées de rentrer. »

Alice ne répondit rien.

« Et puis, l'entreprise devrait quand même payer, si bien que nous perdrions ce qu'ont coûté nos cinq forfaits. Ce qui n'est pas important, bien sûr, si vous ne vous sentez pas bien. » Jill marqua une pause avant d'assener la clause légale : « Mais il nous faudrait un certificat médical pour l'assurance, donc, s'il s'agit juste de un ou deux verres de trop…

— Jill…

— Ou d'une première nuit inconfortable sous la tente. Croyez-moi, je sais que ce n'est pas une sinécure…

— Ce n'est pas…

— Et puis de toute façon, il n'y a personne pour nous ramener à Melbourne avant dimanche midi.

Alors, en tant qu'employée de longue date du cabinet, il serait préférable…

— Oui. »

Un soupir.

« C'est bon.

— Vous êtes en état de continuer ? »

Un silence.

« Je crois, oui.

— Bien. »

Une rafale agita les branches au-dessus de Beth, déclenchant une pluie sous les feuilles. Une goutte glacée roula au creux de son cou et, soudain déterminée, elle baissa son pantalon et s'accroupit derrière l'arbre. Ses genoux ne tardèrent pas à lui faire mal et elle sentit la morsure du froid sur ses cuisses. Elle écartait ses chaussures pour ne pas les mouiller quand elle distingua des pas rapides derrière elle. Affolée, elle se retourna et s'effondra dans un bruit sourd sur les fesses. Sa peau nue heurta le sol qui était tout à la fois gelé, chaud et humide.

« Bon sang ! T'es sérieuse ? Juste à côté des tentes ? »

Beth plissa les yeux, éblouie par le gris brillant du ciel, son pantalon sur les genoux, la main posée dans une flaque chaude. Alice la regardait d'en haut. Son visage était pâle et tendu. Peut-être était-elle vraiment malade, songea vaguement Beth.

« Si tu es trop fainéante pour marcher jusqu'à l'endroit qu'on avait désigné, aie au moins la politesse de faire ça près de ta tente, et pas de la mienne.

— Je croyais… »

Beth se releva tant bien que mal et remonta son pantalon serré et de travers, ce qui lui demanda mille efforts.

« Désolée, je croyais que… »

Elle était debout à présent, Dieu merci, et un mince filet chaud mouillait l'intérieur de sa cuisse.

« Je croyais que c'était le bon arbre.

— Celui-ci ? Il est à deux mètres à peine des tentes. »

Beth risqua un regard. Il y avait plus que deux mètres, non ? L'arbre lui avait paru plus éloigné dans le noir, mais il se trouvait à au moins cinq mètres des tentes.

« Et ce n'est même pas en contrebas.

— C'est bon. J'ai dit que j'étais désolée. »

Beth mourait d'envie de lui faire baisser le ton, mais il était trop tard. Un froissement de toile, et trois têtes émergèrent des tentes. Beth vit le regard de sa sœur se durcir. Bree n'avait pas besoin de savoir ce qui était en train de se passer, au juste, pour en savoir assez. *Beth a remis ça.*

« Un problème ? cria Jill.

— Non, tout est sous contrôle. »

Alice se redressa.

« Le bon arbre est là-bas. »

Elle désignait un point dans le lointain. Pas une branche cassée en vue.

Beth se tourna vers les trois visages sortis des tentes.

« Désolée, je croyais que… Je suis désolée.

— Tu vois lequel je veux dire ? demanda Alice, le doigt toujours pointé.

— Ouais, je le vois. Écoutez, je…

— Ça va, Beth, intervint Jill en la coupant. Et merci, Alice. Je crois que nous savons toutes où se trouve cet arbre, maintenant. »

Alice fixa longuement Beth, puis elle baissa lentement la main. Beth évita le regard des autres en regagnant la clairière, le visage empourpré. Sa sœur se tenait debout à l'entrée de leur tente, muette, les yeux injectés de sang. Elle avait la gueule de bois, Beth le savait, et cet état ne lui réussissait pas.

Beth se glissa à l'intérieur et remonta la fermeture. Elle sentait l'odeur d'urine sur le seul jean qu'elle avait, tandis qu'une boule dense et brûlante se formait derrière ses yeux. Elle serra fort ses paupières et se força à rester totalement immobile, comme on lui avait appris à le faire en cure de désintoxication. Respirer profondément et avoir des idées positives jusqu'à ce que l'envie passe. *Inspirer, expirer.*

Tandis qu'elle comptait ses respirations, concentrant son esprit dessus, elle s'imagina en train d'inviter les autres femmes à former un cercle debout, avec elle. L'image était très nette et Beth se voyait tendre la main vers Alice. Inspirer, expirer. Beth s'imaginait tendant le bras vers elle, dépliant ses doigts et les passant dans la chevelure blonde d'Alice. *Inspirer, expirer.* Elle refermait sa main et tirait le visage apprêté de la femme vers le sol. Elle l'écrasait dans la boue jusqu'à ce qu'Alice se débatte en poussant des cris. *Inspirer, expirer.* Arrivée à cent, Beth expira une dernière fois et se félicita elle-même. Son conseiller avait raison. Visualiser ce qu'elle voulait vraiment lui faisait un bien fou.

Chapitre 7

Quitter le sentier de Mirror Falls fut un vrai soulagement. Falk avala une grande bouffée d'air quand les arbres s'écartèrent au-dessus d'eux, dévoilant le ciel. Droit devant, il y avait de la lumière aux fenêtres du gîte, pas assez vive cependant pour éclairer les broussailles obscures qui encadraient le sentier. Carmen et Falk suivirent Chase à travers le parking, sentant le gravier craquer sous leurs pieds. À l'approche du gîte, Falk sentit Carmen lui tapoter le bras.

« Deux pour le prix d'un, là-bas », murmura-t-elle.

Daniel Bailey se tenait debout près de sa BMW noire avec une femme que Falk reconnut aussitôt : sa sœur, Jill. Même à cette distance, Falk distingua la trace bleuie d'un coup sur la mâchoire de Jill, et il repensa à ce qu'avait dit le sergent King. *Quelques blessures.* Jill n'avait pas ce bleu sur la photo de groupe du premier jour, ça, c'était sûr.

Elle était face à son frère, et ils se disputaient. La dispute au visage de marbre et aux lèvres serrées de gens qui avaient appris à ne jamais se donner en spectacle.

Tout en parlant, Jill se pencha en avant. Elle agita une main en direction du bush puis la rabaissa aussitôt. En réponse, Daniel secoua brièvement la tête. Jill insista, en s'approchant plus près encore. Daniel Bailey lança un coup d'œil derrière elle, par-dessus son épaule. Il évitait son regard. De nouveau, il secoua la tête. *J'ai dit non.*

Jill le dévisagea, les traits impassibles, puis, sans ajouter un mot, elle fit volte-face et grimpa les marches qui menaient au gîte. Bailey la regarda s'éloigner en s'appuyant contre sa voiture, l'air contrarié. Ses yeux se posèrent sur Ian Chase et sa polaire rouge Corporate Adventures. L'espace d'un instant, il parut gêné d'avoir été surpris en train de se disputer, mais se ressaisit aussitôt.

« Hé ! cria-t-il en levant le bras, sa voix rompant le silence du parking. Du nouveau ? »

Ils s'approchèrent de lui. C'était la première fois que Falk avait l'occasion de voir Daniel Bailey de près. Ses lèvres étaient pincées et il y avait une tension visible dans ses yeux, mais il faisait tout de même moins vieux que ses quarante-sept ans. Il ressemblait en outre beaucoup aux photos que Falk avait vues de son père, qui faisait toujours partie du conseil d'administration et figurait immanquablement sur toutes les brochures du cabinet. Daniel était moins voûté et moins ridé que Leo Bailey, mais la ressemblance n'en restait pas moins évidente.

Bailey étudia Falk et Carmen avec un intérêt courtois. Falk attendit, mais ne détecta pas le moindre éclat dans son regard montrant qu'il les reconnaissait. L'agent se détendit, soulagé. C'était un bon début.

« Je n'ai rien de nouveau pour vous, j'en ai bien peur, déclara Chase. Pas encore, tout du moins. »

Bailey secoua la tête.

« Bon sang, ils avaient dit qu'ils la ramèneraient aujourd'hui !

— Qu'ils *espéraient* la ramener…

— Ils ont besoin d'une aide financière ? J'ai dit que je paierais volontiers. Ils le savent, n'est-ce pas ?

— L'argent n'est pas le problème. Le problème, c'est tout le reste. »

Chase se tourna vers le bush.

« Vous savez comment est le terrain, par ici. »

Avant que Falk et Carmen ne quittent le lieu des recherches, le sergent King avait déplié une carte d'état-major découpée en carrés de un kilomètre sur un kilomètre, et leur avait montré les zones qui devaient être passées au peigne fin. Il fallait quatre heures environ pour fouiller comme il faut chaque kilomètre carré de terrain, leur avait-il expliqué. Et ça, c'était dans les endroits où le bush n'était pas trop dense. Là où il y avait une végétation très épaisse, une forte pente ou un cours d'eau à traverser, il fallait plus de temps. Falk avait entrepris de compter le nombre de carrés sur la carte. Il s'était arrêté à vingt.

« Ils ont déjà fouillé les crêtes nord-ouest ? interrogea Bailey.

— Elles sont inaccessibles cette année. Et trop dangereuses par ce temps.

— Raison de plus pour vérifier, non ? Il est facile de se perdre, là-bas. »

La manière dont Bailey exigeait des réponses sonnait étrangement creux.

Falk s'éclaircit la gorge. « Ça doit être un moment difficile pour vous et pour les membres de votre personnel. Vous connaissez bien la femme qui a disparu ? »

Bailey le regarda attentivement pour la première fois, avec un mélange d'irritation et de curiosité. « Vous êtes… ?

— Ils sont de la police, intervint Chase. Ils participent aux recherches.

— Ah, d'accord. C'est bien. Merci. »

Bailey leur tendit la main, et il se présenta. Sa paume était froide, les jointures de ses doigts calleuses. Pas la main d'un homme qui passait tout son temps derrière un bureau. Bailey pratiquait à l'évidence une activité physique.

« Donc, vous la connaissez bien ? répéta Falk en lui serrant la main.

— Alice ? »

L'arc des sourcils de Bailey s'accentua encore.

« Oui, très bien. Elle travaille chez nous depuis quatre ans… »

Cinq, en fait, songea Falk.

« … donc elle est une employée qui compte. Enfin, ils le sont tous, évidemment. Mais le fait qu'Alice s'évapore comme ça, d'un coup… »

Bailey prit une mine effarée.

« C'est très inquiétant. »

Il avait l'air sincère.

« Vous n'avez pas croisé Alice Russell avant qu'elle se mette en route avec son groupe jeudi dernier, n'est-ce pas ? demanda Carmen.

— Non, je suis arrivé en retard. J'avais été retenu. J'ai loupé le bus.

— Puis-je vous demander pourquoi ? »

Bailey la dévisagea.

« Une affaire privée, la famille.

— J'imagine que quand on dirige une entreprise familiale, on est toujours sur le pont. »

Carmen s'exprimait d'une voix détachée.

« Oui, c'est vrai. » Bailey se fendit d'un sourire rigide. « Mais dans la mesure du possible, j'essaie quand même de cloisonner les choses un minimum. Sinon, on devient dingue. Mais cette fois, c'était malheureusement inévitable. Je me suis excusé auprès des autres membres de mon groupe. Ce n'était pas l'idéal, bien sûr, mais nous n'avons perdu qu'une heure. Ça n'a pas vraiment fait de différence, au final.

— Votre équipe n'a eu aucun mal à atteindre le lieu de rendez-vous en temps et en heure ? demanda Falk.

— Non. Le terrain est difficile, mais les itinéraires en eux-mêmes ne sont pas extrêmement exigeants. Enfin, ils ne sont pas censés l'être. »

Bailey adressa un regard à Chase, qui baissa les yeux.

« Vous avez l'air de connaître la région…, reprit Falk.

— Un peu. J'ai fait deux ou trois week-ends de randonnée dans le coin. Et nous organisons nos séminaires d'entreprise ici avec Corporate Adventures depuis trois ans. C'est un super endroit. Normalement. Mais pas le genre où on a envie de rester perdu trop longtemps.

— Et vous avez participé à tous les séminaires ?

— C'est la meilleure excuse dont je dispose pour sortir du bureau. »

Un sourire automatique commença à tordre les lèvres de Bailey, mais il se ravisa et son visage se figea en une grimace malencontreuse.

« Nous avons toujours trouvé ces séminaires très

fructueux, et bien organisés en général. Ils nous ont toujours donné satisfaction, jusqu'à... » Il s'interrompit. « Eh bien, jusqu'à maintenant. »

Les yeux de Chase restaient rivés à ses pieds.

« En revanche, vous avez vu Alice Russell au cours du séminaire », poursuivit Falk.

Bailey ne put cacher sa surprise.

« Le premier soir, vous voulez dire ?

— Parce que vous l'avez revue après ?

— Non. »

Sa réponse fut presque trop rapide.

« Juste le premier soir. C'était une petite visite de courtoisie entre campements.

— Qui en a eu l'idée ?

— Moi. C'est bien pour notre équipe de se retrouver dans un autre cadre que le bureau. Nous formons une seule et même entreprise. Tous dans le même bateau.

— Et vous avez parlé à Alice Russell, à cette occasion ? »

Falk scruta la réaction de Bailey.

« Brièvement, tout au début, mais nous ne sommes pas restés longtemps. Nous sommes partis quand la pluie a commencé à tomber.

— Vous avez parlé de quoi ? »

Le front de Bailey se plissa.

« De rien, en vérité. Simple conversation de bureau.

— Pendant une visite de courtoisie ? » s'étonna Carmen.

Un semblant de sourire.

« Comme vous le disiez vous-même, toujours sur le pont...

— Et comment vous l'avez trouvée, ce soir-là ? »

Une demi-seconde d'hésitation.

« Elle avait l'air en forme. Mais nous n'avons pas discuté très longtemps.

— Vous n'aviez aucune inquiétude, la concernant ? demanda Falk.

— Par exemple ?

— N'importe quoi. Sa santé, son état psychologique. Sa capacité à tenir jusqu'au bout du parcours ?

— Si j'avais eu quelque inquiétude que ce soit au sujet d'Alice, ou de n'importe lequel de mes employés, répliqua Bailey, j'aurais fait quelque chose. »

Dans les profondeurs du bush, un oiseau poussa un cri, perçant et suraigu. Bailey consulta sa montre, agacé.

« Excusez-moi. Merci de votre aide, mais il va falloir que je vous laisse. Je voudrais me rendre sur le site des recherches à temps pour le débriefing du soir. »

Chase bascula d'un pied sur l'autre. « J'y vais aussi. Vous voulez que je vous emmène ? »

Bailey tapota le toit de sa BMW.

« Pas besoin, merci. »

Il tira ses clés de sa poche et, après une autre série de poignées de main et un vague salut du bras, il se mit en route, invisible derrière ses vitres teintées.

Chase le regarda s'en aller, puis se tourna, l'air un peu triste, vers le minibus pataud de Corporate Adventures, échoué dans un coin du parking.

« Je ferais mieux d'y aller, moi aussi. Je vous préviens dès qu'il y a du nouveau », dit-il, puis il prit congé, clés à la main. Falk et Carmen se retrouvèrent de nouveau seuls.

« J'aimerais bien savoir pourquoi Bailey est arrivé en retard ici, déclara Carmen. Vous croyez vraiment que c'était une histoire de famille ?

— Je ne sais pas, répondit Falk. BaileyTennants est une entreprise familiale. Alors, ça pourrait désigner tout et n'importe quoi…

— Ouais. Mais bon, je dois avouer que si j'avais eu une voiture comme ça, moi aussi, j'aurais loupé le bus. »

Ils regagnèrent leur propre berline, garée à l'autre bout. De la poussière et des feuilles s'étaient déposées dans les rainures et s'envolèrent quand ils ouvrirent le coffre. Falk en sortit son vieux sac à dos et l'enfila sur son épaule.

« Je croyais que vous ne faisiez pas de randonnée, dit Carmen.

— C'est bien le cas.

— Vous devriez le dire à votre sac. On dirait qu'il est au bout du rouleau.

— Oh. Ouais. Il a pas mal baroudé. Mais pas avec moi. »

Falk n'en dit pas davantage, mais Carmen le regarda, attendant la suite. Il soupira.

« C'était celui de mon père.

— C'est sympa. Il vous l'a donné ?

— En quelque sorte. Il est mort. Alors je l'ai récupéré.

— Oh, merde. Je suis désolée. »

Falk pivota sur les talons avant qu'elle puisse ajouter quoi que ce soit, et ils traversèrent le parking jusqu'à la réception du gîte. C'était une vraie fournaise à l'intérieur, comparé au dehors, et il sentit des perles de sueur se former sur sa peau. Le même ranger que tout à l'heure se trouvait derrière le comptoir. Il vérifia la liste des chambres réservées pour les policiers et les volontaires, avant de leur tendre chacun une clé.

« Retournez là d'où vous venez, et suivez l'allée sur la gauche, expliqua-t-il. Vous êtes tout au fond de la rangée, les deux bungalows côte à côte.

— Merci. »

Ils ressortirent et contournèrent le gîte jusqu'à une cabane en bois rustique, tout en longueur. Elle avait été divisée en bungalows individuels avec une véranda commune sur le devant. Falk entendait déjà les premières gouttes de pluie sur le toit de tôle. Leurs chambres se trouvaient tout au fond, effectivement.

« Rassemblement dans vingt minutes ? » proposa Carmen, avant de s'engouffrer dans son bungalow.

La chambre de Falk était étroite, mais étonnamment confortable. Un lit occupait presque toute la place, avec une armoire tassée dans un coin et une porte qui donnait sur un petit salon. Falk se débarrassa de sa veste d'un coup d'épaule et il consulta son portable. Pas de réseau ici non plus.

Il posa son sac à dos – le sac de son père – contre le mur. Il avait l'air vraiment défraîchi sur ce fond d'un blanc immaculé. Falk ne savait plus très bien pourquoi il avait pris celui-ci. Il avait d'autres sacs, en meilleur état. Il était tombé dessus tout au fond de son armoire, alors qu'il cherchait ses chaussures de randonnée. Il avait presque oublié l'existence du vieux sac. Presque, mais pas tout à fait. Falk l'avait sorti de l'armoire puis il était resté longtemps assis par terre dans son appartement silencieux, à le contempler.

Il n'avait pas été totalement honnête avec Carmen. Il n'avait pas vraiment récupéré le sac à la mort de son père, sept ans plus tôt : non, c'est une infirmière du centre de traitement anti-cancer qui le lui avait remis. Le sac était léger, mais pas vide, il contenait les dernières possessions terrestres d'Erik Falk.

Falk avait mis un long moment à ouvrir le sac, et encore plus longtemps à faire don des objets qu'il contenait ou à s'en débarrasser. Au bout du compte, il ne lui était plus resté que le sac lui-même et trois autres articles : deux photos et une grande enveloppe usée. Celle-ci était cornée et toute froissée, et elle n'avait jamais été cachetée.

Seul dans son bungalow, Falk ouvrit la poche du dessus de son sac et sortit l'enveloppe. Elle était encore plus abîmée que dans son souvenir. Il en disposa le contenu sur son lit. Des courbes de niveau, des altitudes, des nuances de couleurs, des symboles. Des pics et des vallées, des étendues de bush et des bords de mer. La nature à son meilleur, couchée sur le papier.

Tandis que ses doigts parcouraient ces cartes familières, Falk sentit un léger vertige l'envahir. Il y en avait plus d'une vingtaine. Certaines étaient anciennes, d'autres avaient beaucoup servi et leur papier était devenu quasiment transparent à force d'être examiné. Son père avait corrigé leurs inexactitudes, bien sûr. Il savait mieux que les autres. Enfin, c'est ce qu'il croyait. L'écriture manuscrite d'Erik Falk épousait les itinéraires de randonnée des principaux parcs naturels du Victoria. Ces annotations avaient été faites chaque fois qu'il laçait ses chaussures, hissait son sac sur ses épaules et quittait la ville dans un soupir de soulagement.

Cela faisait un bail que Falk n'avait pas consulté ces notes. Et il n'avait jamais eu le courage de les examiner de près. Il passa en revue les cartes, jusqu'à trouver celle qu'il cherchait : les monts Giralang et leurs environs. C'était une très vieille carte, jaunie par endroits. Les plis étaient fragiles, à demi effacés.

Falk enleva ses chaussures et s'allongea sur le lit, laissant sa tête s'enfoncer dans l'oreiller, juste une minute. Il avait les yeux lourds. Il faisait beaucoup plus chaud dedans qu'à l'extérieur. Il déplia la carte au hasard, et plissa ses yeux éblouis par la lumière du plafonnier. Les marques de crayon à papier s'étaient effacées avec le temps et certains mots étaient presque illisibles. Falk approcha la carte de son visage et sentit une vieille irritation remonter à la surface, un peu émoussée : les foutues pattes de mouche de son père avaient toujours été impossibles à déchiffrer. Il se concentra davantage.

Point d'eau. Campement : officieux. Passage infranchissable.

Falk cligna de nouveau des yeux, plus longuement cette fois. La cabane était surchauffée.

Raccourci. Point de vue. Arbre en travers.

Clignement d'yeux. Le vent grondait dehors, faisant pression contre les vitres.

Dangereux en hiver. Faire attention.

Une mise en garde répercutée par l'écho du temps.

Marcher prudemment. Danger.

Falk ferma les yeux.

Jour 2 : vendredi matin

Il leur fallut plus de temps que prévu pour lever le camp. Les tentes refusaient, une fois pliées, de reprendre leur taille initiale, et les fermetures Éclair de leurs étuis protestaient et se coinçaient sans cesse.

Jill savait que son sac à dos ne pouvait pas être plus lourd qu'il ne l'avait été la veille. Elle le savait, mais, en le hissant sur son dos, elle ne put le croire. Elles étaient déjà en retard sur le programme, mais Jill laissa les autres traîner encore un peu dans la pâleur du petit matin, s'affairant avec leurs sangles et leurs gourdes d'eau. Elle rechignait à quitter le campement, et sentait bien qu'elle n'était pas la seule. Les autres sites prévus, le long du sentier, étaient plus petits et moins clairement marqués, elle le savait. Mais il n'y avait pas que ça : le fait d'abandonner la sécurité du point de départ pour l'inconnu qui les attendait plus loin avait quelque chose d'un peu angoissant.

Jill avait surveillé Alice du coin de l'œil pendant qu'elles rangeaient leurs affaires. La jeune femme avait à peine prononcé trois mots, et elle avait dû lui demander à deux reprises l'étui des piquets de tente. Mais elle n'était pas malade, ça, Jill en était certaine.

Et il était hors de question de l'autoriser à s'en aller avant les autres. Ça aussi, Jill en était certaine.

Elle regarda Alice ramasser les bouteilles de vin vides et les sacs-poubelle collectifs, avant de les remettre à Beth. Aucun remords de s'être emportée tout à l'heure, visiblement. Jill hésita à intervenir, mais Beth se contenta de prendre les déchets et de les glisser dans son sac sans faire de commentaire. Jill laissa couler. Elle avait appris à bien choisir ses batailles.

Une heure de retard, et plus aucune raison crédible de s'attarder : elles se remirent enfin en route. Alice ne tarda pas à prendre les devants, Bree la suivant de près, carte entre les mains. Jill rééquilibra son sac, les yeux fixés sur l'arrière de leur crâne. Elle sentait déjà le frottement des sangles sur ses épaules. Le vendeur du magasin lui avait pourtant assuré qu'il était fabriqué dans un tissu respirant, qui apportait un surcroît de confort. Au souvenir de cette conversation, Jill éprouva un sentiment de trahison profond et durable.

Au moins, le chemin était plat, mais sa surface accidentée l'obligeait à toujours regarder où elle mettait les pieds. Elle trébucha une fois, puis une seconde, manquant perdre l'équilibre. Elle sentit une main ferme l'empoigner par le bras.

« Tout va bien ? s'inquiéta Lauren.

— Oui, merci. Je n'ai pas l'habitude de ces chaussures.

— Elles vous font mal ?

— Un peu, avoua-t-elle.

— Deux chaussettes l'une sur l'autre, ça peut aider. Une paire fine, et une paire épaisse par-dessus. Écoutez, Jill… »

La voix de Lauren baissa d'un ton.

« Je tenais à m'excuser.

— De quoi ? »

Jill connaissait la réponse. Enfin, peut-être pas. À bien y réfléchir, Lauren avait sans doute un tas de choses à se faire pardonner.

« La réunion, l'autre jour, répondit Lauren. Je veux dire, je suis désolée de ne pas avoir participé à cette réunion. Mais Andrew a dit qu'il pouvait très bien faire la présentation tout seul… » Elle se tut. « Je suis désolée. J'aurais dû être présente ce jour-là, j'en ai conscience. J'ai eu quelques soucis à la maison, ces derniers temps. »

Sur ces mots, Jill se tourna vers elle. Les soucis à la maison, ça, elle pouvait comprendre.

« Pouvons-nous faire quelque chose pour vous aider ?

— Non, malheureusement. Mais je vous remercie. »

Lauren regardait droit devant elle. Elle avait beaucoup maigri, Jill s'en rendit soudain compte. Dans le cou et autour des poignets, elle n'avait que la peau sur les os.

« Vous êtes sûre ?

— Oui.

— Très bien. Parce que cette réunion…

— Je suis vraiment désolée…

— Je sais, mais ce n'était pas la première fois. Ni même la deuxième.

— Ça n'arrivera plus.

— Vous êtes bien sûre, Lauren ? Parce que…

— Oui, j'en suis sûre. La situation va s'améliorer. »

Il faudra bien, songea Jill. Lauren avait figuré en haut de la liste, lors des dernières coupes budgétaires. Tout en haut, d'ailleurs, avant qu'Alice ne plaide en faveur de la fusion de deux emplois à temps partiel, qui permettait de réaliser les mêmes économies sans licencier. Jill soupçonnait en outre Alice d'avoir couvert Lauren à deux reprises au moins au cours des derniers mois, évitant de justesse, au passage, de commettre des bourdes. Elle savait que les deux jeunes femmes se connaissaient depuis longtemps. Cela comptait-il vraiment pour Lauren ? Ça, c'était une autre histoire.

Elles apercevaient la silhouette d'Alice, loin devant, la tache claire de ses cheveux blonds sur les teintes sombres de la forêt. Jill repensa à quelque chose.

« Vous avez assuré avec le feu de camp, hier soir. Je vous ai vue l'allumer.

— Oh. Merci. J'ai appris ça à l'école.

— Ils vous ont bien appris.

— Encore heureux ! C'était pendant le programme de l'Endeavour Ladies' College, sur leur campus en pleine nature, pendant toute une année. Ça laisse du temps pour apprendre un tas de choses, dans ce domaine-là. Alice y a participé, elle aussi. »

Lauren se tourna vers Jill.

« Je suppose que vous avez étudié dans une école privée. Vous ne faisiez pas ce genre de choses ?

— J'ai fait mes études en Suisse.

— Oh. J'imagine que non, alors.

— Dieu merci ! »

Jill lui lança un petit regard amusé.

« Je ne suis pas sûre que je supporterais de faire ça pendant toute une année. »

Lauren lui rendit son sourire, mais Jill devina la question muette dans ses yeux. Si Jill aimait si peu ce genre d'activité, pourquoi avoir accepté ? Jill avait perdu le compte du nombre de fois où on lui avait posé cette question, sous une forme ou une autre, au cours des trente dernières années, mais sa réponse avait toujours été la même : BaileyTennants était une entreprise familiale. Et Jill Bailey faisait toujours ce qui était bon pour sa famille.

« Bref, conclut Lauren. C'est tout ce que je voulais vous dire. Je me rends compte que je n'ai pas été à la hauteur au travail ces derniers temps. »

Devant, Jill s'aperçut qu'Alice et Bree s'étaient arrêtées. Elles avaient atteint une fourche : un sentier sur la gauche ; un autre, plus petit, à droite. Bree avait déplié la carte et l'étudiait, assise sur une souche, le nez collé au papier. Alice la regardait, mains sur les hanches. Elle se redressa à leur approche, tête penchée de côté, ses yeux bleus alertes. Jill se demanda soudain si elle n'avait pas entendu leur conversation. Non. Elle était trop loin.

« Et je suis vraiment reconnaissante du poste que vous m'avez offert, et des opportunités qu'il offre, poursuivit Lauren, qui avait baissé la voix. Et de votre patience. Je veux que vous sachiez que je vous revaudrai ça. »

Jill hocha la tête. Alice les observait toujours de loin.

« J'en suis persuadée, Lauren. »

Chapitre 8

Quand Falk se réveilla en sursaut, il faisait plus noir dehors, à travers la fenêtre, que dans son souvenir. Un froissement de papier lui fit baisser les yeux. La carte de son père était encore ouverte sur son torse. Il se frotta les yeux et les plissa pour voir la pluie qui giflait la vitre. Il lui fallut un long moment pour comprendre que les chocs venaient en fait de la porte.

« Ce n'est pas trop tôt, dit Carmen lorsqu'il ouvrit, et une bouffée d'air froid entra en même temps qu'elle.

— Pardon. Je m'étais assoupi. Venez. »

Falk inspecta la chambre du regard. Pas de chaise. Il lissa le couvre-lit.

« Asseyez-vous.

— Merci. »

Carmen dégagea un espace parmi les cartes éparpillées.

« C'est quoi, tout ça ?

— Rien. Elles appartenaient à mon père. »

Carmen empoigna la carte des monts Giralang, posée sur le dessus, ouverte. « Celle-ci est couverte d'annotations…

— Oui. Elles le sont toutes. C'était son passe-temps favori.

— J'imagine qu'il n'y a pas de grande croix noire avec marqué "Alice est ici" ? »

Carmen examina les notes au crayon.

« Ma grand-mère faisait la même chose sur ses livres de cuisine, elle les couvrait de petites notes et de corrections. Je les ai tous gardés. J'aime les feuilleter, c'est comme si elle me parlait. Et elle avait raison, en plus. Une demi-cuillère à café de jus mélangée avec les zestes, ça donne le meilleur cake au citron que vous dégusterez dans votre vie. »

Elle posa la carte et en ramassa une autre.

« Vous avez fait ces randos ensemble ? »

Falk secoua la tête.

« Non.

— Quoi, aucune ? »

Falk replia lentement la carte.

« On ne s'entendait pas très bien. »

Sa bouche était sèche, tout à coup. Il avala sa salive.

« Pourquoi ?

— C'est une longue histoire.

— Il n'y a pas de version abrégée ? »

Falk baissa les yeux sur les cartes.

« Quand j'avais seize ans, mon père a vendu notre ferme et on a déménagé à Melbourne. Je ne voulais pas, mais il y avait eu pas mal de problèmes dans la ville d'où on venait. Les choses avaient dégénéré à toute vitesse, et je crois que mon père pensait que c'était mieux pour moi. Je ne sais pas, j'imagine qu'il s'est cru obligé de m'emmener ailleurs. »

Maintenant qu'il avait le recul nécessaire, Falk savait qu'une partie de lui était capable de le comprendre. Mais à l'époque, il s'était juste senti trahi. S'enfuir dans la grande ville, avec cette odeur de peur et de suspicion dans les narines, lui avait semblé insupportable.

« Nous étions censés prendre un nouveau départ, dit-il. Mais ça ne s'est pas passé comme ça. Mon père détestait l'endroit. Et moi, ce n'était pas beaucoup mieux. » Il se tut. Ils n'en avaient jamais parlé, son père et lui. Ni de leur vie passée ni de la nouvelle. Ces non-dits s'étaient déployés entre eux tel un voile, et c'était comme si une nouvelle couche venait s'ajouter chaque année. Au final, le voile était devenu si épais que Falk ne distinguait même plus l'homme qui se trouvait derrière. Il soupira.

« Bref. Chaque fois qu'il pouvait, le week-end, mon père faisait son sac, prenait sa voiture et partait randonner. Avec ses cartes.

— Vous n'avez jamais été tenté de l'accompagner ?

— Non. Je ne sais pas. Il me proposait toujours. Enfin, au début. Mais vous savez, j'avais seize, dix-sept ans. J'étais en colère. »

Carmen sourit.

« Comme la plupart des enfants à cet âge, non ?

— J'imagine. »

Pourtant, ça n'avait pas toujours été comme ça. Falk se souvenait d'une époque où il avait suivi son père partout, comme une ombre. Dans les pâturages de leur ferme, alors que sa tête ne dépassait pas la traverse au bas des clôtures, lorsqu'il s'acharnait à suivre le long pas régulier de son père. Le soleil lourd allongeait leurs ombres et blanchissait leurs cheveux blonds. Falk voulait alors être comme lui. Ça aussi, ça devenait évident avec le recul. Le piédestal était trop haut.

Carmen lui posait une question.

« Pardon ?

— Je vous demandais ce que faisait votre mère, pendant tout ce temps ?

— Oh. Rien. Elle est morte quand j'étais tout petit. »

En lui donnant le jour, à vrai dire, mais Falk évitait toujours, lorsque c'était possible, de le préciser. Cela avait le don de mettre les gens très mal à l'aise, et en poussait certains – les femmes, en général – à le regarder avec un drôle d'éclat dans les yeux, comme s'ils l'évaluaient. *En valais-tu la peine ?* Il évitait de se poser lui-même cette question, mais se demandait parfois, malgré lui, ce qu'avaient bien pu être les dernières pensées de sa mère. Pas que des regrets, espérait-il.

« Enfin. C'est comme ça que je me suis retrouvé avec ces cartes. » Il posa sur le tas celle qu'il tenait à la main et les mit de côté. Assez. Carmen saisit le message. Le vent siffla et ils se tournèrent en même temps vers la fenêtre, qui vibra sur ses gonds.

« Donc : pas d'Alice, déclara Carmen.

— Pas encore.

— Et maintenant, alors ? Cela servirait-il à quelque chose que nous restions ici demain ?

— Je ne sais pas. »

Falk laissa échapper un soupir et s'adossa à la tête de lit. Les recherches étaient entre les mains de vrais professionnels. Même si on la retrouvait dans l'heure – qu'elle soit saine et sauve ou blessée et très éprouvée par les intempéries –, Falk savait qu'ils allaient devoir trouver un autre moyen d'obtenir les contrats dont ils avaient besoin. Alice Russell ne retournerait pas tout de suite au travail, si elle y retournait jamais.

« Daniel Bailey ne savait pas qui nous étions, dit-il. Ou bien, s'il nous connaît, il a bien caché son jeu.

— Non, je ne crois pas non plus.

— Ça suffirait presque à me convaincre que cette disparition n'a rien à voir avec nous, sauf que… »

Il jeta un coup d'œil à son portable silencieux sur la table de chevet.

« Je sais », acquiesça Carmen.

L'enregistrement. *Lui faire du mal.*

Falk se frotta les yeux.

« Oublions un instant le contenu du message. Pourquoi Alice aurait-elle tenté de me joindre depuis le bush ?

— Je ne sais pas. Apparemment, elle a d'abord composé le numéro d'urgence, mais son appel n'est pas passé. »

Carmen réfléchit pendant quelques secondes.

« Mais quand même, pour être sincère, ce n'est pas vous que j'appellerais si j'étais perdue en pleine montagne.

— Merci. Même avec toutes mes cartes ?

— Même avec vos cartes, oui. Mais vous voyez ce que je veux dire. Ça avait forcément un rapport avec nous. Ou avec vous. La seule explication pour moi, c'est qu'elle voulait faire marche arrière. Vous a-t-elle paru inquiète la dernière fois que vous vous êtes parlé ?

— Vous étiez là aussi, répondit Falk. C'était la semaine dernière.

— Ah oui, c'est vrai. Pas d'autre échange depuis ? »

Le rendez-vous n'avait rien eu de mémorable : cinq minutes sur le parking d'un hypermarché. *Il nous faut les contrats*, avaient-ils répété. *Ceux qui établissent le lien avec Leo Bailey. Faites-en votre priorité.* C'était formulé comme une requête. Mais le ton était clairement celui d'un ordre. Alice avait sèchement répliqué qu'elle faisait de son mieux.

« On lui a trop mis la pression ? s'interrogea Falk. Du coup, elle a fait une erreur ?

— On ne lui a pas mis plus de pression que d'habitude. »

Falk n'en était pas si sûr. Ils avaient eux-mêmes subi la pression de leurs supérieurs, et l'avaient transmise à leur tour. La merde roule toujours vers le bas : c'était un mode d'organisation vieux comme le monde et, sans aucun doute, Alice avait déjà eu l'occasion d'en faire l'expérience. *Trouvez-nous les contrats de Leo Bailey.* Sur le mode du téléphone arabe, le message était passé de leurs propres oreilles à celles d'Alice Russell. On n'avait pas jugé bon d'expliquer à Falk et Carmen la portée exacte des documents demandés, mais l'atmosphère de secret qui flottait autour de cet ordre en disait long. Trouvez-nous ces contrats. Alice avait disparu, mais pas la pression venue d'en haut. *Trouvez-nous ces contrats.* C'était la priorité absolue. Pourtant, Falk contempla de nouveau son portable. *Lui faire du mal.*

« Si Alice a fait un faux pas, alors quelqu'un a dû le remarquer, pour que ça lui attire des ennuis, suggéra Carmen. Et si nous parlions à l'assistante d'Alice ? Breanna McKenzie. Quand la patronne a un problème, l'assistante est généralement la première au courant.

— Ouais. Reste à savoir si elle nous parlera ou pas », répondit Falk.

Il se dit que cela dépendrait de la quantité de merde qu'Alice avait elle-même fait rouler en direction de son assistante, au fil du temps.

« Bon. » Carmen ferma les yeux et passa la main sur son visage. « On ferait bien de prévenir le bureau. Vous leur avez parlé aujourd'hui ?

— Non, je ne les ai pas eus depuis hier soir. »

Falk avait appelé après sa conversation téléphonique avec le sergent King. L'annonce de la disparition d'Alice Russell était mal passée.

« Vous voulez que je prenne les coups ?

— Non, c'est bon, répondit Falk dans un sourire. Je m'en charge pour cette fois.

— Merci. »

Carmen soupira et se pencha en arrière.

« Si Alice avait eu des ennuis avant le séminaire, elle ne serait pas partie sans nous prévenir d'abord. Donc, s'il s'est passé quelque chose, c'est dans le bush, pas vrai ?

— J'en ai bien l'impression. Ian Chase disait qu'elle avait l'air d'aller très bien le premier jour. Mais bon, il est tout à fait possible que des choses lui aient échappé. »

S'il y avait bien une chose dont il était sûr à propos d'Alice, c'est qu'elle était très forte pour donner le change. Du moins, Falk l'espérait.

« Où avons-nous mis l'enregistrement vidéo de la station-service ? demanda Carmen. Le passage qui montre le groupe, quand ils sont entrés dans le parc. »

Falk sortit son ordinateur portable de son sac. Il trouva la clé USB que le pompiste leur avait remise plus tôt, et il ouvrit l'écran pour que Carmen puisse voir. Elle se rapprocha un peu.

L'enregistrement était en couleurs, mais c'est un amas de gris qui s'afficha sur l'écran. La caméra cadrait la cour, autour des pompes. Il n'y avait pas de son, mais l'image était d'assez bonne qualité. L'enregistrement couvrait les sept derniers jours, et les voitures allaient et venaient en travers de l'écran tandis que Falk remontait en accéléré jusqu'au jeudi. Quand le chrono de la vidéo marqua le milieu de l'après-midi, il appuya sur Play et ils regardèrent quelques minutes.

« Là ! s'écria Carmen en pointant du doigt le minibus qui venait d'entrer dans la cour. C'est eux, n'est-ce pas ? »

L'image demeurait fixe, du haut de son poste d'observation, lorsque la portière du conducteur s'ouvrait. Chase descendait. Sa silhouette dégingandée et sa polaire rouge étaient aisément reconnaissables tandis qu'il marchait vers la pompe.

Sur l'écran, la portière latérale du véhicule coulissait sans heurt. Un Asiatique posait le pied à terre, suivi de près par deux types bruns et un chauve. Ce dernier se dirigeait vers la boutique tandis que les trois autres restaient plantés dehors, à s'étirer en papotant. Derrière eux, une femme corpulente s'extirpait du minibus avec des gestes lourds.

« Jill », commenta Carmen, et ils la virent sortir son téléphone. Elle tapait sur l'appareil, le portait à son oreille, puis l'en éloignait pour étudier l'écran.

Falk n'eut pas besoin de voir clairement ses traits pour y lire de la frustration.

« Qui essaie-t-elle d'appeler ? s'interrogea-t-il. Daniel, peut-être ?

— Possible. »

Puis une femme sortait à son tour du minibus, sa longue queue-de-cheval se balançant derrière elle.

« Ce ne serait pas Breanna ? suggéra Carmen. Ça ressemble à sa photo. »

La femme brune jetait un regard derrière elle alors qu'une troisième femme descendait du van.

Carmen expira brusquement. « La voilà. »

Alice Russell apparaissait sur l'image, blonde et souple, s'étirant les bras comme un chat. Elle disait quelque chose à la brune, qui se tenait à ses côtés. Elles sortaient leurs portables, reproduisant la chorégraphie de Jill, quelques secondes auparavant. J'écoute, un coup sur l'écran, j'écoute, *rien*. Les épaules qui s'affaissent imperceptiblement.

La brune rangeait son téléphone, mais Alice gardait le sien au creux de sa main. Elle jetait un coup d'œil à travers l'une des vitres du minibus, où se découpait une silhouette sombre et massive pressée contre le verre. L'image n'était pas assez nette pour discerner tous les détails, mais aux yeux de Falk, tout suggérait l'attitude détendue et vulnérable d'une personne endormie.

Alice tendait ensuite son portable devant la vitre. Il y avait un flash, puis elle vérifiait son écran avant de le montrer aux trois hommes qui se trouvaient à proximité. Lesquels partaient d'un rire muet. Alice montrait l'image à la brune qui marquait un temps d'arrêt, puis sa bouche se tordait en un sourire pixellisé. À l'intérieur du minibus, la silhouette s'ébranlait, la fenêtre s'éclaircissant et s'assombrissant de nouveau au gré de ses mouvements. On apercevait vaguement un visage dans les reflets du verre, des traits indistincts mais avec une expression clairement reconnaissable. *Mais qu'est-ce qui se passe ?*

Alice se retournait avec un petit geste de la main, dédaigneuse. *Rien. C'est juste une blague.*

Le visage restait collé à la vitre, jusqu'à ce que Chase ressorte de la boutique en compagnie du pompiste. Falk reconnut son chapeau. Les deux hommes discutaient un moment dans la cour, pendant que le staff de BaileyTennants remontait dans le bus.

Alice Russell était la dernière à entrer, ses traits de porcelaine disparaissant soudain quand la porte glissait derrière elle. Chase donnait une tape dans le dos du pompiste et reprenait le volant. Le minibus redémarrait.

Le pompiste regardait le véhicule s'en aller. Il se retrouvait tout seul dans sa station.

« Drôle de boulot », fit remarquer Falk.

Au bout de quelques secondes, le pompiste faisait demi-tour et sortait du cadre, et le carré de béton de la cour redevenait aussi désert qu'au début de la vidéo. Falk et Carmen regardèrent un peu la suite, mais plus rien ne bougeait sur l'écran. Carmen finit par se redresser sur le lit.

« Bon, pas vraiment de surprises. Alice est une garce qui gratte les gens à rebrousse-poil. Ça, on le savait déjà.

— Mais elle avait l'air détendue, répondit Falk. Plus qu'elle ne l'a jamais été avec nous, en tout cas. »

Ce qui n'avait d'ailleurs rien de surprenant, songea-t-il.

Carmen réprima un bâillement, la main sur la bouche.

« Pardon, le réveil aux aurores commence à se faire sentir.

— Je sais. »

Dehors, le ciel avait viré au bleu marine. Falk aperçut le reflet de leurs deux visages sur la vitre.

« Restons-en là pour aujourd'hui.

— Je vous laisse appeler le bureau ? demanda Carmen en se levant, et Falk acquiesça du chef. Et demain, nous irons à l'hôpital voir ce que l'assistante d'Alice a à nous dire. Sait-on jamais ? »

Elle eut un sourire jaune.

« Me faire mordre par un serpent sur mon temps de travail, moi, ça me foutrait les boules. Peut-être qu'elle sera d'humeur à parler. »

L'air froid s'engouffra dans la chambre quand elle ouvrit la porte. L'instant d'après, elle avait disparu.

Le regard de Falk se posa sur le téléphone fixe posé sur la table de chevet. Il décrocha le combiné et composa un numéro familier, puis il s'assit sur le lit en comptant les sonneries, qui résonnaient à quelques centaines de kilomètres à l'ouest de Melbourne. On décrocha rapidement.

La femme avait-elle été retrouvée ? Non. Pas encore. Avaient-ils les contrats ? Non. Pas encore. Quand les auraient-ils ? Falk n'en savait rien. Une pause à l'autre bout du fil. Il fallait qu'ils obtiennent ces contrats. Oui. C'était impératif. Oui, il comprenait. Chaque minute comptait, d'autres attendaient. Oui, il savait. Il comprenait.

Falk écouta patiemment, laissant la merde rouler vers lui. Un mot par-ci par-là, pour acquiescer. Il comprenait ce qu'on lui disait. Comment aurait-il pu en être autrement ? Il avait déjà entendu ça mille fois.

Ses yeux se posèrent sur le tas de cartes, et, sans cesser d'écouter, il les passa en revue puis ouvrit celle des monts Giralang. Le quadrillage bien ordonné était parcouru de traits sinueux, qui montraient d'autres chemins menant à d'autres lieux. Il suivit les lignes du doigt. Alice était-elle en train de déchiffrer ces mêmes symboles à la lueur de sa torche ou de la lune, là-dehors, et de scruter le paysage pour tenter de faire correspondre carte et réalité ? Ou bien, lui murmura une voix, était-il déjà trop tard ? Falk espérait que non.

Il se tourna vers la fenêtre. Il y avait trop de lumière dans la chambre ; il ne distinguait que son propre reflet, tenant le combiné. Il se pencha pour éteindre la lampe de chevet. Les ténèbres. Ses yeux s'accommodèrent et des détails bleu-noir, dehors, commencèrent à lui apparaître. Il reconnut au loin le départ du sentier de Mirror Falls. De part et d'autre, les arbres paraissaient respirer et palpiter dans la brise.

Un soudain éclat de lumière apparut là-bas, et Falk se redressa. Qu'est-ce que c'était que ça ? Une silhouette sortit des bois, tête basse, courbée contre les éléments, avançant aussi vite que le vent le permettait. Courant, presque. Le faisceau étroit d'une torche s'agitait à ses pieds.

Il faisait noir et froid pour sortir se promener. Falk se leva et colla son visage à la vitre, son correspondant parlant toujours à son oreille. Dans l'obscurité, à une telle distance, les traits de l'inconnu demeuraient invisibles. Mais il s'agissait d'une femme, se dit-il. Ça se voyait à sa manière de bouger. Il ne distinguait pas de lumière clignotante, ni de veste réfléchissante. Cette personne, quelle qu'elle soit, ne faisait pas partie des équipes de recherche.

Dans l'oreille de Falk, le monologue ralentissait.

Trouvez les contrats. Oui. Vite. Oui. Ne nous plantez pas. Non.

Un clic et ce fut terminé, du moins pour le moment. Falk resta figé, le combiné silencieux dans son poing.

Dehors, la silhouette quitta le chemin pour éviter la lumière du gîte, qui éclairait le parking. Elle – il ? – contourna le bâtiment et s'évapora.

Falk raccrocha, il regarda son portable, inutile, posé à côté du fixe. *Lui faire du mal.* Il hésita un instant, puis empoigna ses clés d'un geste sec et ouvrit la porte de la chambre. Maudissant la position excentrée de son bungalow, il remonta l'allée en trottinant, l'air glacial se glissant sous ses vêtements et lui piquant la peau. Il regrettait déjà de n'avoir pas pris son blouson. Arrivé au coin du bâtiment, il balaya du regard le parking désert, sans trop savoir ce qu'il espérait y trouver.

Personne. Il s'immobilisa, l'oreille aux aguets. S'il y avait des bruits de pas, ils étaient couverts par le vent. Falk monta deux par deux les marches du perron et entra dans le gîte. On entendait des bruits de couverts et le brouhaha d'une conversation dans la cuisine. Une ranger était assise, seule, à la réception.

« Quelqu'un vient d'entrer ici ?

— À part vous ? »

Falk la gratifia d'un regard mauvais et la ranger secoua la tête.

« Vous n'avez pas aperçu une femme, dehors ?

— Personne ces dix dernières minutes.

— Merci. »

Falk ressortit. C'était comme plonger dans une piscine. Il croisa les bras sur sa poitrine, scruta le bush puis traversa le gravier vers l'endroit d'où partait le sentier de Mirror Falls.

Les lumières du gîte brillaient fort dans son dos, et, devant lui, tout était noir. Par-dessus son épaule, il aperçut au loin ce qu'il pensait être son bungalow, avec le carré obscur de sa fenêtre. Sous ses chaussures, le chemin était un chaos d'empreintes. Une chauve-souris passa dans un frôlement d'ailes, silhouette déchiquetée sur le ciel nocturne. À part ça, les lieux étaient déserts.

Falk décrivit un cercle lent, le vent lui mordant la peau. Il était seul. La mystérieuse silhouette avait disparu.

Jour 2 : vendredi matin

Bree transpirait. Malgré le froid, elle avait la peau moite et elle sentait l'alcool s'évaporer par tous ses pores tandis qu'elle marchait. Elle se dégoûtait elle-même.

Sa tête la faisait souffrir depuis le réveil. Le rangement des tentes n'avait pas arrangé l'affaire, tout cela avait pris une éternité, bien plus de temps que nécessaire. Seule Alice avait semblé contente de lever le camp. Bree l'avait vue fourrer une tente dans son étui avec tant de violence qu'elle avait craint que le sac ne se déchire. Bree n'avait pas proposé de l'aider. Elle avait déjà bien assez de mal avec sa propre tente.

Une fois la dernière fermeture Éclair remontée, Bree s'était cachée derrière un arbre, à l'écart des autres, pour vomir discrètement. Combien de verres avait-elle bu la veille ? Elle ne se rappelait pas s'être resservie après le premier, mais elle ne se rappelait pas non plus avoir vu son gobelet vide dans sa main à aucun moment. C'était la faute de ces foutus mecs, se dit-elle, et elle ressentit une pointe de colère. Moins contre les hommes que contre elle-même, d'ailleurs. D'habitude, elle était plus maligne que cela.

Bree essuya une perle de sueur au coin de son œil, le regard fixé sur le dos d'Alice devant elle. Alice avait pris la tête du cortège peu après le départ et Bree avait, pour une fois, du mal à suivre. Alice l'avait-elle vue trop boire la veille ? Elle espérait que non. Alice était restée à une distance prudente de l'action pendant toute la soirée, passant l'essentiel de son temps à discuter avec Daniel. La dernière fois que Bree l'avait vue, la tête lui tournait déjà un peu, et Alice se dirigeait vers les tentes. Bree s'en était peut-être sortie sans dommages hier soir, mais, maintenant, elle payait ses excès.

Deux fois ce matin-là, le long du sentier, elles étaient tombées sur des fourches et Alice s'était arrêtée les deux fois pour observer les alentours. Bree avait regardé la carte, ignorant les roches qui dégringolaient sous son crâne, et elle avait pointé du doigt la direction. Hochant la tête, Alice s'était remise en route sans faire de commentaire.

Bree entendit un grognement sourd dans son dos. Il pouvait venir de n'importe laquelle des autres femmes. Elle se dit que les épaules, les talons et les nerfs devaient commencer à craquer. Le chemin était devenu plus étroit et elles avaient dû se mettre en file indienne quelques kilomètres plus tôt. La pente était assez forte pour décourager tout bavardage. À l'avant, Alice s'immobilisa de nouveau : à la sortie d'une petite courbe, le sentier s'écartait soudain et se séparait en deux. Bree entendit un autre grognement derrière elle. Cette fois, pas de doute, c'était Jill.

« Attendez-nous un peu, vous autres, interpella Jill. Faisons une pause ici, pour déjeuner. »

Bree laissa échapper un soupir de soulagement, mais Alice consulta sa montre.

« Il est encore très tôt, lança-t-elle.

— Pas si tôt que ça. Et c'est un bon endroit pour s'arrêter. »

Pas vraiment, songea Bree en laissant tomber son sac à dos. Le sol était boueux et il n'y avait pas d'autre vue que les arbres dressés autour d'eux. Un frisson la parcourut et elle s'assit sur son sac, les jambes un peu branlantes. Il faisait plus froid, maintenant qu'elles ne marchaient plus. C'était plus calme, aussi, sans le bruit de leurs pas. Bree entendait les cris et les gazouillis d'invisibles oiseaux. Un froissement de feuilles la fit se retourner, ses pensées tombant en chute libre dans un gouffre obscur et s'écrasant dans un bruit sourd, hantées par le spectre de Martin Kovac.

Il n'y avait rien derrière elle, bien sûr. Bree se tourna de nouveau vers les autres, elle se sentait idiote. C'était effectivement idiot. Elle était trop jeune pour se souvenir des histoires de l'époque, mais elle avait commis l'erreur de les parcourir en cherchant des infos sur le Net au sujet des monts Giralang. Elle était assise à son bureau, captivée par le destin tragique de la dernière victime présumée – Sarah Sondenberg, dix-huit ans, qui n'avait jamais été retrouvée –, quand le gestionnaire de portefeuilles, nouveau dans la boîte, avait débarqué dans son dos, la faisant sursauter.

« Faudra faire attention là-bas, avait-il déclaré avec un grand sourire, en désignant l'écran. Tu lui ressembles assez.

— C'est toi qui devrais faire attention à ce que je ne rapporte pas ce genre de commentaire à la DRH. »

Ce petit flirt entre eux allait croissant depuis un mois. Bree songea qu'elle dirait sans doute oui quand il se déciderait à l'inviter à prendre un verre.

Quand il était parti, elle avait regardé son écran. Sarah Sondenberg lui ressemblait-elle vraiment ? Peut-être un peu au niveau du nez et de la bouche. C'était une jolie fille, aucun doute là-dessus. Mais dans son genre. Et puis, Sarah Sondenberg était une blonde aux yeux bleus. Bree avait refermé la page et n'y avait plus repensé, jusqu'à maintenant.

Elle jeta de nouveau un regard par-dessus son épaule. Rien. Mais quand même, il valait peut-être mieux ne pas s'éterniser ici. Elle but une gorgée d'eau au goulot de sa gourde pour essayer d'atténuer son mal de crâne, et ferma les yeux.

« Ça te dérangerait d'aller plus loin ? »

La voix d'Alice fit grimacer Bree, et elle rouvrit les yeux. Alice ne s'adressait pas à elle, bien sûr. Pas sur ce ton. Mais elle fusillait du regard Beth, adossée à un arbre, une cigarette allumée à la main.

Bon Dieu, tout ce grand air et sa sœur qui ne pensait qu'à le polluer. Aussitôt, la voix de leur mère résonna à son oreille. *Laisse-la tranquille, il vaut mieux qu'elle soit accro à la clope qu'à...* Sa mère ne finissait jamais sa phrase. Elle ne pouvait se résoudre à prononcer ce mot.

Beth haussa les épaules et Bree la regarda s'éloigner d'un pas outré, son sillage de fumée se mêlant au parfum des eucalyptus. Alice s'éventa de la main.

« Déjeuner ! » lança une voix.

Levant les yeux, Bree vit Lauren dressée au-dessus d'elle, qui lui tendait un petit sandwich au fromage enveloppé de Cellophane et une pomme.

« Oh, merci. » Elle tenta de sourire, mais son estomac se révulsa à l'idée d'avaler quoi que ce soit.

« Tu devrais manger, insista Lauren, penchée sur elle. Ça te fera du bien. »

Elle refusa de bouger jusqu'à ce que Bree déballe un coin du sandwich et en mordille la croûte. Lauren la regarda avaler cette bouchée minuscule avant d'aller servir les autres.

Alice dévisagea Bree comme si elle la voyait vraiment pour la première fois ce jour-là.

« Tu as trop bu hier ?

— Je suis fatiguée, c'est tout, répliqua Bree. Je n'ai pas très bien dormi.

— Bienvenue au club. »

Alice avait effectivement l'air pâle, Bree s'en rendait compte à présent, étonnée de ne pas l'avoir remarqué tout à l'heure.

« Tu es en état de lire la carte ? interrogea Alice.

— Oui. Sans problème.

— Tu en es sûre ? On va perdre un max de temps si on se perd.

— Je sais. Mais ça n'arrivera pas. »

Ces mots sortirent avec un peu plus de virulence qu'elle ne l'aurait voulu, et Jill se tourna dans sa direction. Elle était assise sur un rocher un peu plus loin sur le chemin. Elle avait enlevé une de ses chaussures et tripotait sa chaussette.

« Tout va bien ?

— Oui, merci, répondit Bree.

— Bree est fatiguée d'hier soir », souffla Alice dans le même temps.

Les yeux de Jill se posèrent tour à tour sur les deux femmes.

« Je vois.

— Pas du tout. Je vais bien. »

Jill resta silencieuse pendant un moment, mais, à l'expression de son visage, Bree se dit qu'elle en avait peut-être plus bu qu'Alice, la veille. Elle sentit ses joues la chauffer.

« Vous voulez que quelqu'un d'autre s'occupe de la carte, pour le moment ? demanda Jill d'une voix détachée.

— Non, absolument pas. Merci. Je m'en charge.

— Très bien, dit Jill en baissant de nouveau les yeux sur sa chaussette. Mais n'hésitez pas à vous faire remplacer, si besoin.

— Pas la peine, non. Je vous remercie. »

Dans son agacement, Bree se mordit le bout de la langue. Elle sentait le regard d'Alice qui s'attardait sur elle et elle s'efforça de se concentrer sur le sandwich posé sur ses genoux. Elle prit une petite bouchée pour s'empêcher de parler, mais elle eut du mal à l'avaler. Au bout d'un moment, elle remballa le sandwich et le fourra dans son sac à dos.

« Je ne voulais pas te mettre dans la merde, lui glissa Alice. Mais nous devons être rentrées à temps dimanche. »

Le ton étrange de sa voix poussa Bree à relever les yeux. Elle passa en revue son agenda mental. Quelle était l'obligation d'Alice, déjà ? Dimanche. La remise des prix à l'école de Margot. Bree ferma les yeux pour ne pas trahir son irritation.

Elle n'avait rencontré Margot qu'une seule fois, deux mois auparavant. Alice lui avait demandé de passer récupérer la robe de cérémonie de sa fille au pressing, et de la déposer chez elle. Cela ne faisait pas partie du boulot de Bree, évidemment, mais pouvait-elle lui faire cette faveur ? Bien sûr, pas de problème. La robe était magnifique. Bree avait porté à peu près la même, un peu moins haute couture peut-être, dans sa jeunesse, pour les cérémonies scolaires. Même sans les photos dans le bureau d'Alice, elle aurait reconnu Margot tout de suite. C'était le portrait craché de sa mère, en plus jeune. Elle était avec une copine, en train de siroter un smoothie au kale, acheté dans l'un des magasins bio préférés de Bree.

« Ils sont super bons ceux-là, pas vrai ? » avait commenté Bree. Elle connaissait ce genre de boisson et elle connaissait ce genre de fille, avec ses cheveux brillants, sa peau de pêche, sa silhouette sexy et son air amusé. Elle-même avait été ce genre de fille, au collège. Elle l'était toujours, en fait.

Margot n'avait d'abord rien répondu, puis elle avait pointé sa paille vers le sac de pressing que Bree tenait dans la main.

« C'est ma robe ?

— Oh, oui. Tiens. Moi, c'est Bree, au fait.

— Je sais. Merci. »

Un bruissement de plastique et la porte s'était refermée. Bree était restée plantée sur le perron, à contempler la peinture satinée de la porte.

« C'était qui, cette dame ? avait demandé une voix étouffée, s'échappant par une fenêtre ouverte.

— L'un des larbins de ma mère.

— Elle a l'air d'une paumée.

— C'est ce que dit ma mère. »

Bree avait reculé. Maintenant, assise au bord du chemin, elle observait Alice. Trente ans de plus que sa fille, mais la même expression dans le regard.

Bree se força à sourire.

« Ne vous en faites pas. Nous ne serons pas en retard.

— Bien. »

Bree se leva et, faisant semblant de s'étirer, elle marcha un peu plus loin jusqu'à une souche. Elle apercevait sa sœur en train de fumer, au loin, le regard perdu dans le bush. Bree posa un pied sur la souche et se plia en deux, sentant les muscles de ses cuisses la tirer et sa tête qui tournait. Elle eut un haut-le-cœur et ravala la bile chaude montée dans sa gorge.

Elle déplia la carte et la posa devant elle pour pouvoir l'étudier tout en s'étirant. Les lignes des sentiers tourbillonnaient un peu sur le fond vert du papier.

« Tu te sens bien ? »

Bree détacha les yeux de la carte. Sa sœur était plantée devant elle, lui offrant une gourde d'eau.

« Oui, ça va. » Elle ne prit pas la gourde.

« Tu sais où nous allons ?

— Oui. Bon sang, pourquoi est-ce que tout le monde me pose cette question ?

— Parce que tu n'as pas l'air de le savoir, peut-être…

— Oh, ferme-la, Beth. »

Sa jumelle haussa les épaules et s'assit sur le tronc, qui craqua sous son poids. Bree se demanda combien elle pesait, maintenant. Pendant toute leur adolescence, elles s'étaient passé des vêtements. Ce ne serait plus possible à présent, voilà qui était certain.

Quand Beth l'avait appelée six mois plus tôt, Bree avait laissé sa messagerie se déclencher, comme toujours. Quand le message lui avait demandé si elle pouvait donner le nom de Bree comme référence, Bree n'avait rien fait du tout. Une semaine plus tard, un deuxième message lui avait annoncé que Beth avait obtenu un petit job d'agent de traitement des données chez BaileyTennants. Bree s'était dit qu'il s'agissait d'une blague. Ça ne pouvait être que ça. Elle en avait trop bavé pour obtenir son poste, et elle ne pensait pas seulement à son diplôme de commerce et à ses deux stages non rémunérés. Et voilà qu'il lui fallait travailler au même endroit que sa sœur, avec sa coiffure à deux balles, ses vêtements taille L et *son erreur*, qu'elle était légalement obligée de mentionner sur ses formulaires de candidature ?

Leur mère avait confirmé à Bree que c'était bien le cas.

« Tu es sa source d'inspiration. Je te l'ai souvent dit. »

Bree s'était fait la réflexion que c'était plutôt la peur de perdre ses indemnités qui avait inspiré sa sœur. Elle s'était discrètement renseignée auprès de la DRH. Apparemment, Jill Bailey en personne avait approuvé cette embauche inhabituelle. Officieusement, Bree apprit que c'était son travail exemplaire au service du cabinet qui avait fait pencher la balance en faveur de sa sœur. Bree s'était enfermée dans les toilettes pendant dix minutes, le temps de digérer cette nouvelle, contenant avec peine des larmes de rage.

Elle n'avait vu sa sœur qu'une fois au cours des dix-huit derniers mois. Cette rencontre avait eu lieu un peu avant Noël, quand sa mère l'avait appelée, lui demandant, la *suppliant* de pardonner à Beth. Visage de marbre, Bree avait écouté sa mère pleurer au téléphone cinquante minutes durant avant de céder. C'était

Noël, après tout. Alors, elle était retournée dans sa maison d'enfance, les bras chargés de cadeaux pour tous les membres de sa famille, sauf un.

Beth, au chômage et fauchée, bien sûr, avait le regard étonnamment clair après tous ces mois sans la voir. Elle avait offert à Bree une photo d'elles, enfants, sous un cadre bon marché qui serait vraiment très moche dans l'appartement de Bree. Sur la carte de Noël qui accompagnait le présent, on lisait simplement : « Pardon ». Comme leur mère les regardait, Bree n'avait pas reculé quand sa jumelle s'était approchée pour la serrer dans ses bras.

Une fois rentrée chez elle, après le réveillon, Bree avait enlevé la photo du cadre et déposé celui-ci dans une boutique de bienfaisance. Une heure plus tard, elle était retournée sur place et avait racheté le cadre. Photo remise à l'intérieur, le cadeau de sa sœur s'était retrouvé coincé au fond d'un haut placard, derrière les décorations de Noël.

Le premier jour de Beth chez BaileyTennants, leur mère avait appelé Bree pour lui demander de faire tout son possible afin d'aider sa sœur à conserver ce job. Ce jour-là, en regardant sa sœur fumer à côté d'elle sur ce tronc d'arbre, elle regretta d'avoir donné sa parole à leur mère.

« Vous êtes prêtes, les filles ? »

Bree se tourna vers l'endroit d'où venait la voix. Jill, Alice et Lauren étaient déjà debout, contemplant leurs sacs à dos avec réticence.

« Oui, on arrive. » Bree empoigna la carte et rejoignit les autres en trottinant. Trop vite. Elle sentit un vertige l'envahir.

« D'ici, c'est à droite ou à gauche ? » Jill hissa son sac sur ses épaules. Au niveau de la fourche, les deux sentiers étaient étroits, bordés d'épaisses broussailles qui empiétaient sur le chemin. La terre de celui de gauche semblait plus comprimée, mais Bree savait qu'à chacun des embranchements, sur cette première partie de journée, il fallait prendre à droite. Elle vérifia une dernière fois la carte, sentant quatre paires d'yeux braquées sur elle. Les autres étaient impatientes de repartir, maintenant que leurs sacs à dos pesaient de nouveau sur leurs épaules. Bree suivit du doigt l'itinéraire, sa main tremblant un peu et son estomac faisant des siennes. Oui. Elles avaient tourné deux fois depuis le matin. C'était le troisième embranchement.

« Si tu as besoin d'aide, Bree…, gronda Alice en se balançant d'un pied sur l'autre.

— Non, merci.

— OK. Donc, quel côté… ?

— À droite.

— Tu es sûre ? Il a l'air un peu rudimentaire, ce chemin-là. »

Bree tendit la carte devant elle. Désigna la fourche. La ligne rouge.

« Nous sommes ici. C'est sur la droite.

— Nous sommes déjà là ? s'étonna Alice. Bon, alors d'accord. »

Bree replia brusquement la carte.

« Vous voyez, on avance bien. Vous n'avez pas de raison de vous inquiéter. » Ni de râler, pour une fois. Bree inspira une grande bouffée d'air et se fendit d'un rire forcé. « Suivez-moi. »

Chapitre 9

C'était comme entrer dans un palais des glaces à la fête foraine. Deux visages, tels deux reflets déformés l'un de l'autre, se relevèrent à l'unisson quand on frappa à la porte de la chambre d'hôpital.

« Breanna McKenzie ? » demanda Falk.

La femme allongée sur le lit avait perdu l'éclat plein de santé qu'affichait son visage sur la photo officielle du cabinet. Des cernes noirs étaient à présent suspendus sous ses yeux, et ses lèvres étaient livides et gercées. Son bras droit disparaissait sous un bandage imposant.

« Nous sommes de la police. L'infirmière vous a-t-elle bien prévenue que nous attendions pour vous voir ?

— Ouais. »

Falk s'était adressé à Breanna, mais c'est la femme assise sur une chaise en plastique à son chevet qui répondit.

« Elle a dit que vous vouliez nous poser quelques questions au sujet d'Alice.

— Effectivement. Bethany, c'est bien ça ?

— Appelez-moi Beth. »

C'était la première fois que Falk rencontrait Beth McKenzie en chair et en os, et il l'étudia avec intérêt.

La ressemblance entre les deux sœurs avait quelque chose d'étrange, comme si les traits bien dessinés de Breanna avaient fondu au soleil, jusqu'à devenir plus charnus et plus affaissés. La peau de Beth était rougeaude, avec de la couperose autour du nez et au niveau de la mâchoire. Sa chevelure, ni longue ni courte, avait l'aspect terne et négligé d'une teinture maison ratée. Elle faisait dix ans de plus que sa sœur, du haut de ses vingt ans et quelques, mais elle le contemplait d'un regard ferme.

Un plateau avec les restes d'un repas attendait d'être débarrassé au bord du lit. La patiente n'avait touché à rien ou presque. Falk et Carmen avaient trouvé le dispensaire du bourg deux rues derrière la station-service. L'endroit, qui semblait à peine mieux équipé qu'un cabinet de généraliste, était destiné à soigner les petits maux des habitants et les bobos des touristes. L'infirmière à la réception leur avait montré la porte d'un geste sans appel, en leur disant de revenir une heure et demie plus tard, quand l'effet des somnifères de Breanna se serait estompé. Ils avaient parcouru dans un sens puis dans l'autre l'enfilade de boutiques de la ville, puis avaient attendu dans la voiture pendant soixante-dix-huit minutes. À leur retour, on les informa que le déjeuner venait d'être servi.

« Pas de visite pendant les repas. Sans exception. »

Enfin, l'infirmière leur avait fait signe qu'ils pouvaient y aller. Breanna McKenzie se trouvait dans la chambre collective au bout du couloir, leur précisa l'infirmière, mais elle était la seule patiente hospitalisée. Basse saison.

Dans la chambre, Falk et Carmen tirèrent deux chaises au bord du lit.

« Ils ont retrouvé Alice ? »

Beth dévisageait Falk et Carmen.

« C'est pour ça que vous êtes ici ?

— Pas encore, répondit Falk. Je suis désolé.

— Oh. Alors, que vouliez-vous me demander ?

— En fait, c'est votre sœur que nous voulions interroger, intervint Carmen. En privé, de préférence.

— Je crois qu'il vaut mieux que je reste. »

Bree se redressa contre son oreiller.

« C'est bon, Beth, arrête ça. Va dans le couloir et laisse-les faire leur travail. »

Elle grimaça.

« Il y a des antidouleurs quelque part ?

— Ce n'est pas encore l'heure, répliqua Beth, sans même un regard à l'horloge.

— Demande à l'infirmière.

— Il est trop tôt. Ils ne t'en redonneront pas avant ce soir.

— Bon Dieu, Beth. Va en demander. S'il te plaît. »

Beth se leva péniblement de sa chaise.

« Comme tu voudras. Je serai derrière, pour griller une clope. Et oui…, ajouta-t-elle en voyant sa sœur ouvrir la bouche… je vais demander à l'infirmière. Mais je te l'ai dit, je crois que ce n'est pas encore l'heure de les prendre. »

Ils la regardèrent quitter la chambre.

« Désolée. Elle est fâchée parce qu'ils refusent de laisser les médicaments dans la chambre à cause d'elle, déclara Bree quand la porte se referma.

— Pourquoi donc ? demanda Carmen.

— Rien de très grave, vraiment. Elle a eu quelques soucis avec la drogue par le passé, mais, depuis plus d'un an, elle va mieux. Je crois que les infirmières préfèrent prévenir que guérir. Ce serait sans doute plus simple si elle n'était pas là, mais elle… »

Bree baissa les yeux.

« Elle préfère rester, j'imagine.

— D'autres personnes vont venir vous voir ? demanda Falk. Un petit ami ? Vos parents ?

— Non. »

Bree se mit à jouer avec son bandage. Ses ongles portaient encore les traces d'un vernis rose foncé. Plusieurs d'entre eux étaient cassés ou ébréchés.

« Maman a une sclérose en plaques.

— Je suis désolé.

— Ce n'est pas grave. Enfin, si. Mais c'est comme ça, on n'y peut rien. Elle ne peut pas se déplacer. Mon père doit rester avec elle quasiment en permanence, maintenant. Enfin… »

Elle tenta de sourire.

« J'ai Beth. »

Il y eut un silence pesant.

« Nous voulions vous poser quelques questions au sujet d'Alice Russell, si vous n'y voyez pas d'inconvénient, expliqua Falk. Depuis combien de temps travaillez-vous pour elle ?

— Dix-huit mois.

— Vous êtes son assistante ?

— Sa coordinatrice administrative. »

Falk crut voir Carmen réprimer un sourire. Elle se reprit aussitôt.

« Ça implique quoi ?

— Dans un premier temps, il s'agissait surtout de tâches administratives, mais, maintenant, j'ai plutôt un rôle de conseil et de soutien. Je suis un peu la doublure d'Alice, je fais tout ce qu'elle fait, j'apprends un tas de choses qui me préparent pour une promotion interne.

— Elle est bien, comme supérieure ? »

Un quart de seconde d'hésitation.

« Oui. Parfaite. »

Ils attendirent, mais Bree en resta là.

« Alors, vous avez l'impression de bien la connaître ? demanda Falk.

— Oui, très bien. »

Il y avait une drôle d'inflexion dans la voix de Bree. Falk étudia son visage, mais ne distingua rien dans son regard qui pût laisser penser qu'elle les reconnaissait. Comme Daniel Bailey, si Bree savait qui ils étaient, elle cachait bien son jeu.

« Et elle vous a paru comment, Alice, pendant ce séminaire ? » interrogea Carmen.

Bree tritura son bandage, qui commençait déjà à s'effilocher sur les bords.

« Avant que nous nous perdions, elle était la même que d'habitude, vraiment. Elle peut être un peu sèche, parfois, mais bon, aucune d'entre nous n'était vraiment à son avantage, dans le bush. Et quand on s'est perdues… »

Bree secoua la tête.

« Tout le monde a paniqué.

— A-t-elle parlé de quelque chose qui aurait pu l'inquiéter ? À part le fait d'être perdue, je veux dire ?

— Quoi, par exemple ?

— N'importe quoi. Le travail, la famille, des soucis avec ses collègues ?

— Non. Pas devant moi, en tout cas.

— Mais vous qui la connaissez bien, insista Carmen, avez-vous ressenti quoi que ce soit d'inhabituel ?

— Non.

— Et au bureau ? Avant le séminaire. Y a-t-il eu des demandes bizarres, ou des rendez-vous qui ont attiré votre attention ?

— Mais quel est le rapport avec ce qui s'est passé l'autre jour ?

— Ça n'a pas forcément de rapport, répondit Falk. Nous essayons juste de comprendre ce qui a pu se passer.

— Je peux vous dire exactement ce qui s'est passé. »

Une tension parcourut les traits de son visage.

« Et ce n'était pas que ma faute.

— De quoi parlez-vous ?

— Du fait qu'on s'est perdues. C'est à cause de cette maudite trace de kangourous, le deuxième jour. C'est ce qu'ont dit vos collègues. Ils ont dit qu'on n'était pas les premières à avoir fait cette erreur. »

Bree s'interrompit, et seules les sonneries assourdies des appareils résonnèrent dans la chambre. Bree inspira profondément.

« Les autres n'auraient pas dû me laisser me démerder seule avec la carte. Je ne savais pas comment m'y prendre. On m'envoie suivre une formation d'une demi-journée avec une pause-café toutes les vingt minutes, et je suis censée devenir experte en navigation ? »

Elle bougea son bras blessé et grimaça, le front en nage.

« Que s'est-il passé quand vous avez compris que vous vous étiez trompées de chemin ? demanda Falk.

— Tout est parti en vrille après ça. Nous n'avons jamais trouvé le deuxième campement, et donc nous n'avons pas trouvé non plus notre ravitaillement, ce soir-là. Nous n'avions plus grand-chose à manger. Nous avons fait n'importe quoi et les tentes ont été abîmées. »

Un petit rire.

« C'est presque marrant, combien tout a dégénéré en si peu de temps. Mais nous n'avions plus l'esprit clair et nous prenions les mauvaises décisions. Difficile d'expliquer comment c'est là-bas, dans le bush. On a l'impression d'être seul au monde.

— Et Alice, comment elle a réagi quand vous vous êtes perdues ? reprit Falk.

— Elle essayait d'imposer son point de vue sur ce qu'on devait faire. Quand elle est stressée, elle a parfois l'air agressive. Elle a fait plein de randonnée et de camping pendant ses études – une de ces écoles où les élèves passent une année en pleine nature… Je crois qu'elle s'est dit que ça lui donnait plus le droit de s'exprimer que nous. Je ne sais pas. »

Bree soupira.

« Elle avait peut-être raison. Mais Lauren – Lauren Shaw, vous voyez ? Elle faisait partie de notre groupe, elle aussi. Elle avait suivi le même programme à l'école et elle ne donnait pas toujours raison à Alice. Comme quand on a trouvé cette cabane, le troisième jour. Je veux dire, l'endroit était horrible. Ça ne me plaisait vraiment pas, mais c'était la moins pire des solutions. Les conditions météo s'étaient dégradées et nous avions besoin d'un abri. Alors nous sommes restées. »

Bree s'interrompit.

« Alice était la seule qui ne voulait pas.

— Elle n'a pas réussi à vous convaincre de partir ? demanda Falk.

— Non, et ça l'a vraiment énervée. Elle disait qu'elle savait comment nous sortir de là, elle voulait qu'on continue à marcher. Mais on a refusé. C'est ça qui nous avait mis dedans, depuis le début. Marcher à l'aveugle. Il y a eu une dispute. Alice a dit qu'elle allait continuer seule, mais Jill ne voulait pas la laisser partir. Le lendemain matin, quand on s'est réveillées, Alice avait disparu avec le téléphone.

— Jill Bailey a-t-elle expliqué pourquoi elle ne voulait pas laisser partir Alice ? demanda Carmen.

— Parce que c'était dangereux, évidemment. Et visiblement, elle avait raison. »

Bree dévisagea les deux agents, les défiant de la contredire. « Qu'est-ce que vous avez fait en constatant qu'elle n'était plus là ? » finit par poursuivre Falk. Bree secoua la tête. « Je ne suis pas la mieux placée pour vous répondre. Je croyais être la première debout, alors je suis allée faire mes besoins dans les buissons. C'est en revenant que j'ai trébuché. Je n'ai pas compris tout de suite ce qui s'était passé. J'ai cru que j'étais tombée sur quelque chose de tranchant. Des débris de verre, peut-être. Et puis j'ai vu le serpent disparaître et j'ai compris. »

Bree se mordit la lèvre si fort qu'elle devint toute blanche. Son regard les traversait sans les voir.

« J'ai cru que j'allais mourir là-bas. J'ai vraiment cru ça. On nous avait dit qu'il y avait des serpents-tigres. Je n'avais pas la moindre idée de l'endroit où nous nous trouvions. J'ai pensé que je ne reverrais plus jamais ma famille, que je ne pourrais même pas dire adieu à ma mère. »

Elle inspira, le souffle tremblant.

« Je me souviens que j'avais des vertiges, je n'arrivais plus à respirer. Le docteur, ici, m'a dit qu'il s'agissait sans doute d'une crise de panique, mais, sur le moment, j'ai cru que c'était le venin. J'ai réussi à regagner la cabane, et ensuite, je ne me rappelle plus très bien. On m'a serré un truc autour du bras. J'avais mal. Je ne sais plus à quel moment j'ai réalisé qu'Alice n'était plus avec nous. »

Bree tripota de nouveau son bandage.

« Quand les autres ont dit qu'il fallait repartir – partir sans elle –, je n'ai rien dit. J'ai fait ce qu'on me disait. Lauren a réussi à nous faire marcher vers le nord jusqu'à tomber sur une piste. Je ne me souviens pas de grand-chose. Le docteur explique que j'étais probablement en état de choc. Je me disais qu'Alice avait dû partir devant pour aller chercher de l'aide et qu'elle nous attendrait au point de rendez-vous. » Bree baissa les yeux. « Je crois que j'ai même demandé à la voir, mais ma tête ne tournait plus très rond. Je ne savais plus ce que je faisais. »

Les larmes finirent par déborder, et Falk lui tendit un mouchoir en papier. Ils attendirent dans le bourdonnement des machines tandis qu'elle s'essuyait les yeux.

« Alice avait son portable, déclara Carmen. A-t-elle appelé quelqu'un pendant que vous étiez avec elle ?

— Non. »

La réponse était tombée vite.

« Je veux dire, elle a essayé, bien sûr. Elle n'arrêtait pas d'appeler le numéro d'urgence, mais ça ne passait pas. Il n'y avait pas de réseau.

— Pourtant, elle a pris le téléphone quand elle est partie… »

Un haussement d'épaules quasi imperceptible.

« Eh bien, c'était le sien. »

Bree avait l'air fragile, enfoncée dans son oreiller, avec ses longs cheveux en bataille et son bras bandé. Ses ongles cassés, son histoire.

« Vous dites que vous connaissez bien Alice, reprit Falk. Ça vous a étonnée qu'elle vous laisse comme ça ?

— En temps normal, ça m'aurait surprise. »

Bree se tourna vers Falk, les yeux écarquillés. *Elle sait mentir aux hommes.* Cette pensée jaillit de nulle part.

« Mais comme je vous l'ai dit, tout est différent dans le bush. Je regrette qu'on ne l'ait pas écoutée, maintenant. Peut-être que rien de tout ça n'aurait eu lieu.

— Mais vous auriez aussi pu toutes vous perdre.

— Peut-être. Mais peut-être aussi que les choses auraient mieux tourné pour tout le monde. »

Elle bougea son bras douloureux et ses traits se crispèrent. Falk et Carmen échangèrent un regard.

« Je crois que ça suffira pour aujourd'hui. Nous allons vous laisser vous reposer, dit Carmen tandis qu'ils se levaient. Merci, Breanna. »

Elle hocha la tête. Les cernes sous ses yeux semblaient plus sombres encore que tout à l'heure.

« Quand vous croiserez ma sœur, dites-lui de m'envoyer l'infirmière avec des cachets, ou bien de dégager pour qu'ils puissent me mettre sous perfusion. S'il vous plaît… »

Il faisait frais dans la chambre mais, en refermant la porte, Falk remarqua que le front de Bree dégoulinait à présent de sueur.

Jour 2 : vendredi après-midi

Le soleil pâle avait traversé la fine bande de ciel dégagé et l'herbe leur arrivait au-dessus des chevilles quand quelqu'un finit par le dire :

« C'est vraiment par là ? »

Beth soupira sans bruit, soulagée en entendant Jill prononcer ces mots. Cela faisait vingt minutes que cette question lui brûlait les lèvres, mais qu'elle ne pouvait la poser. Bree l'aurait tuée pour ça.

Sa sœur s'arrêta et fit volte-face.

« Ça devrait.

— Ça devrait ou c'est ?

— C'est par là. »

Bree n'avait pas l'air si sûre. Elle baissa les yeux sur la carte.

« C'est forcément par là. Nous n'avons tourné nulle part.

— J'en ai bien conscience. Mais… »

Jill balaya les environs d'un grand geste de la main. Le sentier envahi par les herbes, les arbres qui se refermaient sur eux à chaque pas. Peu importe ce que disait la carte : ça n'avait pas l'air d'être le bon chemin.

Tout autour, des oiseaux cachés s'interpellaient

dans un questions-réponses incessant. Beth ne pouvait s'empêcher de penser que le bush parlait d'elles.

« Nous n'avons pas vu un seul drapeau de toute la journée, déclara Jill. Depuis celui d'hier, dans l'arbre. Nous étions censées en voir six. Nous aurions forcément dû en croiser d'autres, à l'heure qu'il est. Au moins un.

— C'est peut-être cet embranchement que nous avons pris, après le déjeuner, qui n'allait pas. Je peux jeter un coup d'œil ? »

Alice arracha la carte des doigts de Bree avant qu'elle ait le temps de répondre. Bree resta pétrifiée, ses mains vides tendues devant elle. Elle avait l'air perdue, dans tous les sens du mot. Beth essaya de croiser son regard, mais sans succès.

« Bon… »

Alice étudiait la carte, perplexe.

« Je parie que c'est ça. Je me disais bien que nous n'avions pas pu y arriver si vite.

— Je ne suis pas…

— Bree, la coupa sèchement Alice. Ce n'est pas le bon chemin. »

L'espace d'un instant, il n'y eut plus que l'étrange silence du bush et Beth leva les yeux sur les eucalyptus. Leur écorce pendait des troncs en bandes lâches, comme une peau écorchée. Ils semblaient très proches et très grands, tout autour. *Prises au piège*, songea-t-elle tout à coup.

« Et qu'est-ce qu'on fait maintenant ? »

Il y avait une inflexion nouvelle, subtile, dans la voix de Jill, que Beth ne sut interpréter. Pas vraiment de la peur, non, pas encore. De l'inquiétude, peut-être. Une envie de savoir.

Alice tendit la carte pour que Jill puisse la voir.

« Si nous avions tourné au bon endroit, nous serions là. » Elle pointa le lieu sur la carte. « Mais sinon, je ne sais pas. Nous sommes sans doute plus par là, maintenant. » Son index décrivit un cercle sur le papier.

Jill se pencha pour mieux voir, puis s'approcha encore, ses rides se creusant au coin des yeux.

Elle n'arrivait pas à déchiffrer la carte, Beth s'en rendait compte à présent. Les symboles étaient sans doute trop petits. Jill avait beau s'arracher les yeux, ce document était comme une feuille blanche pour elle. Beth avait vu sa grand-mère faire ce genre de numéro pour ne pas reconnaître que sa vue était devenue trop faible pour lire. Tandis que Jill faisait semblant d'étudier la carte, Alice la dévisageait avec intérêt. Elle a compris aussi, se dit Beth.

« Mmm... » Jill lâcha un grognement évasif et tendit la carte à Lauren. « Qu'en pensez-vous ? »

Lauren eut l'air un peu surprise, mais elle prit la carte. Elle courba le front et fit courir ses yeux sur le papier.

« Non, je ne crois pas non plus qu'on soit au bon endroit, dit-elle. Désolée, Bree.

— Que faut-il faire, à votre avis ? »

Jill la fixait.

« Je crois que nous devrions faire demi-tour et revenir sur nos pas. »

Alice poussa un grognement.

« Bon Dieu, revenir sur nos pas, ça prendra une éternité. On en aura pour des heures.

— Eh bien, répliqua Lauren en haussant les épaules. Je ne suis pas sûre que nous ayons vraiment le choix. »

Jill tourna la tête de l'une à l'autre, comme si elle regardait un match de tennis. Bree ne se trouvait qu'à un mètre ou deux de sa patronne, mais c'est comme si elle était devenue invisible.

Alice se tourna de nouveau vers le chemin. « Arriverons-nous seulement à revenir au point de départ ? Le sentier n'est pas très marqué. On risque de s'en écarter. »

Beth comprit aussitôt qu'Alice avait raison. Derrière elles, le chemin qu'elles avaient ouvert semblait à présent indistinct, ses contours se fondaient dans le décor. Par réflexe, Beth chercha ses cigarettes. Pas dans sa poche. Son cœur battit un peu plus fort.

« Je crois que c'est quand même la meilleure chose à faire, insista Lauren. La plus sûre, en tout cas.

— Ça va nous rajouter plusieurs heures de marche, protesta Alice en se tournant vers Jill. La nuit sera tombée avant qu'on arrive au campement, ça, c'est sûr. »

Jill regarda ses chaussures neuves et Beth sentit que la perspective d'ajouter plusieurs kilomètres à cette journée de marche ne lui plaisait pas trop. Jill ouvrit la bouche pour parler. Elle la referma et secoua lentement la tête.

« Bon, eh bien, je ne sais pas, déclara-t-elle. Quelle alternative avons-nous ? »

Alice étudia la carte puis releva la tête, les yeux plissés. « Vous entendez toutes un ruisseau, comme moi ? »

Beth retint sa respiration. Le grondement lointain d'un cours d'eau était presque couvert par les pulsations du sang dans ses oreilles. Bon sang, elle n'était vraiment pas en forme. Les autres acquiesçaient, au moins.

« Si nous avons pris le mauvais chemin, il doit s'agir de ce ruisseau... » Elle désigna un point de son index. « Il a l'air proche. Il peut nous servir de repère. Si nous parvenons à savoir où nous sommes, nous pourrions essayer de couper à travers le bush pour rejoindre le bon sentier un peu plus loin. »

Beth remarqua que Lauren avait croisé les bras sur sa poitrine. Ses lèvres étaient pincées.

« Vous pensez... »

Jill s'éclaircit la gorge.

« Vous êtes certaine que nous pourrons retrouver nos repères, à partir d'ici ?

— Oui. Nous devrions y arriver.

— Qu'en dites-vous ? »

Jill se tourna vers Lauren.

« Je crois qu'on devrait rebrousser chemin.

— Bon sang, non ! On va y passer la nuit, râla Alice. Tu le sais très bien. »

Lauren ne répondit rien. Jill regarda les deux femmes, puis baissa les yeux sur ses pieds. Elle poussa un bref soupir.

« Trouvons d'abord ce ruisseau. »

Personne ne prit la peine de demander l'avis de Bree.

Beth suivit le bruit de l'eau, qui se fit plus distinct. Il était différent du rugissement des chutes, la veille, c'était un grondement plus dense, plus assourdi. Elles traversèrent un bosquet et Beth se retrouva sur une corniche boueuse.

Le sol argileux céda tout près de ses pieds, tombant plus d'un mètre plus bas, sur une bande de terre boursouflée et plus sombre. C'était plus une rivière qu'un ruisseau, se dit-elle en contemplant le cours d'eau. Gonflé par la pluie des derniers jours, il giflait la rive et déposait dessus une empreinte d'écume. Des débris le dévalaient à toute vitesse, flottant entre deux eaux.

Alice parcourut la carte des yeux tandis que Jill et Lauren se penchaient par-dessus son épaule. Bree resta à l'écart, l'air misérable. Beth posa son sac à dos et enfonça la main dedans pour chercher son paquet de cigarettes. Elle ne le trouva pas et, malgré le froid, ses paumes devinrent moites. Elle fouilla tout au fond. Enfin, ses doigts se refermèrent sur la forme familière et elle dégagea son bras, emportant habits et objets divers au passage.

Quand Beth aperçut le cylindre de métal brillant en train de rouler par terre, il était déjà trop tard. Il rebondit hors d'atteinte de ses mains, décrivit un tour supplémentaire en direction de la rive, puis bascula par-dessus le rebord.

« Merde ! » Elle fourra le paquet de cigarettes dans sa poche et se précipita pour rattraper l'objet.

« Qu'est-ce que c'est ? »

Alice détacha les yeux de la carte, furieuse.

« Je ne sais pas. » Beth se pencha et laissa échapper un demi-soupir de soulagement. L'objet non identifié était suspendu dans un amas de branches mortes au-dessus de l'eau.

« Super. » Alice avait les yeux braqués sur elle, à présent. Toutes les autres aussi.

« C'est la cartouche de gaz pour le réchaud.

— La… quoi ? »

Beth vit le métal étinceler tandis que les branches ployaient sous son poids.

« La cartouche de gaz. Pour le réchaud, répéta Alice. Nous en avons besoin pour cuisiner ce soir. Et demain. Bon sang, Beth. Pourquoi tu l'as laissée tomber ?

— Je ne savais même pas que j'avais ça dans mon sac.

— On s'est réparti le matériel, tu le sais très bien. »

Un morceau de bois passa précipitamment sur l'eau, entrant en collision avec l'amas de branchages. La cartouche tressaillit, mais resta en place.

« On peut s'en passer ? demanda Jill.

— Pas si nous voulons manger ce soir. »

L'eau s'agita de nouveau, secouant la cartouche.

Beth sentait le regard d'Alice dans son dos. Elle baissa les yeux sur le cours d'eau en crue, sachant déjà ce qui allait suivre. Alice s'approcha derrière elle, et Beth sentit une main invisible la pousser dans le dos.

« Va la chercher. »

Chapitre 10

Beth était appuyée contre le mur, devant l'hôpital, une main enfoncée dans la poche de son blouson, et la fumée qui glissait sur son visage lui faisait plisser les yeux. Elle se raidit légèrement en voyant Falk et Carmen franchir la porte.

« Vous avez fini, là-dedans ? leur lança-t-elle. Bree va bien ?

— Elle est un peu incommodée, répondit Carmen en approchant. Elle vous rappelle de demander à l'infirmière pour les antidouleurs.

— C'est fait. Mais il est trop tôt. Elle ne m'écoute jamais. »

Beth tourna la tête pour souffler sa fumée loin d'eux, et la repoussa de la main.

« Quelles sont les dernières nouvelles, pour Alice ? Toujours aucun signe d'elle ?

— Non, pas que nous sachions, répondit Falk.

— Merde. »

Beth pinça un brin de tabac sur sa lèvre inférieure. Elle regarda les arbres qui encerclaient l'arrière du centre hospitalier.

« Je me demande ce qui a bien pu lui arriver.

— D'après vous ? »

Beth se concentra sur sa cigarette.

« Après qu'elle nous a laissées ? Comment savoir… Il a pu lui arriver n'importe quoi, là-bas. Nous avons toutes essayé de la mettre en garde. »

Falk l'observait.

« Qu'est-ce que vous faites, chez BaileyTennants ?

— Traitement de données et archivage.

— Ah bon ? Et ça consiste en quoi, concrètement ?

— Rien de plus que l'intitulé du poste. Entrer et classer les données, faire en sorte que les collègues puissent facilement accéder aux documents dont ils ont besoin.

— Donc vous avez accès aux dossiers du cabinet ?

— Tout ce qui n'est pas confidentiel. Car il y a aussi des archives anciennes et confidentielles auxquelles seuls les cadres supérieurs du cabinet ont accès en direct.

— Et vous avez souvent travaillé avec Alice Russell ?

— Ouais, parfois. »

Beth n'avait pas l'air heureuse, en disant ça.

« Elle descendait pas mal à l'étage des archives, pour récupérer tel ou tel document. »

Falk sentit Carmen se tendre soudain à côté de lui.

« Vous discutiez un peu quand elle descendait vous voir ? demanda Carmen d'une voix douce. De ce qu'elle venait chercher ? »

Beth pencha la tête de côté, une drôle de lueur au fond des yeux. Calculatrice, presque.

« Non, elle ne parlait pas au personnel du traitement de données, sauf quand c'était vraiment nécessaire. De toute façon, toutes ces archives, c'est du chinois pour moi. Je ne suis pas assez payée pour réfléchir.

— Et pendant ce séminaire ? Vous vous êtes mieux entendue avec elle, ici ? » interrogea Falk.

Les traits de Beth se durcirent et sa cigarette resta suspendue à mi-chemin de ses lèvres.

« C'est une blague ?

— Non.

— Alors, non. Alice Russell et moi, on ne s'entendait pas bien. Ni au travail ni pendant ce séminaire. »

Beth lança un regard en direction de l'entrée.

« Ma sœur ne vous a pas parlé de ça ?

— Non.

— Oh. »

Beth tira une dernière bouffée et écrasa le mégot par terre.

« Elle croyait sûrement que vous saviez. Alice ne m'aimait pas et ne faisait rien pour le cacher.

— Pourquoi donc ? demanda Carmen.

— Je ne sais pas. »

Beth haussa les épaules. Elle sortit son paquet de cigarettes, le tendit aux agents. Ils firent non de la tête.

« En fait, si, reprit Beth en coinçant une clope entre ses lèvres. Je sais. Elle ne m'aimait pas parce qu'elle n'était pas obligée de m'aimer. Je n'avais rien à lui offrir, je n'étais pas intéressante, je ne suis pas Bree… »

Beth se désigna elle-même d'un vague geste de la main, depuis son visage triste jusqu'à ses cuisses épaisses.

« Ce n'était pas difficile pour Alice de me compliquer la vie, et elle en a profité.

— Même en présence de votre sœur ? »

Beth eut un sourire mauvais.

« Surtout en présence de ma sœur. Je crois même que c'est ça qui l'amusait. »

Elle referma ses mains autour de la flamme du briquet et alluma sa cigarette. Le vent agita ses cheveux et elle resserra d'une main les pans de son blouson.

« Donc, Alice vous en a fait baver, conclut Carmen. Vous lui avez tenu tête ? Vous avez répliqué un peu ? »

Une ondulation quasi imperceptible parcourut le visage de Beth.

« Non.

— Pas du tout ? Pourtant, ça devait être énervant… »

Beth haussa les épaules.

« Il y aura toujours quelqu'un pour emmerder les autres. Je ne vais pas faire des histoires pour ça. Pas tant que ma mise à l'épreuve ne sera pas terminée, en tout cas.

— Une mise à l'épreuve, mais pourquoi ? demanda Falk.

— Vous ne le savez pas ?

— On pourrait se renseigner. Mais ce serait plus facile si vous nous le disiez vous-même. »

Beth jeta un bref coup d'œil vers la porte de l'hôpital. Elle bascula d'un pied sur l'autre et tira une longue bouffée sur sa cigarette avant de répondre.

« Quel genre de flics vous êtes, déjà ?

— AFP, police fédérale. »

Falk tendit ses papiers officiels, et Beth se pencha pour les examiner.

« Je suis en mise à l'épreuve… »

Elle s'arrêta. Soupira.

« À cause de cette histoire avec Bree. »

Falk et Carmen attendirent la suite, en vain.

« Il va falloir nous en dire un peu plus, insista Carmen.

— Ouais, pardon. J'aime pas trop en parler. Il y a deux ans de ça, j'ai… »

Elle parut inhaler d'un seul souffle le reste de sa clope.

« J'allais pas trop bien. Je suis entrée par effraction dans l'appartement de Bree et je lui ai volé des trucs. Des habits, sa télé… Des trucs qu'elle avait achetés avec ses économies. Des bijoux que notre grand-mère nous avait donnés avant de mourir. Bree est rentrée et elle m'a trouvée en train de charger tout ça dans le coffre d'une voiture. Quand elle a tenté de m'en empêcher, je l'ai frappée. »

Elle cracha ces derniers mots comme s'ils avaient mauvais goût.

« Elle a été blessée ? demanda Falk.

— Physiquement, rien de très sérieux, répondit Beth. Mais elle s'est fait cogner dans la rue par sa sœur jumelle, qui essayait de lui voler des trucs pour acheter de la drogue, alors vous imaginez… Ça lui a fait très mal. Je lui ai fait très mal. »

On aurait dit une phrase mainte fois répétée devant un thérapeute. Elle avait fini sa cigarette, mais prit tout son temps pour l'écraser.

« Écoutez, pour être tout à fait honnête, je ne me souviens pas de grand-chose. J'ai eu un problème avec la drogue pendant quelques années, depuis… » Elle ravala ses mots. Passa la main sur son bras. Ce geste rappela à Falk celui de sa sœur, quand elle triturait son bandage. « Depuis ma dernière année à la fac. C'était débile. Je me suis tout de suite fait choper par la police quand j'ai essayé de revendre les trucs de ma sœur. Je n'avais même pas conscience que je l'avais frappée, jusqu'à ce que mon avocat me le dise. J'avais déjà un casier judiciaire, alors on m'a bouclée. C'était pas la faute de Bree. Évidemment. Mais, je veux dire, elle n'est pas allée voir la police. Elle aurait pu, personne n'aurait pu lui en vouloir. C'est un voisin qui a prévenu les flics, il nous avait vues nous battre. Bree refuse encore de parler de ça. Mais bon, elle ne me parle pas beaucoup, de toute manière. L'essentiel de ce que je sais, sur cette histoire, je l'ai appris pendant le procès.

— Ça s'est fini comment, pour vous ? interrogea Carmen.

— Deux mois en maison de correction, ce qui n'était pas terrible, puis un peu plus en cure de désintoxication, ce qui était mieux pour elle.

— Ça vous a permis de guérir ?

— Ouais. Enfin, ils ont fait de leur mieux. Et moi aussi, je fais de mon mieux. Pour guérir de ça, il faut du temps. Mais ils m'ont appris à assumer mes choix. Et à assumer ce que j'ai fait à ma sœur.

— Et comment ça se passe entre vous, maintenant ? demanda Carmen.

— Ça va. Elle m'a aidée à obtenir ce boulot au service traitement des données, ce qui était vraiment cool. J'ai étudié l'informatique et les nouvelles technologies avant de laisser tomber la fac, alors mon job chez BaileyTennants n'est pas super intéressant, mais c'est dur de trouver du boulot dans ma situation, donc je lui suis très reconnaissante. »

Le sourire de Beth était un peu exagéré.

« Mais avant, on était très proches. On s'est habillées pareil tous les jours jusqu'à, genre, quatorze ans, enfin, un truc ridicule, quoi. Beaucoup trop longtemps. Comme si on était une seule et même personne. Autrefois, on croyait sérieusement qu'on était capables de lire dans les pensées de l'autre. »

Elle se tourna de nouveau vers l'entrée.

« Mais en fait, on ne peut pas. »

Elle semblait un peu étonnée.

« Vous avez dû avoir peur quand elle s'est fait mordre », reprit Falk.

Beth pinça les lèvres.

« Ouais, une sacrée trouille. J'ai tellement eu peur de la perdre. Je m'étais levée très tôt pour aller faire pipi, et je venais juste de me rendormir quand Bree a débarqué en se tenant le bras. Il fallait qu'on l'emmène voir un médecin, mais cette foutue Alice avait disparu. On a couru partout, comme des poulets sans tête, pour la trouver. Mais rien, pas une trace… »

Elle passa son pouce potelé sur ses lèvres.

« Pour tout vous dire, je m'en tapais. Mon seul souci, c'était Bree. Si ça tenait qu'à moi, Alice n'avait qu'à se démerder. Nous avons eu de la chance que Lauren sache un peu se diriger dans le bush, sinon on serait encore coincées là-bas. Elle nous a fait marcher droit vers le nord, jusqu'à la route, pour qu'on puisse la remonter ensuite. Je n'ai jamais été aussi heureuse de tomber sur du macadam.

— Vous avez vu Alice partir ? demanda Falk en la dévisageant attentivement.

— Non. Mais ça ne m'a pas étonnée. Elle nous avait menacées de le faire.

— Et on nous a dit qu'elle avait pris le téléphone...

— Ouais, c'est vrai. C'était sacrément égoïste de sa part, mais Alice est vraiment comme ça. Enfin, bon, ce n'était pas si grave. Il n'y avait aucun réseau.

— Pas du tout ?

— Non. »

Beth les regarda comme s'ils étaient des demeurés.

« Sinon, nous aurions appelé les secours.

— Vous avez été étonnée de ne pas trouver Alice au point de rendez-vous, quand vous êtes arrivées ? » demanda Falk.

Beth parut réfléchir un instant.

« Ouais. J'étais un peu surprise, en fait. Surtout qu'on avait sans doute suivi la même route qu'Alice, quelques heures à peine après elle. Si nous ne l'avons pas doublée, et qu'elle n'est pas revenue jusqu'à nous, alors, qu'est-ce qui s'est passé ? »

La question resta suspendue dans les airs. Falk distingua le vrombissement de l'hélico de la police qui décollait dans le lointain. Beth les dévisagea tour à tour.

Elle bascula son poids sur l'autre pied et baissa un peu la voix.

« Alice avait quelque chose à cacher ?

— Comme quoi ? demanda Falk, s'efforçant de ne rien montrer.

— C'est à vous de me le dire. Vous êtes de l'AFP. »

Falk et Carmen restèrent muets jusqu'à ce que Beth hausse les épaules.

« Je ne sais pas. Mais comme je vous l'ai dit, elle demandait pas mal d'informations au service du traitement des données. Le truc, c'est qu'elle a commencé à descendre pour prendre les dossiers toute seule, ce qui était un peu bizarre. Je l'ai remarqué parce qu'au début, elle envoyait toujours Bree récupérer les documents, et puis elle est descendue en personne. Et elle retirait des documents confidentiels de plus en plus souvent. C'est seulement maintenant, avec sa disparition, que… »

Beth se tourna vers les collines, au loin, par-dessus ses interlocuteurs, et haussa de nouveau les épaules.

« Beth, reprit Carmen. Vous êtes absolument certaine qu'Alice a quitté cette cabane de son plein gré ?

— Oui, j'en suis sûre. C'est vrai, je ne l'ai pas vue partir. Mais c'est parce qu'elle savait qu'on l'en aurait empêchée. Elle ne voulait pas rester coincée là-bas avec nous. Elle avait déjà tenté de convaincre Jill de la laisser rentrer toute seule, le premier soir, mais Jill a refusé. Puis encore une fois, la même chose, dans la cabane…

— Donc, il y avait de la tension entre elles ? demanda Carmen.

— Bien sûr.

— Parce que, quand nous avons croisé Jill Bailey, brièvement, elle semblait avoir un bleu sur le visage. Au niveau de la mâchoire. »

Il y eut un long silence pendant lequel Beth étudia sa cigarette.

« Je ne sais pas trop comment elle s'est fait ça. Je sais qu'elle est tombée deux ou trois fois pendant la marche… »

Falk laissa le silence s'étirer, mais Beth ne releva pas les yeux.

« OK, dit-il. Donc, ça ne se passait pas super bien entre Jill et Alice.

— Non, mais ça n'était pas vraiment étonnant. Alice serait capable de déclencher une bagarre dans une salle vide. Et elle était déjà en rogne, avant même que Jill ait fait quoi que ce soit. Alice était de mauvaise humeur depuis le premier soir, quand elle a eu son face-à-face avec Daniel Bailey… »

Derrière la porte de l'hôpital, Falk entendit la sonnerie insistante d'une alarme.

« Daniel Bailey ? répéta-t-il.

— Le frère de Jill, vous le remettez ? C'est le DG de la boîte. Le groupe des hommes est venu nous retrouver à notre campement le premier soir, et il a emmené Alice à l'écart pour une conversation en tête à tête.

— Vous avez une idée de ce qu'il lui voulait ?

— Pas vraiment. Je n'ai pas entendu grand-chose. Mais Alice lui a demandé comment il avait découvert je ne sais quoi, et Daniel a répondu qu'il l'avait vu de ses propres yeux. Elle n'arrêtait pas de répéter : "Qui d'autre est au courant ?" et Bailey a répondu : "Pour l'instant, personne." »

Beth plissa le front.

« Daniel a dit un truc du genre : "C'est une question de respect, c'est pour ça que je voulais vous mettre en garde."

— La mettre en garde ? répéta Falk. Vous l'avez vraiment entendu lui dire ça ?

— Ouais, mais je ne sais pas de quoi il parlait, au juste. Ça m'a étonnée car Daniel Bailey n'est pas vraiment connu, au bureau, pour son respect envers les femmes…

— Il est agressif avec elles ? demanda Carmen.

— Méprisant, plutôt. C'est ce qu'on dit.

— Je vois, dit Falk. Il avait quoi comme ton, ce soir-là ? Il avait l'air en colère ?

— Non, il était calme. Mais il n'était pas content. Cette conversation avait l'air de lui déplaire.

— Et Alice, elle parlait comment ?

— Sincèrement ? »

Beth y réfléchit quelques instants.

« Je me suis dit qu'Alice avait peur. »

Jour 2 : vendredi après-midi

« Descends la chercher, Beth. » Alice pointait du doigt le ruisseau en crue. « Dépêche-toi. Avant qu'on la perde. »

Lauren se baissa par-dessus la rive. La petite cartouche métallique était toujours nichée dans son berceau de branches cassées, et les flots boueux de la rivière la faisaient tressaillir.

Beth se pencha au-dessus de l'eau. Elle marmonna des mots incompréhensibles.

« Tu dis quoi ? demanda sèchement Alice. Qu'est-ce que tu attends ?

— Je dis : on ne peut pas juste allumer un feu, ce soir ?

— On n'a le droit de faire du feu qu'au premier campement, répliqua Alice. On va avoir besoin de cette cartouche de gaz pour préparer le repas. Allez, descends la récupérer. »

Les yeux de Beth effleurèrent la rivière, avant de remonter. « Mais comment ? »

C'était une bonne question, reconnut Lauren. La rive était abrupte et glissante, elle plongeait droit dans la rivière. Des débris étaient agglutinés autour des branchages comme un manteau couvert de vase.

« Je vais tomber dans l'eau, déclara Beth, toujours pétrifiée sur la rive. Je ne sais pas nager. »

Alice prit un air amusé.

« Vraiment ? Pas du tout ?

— Pas très bien.

— Bon Dieu. Alors, tâche de ne pas tomber. »

Une rafale de vent secoua les branchages. La cartouche glissa légèrement.

« On devrait peut-être la laisser là. » Jill semblait avoir retrouvé sa voix, pour la première fois. Elle enveloppait la rivière d'un regard soucieux.

« Je ne suis pas sûre que ce soit très prudent.

— Non, on ne peut pas la laisser, répliqua Alice. Nous en avons besoin. On en a pour des jours, ici. »

Jill se tourna vers Lauren, qui acquiesça. Alice avait raison. Le temps serait long, jusqu'au dimanche, sans un réchaud en état de marche.

« Beth ! s'écria Alice. Descends ! On va la perdre.

— Non ! »

Beth avait les joues rouges et ses yeux étincelaient.

« Je refuse d'y aller, OK ? Je vais tomber.

— Ne sois pas ridicule. Il n'y aura pas de dîner ce soir sans cette cartouche.

— Je m'en fiche ! Aucune d'entre vous n'a mangé son foutu repas, hier soir ! Je ne vais pas me briser le cou parce que vous avez un peu faim maintenant. »

Beth se tenait bien droite, mais Lauren vit que ses mains tremblaient.

« Tu l'as fait tomber, Beth, insista Alice. Tu dois aller la chercher.

— Vous l'avez mise dans mon sac sans me prévenir.

— Et alors ?
— Alors allez la chercher, vous. »

Les deux femmes se tenaient face à face. Beth enfourna les mains dans ses poches.

« Bon Dieu, Beth…, commença Alice.
— Je vais y aller. »

Lauren avait prononcé ces mots sans trop réfléchir. Quatre paires d'yeux se tournèrent vers elle, pleins de surprise. Elle regretta aussitôt d'avoir parlé, mais maintenant il était trop tard.

« Je vais descendre la récupérer. Mais vous allez devoir m'aider.
— Merci. »

Le visage de Beth s'empourpra de plus belle.

« Vous êtes sûre ? interrogea Jill en s'éloignant un peu plus du bord. Nous devrions peut-être vraiment… »

Lauren l'interrompit aussitôt, de peur de changer d'avis ensuite.

« Non. Je vais la récupérer. Nous en avons vraiment besoin. »

Elle jeta un coup d'œil par-dessus la rive. Le talus était raide, mais il y avait un ou deux rochers et des touffes d'herbe qui pouvaient servir de prises. Elle inspira profondément, ne sachant trop comment s'y prendre. Finalement, elle s'assit et se tourna sur le ventre pour se laisser glisser le long de la berge. Le sol était froid et gluant sous ses paumes. Elle sentit deux paires de mains l'empoigner par les avant-bras et le blouson, tandis qu'elle se laissait descendre, la pointe de ses chaussures glissant sur la rive boueuse.

« C'est bien, on te tient », dit Alice.

Lauren ne releva pas les yeux. Elle les gardait fixés sur la cartouche de gaz et l'eau vive en dessous. Elle tendit sa main libre et ses doigts se refermèrent sur le vide. Pas loin. Une bourrasque secoua les branches, et elle vit la cartouche s'enfoncer dans son nid.

« Il faut que je m'approche encore. »

Elle se tendit de plus belle, résistant à la gravité, ses orteils labourant la vase. Elle y était presque. Ses doigts frôlaient déjà la peinture lisse du cylindre métallique quand quelque chose céda sous elle. Son pied glissa et tout à coup, comme en apesanteur, elle plongea à travers les branches. Un *crac* et elle se retrouva dans l'eau.

Elle parvint à vider ses poumons d'un coup avant que la rivière ne se referme sur sa tête. Le froid lui saisit la poitrine tandis que l'eau lui inondait la bouche, épaisse et pleine de terre. Elle essaya de battre des jambes, mais le poids de ses chaussures de randonnée alourdissait ses mouvements. Soudain, elle refit surface et avala une bouffée d'air, aveuglée par les flots.

« Au sec… ! » Son mot resta inachevé tandis qu'elle avalait une nouvelle gorgée de rivière.

« Donne-moi ta main ! Donne-moi ta main ! »

Lauren entendit ce cri étouffé au-dessus d'elle et distingua une silhouette dérapant sur la rive. On lui tendait quelque chose et elle s'y agrippa à deux mains, sentant un objet dur sous ses doigts, recouvert d'une toile. Des piquets de tente, dans leur étui.

« Tiens bon, on va te remonter. »

Elle glissa son poignet dans la sangle du sac et fit plusieurs tours, jusqu'à ce qu'elle soit bien serrée. L'éclat argenté de la cartouche passa devant ses yeux, emporté par le courant, et Lauren essaya de l'attraper au vol.

« Je ne peux pas… »

Le rondin arriva de nulle part. Massif et recouvert de feuilles visqueuses, il jaillit à la surface des flots et se précipita sur sa tempe. La dernière chose qu'elle vit fut le bout de bois ensanglanté qui ricochait contre la rive, avant de disparaître sous l'eau sans laisser de trace.

Lauren était morte de froid. Elle tremblait si fort que ses articulations martelaient le sol dur. Elle se força à ouvrir les yeux. Elle était couchée sur le flanc. Tout semblait douloureusement brillant, mais la lumière du jour avait changé de densité. Combien de temps s'était écoulé ? Il lui sembla entendre des pleurs, puis un chuchotement rauque. Le bruit cessa.

« Tu as repris connaissance. Dieu merci. »

La voix d'Alice.

« Elle va bien ? »

Jill.

« Oui, je crois. »

Non, ça ne va pas, voulut protester Lauren, mais elle ne put rassembler l'énergie nécessaire. Elle se redressa tant bien que mal. Le sang lui battait aux tempes. Elle toucha l'endroit douloureux. Ses doigts étaient couverts de sang quand elle les retira. Elle était enveloppée dans un blouson qui n'était pas le sien. Dessous, ses vêtements étaient complètement trempés.

À côté d'elle, Bree était assise, les genoux ramenés contre sa poitrine, une serviette de plage sur les épaules. Ses cheveux étaient tout mouillés. Une mare de vomi liquide souillait le sol entre les deux femmes. Lauren ne savait pas au juste qui en était la responsable. Elle avait un infâme goût de vase dans la bouche.

Jill et Alice étaient penchées au-dessus d'elle. Toutes deux étaient livides de peur. Beth se trouvait derrière elles, tremblant de tout son corps, les yeux cerclés de rouge. Elle ne portait plus son blouson, et Lauren comprit qu'elle était enveloppée dedans. Elle se demanda vaguement s'il ne fallait pas le lui rendre, mais ses dents claquaient trop fort pour pouvoir parler.

« Ça va aller », n'arrêtait pas de lui répéter Alice, un peu sur la défensive.

Que s'est-il passé ? aurait voulu demander Lauren, sans pouvoir formuler ces mots. Mais son visage en disait bien assez.

« Bree vous a sortie de l'eau, expliqua Jill. Vous respiriez encore, mais vous avez reçu un petit coup sur la tête. »

Ça avait l'air plus grave qu'un petit coup. Le simple fait de se redresser pour s'asseoir lui donna le vertige.

« On a récupéré la cartouche, au moins ? »

Elle lut la réponse sur leurs visages.

« Et les piquets de tente ? »

Mêmes airs sinistres.

« Emportés par la rivière, répondit Jill. Ce n'est la faute de personne », s'empressa-t-elle d'ajouter.

En tout cas, ce n'est pas *ma* faute, se dit aussitôt Lauren. « Qu'allons-nous faire, maintenant ? »

Alice s'éclaircit la voix. « Il doit rester des vivres au campement. » Elle s'était efforcée d'avoir l'air optimiste. Elle était loin du compte.

« Je ne suis pas sûre d'arriver jusque-là.

— Il faudra bien », rétorqua Alice.

Puis son ton se radoucit.

« Je suis désolée. Mais nous ne pouvons pas rester ici sans les tentes. Il fera trop froid cette nuit.

— Dans ce cas, allumez un feu. »

Chaque mot était un effort. Lauren vit Jill secouer la tête.

« S'il vous plaît, Jill. Je sais qu'on n'a pas le droit, mais…

— Ce n'est pas le problème. Le briquet a pris l'eau. »

Lauren eut envie de pleurer. Elle eut de nouveau la nausée et se recoucha sur le flanc. Le sol glacé fit empirer son mal de tête. Elle sentit une goutte couler sur son front et le long de sa tempe. Elle ne pouvait dire si c'était l'eau de la rivière ou son propre sang. Au prix d'un grand effort, elle redressa légèrement la tête. Alice était encore penchée sur elle.

« Appelle les secours », demanda Lauren.

Alice n'esquissa pas le moindre geste.

« Appelle quelqu'un, Alice. Avec ton portable. »

Jill prit un air gêné.

« Elle a déjà essayé. Il n'y a pas de réseau. »

Lauren laissa sa tête retomber sur le sol. « Alors on fait quoi ? »

Personne ne répondit. On entendit quelque chose détaler dans le bush.

« On devrait peut-être aller sur les hauteurs, déclara Alice au bout d'un long moment. Voir s'il y a du réseau.

— Ça changera quelque chose ? demanda Jill.

— Comment voulez-vous que je le sache ? »

Il y eut un silence embarrassé.

« Pardon. » Alice déplia la carte et l'étudia longuement. Puis elle se redressa.

« Écoutez, je suis à peu près certaine que ce cours d'eau est bien celui-là, au nord. Il y a un sentier qui mène à un petit pic, là-bas, vers l'ouest. Ça n'a pas l'air trop escarpé. Et puis le campement est dans cette direction, de toute manière. On pourrait monter jusqu'au pic pour voir si ça capte, là-haut. Qu'en dites-vous ?

— Vous savez comment aller là-bas ? interrogea Jill.

— Oui. Je crois. L'ouest est par là. Une fois qu'on aura rejoint ce chemin, ça devrait être un jeu d'enfant.

— Vous avez déjà fait ce genre de choses ?

— Ça m'est arrivé, oui.

— À l'école ? Ou plus récemment ?

— À l'école. Mais je me rappelle comment on fait. Rien n'a changé depuis.

— Et à l'époque, ça fonctionnait ? »

Alice eut un sourire sinistre.

« Eh bien, je ne me suis pas retrouvée morte dans le bush. Mais écoutez, Jill, si vous avez un autre plan qui vous paraît meilleur…

— Ce n'est pas ça. »

Jill lui prit la carte des mains et plissa les yeux. Elle la tendit à Lauren avec un grognement contrarié. « Vous aussi, vous avez fait ce camp en pleine nature. Vous en pensez quoi ? »

Lauren avait les doigts si engourdis qu'elle eut du mal à tenir le papier. Elle tenta de donner un sens à ce qu'elle avait sous les yeux. Elle sentait le regard d'Alice posé sur elle. Elle identifia deux pics. Elle ne savait pas auquel Alice faisait référence. Le froid ralentissait ses pensées.

« Je ne sais pas trop, dit-elle. Je veux rester ici.

— Mais tu ne peux pas, rétorqua Alice en se mordant la lèvre. Écoute, il faut que nous trouvions de l'aide ou, au moins, que nous rejoignions le campement. Allez, Lauren. Tu le sais bien. »

Le sang battait aux tempes de Lauren et elle constata qu'elle avait à peine la force de hocher la tête.

« Ouais. OK.

— Oui ? Alors on est d'accord ? »

Jill avait l'air soulagée.

« On suit donc le plan d'Alice ? »

Tandis qu'elle se relevait à grand-peine, Lauren pensa de nouveau à ce fameux jour au camp McAllaster. Lorsqu'elle avait dû relever ce défi, yeux bandés, le pas tout aussi incertain. Le sentiment de soulagement qui l'avait submergée quand Alice l'avait saisie par le bras, sa poigne ferme et rassurante. *Je te tiens. Par ici.* Désorientée et peu sûre d'elle, Lauren avait senti la main chaude d'Alice sur sa peau et, pas à pas, elle l'avait suivie à travers ce territoire inconnu.

À présent, tandis qu'elle redonnait la carte à Jill, elle aurait voulu ne pas se sentir si aveugle, une nouvelle fois. Mais au moins, elles avaient un plan.

« Faisons ce qu'elle propose. »

On pouvait dire ce qu'on voulait sur Alice, mais cette femme savait parfaitement ce qu'elle faisait.

Chapitre 11

« Qu'a bien pu dire Daniel Bailey à Alice, qui lui a fait si peur ? » À travers la vitre de la voiture, Carmen contemplait les arbres qui défilaient. L'hôpital était déjà loin derrière eux.

Falk ne répondit pas tout de suite. Plusieurs hypothèses lui venaient, aucune n'était très rassurante.

« Quel que soit ce que Bailey avait à lui dire, il a manifestement trouvé que ça méritait de couper à travers bush en pleine nuit pour aller la voir, finit-il par déclarer.

— C'était forcément lié à la raison qui lui a fait rater le bus, ajouta Carmen. Sinon, il lui aurait dit ça – ou l'aurait mise en garde – plus tôt. »

Falk repensa à ce que Bailey avait dit la veille sur le parking. *Une affaire privée, la famille.*

« Cela pourrait-il concerner sa sœur ? s'interrogea Falk. C'est peut-être Jill qu'il avait besoin de voir en urgence. Je ne sais pas. On devrait peut-être lui poser directement la question.

— En parlant de sœur, reprit Carmen. Qu'avez-vous pensé des jumelles ? Je sais bien que c'est Bree qui a le boulot de rêve dans les étages supérieurs, mais je crois que Beth est tout sauf idiote. Elle a la tête sur les épaules, au moins autant que sa sœur. »

Cette même idée tournait dans la tête de Falk depuis leur entretien avec les jumelles.

« Et je ne serais pas surpris qu'elle comprenne bien mieux qu'elle ne le prétend ces documents qui passent sous son nez.

— Super... Ça n'augure rien de bon pour nous, pas vrai ? Si même la fille des archives a remarqué qu'Alice se comportait bizarrement...

— Je ne sais pas, répondit Falk. Je constate qu'Alice a gravement sous-estimé Beth. Enfin, nous aussi. Alice a peut-être baissé sa garde avec elle. Elle s'est peut-être montrée imprudente. »

Ou elle était sous pression, songea-t-il. Il repensa à leur dernière conversation avec Alice. *Il nous faut les contrats. Il nous faut les contrats.* La pression venue d'en haut, et répercutée.

« Admettons que Beth ait des soupçons sur Alice, reprit Carmen. Est-ce qu'elle s'en soucierait vraiment ? Apparemment, elle avait besoin de ce boulot, mais ce genre de poste basique inspire rarement une fidélité absolue à l'entreprise qui vous emploie. Et elle est du genre à être une outsider, au travail. » Carmen marqua une pause. « Même si les outsiders ne demandent rien tant que de s'intégrer, en général.

— Peut-être que Beth s'en fichait, répondit Falk. Mais elle a pu en parler à Bree. »

Bree semblait du genre à se soucier vraiment de ce genre de comportement.

« Ouais, c'est possible, reconnut Carmen. Mais bon, elles ont un drôle de rapport, toutes les deux. »

Falk engagea la voiture sur la piste étroite qui montait jusqu'au gîte.

« C'est vrai. Je serais incapable de dire si elles s'aiment ou si elles se détestent à mort.

— Les deux, probablement, fit remarquer Carmen. Vous n'avez pas de frères et sœurs, pas vrai ?

— Non. Et vous ?

— Ouais. Tout un tas. La relation amour-haine est très fluctuante. Et c'est sans doute pire chez les jumeaux. »

Falk se gara sur le premier emplacement libre. Quelque chose lui parut bizarre quand il claqua sa portière et il jeta un regard autour de lui, perplexe, jusqu'à ce qu'il voie le problème. Ou ne le voie pas, plutôt.

« Merde.

— Quoi ?

— Sa foutue bagnole n'est plus là.

— Celle de Daniel ? »

Carmen se retourna. Plus de BMW noire.

« Se peut-il qu'il ait regagné Melbourne alors qu'Alice n'a pas encore été retrouvée ?

— Je ne sais pas. Peut-être, répondit Falk, dubitatif. Surtout s'il sait avec certitude que l'attente va être longue… »

La pluie se remit à tomber et le temps qu'ils atteignent l'entrée du gîte, de lourdes gouttes avaient déjà taché leurs vêtements. Falk s'essuya les pieds sur le seuil et passa une main dans ses cheveux mouillés.

« Eh, regardez… » grommela Carmen entre ses dents, désignant le salon d'un geste du menton.

Jill Bailey était assise seul, un mug de café à la main et le visage impénétrable. Ses yeux se tournèrent vers eux avec une expression de surprise, puis de léger agacement quand ils vinrent s'asseoir en face d'elle. De près, le bleu sur sa mâchoire virait au jaune sale sur les bords, et Falk constata que sa lèvre était coupée et gonflée.

« Si c'est au sujet de la plainte, il faudra voir ça avec vos avocats, déclara-t-elle.

— Pardon ? »

Falk comprit trop tard qu'il avait commis l'erreur de s'asseoir sur un vieux canapé si mou qu'il eut de la peine à garder ses pieds en contact avec le plancher. Il s'agrippa discrètement à l'accoudoir pour ne pas s'enfoncer davantage.

« Vous n'êtes pas de Corporate Adventures ? »

Les paroles de Jill étaient un peu pâteuses, et elle passa le bout de la langue sur sa lèvre enflée.

« Non. De la police. »

Falk ne déclina que leurs deux prénoms.

« Nous sommes venus aider le sergent King.

— Oh, pardon. J'ai cru vous voir hier avec Ian Chase et j'ai pensé que… »

Elle n'acheva pas sa phrase.

Carmen la fixa. « Vous portez plainte contre Corporate Adventures ? »

Jill fit tourner le mug dans sa paume. Aucun filet de vapeur ne s'élevait de sa boisson. On aurait dit qu'elle tenait cette tasse depuis un long moment.

« Pas BaileyTennants directement. Mais la compagnie d'assurances qui couvrait le séminaire a envoyé une lettre d'intention. Je ne peux pas leur en vouloir. »

Elle étudia les deux agents.

« Et c'est sans compter avec les démarches juridiques qu'Alice ou sa famille pourraient engager par la suite, évidemment.

— La famille d'Alice Russell est ici ? demanda Falk.

— Non. Elle a une fille, adolescente, qui est chez son père en ce moment. Alice et lui sont séparés. Nous avons offert de les aider, bien sûr, s'ils ont besoin de quoi que ce soit. Mais visiblement, c'est mieux pour Margot – la fille d'Alice – de rester dans un environnement familier, plutôt que de se ronger les ongles ici. »

Elle contempla ses propres ongles. Ils étaient brisés, remarqua Falk. Comme ceux de Bree.

« Votre frère est toujours ici ? interrogea Carmen. Sa voiture n'est plus sur le parking. »

Jill but une gorgée de café en prenant tout son temps avant de lui répondre. Le breuvage était froid, pas de doute, jugea Falk d'après l'expression de son visage.

« Non. Vous l'avez raté, j'en ai peur.

— Où est-il allé ? demanda Falk.

— Rentré à Melbourne.

— Obligations professionnelles ?

— Une affaire de famille.

— Ça doit être vraiment urgent, pour qu'il rentre malgré tout ce qui se passe ici, non ? Ce n'est pas vraiment le bon moment. »

Les traits de Jill se raidirent malgré elle sous l'effet de l'agacement, et Falk en conclut qu'elle le pensait aussi.

« Il n'a pas pris cette décision à la légère.

— Et vous, vous n'avez pas besoin de rentrer ?

— Il s'agit de sa famille à lui. Pas de la mienne. »

Jill fit le geste de reprendre une gorgée, puis elle se ravisa.

« Pardonnez-moi, mais pour qui travaillez-vous, déjà ?

— AFP.

— Je croyais que c'était la police du Victoria qui gérait cette affaire ? J'ai déjà répondu à leurs questions.

— Plusieurs agences travaillent en coopération, répondit Falk en la fixant dans les yeux. Nous souhaiterions passer en revue quelques détails avec vous. »

Il y eut une pause.

« Bien sûr. Si je peux vous aider… »

Jill posa le mug sur une table basse, près de son téléphone. Elle consulta l'écran de son portable avant de le retourner dans un soupir.

« C'est comme un membre fantôme, hein ? fit remarquer Carmen.

— Je crois que l'une des choses les plus dures, là-bas, c'était d'avoir ce foutu portable qui ne captait pas, déclara Jill. C'est ridicule, n'est-ce pas ? Il aurait mieux valu ne rien avoir du tout. Au moins, nous n'aurions pas passé tout ce temps à y penser.

— Saviez-vous qu'Alice avait pris son portable avec elle ? interrogea Falk.

— Non, pas avant le premier soir. Mais bon, ça ne m'a pas trop surprise. C'est un peu le genre d'Alice.

— Quel genre ? »

Jill le dévisagea.

« Le genre à emporter son téléphone pendant un séminaire d'entreprise, alors que c'est interdit.

— Je vois, répondit Falk. Et savez-vous qui elle a tenté de joindre, depuis le bush ?

— Le numéro d'urgence, évidemment.

— Personne d'autre ? »

Elle plissa le front.

« Pas que je sache. Il fallait économiser la batterie. Même si ça ne changeait pas grand-chose. Les appels ne sont jamais passés.

— Aucun ? insista Falk.

— Non. »

Jill soupira.

« Bon Dieu, j'étais tellement fâchée quand elle a disparu avec le téléphone. Nous dépendions de ce portable, même s'il ne captait pas. Mais ça paraît tellement ridicule maintenant, assis dans ce salon. Je suis contente qu'elle l'ait. J'espère que ça l'aidera.

— Vous comptez rester ici jusqu'à la fin des recherches ? demanda Carmen. Ou bien vous allez rentrer à Melbourne, vous aussi ?

— Non. Je reste jusqu'à ce qu'on la retrouve – saine et sauve, je l'espère. Daniel aurait voulu rester, lui aussi, mais… »

Jill passa la main sur son visage, tressaillant légèrement lorsqu'elle effleura son ecchymose.

« Pardonnez-moi. Nous n'avons jamais connu ça. Ça fait vingt-neuf ans que je travaille dans ce cabinet, et c'est la première fois qu'un truc pareil nous arrive. Honnêtement, ces foutus séminaires…

— Ils apportent plus d'ennuis que de bénéfices, hein ? réagit Falk, et Jill parvint à esquisser un demi-sourire.

— Même quand tout se passe bien. Personnellement, je préférerais que les gens fassent le boulot pour lequel ils sont payés, mais, de nos jours, on ne peut plus dire une chose pareille. »

Elle secoua la tête.

« Mais bon Dieu, c'est un vrai cauchemar. »

Derrière elle, la grande baie vitrée trembla et ils se tournèrent tous les trois dans sa direction. La pluie martelait la vitre, déformant la vue.

« Depuis combien de temps connaissez-vous Alice Russell ? interrogea Falk.

— Cinq ans. C'est moi qui l'ai embauchée, pour tout vous dire.

— C'est une bonne employée ? »

Il observa Jill avec soin, mais les traits de la femme ne trahirent aucune émotion.

« Oui. Elle fait bien son travail. Elle bosse dur. Fait sa part.

— Elle était contente de faire ce séminaire ?

— Ni plus ni moins que tous les autres. Je ne crois pas qu'un seul des participants ait considéré que c'était là la manière idéale de passer son week-end…

— On nous a confié qu'Alice avait demandé à rentrer le premier soir, mais que vous l'avez persuadée de continuer, intervint Carmen.

— C'est vrai mais, honnêtement, je ne pouvais pas la laisser s'en aller, vous comprenez ? Il aurait fallu que tout le groupe fasse demi-tour, et il aurait fallu rendre des comptes, sans parler des coûts induits. Et puis, nous aurions été obligés de remettre ça à une date ultérieure. Je veux dire, a posteriori, bien sûr que je regrette de ne pas lui avoir dit oui. Ça nous aurait épargné tout ça… »

Jill secoua la tête.

« Alice m'a dit qu'elle se sentait malade, et je ne l'ai pas crue. Sa fille avait une remise des prix à l'école, et je me suis dit que c'est pour cette raison qu'elle voulait rentrer. D'ailleurs, elle avait déjà essayé d'échapper à ce séminaire la semaine précédente. Mais à ce moment-là, j'ai estimé qu'elle allait devoir faire l'effort, comme nous tous. Aucun d'entre nous ne voulait vraiment venir là.

— Même pas vous ? s'étonna Carmen.

— Surtout pas moi ! Au moins, Alice et Lauren avaient déjà fait ce genre de trucs pendant leurs études. Et Bree McKenzie est très sportive. Sa sœur – bon, je ne crois pas qu'elle ait beaucoup aimé ça, elle non plus. »

Un fracas de pas se fit entendre dans le hall, et ils jetèrent tous trois un coup d'œil par la porte du salon. Un groupe de volontaires venait de rentrer. Ils se dirigeaient vers la cuisine commune, leurs visages épuisés disaient tout.

« Comment s'est faite la sélection des cinq femmes qui participaient à cette randonnée ? demanda Falk.

— C'est une combinaison, qui prenait à la fois en compte l'échelon et l'ancienneté des employés, dans le but de développer un vrai travail d'équipe transversal au sein du cabinet…

— Et les véritables critères de ce choix ? »

Jill se fendit d'un large sourire.

« La direction sélectionne les employés dont elle juge que ce défi leur permettra de répondre au besoin de développement personnel ou professionnel qu'elle a identifié chez eux.

— La direction, c'est-à-dire qui ? Vous-même ? Daniel ?

— Pas moi. Daniel, oui. Les chefs de service, essentiellement.

— Et quel genre de besoin de développement la direction avait-elle identifié pour ce groupe ?

— Bree McKenzie est en lice pour une promotion, donc cela faisait partie de son programme d'évolution de carrière. Sa sœur… » Jill s'interrompit. « Avez-vous rencontré Beth ? »

Falk et Carmen acquiescèrent du chef.

« Dans ce cas, je n'ai sans doute pas besoin d'en dire davantage. Elle n'est pas très… *corporate*. Quelqu'un a dû penser que ce serait bien pour Bree d'avoir sa sœur à ses côtés, mais je crois qu'on a surestimé l'intimité entre les deux. »

Jill pinça les lèvres.

« Lauren… Cela restera entre nous, n'est-ce pas ? Elle a eu des problèmes de résultats. J'ai cru comprendre qu'elle avait des soucis chez elle, mais cela a fini par avoir un impact sur son travail.

— Et Alice ? »

Il y eut un silence.

« Quelqu'un a porté plainte contre elle.

— Pour quelle raison ?

— Cela a-t-il un rapport avec votre enquête ?

— Je ne sais pas, avoua Falk. Mais elle manque toujours à l'appel. Alors oui, peut-être. »

Jill laissa échapper un soupir.

« Intimidation. Selon le règlement. Mais il s'agit peut-être simplement d'un échange verbal un peu vif. Alice peut se montrer un peu directe, parfois. Tout cela est tout à fait confidentiel, bien sûr. Les autres femmes n'en savent rien.

— Cette plainte est-elle fondée ? demanda Carmen.

— Difficile à dire. Il s'agissait d'une des adjointes administratives, donc cela pourrait juste être un conflit de personnalités plus qu'autre chose, mais… »

Elle s'interrompit.

« Ce n'était pas la première fois. Des faits similaires avaient déjà été signalés il y a deux ans. Il n'y a pas eu de suites, mais la direction a jugé qu'un travail d'équipe un peu intensif ferait du bien à Alice. Autre raison pour laquelle je ne pouvais pas la laisser rentrer le premier soir. »

Falk réfléchit quelques instants.

« Et vous, alors ? interrogea-t-il. Pourquoi avez-vous participé à cette marche ?

— Lors de notre dernière réunion de direction, nous nous sommes tous engagés à participer à une activité chaque année. S'il y a une raison plus profonde, c'est au reste du comité de direction qu'il faudrait poser la question.

— Même chose pour votre frère Daniel ?

— Daniel, lui, il aime ça, si étrange que cela puisse paraître. Mais il a raison. C'est important pour le cabinet que les employés nous voient participer à ces stages, lui et moi.

— Vous salir les mains », commenta Falk.

Jill ne cilla pas.

« Oui, j'imagine. »

Un grand choc résonna dans le hall, la porte du gîte qui s'ouvrait brusquement. Ils entendirent un bruit de pas et quelqu'un qui refermait derrière lui.

« J'imagine que le fait de diriger une entreprise familiale implique un tas de contraintes, intervint Carmen. On ne peut pas se cacher dans son coin. Votre frère a dit à peu près la même chose.

— Vraiment ? s'étonna Jill. Eh bien, c'est certainement vrai. J'ai fait des études d'anglais et d'histoire de l'art. Je voulais être prof de lettres.

— Que s'est-il passé, alors ?

— Rien du tout. C'est une entreprise familiale, et les membres de la famille sont censés travailler pour le cabinet. De ce point de vue là, nous ne sommes pas différents d'une famille de fermiers ou d'un couple qui transmet sa petite épicerie de quartier à ses enfants. Il faut s'appuyer sur des gens de confiance. Je travaille pour le cabinet, Daniel aussi, notre père est encore impliqué. Le fils de Daniel, Joel, viendra nous rejoindre après ses études.

— Et vous ? Vous avez des enfants ? demanda Falk.

— Oui, deux. Ils sont grands, maintenant. »

Elle marqua une pause.

« Mais ils font exception. Ils n'avaient aucune envie de rejoindre l'entreprise, et je n'ai pas voulu les forcer. Papa n'était pas très content, mais il a eu le reste de la famille, alors j'imagine que c'est un bon deal. »

L'expression de Jill s'adoucit quelque peu.

« Tous les deux se destinent à être professeurs.

— C'est chouette, dit Carmen. Vous devez être fière.

— Merci. Oui, je le suis. »

Falk l'examina.

« Pour en revenir au séminaire, votre frère et le groupe des hommes vous ont rendu visite à votre campement le premier soir. Saviez-vous qu'ils avaient prévu de faire ça ?

— Non. »

Jill secoua la tête.

« Et j'aurais dit à Daniel de ne pas le faire, si j'avais été mise au courant. C'était… superflu. Je n'avais pas envie que les autres femmes aient l'impression que les hommes venaient voir si nous nous en sortions.

— Et votre frère a parlé à Alice Russell, ce soir-là…

— Nous n'étions que dix personnes. Je crois que tout le monde ou presque a parlé à tout le monde.

— Selon nos informations, il l'a prise à part, insista Falk.

— C'est autorisé.

— Vous savez quel était l'objet de leur conversation ?

— Je ne sais pas vraiment. Il faudrait le lui demander.

— Nous aimerions bien, fit remarquer Carmen. Mais il est parti. »

Jill ne répondit rien mais pointa de nouveau le bout de sa langue pour caresser la coupure sur sa lèvre.

« Donc vous n'avez pas trouvé Alice particulièrement contrariée ou troublée après leur conversation ? reprit Carmen.

— Bien sûr que non. Pourquoi l'aurait-elle été ?

— Parce qu'elle vous a demandé de la laisser partir, rétorqua Carmen. À deux reprises au moins.

— Ah. Comme je vous le disais, si j'avais dû laisser partir toutes celles qui le désiraient, personne ne serait resté.

— Nous avons cru comprendre que cela avait créé un certain degré de tension entre Alice Russell et vous…

— Qui vous a raconté ça ? Tout le monde était tendu, là-bas. C'était une situation très difficile. »

Jill empoigna sa tasse de café froid sur la table et la serra entre ses paumes. Falk n'était pas très sûr, mais il lui sembla que ses mains tremblaient.

« Comment vous êtes-vous fait ce bleu sur le visage ? demanda-t-il. Ça a l'air assez sérieux…

— Oh, bon Dieu ! »

Jill reposa sa tasse si fort que le liquide éclaboussa sa main.

« Qu'est-ce que vous insinuez par là ?

— Rien du tout. C'est juste une question. »

Le regard de Jill fit un aller-retour entre les deux agents. Elle soupira.

« C'était un accident. C'est arrivé la dernière nuit, dans la cabane, quand je me suis interposée dans une dispute idiote.

— Quel genre de dispute ? demanda Falk.

— Beaucoup de bruit pour rien… J'ai déjà raconté ça à la police du Victoria. La frustration et la peur ont commencé à bouillonner et ça a dérapé. On parle seulement d'une bousculade de quelques secondes, avec tirage de cheveux, rien de plus. Un truc de gamines. Ça s'est arrêté presque aussi vite que ça avait commencé.

— On ne dirait pas…

— Je n'ai pas eu de chance. Je me trouvais au mauvais endroit et j'ai pris un coup. Ce n'était pas volontaire.

— Qui étaient les femmes impliquées dans cette bagarre ? interrogea Falk en scrutant sa réaction. Tout le groupe ?

— Bien sûr que non ! »

Le visage enflé de Jill exprimait une surprise sincère.

« C'était entre Alice et Beth. Nous avions toutes froid et faim, Alice menaçait de nous planter là, et c'est là que ça a dégénéré. Je m'en veux, j'aurais dû m'y attendre. Ces deux-là ne se sont jamais entendues. »

Jour 2 : vendredi après-midi

Jill claquait des dents en marchant. Elle avait passé des vêtements secs au bord de la rivière – toutes les femmes s'étaient changées, se tournant le dos les unes aux autres tandis qu'elles se déshabillaient en grelottant –, mais un autre rideau de pluie s'était abattu sur le groupe vingt minutes plus tard. Elle aurait voulu marcher un peu plus vite pour se réchauffer, mais elle voyait bien que Lauren tenait encore à peine sur ses jambes. Le pansement de la trousse de secours n'arrêtait pas de se décoller de son front, dévoilant une plaie sanglante.

Alice marchait devant, carte en main. Bree la lui avait cédée sur la rive du cours d'eau, sans un mot. Comme d'habitude, Beth fermait la marche.

C'était étrange, songea Jill, à quel point tout, dans le bush, commençait à se ressembler. Elle avait repéré deux choses – une souche d'abord, puis un arbre mort – devant lesquelles elle était persuadée d'être déjà passée. C'était comme marcher dans une sorte de déjà-vu permanent. Elle déplaça les sangles du sac sur ses épaules. Il était moins lourd sans les piquets de tente, mais leur absence pesait sur son esprit.

« On va encore dans la bonne direction ? » demanda Jill, alors qu'elles ralentissaient pour contourner un fossé boueux.

Alice sortit la boussole de sa poche et la consulta. Elle se tourna de l'autre côté puis étudia de nouveau le cadran.

« C'est bon ? insista Jill.

— Oui, on va dans la bonne direction. C'est juste que le chemin a tourné un peu, tout à l'heure. Mais c'est bon.

— Je croyais que nous étions censées monter sur les hauteurs… »

Le terrain qu'elles foulaient était envahi par les broussailles, mais désespérément plat.

Une voix résonna derrière elles. « Il faut vérifier la boussole plus souvent, Alice. »

Lauren tenait d'une main le pansement sur son front.

« Je viens de le faire. Tu m'as vue, non ?

— Mais tu devrais le faire plus souvent.

— Je suis au courant, Lauren, merci beaucoup. Tu peux me remplacer quand tu veux, si tu préfères. »

Alice tendit la boussole, posée au creux de sa paume comme une offrande. Lauren hésita, puis fit non de la tête.

« Continuons, ordonna Alice. Nous allons bientôt commencer à grimper. »

Elles poursuivirent leur route. Le terrain restait toujours aussi plat. Jill était sur le point de demander ce qu'Alice entendait par « bientôt » quand elle sentit une brûlure révélatrice au niveau de ses cuisses. Elles montaient, à présent. Doucement, mais sûrement. Elle en aurait pleuré de soulagement. Dieu merci. Avec un peu de chance, il y aurait du réseau là-haut. Elles pourraient appeler quelqu'un. Et mettre enfin un terme à ce merdier.

La peur avait commencé à se cristalliser là-bas, au bord de la rivière, avec une intensité qu'elle n'avait sans doute ressentie que deux ou trois fois dans sa vie. Une révélation : *Là, ça tourne vraiment mal.* Cet accident de voiture quand elle avait dix-neuf ans, et qu'elle avait vu les yeux écarquillés et blancs du conducteur d'en face, alors que les deux véhicules glissaient l'un vers l'autre dans une danse macabre. Puis de nouveau, trois ans plus tard, lors de sa deuxième fête de Noël au bureau. Elle avait trop bu, un peu trop flirté avec le mauvais type, et le retour à pied chez elle avait failli mal se terminer.

Il y avait aussi le jour où son père les avait fait venir, Daniel et elle, dans son bureau privé – celui à la maison, pas celui du cabinet – et leur avait expliqué par le détail comment le cabinet familial BaileyTennants fonctionnait.

Jill avait dit non. Cela l'avait souvent réconfortée, par la suite. Daniel avait accepté tout de suite, mais elle avait tenu bon pendant près de dix-huit mois. Elle s'était inscrite à une formation pour devenir professeur, et s'était fait porter pâle lors des réunions de famille.

Elle avait cru pendant un moment que sa décision avait été acceptée. C'est seulement plus tard qu'elle avait compris : on lui avait simplement laissé un peu de temps pour marcher à son rythme vers l'inéluctable. Mais les choses s'étaient soudain précipitées pour une raison qu'elle ignorait – elle n'avait jamais demandé laquelle –, car, au bout de ces dix-huit mois, son père l'avait de nouveau convoquée dans son bureau. Seule, cette fois. Il l'avait fait asseoir.

« Nous avons besoin de toi. J'ai besoin de toi.

— Tu as Daniel.

— Et il fait de son mieux. Mais… »

Son père, l'homme qu'elle aimait le plus au monde et en lequel elle avait totalement confiance, l'avait regardée en hochant doucement la tête.

« Alors arrêtez tout.

— Nous ne pouvons pas. »

Nous, il avait très clairement dit *nous*, pas *je*.

« Bien sûr que tu peux.

— Jill. »

Il l'avait prise par la main. Elle ne l'avait jamais vu si triste.

« Nous ne pouvons pas. »

Elle avait senti une boule se former dans sa gorge. À cause de son père, de ce menu service qu'il avait rendu aux mauvaises personnes, tant d'années en arrière, et à cause de la chute sans fin que cette chausse-trappe dissimulait. Pour cet argent facile et coupable qu'il continuait de rembourser des décennies après, au centuple. Et pour elle-même, et cette formation de professeur qu'elle n'achèverait jamais, et pour ce non qui allait devoir se changer en oui. Mais au moins, pendant un temps, se remémorerait-elle sans cesse au cours des années suivantes, cela avait été un non.

À présent, tandis que ses poumons étaient en feu et que ses cuisses la brûlaient, Jill s'efforça de se concentrer sur sa tâche immédiate. Chaque pas dans cette montée la rapprochait de l'endroit qu'elles devaient atteindre. Elle fixait du regard le dos d'Alice, qui menait le petit groupe.

Cinq ans plus tôt, Jill était directrice financière de l'agence, et Alice une candidate sélectionnée pour le troisième tour des entretiens d'embauche. Elle était en concurrence avec un autre candidat, un homme avec les mêmes qualifications, mais une expérience directe du poste probablement meilleure. À l'issue de l'entretien, Alice avait fixé chacun des membres du jury droit dans les yeux et leur avait déclaré qu'elle était prête à accepter le boulot, mais seulement si le salaire de départ proposé était augmenté de 4 %. Jill avait souri intérieurement. Avait dit aux autres de l'embaucher. Avait dégagé les 4 % supplémentaires.

À l'approche d'une courbe, Alice s'arrêta pour consulter la carte. Elle attendit que Jill la rejoigne. Les autres, plus loin derrière, arrivaient doucement.

« Nous devrions bientôt atteindre le sommet, annonça Alice. Voulez-vous faire une petite pause ? »

Jill secoua la tête. Le souvenir de la veille au soir, lorsqu'elles avaient dû monter le campement dans l'obscurité, était encore frais dans son esprit. Le soleil baissait déjà. Elle ne se rappelait plus à quelle heure il se couchait, mais elle savait que c'était tôt. « Continuons d'avancer tant qu'il fait jour. Vous avez vérifié la boussole ? »

Alice la sortit et jeta un coup d'œil au cadran gradué.

« C'est bon ?

— Oui. Enfin, le chemin tourne pas mal, alors ça dépend vers où on regarde, mais nous allons toujours dans la bonne direction.

— Bon. Si vous en êtes sûre. »

Nouveau coup d'œil à la boussole.

« Ouais. J'en suis sûre. »

Elles se remirent en marche.

Jill n'avait pas regretté sa décision de l'embaucher. Ni les 4 %. Alice les valait largement et elle l'avait prouvé au fil des dernières années. Elle était intelligente, elle avait pris ses marques plus rapidement que la plupart des gens, elle comprenait vite. Elle savait quand il fallait s'exprimer, et quand tenir sa langue, ce qui était très important dans une entreprise qui fonctionnait vraiment comme une famille. Quand le neveu de Jill – Joel, dix-sept ans, qui ressemblait tellement à son père au même âge – avait balayé d'un air morose les tables posées sur des tréteaux lors du pique-nique de l'entreprise, l'année précédente, et était resté pétrifié devant la beauté de la fille d'Alice, Jill et Alice avaient échangé des regards entendus. Jill se faisait parfois la réflexion qu'en d'autres circonstances, Alice et elle auraient pu devenir amies. À d'autres moments, elle se disait que non. Côtoyer Alice au quotidien, c'était comme élever des chiens de race particulièrement agressifs. Dévoués la plupart du temps, mais il fallait toujours rester sur ses gardes.

« Nous y sommes bientôt ? »

Jill reconnut la voix de Lauren dans son dos. Le pansement sur son front s'était de nouveau décollé et un mince filet de pluie mêlée de sang coulait sur sa tempe et sa joue, s'accumulant au coin de sa bouche.

« Nous sommes presque au sommet. Je crois.

— Il nous reste de l'eau ? »

Jill sortit sa gourde et la tendit à Lauren, qui but une longue gorgée sans cesser de marcher. La langue de Lauren glissa au coin de sa bouche, et elle grimaça en sentant le goût du sang. Elle versa un peu d'eau dans la paume de sa main, laissant tomber de précieuses gouttes sur le sol, et se rinça la joue.

« Nous devrions peut-être... » commença Jill, tandis que Lauren renouvelait l'opération, mais elle ravala ses mots.

« Nous devrions peut-être faire quoi ?

— Peu importe. »

Elle voulait dire qu'il fallait économiser l'eau. Mais c'était inutile. Elles en trouveraient au campement. Et Jill n'était pas encore prête à reconnaître qu'elles risquaient de passer la nuit en pleine nature.

La pente se faisait plus raide, graduellement, et Jill entendait le souffle des autres femmes devenir plus haché. Le terrain légèrement vallonné sur leur droite se creusa peu à peu, devenant le versant d'une colline, puis une falaise vertigineuse. Jill regardait droit devant elle, posant un pied après l'autre. Elle n'avait plus aucune idée de l'altitude qu'elles avaient pu atteindre quand, sans prévenir, le chemin s'aplanit.

Les eucalyptus s'écartèrent et elles se retrouvèrent face à un magnifique paysage de collines et de vallées, qui se déployait jusqu'à l'horizon. Les ombres mouvantes des nuages créaient un océan de vert qui ondulait comme la houle. Elles avaient atteint le sommet, et la vue était à couper le souffle.

Jill laissa tomber son sac. Les cinq femmes restèrent plantées côte à côte, mains sur les hanches, les jambes douloureuses, à contempler le décor en reprenant leur souffle.

« C'est incroyable. »

Comme par enchantement, les nuages s'ouvrirent, dévoilant le soleil suspendu tout en bas du ciel, au loin. Il frôlait déjà la cime des arbres les plus hauts, les enveloppant d'une lueur liquide, aveuglante. Jill cligna des yeux, éblouie par cet éclat doré si bienvenu, et crut presque sentir la chaleur de l'astre sur son visage. Pour la première fois de la journée, le poids sur ses épaules s'allégea quelque peu.

Alice avait sorti le portable de sa poche et regardait l'écran. Elle faisait la grimace mais Jill tenta de se convaincre que tout allait bien. Même s'il n'y avait pas de réseau, elles allaient s'en sortir. Elles rejoindraient le deuxième campement, se sécheraient, trouveraient un moyen de s'abriter pour la nuit. Elles dormiraient un peu, et tout serait plus simple après une nuit de repos.

Jill entendit une toux sèche derrière elle.

« Pardon, s'excusa Beth. Mais dans quelle direction sommes-nous censées marcher, déjà ?

— Vers l'ouest, répondit Jill en se tournant vers elle.

— Vous êtes sûre ?

— Oui. Vers le campement. »

Jill se tourna vers Alice.

« C'est bien ça, Alice ? Nous marchons vers l'ouest ?

— Oui. Plein ouest.

— Donc nous avons marché vers l'ouest depuis le début ? insista Beth. Depuis que nous avons quitté la rivière ?

— Oh, bon sang ! Oui. Il faut te le dire comment ? s'impatienta Alice, sans quitter des yeux son écran.

— Dans ce cas… »

Une pause.

« C'est juste que… Si l'ouest est par là, pourquoi le soleil se couche-t-il au sud ? »

Tous les visages se tournèrent dans la direction qu'elle pointait, juste à temps pour voir le soleil descendre encore d'un cran derrière les arbres.

Ça aussi, c'était Alice, se dit Jill. Parfois, vous vous sentiez salement trahie, avec cette fille.

Chapitre 12

La nuit commençait déjà à tomber quand Falk et Carmen abandonnèrent Jill Bailey dans le salon du gîte, seule avec ses pensées. Ils remontèrent l'allée qui menait aux bungalows, les premiers oiseaux entonnant leur chœur du crépuscule autour d'eux.

« Il fait nuit tôt, ici. » Carmen consulta sa montre, les cheveux soulevés par la brise. « J'imagine que c'est parce que les arbres bloquent la lumière. »

Ils virent des camionnettes se garer devant le gîte, et des équipes de recherche en descendre, visiblement épuisées. Le souffle des hommes formait des nuages dans l'air froid. Toujours pas de bonne nouvelle, à en juger d'après leurs expressions. Le ciel était silencieux, à présent. L'hélico avait dû se poser. L'espoir s'amenuisait en même temps que le jour.

Falk et Carmen s'arrêtèrent devant l'entrée de leurs chambres.

« Je vais prendre une douche. Me réchauffer un peu. » Carmen s'étira et Falk entendit ses articulations craquer sous ses couches de vêtements. Les deux dernières journées avaient été longues. « On se retrouve pour dîner dans une heure ? »

Elle s'engouffra dans sa chambre en le saluant de la main. Falk ouvrit sa porte et alluma la lumière.

À travers la cloison, il entendit le bruit de l'eau qui coulait.

Il s'assit sur son lit et se repassa leur conversation avec Jill Bailey. Il y avait chez elle une vivacité d'esprit qui faisait défaut à son frère. Elle mettait Falk mal à l'aise.

Il passa la main dans son sac à dos et en sortit un dossier contenant ses notes sur Alice Russell. Il les feuilleta, en les lisant en diagonale. Il les connaissait en détail. Il ne savait pas très bien ce qu'il cherchait, mais, au fil des pages, il finit par comprendre : il cherchait quelque chose susceptible d'apaiser son sentiment de culpabilité. Un semblant d'assurance qu'il n'était pour rien dans la disparition d'Alice. Que Carmen et lui n'avaient pas précipité cette femme dans une situation intenable qui l'avait poussée à commettre une erreur. Qu'ils n'en avaient pas fait, eux-mêmes. Qu'ils n'avaient pas mis Alice en danger. *Lui faire du mal.*

Falk soupira et se rassit sur le lit. Quand il eut parcouru tout le dossier d'Alice, il reprit du début et étudia ses relevés bancaires. Elle les avait transmis volontairement, bien qu'à contrecœur, et comme toutes les pièces de ce dossier, Falk les avait déjà examinés en long, en large et en travers. Mais il y avait quelque chose de réconfortant à consulter ces colonnes bien ordonnées, remplies de dates et de chiffres, qui s'étiraient sur des pages et des pages, retraçant les transactions quotidiennes qui faisaient tourner le monde d'Alice Amelia Russell.

Falk parcourut les chiffres du regard. C'étaient des

relevés mensuels, dont le premier remontait à environ douze mois. Le plus récent datait du jeudi précédent, le jour où Alice et les autres étaient partis pour le séminaire. Elle avait dépensé quatre dollars dans une supérette d'autoroute. C'était la dernière fois que sa carte bancaire avait été utilisée.

Falk étudia recettes et dépenses, tentant de donner un peu de chair à la représentation qu'il se faisait de cette femme. Il remarqua que quatre fois par an, avec une régularité de métronome, Alice dépensait plusieurs milliers de dollars au grand magasin David Jones, deux semaines avant le changement de saison. Qu'elle versait à sa femme de ménage des sommes qui, rapportées au nombre d'heures travaillées, semblaient outrageusement inférieures au salaire minimum légal.

Falk trouvait toujours intéressant de savoir ce qui avait le plus de valeur pour les gens. Il s'était étranglé de surprise la première fois qu'il avait découvert la somme d'argent à cinq chiffres qu'Alice dépensait chaque année pour que sa fille puisse suivre ses traces en étudiant à l'Endeavour Ladies' College. Et visiblement, le coût d'une éducation haut de gamme ne se limitait pas aux seuls frais de scolarité, il s'en rendait compte maintenant : Alice avait fait une donation conséquente à l'école, six mois auparavant.

Quand les chiffres commencèrent à devenir flous, Falk se frotta les yeux et referma le dossier. Il marcha jusqu'à la fenêtre et jeta un coup d'œil dehors, en direction du bush, en étirant sa main endommagée. Le début du sentier de Mirror Falls était encore visible dans la pénombre. Du coin de l'œil, il aperçut les cartes de son père empilées sur la table de chevet.

Il les passa en revue, jusqu'à ce qu'il trouve celle des monts Giralang, qu'il ouvrit sur le pli où figurait l'itinéraire de Mirror Falls. Falk ne fut pas vraiment surpris de trouver le début du chemin entouré au crayon : il savait que son père était venu dans ces parages, et c'était l'un des itinéraires les plus courus de la région. Mais, en examinant la carte, il tressaillit tout de même. Quand son père avait-il encerclé ce point particulier ? Chez eux, assis à la table de la cuisine ? Ou bien planté au départ du sentier, à deux cents mètres et dix ans de là où Falk se trouvait en cet instant ?

Sans même réfléchir, Falk enfila son blouson et fourra la carte dans sa poche. Il eut un instant d'hésitation, puis empoigna sa lampe torche. Il entendait encore la douche couler, de l'autre côté du mur. Parfait. Il voulait faire ça sans avoir à s'expliquer. Il referma la porte de la chambre derrière lui et traversa le parking en direction du sentier. Dans son dos, les fenêtres du gîte étincelaient dans le noir.

Il s'arrêta au départ du chemin de Mirror Falls et jeta un regard alentour. Si Erik Falk avait parcouru ce sentier, il avait dû se trouver exactement au même endroit, à un moment donné. Falk tenta d'imaginer ce que son père avait pu voir, alors. Les arbres qui l'entouraient étaient vieux de plusieurs décennies. Il était tout à fait possible, songea Falk, que ce qu'avait eu son père sous les yeux à l'époque et ce qu'il voyait, lui, ce soir-là, aient été quasiment identiques.

Il s'engagea sur le chemin. La seule chose qu'il entendit, d'abord, fut son propre souffle, mais les bruits crépusculaires se firent de plus en plus distincts. Les épaisses rangées d'arbres lui donnaient l'impression vaguement oppressante d'être assiégé. Glissée au fond d'une poche, sa main le faisait souffrir, mais il ignora la douleur. C'était psychosomatique, il le savait. Il avait beaucoup plu, se dit-il tout en marchant, il n'y aurait pas d'incendie dans cette partie du bush. Il se le répéta entre ses dents jusqu'à ce qu'il se sente un peu mieux.

Falk se demanda combien de fois son père avait emprunté ce sentier. Au moins deux fois, à en juger d'après les marques sur la carte. Loin de cette grande ville qu'il détestait. Et seul, car son fils refusait de venir avec lui. Même si Falk le soupçonnait, pour être honnête, d'avoir vraiment apprécié cette solitude. C'était un point sur lequel, au moins, ils s'étaient toujours ressemblés.

Il y eut un mouvement au loin dans les broussailles et Falk sursauta, se moquant un peu de l'emballement soudain de ses battements cardiaques. Son père avait-il été effrayé par les meurtres de Martin Kovac ? On se sentait vite isolé, par ici. Et cette histoire devait être beaucoup plus fraîche dans les mémoires, à l'époque. Falk doutait que cela eût beaucoup troublé Erik. Son père avait toujours été un type très terre à terre. Il se sentait toujours mieux au milieu des arbres, des sentiers de randonnée et des grands espaces que parmi les hommes.

Falk sentit quelques gouttes de pluie heurter son visage, et il se couvrit la tête avec la capuche de son blouson. Quelque part, dans le lointain, il distingua un grondement sourd, mais sans pouvoir déterminer s'il s'agissait du tonnerre ou des chutes. Il valait mieux faire demi-tour. Il ne savait même pas très bien ce qu'il faisait là, seul dans le noir. C'était la deuxième fois qu'il prenait ce sentier, mais il ne reconnaissait rien. Le paysage semblait se transformer dès qu'on tournait la tête. Il aurait pu être n'importe où. Il pivota sur ses talons et repartit en direction du gîte.

Il avait à peine fait deux pas quand il se figea net. Il tendit l'oreille. Rien : seulement le vent et le tapotement précipité de pattes invisibles. Le chemin était désert des deux côtés. À quelle distance se trouvait-il du premier être humain ? Il n'avait pas marché très longtemps, mais il avait l'impression qu'il n'y avait personne d'autre à des kilomètres à la ronde. Il resta immobile, les yeux et les oreilles aux aguets. Alors, il les entendit de nouveau.

Des bruits de pas. Ils étaient à peine audibles, mais ses poils se hérissèrent sur sa nuque. Il se retourna, tâchant de comprendre d'où venait le bruit. Il aperçut la lumière à travers les arbres juste avant qu'elle apparaisse au détour d'un virage, droit dans ses yeux. Il entendit un cri de surprise et le bruit d'un objet métallique qui heurtait le sol. Aveuglé, Falk plongea la main dans sa poche pour attraper sa torche et chercha l'interrupteur de ses doigts engourdis par le froid. Il l'alluma, et le faisceau projeta une ombre difforme. Le bush se déployait de part et d'autre du chemin tel un épais rideau noir et, au milieu du sentier, une silhouette fluette se couvrait les yeux de sa main.

Falk plissa les paupières, le temps d'accommoder. « Police ! » Il tendit son badge. « Tout va bien ? Je ne voulais pas vous faire peur. »

La femme détournait à demi la tête, mais il la reconnut d'après les photos du cabinet : Lauren. Elle tremblait lorsqu'elle se pencha pour ramasser sa lampe, et en se rapprochant, Falk vit qu'elle avait une vilaine coupure au niveau du front. Elle avait été recousue temporairement, mais toute la zone était enflée, la peau tirée brillant dans l'éclat de la torche.

« Vous êtes de la police ? demanda Lauren d'une voix inquiète, en examinant son badge.

— Oui. Je participe aux recherches pour retrouver Alice Russell. Vous êtes Lauren Shaw, n'est-ce pas ? Vous faisiez partie du groupe de chez Bailey-Tennants ?

— Oui. Pardon, j'ai cru… »

Elle inspira une grande bouffée d'air.

« Un instant, j'ai cru – c'est idiot –, en voyant une personne marcher seule sur le chemin, j'ai cru que c'était peut-être Alice. »

Falk, l'espace d'une seconde, avait cru la même chose.

« Désolé de vous avoir fait peur. Tout va bien ?

— Oui… »

Elle avait encore le souffle court, ses fines épaules montant et retombant sous son blouson.

« Ça m'a fait un choc, c'est tout.

— Qu'est-ce que vous faites là, dans le noir ? » demanda Falk.

Même si elle aurait tout à fait pu lui poser la même question, Lauren secoua la tête. Elle devait traîner dans le coin depuis un moment. Il sentait le froid sur ses habits.

« Rien de très sensé. Je suis allée aux chutes pendant la journée. J'avais prévu de rentrer plus tôt, mais la nuit tombe si vite. »

Falk se souvint de la silhouette sombre qu'il avait vue ressortir du chemin, la veille. « Vous y êtes allée hier, aussi ? »

Elle acquiesça. « Je sais que c'est ridicule, mais je me suis dit qu'Alice retrouverait peut-être son chemin jusqu'au point de départ du sentier. Nous sommes passées par la cascade le premier jour, et c'est un bon repère. Je devenais dingue à rester assise au gîte, alors je me suis dit qu'il valait mieux aller m'asseoir là-bas.

— Je vois. »

Les yeux de Falk se posèrent sur son bonnet violet, qu'il n'avait pas remarqué jusque-là.

« Nous vous avons aperçue là-bas, hier après-midi.

— C'est possible. »

Il y eut un grondement de tonnerre et ils levèrent les yeux vers le ciel.

« Allons-y, dit Falk. Nous sommes presque arrivés au gîte. Je vais vous raccompagner. »

Ils progressèrent lentement, les faisceaux de leurs torches dessinant des cônes de lumière sur le sol inégal.

« Depuis combien de temps travaillez-vous chez BaileyTennants ?

— Presque deux ans. Je suis responsable stratégie et gestion prévisionnelle.

— Ça consiste en quoi, au juste ? »

Un grand soupir.

« Ça consiste à identifier les besoins stratégiques futurs de notre cabinet, et à mettre en place des plans d'action… »

Elle s'interrompit.

« Excusez-moi. Ça semble si dérisoire, après ce qui est arrivé à Alice.

— J'ai l'impression que vous venez toutes de vivre des jours très difficiles. »

Lauren ne répondit pas tout de suite.

« Effectivement. Ce n'est pas un truc qui a mal tourné, mais des dizaines de petits détails. Ils n'ont pas arrêté de s'accumuler, jusqu'à ce qu'il soit trop tard. J'espère juste qu'Alice est saine et sauve.

— Vous travailliez beaucoup ensemble, toutes les deux ? demanda Falk.

— Pas directement. Mais je la côtoie, de près ou de loin, depuis des années. Nous étions ensemble au collège et au lycée, et ensuite nous avons commencé à travailler dans le même domaine, donc nos chemins n'arrêtaient pas de se croiser. Et nos filles ont le même âge. Elles étudient toutes les deux dans l'établissement où nous avons suivi notre scolarité, Alice et moi. Quand Alice a appris que j'avais démissionné de mon ancien cabinet, elle m'a recommandée auprès des gens de BaileyTennants, et je travaille là-bas depuis.

— On nous a dit que c'est vous qui avez réussi à conduire le groupe jusqu'à une route, fit remarquer Falk. À ramener les autres.

— C'est un peu exagéré, je crois. J'ai fait un peu d'orientation à l'école, mais on marchait juste tout droit en espérant que ça nous mènerait quelque part. »

Elle soupira.

« D'ailleurs, c'est Alice qui avait eu l'idée de suivre ce chemin. Lorsque nous avons découvert qu'elle était partie, j'ai pensé qu'elle n'aurait que deux ou trois heures d'avance sur nous. Quand j'ai vu qu'elle n'était pas à l'arrivée, je n'y croyais pas. »

Ils sortirent d'une courbe et le bout du chemin apparut. Ils étaient rentrés au gîte. Lauren frissonna et serra les bras autour de sa poitrine, tandis qu'ils émergeaient du bois. La menace d'un orage semblait alourdir l'air, et le gîte devant eux paraissait chaud et accueillant.

« On peut poursuivre cette conversation à l'intérieur ? demanda Falk, mais Lauren parut hésiter.

— Ça vous dérange si on reste dehors ? Je n'ai rien contre Jill, mais je n'ai pas l'énergie de la croiser ce soir.

— OK. »

Falk sentait le froid traverser ses semelles et il recroquevilla les orteils dans ses chaussettes.

« Parlez-moi un peu de ce camp nature, à l'école, qu'Alice et vous avez fait…

— McAllaster ? C'était au beau milieu de nulle part. On suivait le programme scolaire, mais la partie la plus importante, c'étaient les activités de plein air. Randonnée, camping, résolution de problèmes concrets, ce genre de trucs. Pas de télé, pas d'appels téléphoniques, notre seul contact avec la maison, pendant tout le trimestre, c'étaient les lettres manuscrites. L'école continue de le faire, ma fille y est allée il y a deux ans. La fille d'Alice, aussi. Pas mal d'écoles privées organisent ce genre de camps. »

Lauren marqua une pause.

« Et ce n'est pas facile. »

Même dans son univers sans enfants, Falk avait eu l'occasion d'entendre parler de cette année au vert, tant redoutée. Il avait entendu les histoires de collègues qui avaient étudié dans l'un de ces établissements de prestige. Elles étaient généralement racontées avec la voix basse de qui aurait survécu à l'attaque d'un ours ou à un crash d'avion. Un mélange de stupéfaction et de fierté. *J'ai survécu.*

« On dirait que ça vous a aidée, non ? fit remarquer Falk.

— Un peu, sans doute. Mais je ne peux pas m'empêcher de penser que ces compétences un peu rouillées sont peut-être pires, finalement, que de ne rien connaître du tout. Si nous n'avions pas suivi ce programme, Alice n'aurait sans doute pas eu cette idée stupide qu'elle était capable de retrouver seule son chemin.

— Vous pensez qu'elle n'avait pas les moyens de le faire ?

— Je crois qu'aucune d'entre nous n'en avait les moyens. Moi, je voulais rester sur place et attendre les secours. »

Elle soupira.

« Je ne sais pas. Ou bien nous aurions peut-être dû partir avec elle et rester ensemble, groupées. Je *savais* qu'elle voudrait tenter sa chance seule, une fois que les autres avaient rejeté sa proposition. Elle a toujours… »

Lauren s'interrompit. Falk attendit.

« Alice a toujours surestimé ses capacités. Au camp, elle était souvent désignée chef de groupe, mais ce n'est pas parce qu'elle était particulièrement douée. Je veux dire, elle se débrouillait pas mal. Mais elle n'était pas aussi forte qu'elle le pensait.

— Question de popularité ? demanda Falk.

— Exactement. On la choisissait, elle, parce qu'elle était très populaire. Tout le monde voulait être son amie, faire partie de son groupe. Je ne peux pas lui en vouloir d'avoir fini par croire tout ce qu'on lui disait. Si tout le monde autour de vous répète sans arrêt que vous êtes extraordinaire, on prend vite la grosse tête. »

Lauren jeta un coup d'œil vers les arbres par-dessus son épaule.

« Mais d'une certaine manière, je crois que nous lui devons une fière chandelle. Si nous étions restées à la cabane pour attendre les secours, nous y serions encore. Apparemment, ils n'ont toujours pas réussi à la localiser.

— Non, c'est vrai. »

Lauren leva les yeux sur lui.

« Pourtant ils font tout leur possible, à ce que j'ai pu voir, dit-elle. Les policiers ne parlent que de cette cabane.

— C'est parce que c'est le dernier endroit où Alice a été aperçue, je crois », remarqua Falk.

Il repensa à ce que King leur avait confié. *Nous n'avons pas parlé de Sam Kovac à ces femmes.* Falk se demanda si c'était vraiment la meilleure chose à faire, dans ces circonstances.

« Peut-être. »

Lauren l'étudiait toujours avec attention.

« Mais j'ai l'impression qu'il y a autre chose. L'endroit était inhabité depuis un moment, mais pas depuis si longtemps. Je l'ai dit aux autres policiers. Une personne au moins connaissait l'existence de cette cabane, car quelqu'un était venu là.

— Comment le savez-vous ?

— Un chien a été enterré sur place. »

Il y eut un silence. Des feuilles mortes tourbillonnaient autour de leurs pieds.

« Un chien.

— Au moins un. »

Lauren triturait ses ongles. Elle avait des mains

d'oiseau, les os de ses poignets étaient visibles sous la peau.

« Les policiers n'ont pas arrêté de nous demander si nous avions aperçu quelqu'un pendant que nous étions dans le bush.

— Et alors ?

— Non. Pas après le premier soir, quand le groupe des hommes est venu nous voir au campement. Mais… »

Les yeux de Lauren firent un brusque écart vers la forêt.

« C'était bizarre. Parfois, on avait vraiment l'impression que quelqu'un nous observait. Ce n'était pas le cas, évidemment. C'était totalement impossible. Mais on devient parano dans cette forêt, notre esprit se met à nous jouer des tours.

— Et les hommes, vous ne les avez vraiment plus revus ?

— Non. J'aurais préféré, d'ailleurs. Mais nous étions trop loin du bon chemin. La seule façon de nous trouver, ça aurait été de nous suivre à la trace. »

Elle secoua la tête, chassant cette idée avant qu'elle ait pu s'installer.

« Je n'arrive pas à comprendre ce qui a pu arriver à Alice. Je sais qu'elle a forcément suivi ce chemin vers le nord. Nous avons pris le même itinéraire, deux ou trois heures à peine derrière elle. Et Alice a toujours été très résistante. Mentalement, physiquement. Si nous avons réussi à sortir du parc, elle aurait dû aussi y arriver. Mais c'est comme si elle s'était juste évaporée. »

Lauren cligna des yeux.

« Alors, tous les jours, je vais m'asseoir près des chutes, en espérant la voir débouler, furax, le doigt pointé, menaçant d'engager des poursuites. »

D'un geste du menton, Falk désigna la balafre noire sur son front.

« Ça a l'air vilain comme blessure. Comment vous êtes-vous fait ça ? »

Lauren porta ses doigts à la blessure et laissa échapper un rire plein d'amertume.

« Nous avons trouvé le moyen de perdre notre cartouche de gaz et nos piquets de tente dans un cours d'eau en crue. J'essayais de les récupérer, et j'ai pris un coup à la tête.

— Donc, ce n'était pas pendant la bagarre, à la cabane ? » demanda Falk d'une voix neutre.

Lauren le dévisagea une fraction de seconde avant de répondre.

« Non.

— Je vous pose la question parce que Jill Bailey nous a dit que c'était comme ça qu'elle avait pris un coup. En voulant s'interposer dans une dispute.

— Elle vous a dit ça ? »

Il fallait lui reconnaître ça : le visage de Lauren ne trahissait rien.

« Ce n'est pas ce qui s'est passé ? » s'étonna-t-il.

Lauren sembla peser le pour et le contre.

« Jill a pris un coup pendant une dispute. Mais je ne sais pas si on peut dire qu'elle s'interposait…

— Jill était impliquée ?

— C'est elle qui l'a déclenchée. Quand Alice a voulu partir. Elles se sont battues pour garder le portable. Ça n'a pas duré longtemps, mais la vraie raison, c'était ça. Pourquoi ? Que vous a dit Jill ? »

Falk secoua la tête.

« Peu importe. Nous avons peut-être mal compris quel rôle elle avait joué dans cette dispute.

— Eh bien, quoi qu'elle ait pu vous dire, elle était impliquée dedans. »

Lauren baissa les yeux.

« J'ai un peu honte de l'avouer, mais je crois bien que nous étions toutes impliquées. Alice aussi. C'est pour ça que je n'ai pas été étonnée quand elle est partie. »

Un éclair illumina la nuit au-dessus d'eux, faisant trembler les contours nets des eucalyptus. Il fut suivi d'un coup de tonnerre et l'averse éclata d'un coup. Ils n'eurent d'autre choix que de rentrer. Tirant les capuches sur leurs fronts, ils coururent vers le gîte tandis que la pluie martelait leurs blousons.

« Vous entrez ? » demanda Falk quand ils furent au pied du perron. Il était obligé de crier pour se faire entendre.

« Non, je vais retourner à ma chambre, répondit Lauren. Venez me trouver si vous avez besoin d'autre chose. »

Falk la salua d'un geste et grimpa les marches. La pluie tambourinait sur le toit de la véranda. Il sursauta quand une silhouette bougea dans l'ombre, près de la porte.

« Hé ! »

Il reconnut la voix de Beth. Elle s'abritait sous le porche et fumait en contemplant le déluge. Falk se demanda si elle l'avait vu parler avec Lauren. Puis il se demanda si cela avait une quelconque importance.

Elle tenait une cigarette à la main, et un objet qu'il ne pouvait voir dans l'autre. Et son visage affichait un air coupable.

« Avant que vous disiez quoi que ce soit, je sais que je ne devrais pas », déclara-t-elle.

Falk s'essuya le visage sur sa manche trempée.

« Que vous ne devriez pas quoi ? »

Beth tendit docilement la cannette de bière qu'elle avait dans la main.

« À cause de ma mise à l'épreuve. Mais ces derniers jours ont été très durs. Je suis désolée. » Elle avait l'air sincère.

Falk n'avait plus assez d'énergie pour se soucier d'une bière light. Dans sa jeunesse, ce genre de boisson était considérée comme de l'eau, ou presque.

« Tant que vous restez sous le taux d'alcool autorisé au volant, ça va. » C'était un compromis qui semblait raisonnable, mais Beth fit une moue stupéfaite. Elle sourit.

« Je ne suis pas non plus censée fumer ici, dit-elle. Mais bon sang, on est *dehors*.

— C'est vrai, acquiesça Falk, et ils contemplèrent l'averse.

— Chaque fois qu'il pleut, ça complique encore la tâche des équipes de recherche pour trouver des empreintes. C'est ce qu'ils m'ont dit, en tout cas. »

Beth but une gorgée de bière.

« Il pleut beaucoup ces derniers jours.

— Je sais. »

Falk posa les yeux sur elle. Même dans la pénombre, elle semblait épuisée.

« Pourquoi n'avez-vous pas parlé de la bagarre, dans la cabane ? »

Beth baissa les yeux sur sa cannette de bière.

« Pour la même raison que je ne suis pas censée faire ça. Ma mise à l'épreuve. Et ce n'était vraiment pas grand-chose. Tout le monde était terrorisé. Nous avons toutes un peu craqué.

— Mais vous vous êtes disputée avec Alice ?

— C'est ce qu'on vous a raconté ? »

Ses yeux étaient difficiles à déchiffrer dans l'obscurité.

« Nous nous sommes *toutes* disputées avec Alice. Celle qui vous dira autre chose est une menteuse. »

Elle avait l'air en colère, et Falk laissa un silence s'installer.

« Et sinon, ça va ? » demanda-t-il au bout d'un moment.

Un soupir.

« Ça va. Ils la laisseront peut-être sortir demain ou après-demain. »

Falk comprit qu'elle parlait de sa sœur.

« Non, vous, je voulais dire. Vous allez bien ? »

Beth resta perplexe.

« Oh. »

Elle ne savait pas trop comment répondre.

« Ouais, je crois. Merci. »

À travers la fenêtre qui donnait sur le salon, Falk reconnut Carmen, blottie dans un fauteuil élimé, dans un coin. Elle lisait quelque chose, et ses cheveux mouillés tombaient librement sur ses épaules. Autour d'elle, dans la pièce, des policiers qui avaient terminé leur service papotaient ou jouaient aux cartes, certains étaient assis devant la cheminée, les yeux fermés. Carmen releva la tête et lui fit signe en le voyant.

« Je ne voudrais pas vous retenir », bredouilla Beth.

Falk ouvrit la bouche, mais sa réponse fut couverte par un nouveau coup de tonnerre. Un éclair blanc explosa dans le ciel, puis tout devint sombre. Il entendit un murmure de surprise collectif, puis un grognement, derrière lui, dans le gîte. Panne de courant.

Falk plissa les yeux pour se faire à l'obscurité. À travers la vitre, la faible lueur du feu peignait en noir et orange les visages. Les coins de la pièce étaient invisibles. Il entendit un mouvement dans le hall et Carmen apparut sur la véranda. Elle avait quelque chose sous le bras. On aurait dit un livre surdimensionné.

« Salut. » Carmen hocha la tête à l'intention de Beth, puis se tourna vers Falk. Elle plissa le front.

« Vous êtes trempé.

— J'ai pris l'averse. Tout va bien ?

— Oui. »

Elle secoua la tête, imperceptiblement. *Pas ici.*

Beth avait planqué la cannette et croisait les mains, très convenablement, devant elle.

« Il fait très noir dehors, lui dit Falk. Vous voulez qu'on vous raccompagne jusqu'aux bungalows ? »

Beth secoua la tête.

« Je vais rester encore un peu. Je n'ai pas peur du noir.

— Comme vous voulez. Soyez prudente. »

Carmen et lui mirent leurs capuches et quittèrent l'abri du porche. La pluie piquait leurs visages. Quelques lumières faiblardes luisaient au long de l'allée, alimentées sans doute par des panneaux ou un générateur de secours. Elles suffisaient pour trouver son chemin.

Un autre éclair éblouissant zébra le ciel et les gouttes de pluie formèrent un voile blanc fantomatique, à travers lequel Falk aperçut fugacement un homme qui traversait le parking en courant. Ian Chase, trempé jusqu'aux os dans sa polaire rouge Corporate Adventures. Impossible de dire d'où il était sorti, mais, à voir ses cheveux plaqués sur son crâne, il avait dû passer un long moment sous cet orage. Le ciel redevint sombre et Chase disparut.

Falk s'essuya le visage et scruta l'allée devant eux. Elle luisait d'eau et de boue, et il fut soulagé de prendre le dernier virage pour se retrouver à l'abri sous l'auvent du bungalow. Ils s'arrêtèrent devant la chambre de Carmen. Elle avait caché le grand livre sous son blouson, contre sa poitrine. Elle le sortit et le tendit à Falk, pendant qu'elle cherchait sa clé dans ses poches. C'était un album avec une couverture plastifiée. Les coins étaient un peu mouillés et, sur le devant, il y avait un autocollant avec ces mots : *Cet album appartient au Giralang Lodge. À consulter sur place.* Carmen se retourna à temps pour le voir froncer les sourcils, et éclata de rire.

« C'est bon, je l'ai juste déplacé de cinquante mètres ! Je le rendrai juste après. » Carmen ouvrit sa porte et ils entrèrent, tous deux un peu sonnés par le froid et la pluie. « Mais d'abord, je voulais vous montrer quelque chose. »

Jour 2 : vendredi soir

Elles se disputèrent sur la meilleure chose à faire, jusqu'à ce qu'il soit trop tard pour faire quoi que ce soit.

Finalement, tandis que le soleil se couchait au sud, elles redescendirent un peu plus bas pour chercher un abri. Quand les dernières lueurs du jour eurent disparu, elles établirent leur campement au premier endroit venu. Du moins, ce qui ressemblait à un campement.

Elles réunirent toutes leurs ressources en tas sur le sol et se disposèrent en étoile autour, torches en main, observant leur butin sans rien dire. Trois toiles de tente, intactes ; moins d'un litre d'eau, inégalement réparti dans cinq gourdes ; six barres de céréales.

Beth regarda la maigre pile et sentit les premiers tiraillements de la faim. Elle avait soif, aussi. Malgré le froid et ses habits trempés, elle sentait la sueur poisseuse de cette marche en montée sous ses aisselles. Sa gourde était l'une des plus vides. Elle avala sa salive. Sa langue était pâteuse.

« Nous devrions essayer de récolter un peu d'eau de pluie pendant la nuit », déclara Lauren. Elle aussi contemplait les gourdes presque vides avec une expression inquiète.

« Vous savez comment faire ? demanda Jill d'un ton presque suppliant.

— Je peux essayer.

— Et où sont passées les autres barres de céréales ? ajouta Jill. Je pensais que nous en avions plus. »

Beth sentit plus qu'elle ne vit les yeux de sa sœur se braquer sur elle. Elle ne daigna pas la regarder. *Va te faire foutre, Bree.* Pour une fois, Beth avait la conscience tranquille.

« Il devrait y en avoir au moins deux ou trois de plus. » Le visage de Jill avait pris une teinte grisâtre maladive à la lueur des torches, et elle n'arrêtait pas de cligner des yeux. Beth se demanda si elle avait de la poussière dedans, ou si elle n'arrivait tout simplement pas à croire que ce qu'elle voyait autour d'elle était réel.

« Si l'une d'entre vous les a mangées, qu'elle le dise. »

Beth sentit le poids collectif de leurs regards. Elle baissa les yeux et contempla le sol.

« Très bien. » Jill secoua la tête et se tourna vers Alice. « Allez voir si vous arrivez à capter quelque part. »

Alice s'exécuta, sans rien répondre pour une fois. Elle avait été choquée, puis sur la défensive, puis estomaquée de nouveau, tout à l'heure, en examinant la carte et en tapotant le cadran de la boussole. Elles avaient bien marché vers l'ouest, ça, elle en était sûre. Ses protestations avaient été accueillies par un silence sidéré. Il était difficile de nier l'évidence du soleil couchant.

Le groupe la regarda s'éloigner, son portable à la main. Jill ouvrit la bouche comme si elle voulait dire quelque chose, mais les mots ne vinrent pas. Elle donna un petit coup de pied dans les étuis des tentes. « Essayez de voir si vous pouvez en faire quelque chose », dit-elle à Lauren, puis elle fit volte-face et emboîta le pas à Alice.

Beth écouta Lauren suggérer des manières d'utiliser les cordons des tentes pour tirer les toiles entre deux arbres, afin d'improviser un auvent. Lauren voulut faire la démonstration, tirant d'une main sur les cordons tandis qu'elle maintenait de l'autre le pansement sur son front, mais elle dut vite abandonner. Elle se redressa. Ses cheveux étaient une masse informe, encroûtée de sang, à la lumière des lampes. Elle désigna à Beth et Bree les troncs auxquels fixer les cordes. Les doigts de Beth étaient engourdis par le froid de la nuit. Même de jour, la tâche aurait été ardue, et elle était heureuse, maintenant, d'avoir sa lourde torche au faisceau si puissant.

Enfin, elles en eurent terminé. Les toiles, suspendues entre les arbres, s'affaissaient déjà un peu au centre. Il ne pleuvait pas encore, mais Beth avait l'impression de sentir de l'orage dans l'air. Ce test-là restait à venir.

Beth vit Alice apparaître puis disparaître à divers endroits du chemin plongé dans l'obscurité. Elle se dressait dans le halo bleu artificiel de son écran, tournant en rond, le bras dressé vers le ciel, dans une sorte de danse désespérée.

Beth sortit son duvet du sac à dos, et soupira en découvrant la tache d'humidité au niveau des pieds. Elle s'efforça de trouver le recoin le plus abrité de leur campement de fortune, mais c'était peine perdue. Aucun endroit n'était potable. Elle déploya son sac de couchage sous l'abri le plus proche, puis resta plantée là à regarder sa sœur s'agiter autour d'elle, ne sachant où poser son duvet. En temps normal, Bree aurait voulu être le plus près possible d'Alice. Il était intéressant, se dit Beth, de constater à quel point la roue tournait vite.

Non loin d'elle, Lauren était assise sur son sac à dos et tripotait la boussole.

« Elle est cassée ? » demanda Beth.

Pas de réponse d'abord, puis un soupir.

« Je ne crois pas. Mais pour qu'elle fonctionne, il faut savoir s'en servir. Tout le monde finit par s'écarter du cap sur de longues distances, c'est naturel. Je savais bien qu'Alice ne vérifiait pas assez souvent. »

Beth serra les bras autour de sa poitrine en sautillant un peu sur place. Elle grelottait.

« On ne devrait pas allumer un feu ? Mon briquet a séché. »

Lauren se tourna vers elle dans le noir. Le nouveau pansement sur son front commençait déjà à se décoller. Beth savait qu'il n'en restait plus qu'un dans la trousse de secours.

« On n'est pas censées faire du feu dans le parc.

— Qui le saura ?

— Tout le monde, si on déclenche un incendie.

— Par ce temps ? »

Elle vit l'ombre de Lauren hausser les épaules. « Beth, je ne suis pas habilitée à prendre ce genre de décision. Il faut demander à Jill. »

Beth distinguait à peine Jill dans l'éclat minuscule du portable d'Alice. Elles s'étaient aventurées assez loin dans l'espoir de capter un peu de réseau. Ça se présentait mal.

Elle glissa une cigarette entre ses lèvres et s'éloigna de la toile de tente. La petite flamme jaillit du briquet, l'empêchant momentanément de voir dans le noir, mais elle s'en fichait. Le goût familier lui envahit la bouche lorsqu'elle inhala et, pour la première fois depuis des heures, elle eut l'impression de respirer normalement.

Beth fuma sans bouger, réchauffant ses poumons, ses yeux et ses oreilles s'adaptant peu à peu à la nuit tandis qu'elle scrutait le bush. Par-delà les troncs gris des eucalyptus les plus proches, les ténèbres étaient impénétrables. Beth ne distinguait rien, mais un frisson lui parcourut l'échine quand elle prit conscience qu'elle-même, en revanche, on aurait pu la voir. La lueur de sa cigarette, au moins, devait ressortir dans le noir, et leurs lampes illuminaient le campement derrière elle. N'importe quoi, dans cette obscurité, pouvait la repérer aussi clairement qu'en plein jour. Elle sursauta en entendant un craquement au loin, dans la nuit. Ne sois pas idiote. C'était un animal. Un truc nocturne. Et inoffensif. Un opossum, sans doute.

Mais elle tira une dernière fois sur sa cigarette et regagna le campement. Revenue sous les tentes, trois têtes se tournèrent vers elle. Jill, Alice et Lauren. Pas trace de Bree. Le trio se tenait serré au centre de l'abri, tenant un même objet. L'espace d'un instant, Beth crut qu'il s'agissait de la boussole, mais, en s'approchant, elle constata que non. C'était un sandwich au fromage enveloppé de Cellophane. Jill tenait une pomme dans la main.

« Où avez-vous trouvé ça ? Des restes du déjeuner ? » demanda Beth. Un gargouillis sonore jaillit de son estomac.

« C'était dans l'un des sacs, répondit Jill.

— Le sac de qui ? » s'étonna Beth en regardant la pile.

Les sacs étaient posés n'importe comment, recrachant leur contenu, depuis qu'elles avaient fouillé dedans pour réunir leurs maigres biens. En voyant leurs visages, Beth finit par saisir la froide accusation qui pesait sur elle.

« Eh bien, ce n'était pas à moi. »

Pas de réaction.

« Ce n'était pas à moi. J'ai mangé mon déjeuner. Vous m'avez vue le faire.

— Non, répliqua Alice. Tu étais partie plus loin sur le chemin pour fumer une clope. »

Beth se tourna vers elle dans le noir.

« Ce n'est pas en m'accusant que vous allez effacer vos torts, vous savez.

— Arrêtez, toutes les deux ! intervint Jill. Beth, si vous n'avez pas mangé votre déjeuner, alors, techniquement, c'est toujours votre déjeuner. Mais nous avons dit que nous mettions tout en commun…

— Ce n'est pas ma part. Faut le dire en chinois ?

— Très bien, alors. »

Jill n'en croyait rien, à l'évidence.

« Si c'était à moi, je le dirais. »

Beth avait les yeux chauds et à l'étroit dans leurs orbites. Elle attendit. Pas de réponse.

« *Ce n'est pas à moi.*

— La nourriture est à moi. »

Toutes se retournèrent. Bree se tenait debout derrière elles. « Désolée. J'étais allée faire pipi. C'est à moi. Je n'ai pas mangé mon déjeuner. »

Jill fronça les sourcils.

« Pourquoi ne l'avez-vous pas dit quand nous avons défait les sacs ?

— J'avais oublié. Pardon. »

Dans son enfance, Beth avait longtemps cru à la télépathie. Elle avait souvent fixé Bree dans les yeux, intensément, en plaçant ses index avec une précision rituelle sur les tempes de sa sœur jumelle. *À quoi penses-tu ?* Bree avait été la première à se lasser du jeu. Elle n'avait jamais été très douée pour ça, d'ailleurs, ce qui, pour Beth, expliquait son manque d'intérêt. Quand Bree s'était mise à repousser les doigts de sa sœur et à refuser de soutenir son regard, Beth avait pris l'habitude de la fixer depuis l'autre bout de la pièce en se concentrant sur les arabesques de sa voix et les moindres subtilités de ses gestes. Elle cherchait des indices. *À quoi penses-tu, Bree ?* Ce n'était pas vraiment de la télépathie, Beth l'avait compris plus tard, mais plutôt une capacité à déchiffrer les nuances et les tics. Et à présent, ce langage muet que Beth avait jadis parlé couramment murmurait à son oreille. *Bree ment.* Quelles que soient ses raisons de ne pas partager sa nourriture, il ne s'agissait aucunement d'un oubli.

« Tu n'es pas obligée de la couvrir, Bree, intervint Alice, visiblement déçue.

— Ce n'est pas ça. »

Beth perçut un tremblement dans la voix de sa sœur jumelle.

« Personne ne t'accuse. Pas la peine de mentir pour elle.

— Je sais. Je ne mens pas.

— Vraiment ? Parce que ça ne te ressemble pas.

— Je sais. Je suis désolée. »

Même pour faire des aveux, Bree assurait. Beth en aurait presque ri. Presque. Car dans le noir, elle entendit que sa sœur était au bord des larmes. Elle soupira.

« C'est bon. »

Beth s'efforça d'adopter un ton penaud.

« C'est ma part de midi.

— Je le savais.

— Oui, Alice. Vous aviez raison, bien joué. Désolée, Bree…

— Ce n'est pas…, tenta de protester Bree.

— Merci d'avoir essayé de m'aider, mais vraiment, ce n'est pas la peine. Je m'excuse auprès de vous toutes. »

C'était étrange, se dit-elle. Elle pouvait presque sentir physiquement le soulagement général. Bree faisait le bien et Beth faisait le mal. L'ordre naturel restauré, tout le monde pouvait se détendre. Il n'y avait plus rien à voir.

« Allez, finit par déclarer Jill. Partageons ce que nous avons, et restons-en là.

— Bien. »

Beth préféra leur tourner le dos avant d'être entraînée dans une discussion sur les sanctions à prendre ou la nécessité de lui donner une portion punitive. « Faites comme vous voulez. Moi, je vais me coucher. »

Elle savait que les autres la regardaient quand elle ôta ses chaussures de randonnée et se glissa tout habillée dans son duvet. Elle s'enfouit dedans, tirant le rabat sur sa tête. Il faisait à peine plus chaud à l'intérieur que dehors, et le sol la poignardait à travers cette fine enveloppe.

Elle entendait encore des bribes de conversation assourdies quand elle ferma les yeux. Sa couche n'était pas confortable, mais l'épuisement la fit basculer vers le sommeil. Elle était sur le point de sombrer quand elle sentit la légère pression d'une main sur son sac de couchage.

« Merci. » La voix n'était qu'un murmure.

Beth ne répondit pas et, l'instant d'après, la pression avait disparu. Elle garda les yeux clos, ignorant les éclats étouffés d'une dispute, d'abord au sujet de la nourriture, puis d'un feu.

Quand elle rouvrit les yeux, ce fut en sursaut. Elle ignorait combien de temps elle avait dormi, mais il avait dû pleuvoir à un moment. Le sol autour de son duvet était trempé, et tous ses membres lourds de froid.

Beth resta allongée et tendit l'oreille, grelottante. Quelque chose l'avait-elle réveillée ? Elle cligna des paupières, mais ses yeux étaient comme aveugles dans cette obscurité. Elle n'entendait que les bruissements du tissu autour de ses oreilles quand elle respirait. Elle sentit quelque chose dans la capuche de son duvet et elle se raidit, puis toucha du bout du doigt. C'était un morceau de sandwich au fromage et un quartier de pomme, enveloppés de plastique mouillé. Beth ne savait pas s'il s'agissait de son propre cinquième ou du quart de sa sœur. Elle envisagea un moment de ne pas manger, mais sa faim hurla finalement plus fort que ses principes. D'autres règles s'appliquaient ici, de toute façon.

Beth ignorait si les autres l'avaient senti aussi, mais tout à l'heure, l'atmosphère lui avait semblé agitée d'infimes vibrations. Quelque chose d'élémentaire et presque primitif, un monde où un bout de pain rassis et un peu de fromage devenaient une récompense méritant qu'on se batte pour elle.

Il y eut un mouvement à l'extérieur de son duvet, et Beth se tendit. Elle n'aurait su dire ce qui avait bougé – une femme ou un animal. Elle resta immobile et, quand la chose s'éloigna, le mot qu'elle cherchait depuis un moment s'était formé sur le bout de sa langue, si réel qu'elle pouvait presque en sentir le goût. Sauvage.

Chapitre 13

Un noir d'encre régnait dans la chambre de Carmen. Falk lui donna sa torche et l'entendit jurer entre ses dents tandis qu'elle marchait d'un pas incertain vers la fenêtre pour ouvrir les rideaux. Les lumières de secours du complexe suffisaient à donner forme aux meubles de la chambre.

« Asseyez-vous », dit-elle.

Il n'y avait pas de chaises. Falk s'installa sur le rebord du lit. La chambre de Carmen était identique à la sienne, petite, un mobilier spartiate, mais l'air avait une odeur un peu différente. Une senteur agréablement légère et subtile, qui lui rappelait un peu les mois d'été. Il se demanda si Carmen sentait toujours comme ça, sans qu'il l'ait remarqué.

« Je suis tombé sur Lauren devant le gîte, dit-il.

— Ah bon ? »

Carmen lui tendit une serviette et s'assit en face de lui, repliant ses jambes sous elle. Elle repoussa ses cheveux sur une de ses épaules et les frotta pour les sécher, pendant que Falk la briefait sur sa conversation avec Lauren. La cabane, la dispute, Alice. Dehors, la pluie martelait le carreau.

« J'espère que Lauren sous-estime les capacités d'Alice, déclara Carmen quand il en eut terminé. L'un des rangers m'a assuré que même lui, il passerait un sale moment dans ces montagnes avec un temps pareil. À supposer qu'Alice soit vraiment partie seule, et de son plein gré. »

Falk repensa au message qu'Alice avait laissé sur son téléphone. *Lui faire du mal.*

« Vous avez une nouvelle hypothèse, maintenant ? demanda-t-il.

— Je ne sais pas. »

Carmen posa l'album entre eux et tourna les pages. Elles étaient couvertes de coupures de presse aux coins un peu fripés, là où la colle avait séché.

« J'étais en train de feuilleter ce truc en vous attendant. Il retrace l'histoire du coin, pour les touristes. »

Elle trouva la page qu'elle cherchait, et se tourna pour lui faire face.

« Là, regardez. Ils ont passé sous silence les années Kovac – sans surprise –, mais j'imagine qu'ils ne pouvaient pas faire comme si l'histoire n'avait pas existé. »

Falk baissa les yeux vers l'article. Il concernait la condamnation de Martin Kovac à l'issue du procès. Prison à perpétuité, annonçait le gros titre. Falk comprenait pourquoi c'était cet article-là qui avait été retenu : c'était un point final. Un trait tiré sur une période sombre. Cet article de fond retraçait en détail l'enquête et le procès qui avait suivi. Vers le bas de la page, trois femmes qui n'étaient plus de ce monde souriaient sur des photos. Eliza. Victoria. Gail. Et la quatrième, Sarah Sondenberg. Sort inconnu.

Falk avait déjà vu les photos des victimes de Kovac, mais pas récemment, et pas réunies comme ici. Assis en face de Carmen dans la pénombre de la chambre, il laissa le faisceau de sa lampe s'attarder sur ces portraits. Cheveux blonds, traits harmonieux, minces. Jolies, sans aucun doute. Tout à coup, il vit ce que Carmen avait vu.

Eliza, Victoria, Gail, Sarah.

Alice ?

Falk fixa chacune des victimes dans les yeux, puis il secoua la tête.

« Elle est trop vieille. Ces quatre femmes étaient des adolescentes ou des jeunes filles de vingt ans à peine.

— Alice est trop vieille *maintenant*. Mais elle ne l'aurait pas été à l'époque. Quel âge pouvait-elle avoir quand ces meurtres ont eu lieu ? Seize ou dix-huit ans ? »

Carmen fit pivoter l'album pour mieux regarder les photos. La peau des quatre femmes, imprimée sur papier, prenait une teinte grise, spectrale, dans la lumière de la torche. « Elles auraient toutes à peu près le même âge qu'Alice si elles vivaient encore. »

Falk ne répondit rien. À côté de ces quatre visages était imprimée une photo de Martin Kovac prise peu de temps avant son arrestation. C'était un cliché banal, pris par un ami ou un voisin. Il avait été reproduit des centaines de fois au fil des ans, dans les journaux et à la télé. Kovac se tenait debout devant un barbecue. Un Australien pur jus en débardeur, short et bottines de cuir. La cannette de bière de rigueur à la main et le sourire aux lèvres. Ses yeux étaient plissés, éblouis par le soleil, et ses cheveux bouclés étaient en bataille. Il avait l'air fin mais fort, et même sur cette photo on devinait la tonicité des muscles de ses bras.

Falk connaissait cette image, mais, pour la première fois, il remarqua un nouveau détail. À l'arrière-plan, coupé en deux par le cadre, on distinguait la partie arrière un peu floue d'une bicyclette d'enfant. Oh, pas grand-chose. Une petite jambe nue, une sandale de garçon sur la pédale, le dos d'un tee-shirt rayé, un fragment de chevelure noire. L'enfant était impossible à identifier, mais, en regardant de plus près, il sentit ses poils se dresser. Il détourna les yeux du garçon, de Martin Kovac, des regards depuis longtemps éteints des quatre femmes qui le dévisageaient.

« Je ne sais pas, déclara Carmen. C'est très peu probable. Ça m'a frappée, c'est tout.

— Ouais. Je comprends pourquoi. »

Carmen se tourna vers le bush, au-dehors.

« Je me dis que quoi qu'il ait pu se passer, on sait au moins qu'Alice est dans ces montagnes. C'est une région immense, mais elle a quand même des limites. On finira forcément par la retrouver.

— Ça n'a pas été le cas pour Sarah Sondenberg.

— C'est vrai. Mais Alice se trouve forcément quelque part. Elle n'est pas rentrée à Melbourne en marchant. »

L'évocation de la ville provoqua un déclic dans l'esprit de Falk. Par la fenêtre, il pouvait distinguer l'endroit où la voiture de Daniel Bailey avait été garée jusqu'à ce jour. Une BMW noire, spacieuse. Vitres teintées. Un grand coffre. Un tout-terrain se trouvait à sa place, maintenant.

« Il va falloir qu'on reparle avec Daniel Bailey, déclara Falk. Le suivre jusqu'à Melbourne. Découvrir ce qu'il a dit à Alice le premier soir. »

Carmen hocha la tête.

« Je vais appeler le bureau pour les prévenir.

— Vous voulez que je m'en charge ?...

— Non, c'est bon. Vous l'avez fait la dernière fois. C'est mon tour. On verra ce qu'ils diront. »

Ils parvinrent à échanger un sourire : ils savaient pertinemment, tous les deux, ce que leurs supérieurs allaient répondre. *Trouvez-nous ces contrats. Il est d'une importance cruciale de trouver ces contrats. Comprenez bien qu'il est impératif que vous nous trouviez ces contrats.* Le sourire s'estompa sur le visage de Falk. Il comprenait. Simplement, il ne savait pas comment ils allaient pouvoir s'y prendre pour les obtenir.

Tandis que le vent hurlait dehors, il s'autorisa enfin à se poser la question qui le rongeait depuis un moment. Si c'était vraiment à cause d'eux qu'Alice était perdue dans ces montagnes, cela en valait-il la peine ? Il aurait voulu avoir un tableau d'ensemble de cette vaste enquête, mais il savait aussi que les détails importaient peu. Quelle que soit la manière dont il était peint, ce tableau d'ensemble montrait invariablement la même chose : une poignée de gens au sommet, jetant leurs restes aux plus vulnérables, tout en bas.

Il se tourna vers Carmen.

« Pourquoi avez-vous choisi de rejoindre ce service ?

— La brigade financière ? »

Elle sourit dans l'obscurité.

« C'est une question qu'on me pose en général à la soirée de Noël du boulot, et c'est toujours un type saoul qui me la pose avec un air un peu perdu. » Elle se déplaça sur le lit. « Quand j'ai commencé, on m'a proposé de travailler à la protection de l'enfance. Maintenant, ça implique pas mal d'algorithmes et d'informatique. J'ai fait un stage là-bas, mais… » Sa voix se tendit. « Je n'étais pas capable d'affronter les situations qu'on rencontrait sur le terrain. »

Falk ne demanda pas plus de détails. Il connaissait des policiers qui travaillaient à la protection de l'enfance. Tous prenaient cette voix tendue de temps à autre en racontant leurs expériences.

« J'ai persévéré un peu, mais en m'occupant davantage de l'aspect technique des choses, poursuivit Carmen. Traquer ces gens par le biais de leurs transactions. J'étais douée pour ça, et c'est pour cette raison que j'ai atterri ici. C'est mieux pour moi. À la fin, là-bas, je ne dormais plus la nuit. »

Elle resta silencieuse pendant un moment.

« Et vous ? »

Falk soupira.

« J'ai commencé peu de temps après la mort de mon père. J'ai travaillé à la brigade des stups pendant deux ou trois ans, au début de ma carrière. Parce que, vous voyez, quand on est frais dans ce métier, c'est le job le plus excitant.

— C'est ce qu'on me dit chaque fois pendant les fêtes de Noël.

— Bref, un informateur nous a refilé un tuyau sur un endroit, dans les quartiers nord de Melbourne, qui servait d'entrepôt. »

Falk se revit garant la voiture devant un pavillon de banlieue, au bord d'une rue délabrée. La peinture de la façade s'écaillait et le carré de pelouse devant la maison était râpé et jauni, mais au bout de l'allée trônait une boîte aux lettres en bois faite à la main, en forme de bateau. Quelqu'un s'était senti suffisamment chez lui dans ce taudis, à un moment donné, pour fabriquer ou acheter cet objet, voilà ce que s'était dit Falk sur le moment.

L'un de ses collègues avait frappé à la porte, puis, faute de réponse, l'avait enfoncée. Le bois était si vermoulu qu'elle avait cédé au premier coup d'épaule. Falk avait surpris un reflet de lui-même dans le miroir poussiéreux de l'entrée, ombre menaçante dans son gilet pare-balles, et l'espace d'une seconde il s'était à peine reconnu. Ils s'étaient engouffrés dans le séjour en hurlant, armes à bout de bras, sans trop savoir sur quoi ils allaient tomber.

« Le propriétaire des lieux était un vieux bonhomme sénile. » Falk le revoyait encore, minuscule au fond de son fauteuil, trop perdu pour être effrayé, flottant dans ses vêtements sales et trop grands pour son maigre corps.

« Il n'y avait rien à manger dans la maison. On lui avait coupé l'électricité et tous ses placards servaient à entreposer de la came. Son neveu, ou un type qu'il croyait être son neveu, était le chef d'un des gangs de dealers du quartier. Ses potes et lui s'étaient approprié l'endroit. »

La maison empestait, il y avait des graffitis partout sur le papier peint à fleurs et des cartons de plats à emporter couverts de moisi éparpillés sur la moquette.

Falk s'était assis auprès du vieux et ils avaient parlé cricket, pendant que le reste de l'équipe fouillait les lieux. L'homme croyait que Falk était son petit-fils. Falk, qui avait enterré son père trois mois plus tôt, n'avait pas corrigé son erreur.

« Le truc, poursuivit-il, c'est qu'ils avaient vidé ses comptes en banque et pillé son épargne-retraite. Ils avaient pris des cartes de crédit à son nom et s'étaient endettés pour des machins que le vieux n'aurait jamais achetés. C'était un vieillard malade, et ils l'avaient laissé avec rien. Moins que rien. Et tout cela se trouvait là, dans ses relevés de banque, attendant que quelqu'un le remarque. Tout ce qu'on lui avait fait subir aurait pu être empêché depuis des mois, si quelqu'un avait repéré ce qui clochait dans ses finances. »

Falk l'avait d'ailleurs précisé dans son rapport. Quelques semaines plus tard, un inspecteur de la brigade financière était passé le voir pour une conversation amicale. Peu de temps après, Falk était allé rendre visite au vieux dans sa maison de retraite. Il avait l'air en meilleure forme et les deux hommes avaient de nouveau parlé cricket. À son retour au bureau, Falk avait jeté un œil aux démarches à suivre pour une mutation.

Sa décision en avait laissé quelques-uns perplexes sur le moment, mais Falk savait que le désenchantement commençait déjà à le gagner. Les descentes au petit matin ne réglaient pas les problèmes, à long terme. Ils éteignaient un feu après l'autre, quand les dégâts étaient déjà faits. Alors que l'argent, lui, était le nerf de la guerre pour la plupart de ces criminels. Il suffisait de couper la tête, et les membres gangrénés se desséchaient et mouraient.

Du moins, c'est ce qu'il se répétait chaque fois qu'il avait dans le collimateur un délinquant en col blanc persuadé que ses études universitaires l'avaient rendu assez malin pour s'en tirer impunément. Daniel et Jill et Leo Bailey, par exemple, qui, Falk en était persuadé, croyaient probablement qu'ils ne faisaient rien de vraiment très grave. Mais quand Falk avait affaire à des gens comme eux, il voyait tous les pauvres vieux, les femmes qui galéraient et les enfants malheureux, assis seuls et terrorisés dans leurs vêtements sales, là-bas, à l'autre extrémité du processus. Et il espérait que d'une manière ou d'une autre, il pourrait stopper la gangrène avant qu'elle ne les atteigne.

« Ne vous en faites pas, reprit Carmen. Nous trouverons bien un moyen. Je sais que les Bailey se croient très forts dans leurs magouilles après toutes ces années, mais nous sommes plus malins qu'eux.

— Vraiment ?

— Vraiment. »

Elle sourit. Même assise, elle était aussi grande que lui. Nul besoin pour elle de se tordre le cou pour fixer Falk dans les yeux. « Déjà, nous savons, vous et moi, comment blanchir de l'argent sans se faire prendre… »

Falk ne put s'empêcher de lui rendre son sourire.

« Comment vous y prendriez-vous ?

— J'investirais dans l'immobilier. Fastoche. Et vous ? »

Falk, qui avait un jour écrit une étude détaillée sur le sujet, savait exactement comment il s'y prendrait, et disposait de deux plans B tout à fait corrects. Investir dans l'immobilier était l'un d'eux.

« Je ne sais pas. Dans les casinos, peut-être.

— N'importe quoi. Vous avez forcément une solution plus sophistiquée. »

Falk sourit. « Les classiques, y a pas mieux. »

Carmen éclata de rire. « Vous n'êtes peut-être pas si malin, après tout. Vous seriez obligé de passer des jours entiers aux tables de jeu, et tous les gens qui vous connaissent comprendraient aussitôt la combine. Je sais de quoi je parle. Mon fiancé passe pas mal de temps au casino. Et il n'a rien à voir avec vous. »

En vérité, c'était l'une des raisons pour lesquelles les casinos ne figuraient même pas dans le trio de tête de Falk. Trop de travail de terrain. Mais il se contenta de sourire. « J'aurais une approche à long terme. Je mettrais en place une routine. Je sais être patient quand il le faut. »

Carmen laissa échapper un rire bref. « J'en suis persuadée. » Elle bougea sur le lit, étirant ses jambes dans la lumière pâle. Tout était calme. Ils échangèrent un regard.

Un grondement puis un vrombissement se firent entendre quelque part dans l'enceinte du gîte et, sans prévenir, les lampes se rallumèrent en tremblotant. Falk et Carmen clignèrent des yeux, éblouis. L'atmosphère de confessionnal s'évapora en même temps que l'obscurité. Ils bougèrent d'un même élan, la jambe de Carmen frôlant le genou de Falk. Il se leva. Sembla hésiter.

« Je crois que je ferais mieux d'y aller avant que les lumières ne flanchent à nouveau. »

Infime hésitation. « Oui, j'imagine. »

Carmen se leva à son tour et le raccompagna jusqu'à la porte. Il l'ouvrit, et le froid du dehors le heurta. Il sentit ses yeux dans son dos tandis qu'il marchait vers sa chambre.

Il se retourna. « Bonne nuit. »

Nouvelle hésitation. « Bonne nuit. » Puis elle disparut.

Une fois dans sa chambre, Falk n'alluma pas tout de suite la lumière. Il marcha jusqu'à la fenêtre, laissant les pensées qui se bousculaient sous son crâne se calmer peu à peu.

La pluie avait enfin cessé et il distinguait à présent une poignée d'étoiles dans les rares trous des nuages. À une époque de sa vie, Falk n'avait plus vu le ciel étoilé pendant des années. Les lumières de la ville étaient toujours trop fortes. Dernièrement, il tâchait de penser à lever les yeux dès qu'il en avait l'occasion. Il se demanda ce qu'aurait vu Alice si elle en avait fait de même, en cet instant. À supposer qu'elle ait pu le faire.

La lune était suspendue dans le ciel, les filaments argentés des nuages s'étirant dans son halo d'un blanc éclatant. Falk savait que la Croix du Sud devait être cachée quelque part derrière eux. Il l'avait souvent vue, enfant, à la campagne. L'un de ses plus anciens souvenirs, c'était son père le portant dehors, dans ses bras, et pointant son doigt vers le ciel. La voûte céleste constellée d'étoiles et le bras de son père fermement serré autour de lui, lui montrant des constellations dont il affirmait qu'elles étaient toujours là, quelque part dans l'infini du ciel. Falk l'avait toujours cru, même quand il ne les voyait pas.

Jour 3 : samedi matin

Un vent glacial soufflait du sud, et il ne faiblissait pas. Les femmes marchaient d'un pas lourd, sans un mot, tête basse dans la bourrasque. Elles avaient trouvé un sentier étroit, enfin, quelque chose qui ressemblait à un sentier, mais qui n'était peut-être emprunté que par les animaux. D'un accord tacite, aucune d'elles ne faisait de remarque quand il disparaissait pour de bon sous leurs pieds, de temps à autre. Elles se contentaient de lever plus haut leurs chaussures pour enjamber les broussailles, et de scruter le bush jusqu'à ce qu'apparaisse de nouveau une trace qui ressemblait à un chemin.

Bree s'était réveillée plusieurs heures plus tôt, frigorifiée et sur les nerfs, sans savoir combien de temps elle avait dormi. Elle entendait Jill ronfler à côté d'elle. Cette femme avait le sommeil lourd. Ou bien, tout simplement, elle était épuisée. Elle ne s'était même pas réveillée quand leur abri de fortune s'était envolé durant la nuit.

Tandis que Bree restait allongée sur le sol à contempler la pâleur de l'aube, ses os la faisaient souffrir et elle avait la bouche pâteuse de soif. Elle vit que les bouteilles que Lauren avait alignées pour récolter de l'eau de pluie s'étaient renversées. Avec un peu de chance, elles auraient droit à une gorgée chacune. Au moins, la nourriture que Bree avait calée près de la tête de sa sœur avait disparu. Bree se sentit à la fois soulagée et déçue.

Elle ne comprenait toujours pas vraiment pourquoi elle n'avait pas parlé aux autres de son déjeuner intouché. Elle avait ouvert la bouche pour le faire, mais quelque chose, dans les replis reptiliens de son cerveau, avait empêché les mots de sortir. Réfléchir aux raisons qui l'avaient poussée à se taire l'effrayait. Elle plaisantait souvent sur le fait qu'elle devait se mettre en mode survie pour s'en sortir au bureau, en attendant le vendredi soir et ses tournées alcoolisées. Mais dans ce tout autre contexte, la notion de survie lui paraissait étrangère et terrifiante.

Bree avait essayé de parler à sa sœur ce matin-là, pendant qu'elles roulaient leurs duvets trempés.

« Merci. »

Cette fois, c'était Beth qui l'avait gratifiée d'un geste de la main. « N'y pense plus. Mais je ne comprends pas pourquoi tu as tellement peur d'eux.

— De qui ?

— Tout le monde. Alice. Jill. Daniel aussi, d'ailleurs.

— Je n'ai pas peur. Leur avis m'importe, c'est tout. Ce sont mes patrons. Et les tiens aussi, ne l'oublie pas.

— Et alors ? Tu n'as rien à leur envier. »

Beth avait cessé de plier son duvet pour la regarder droit dans les yeux.

« Et à vrai dire, je m'accrocherais pas trop aux jupes d'Alice si j'étais toi.

— Mais qu'est-ce que tu racontes ?

— Peu importe. Mais sois prudente, avec cette fille. Tu ferais peut-être mieux de trouver d'autres pompes à cirer.

— Bon sang, Beth, ça s'appelle juste prendre ma carrière au sérieux. Tu devrais essayer, aussi.

— Et toi, tu ferais bien de mettre les choses en perspective. C'est juste un foutu boulot… »

Bree n'avait rien répondu car elle savait que sa sœur ne comprendrait jamais.

Il leur avait fallu vingt minutes pour lever leur campement improvisé, et une heure encore pour se mettre d'accord sur ce qu'il fallait faire. Rester ou continuer. Rester. Continuer.

Alice voulait partir. Trouver le campement, trouver une sortie, faire quelque chose. Non, avait rétorqué Lauren, il valait mieux rester sur les hauteurs. C'était moins dangereux, ici. Mais le vent était plus féroce, en revanche, il les giflait si fort que leurs joues rougies les brûlaient. Quand le crachin se remit à tomber, même Jill cessa d'acquiescer tranquillement aux interventions de Lauren. Elles se réfugièrent toutes sous une toile de tente, s'efforçant de récupérer un peu d'eau de pluie dans une gourde pendant qu'Alice faisait les cent pas alentour, agitant son portable dans les airs. Quand la batterie tomba à 30 %, Jill lui ordonna d'éteindre l'appareil.

Elles devaient rester sur place, plaida de nouveau Lauren, mais Alice déplia la carte. Elles s'agglutinèrent autour, pointant du doigt les éléments les plus repérables du relief et du paysage, tandis que le vent menaçait de déchirer le papier. Une crête, une rivière, une forte pente. Rien ne correspondait vraiment. Elles n'arrivaient pas à s'accorder sur l'identité du sommet sur lequel elles se trouvaient.

Une route goudronnée traversait la carte de long en large, au nord. Si elles parvenaient à couper à travers bush jusqu'à cette route, elles pourraient la remonter jusqu'à la sortie du parc, avait déclaré Alice. Lauren en avait presque ri. C'était trop dangereux. L'hypothermie aussi, avait rétorqué Alice en la fusillant du regard jusqu'à ce qu'elle détourne les yeux. Au bout du compte, le froid avait emporté la décision. Jill annonça qu'elle ne pouvait plus rester sur place à attendre.

« Trouvons cette route. » Elle tendit la carte à Alice, hésita un instant, puis confia la boussole à Lauren. « Je sais que vous n'êtes pas d'accord, mais nous sommes toutes sur le même bateau. »

Elles se partagèrent la gorgée d'eau récoltée dans la gourde, la maigre part dévolue à Bree ne faisant qu'accentuer sa soif. Puis elles se remirent en marche, ignorant leurs estomacs noués et leurs membres douloureux.

Bree gardait les yeux rivés au sol, se concentrant sur chaque pas. Elles marchaient depuis près de trois heures quand elle sentit quelque chose s'écraser dans un petit bruit sourd près de sa chaussure. Elle se figea. Un minuscule œuf était éclaté sur le sol, son noyau s'écoulant hors de la coquille, clair et gélatineux. Bree leva les yeux. Tout là-haut, les branches oscillaient dans le vent et, sur l'une d'elles, un petit oiseau brun scrutait le sol. Il se tordait le cou. Comprenait-il seulement ce qui venait de se passer ? se demanda Bree. Ce petit œuf perdu allait-il lui manquer, ou l'avait-il déjà oublié ?

Bree entendit sa sœur approcher derrière elle, trahie par ses poumons de fumeuse.

Mets les choses en perspective. C'est juste un foutu boulot.

Non, c'était plus que ça. Bree avait vingt et un ans et elle était à quatre jours d'obtenir sa licence avec mention, quand elle s'était rendu compte qu'elle était enceinte. Son petit copain depuis dix-huit mois, dont elle savait qu'il avait cherché en secret des bagues sur le site Internet de Tiffany, n'avait rien dit pendant dix minutes, arpentant la cuisine de leur appartement d'étudiants. C'était l'un des détails dont elle se souvenait le mieux. Elle aurait tant voulu qu'il s'assoie. Il avait fini par le faire, en posant sa main sur les siennes.

« Tu as travaillé si dur, avait-il déclaré. Et ton stage, alors ? » Son stage à lui devait commencer quatre semaines plus tard à New York, suivi par un post-doctorat en droit. « Combien de licenciés le cabinet BaileyTennants accepte-t-il chaque année, déjà ? »

Un seul. BaileyTennants prenait un licencié en stage chaque année dans le cadre de son programme de formation. Il le savait. Cette année-là, ce serait Bree McKenzie.

« Tu es si excitée. » C'était vrai. Cette perspective l'avait enthousiasmée. C'était toujours le cas, d'ailleurs. Il avait alors ajouté sa deuxième main, enveloppant celles de Bree dans ses paumes.

« C'est formidable. Vraiment. Et je t'aime tellement. C'est juste… » On lisait dans ses yeux une véritable panique. « … le mauvais moment. »

Elle avait fini par acquiescer et, dès le lendemain matin, il l'avait aidée à prendre le rendez-vous nécessaire.

« Nos enfants seront fiers, un jour », avait-il dit. Il avait dit « nos », pas de doute. Elle s'en souvenait distinctement. « C'est tellement logique d'assurer d'abord ta carrière. Tu mérites de saisir les opportunités qui s'offrent à toi. »

Oui, s'était-elle souvent répété par la suite. Elle avait fait ça pour sa carrière et pour toutes ces grandes opportunités qui l'attendaient. Elle n'avait pas fait ça pour lui, c'est sûr. Ce qui était d'ailleurs heureux, car il ne l'avait plus jamais rappelée après son départ pour New York.

Bree contempla l'œuf brisé à ses pieds. Au-dessus d'elle, la mère oiseau avait disparu. Du bout de sa chaussure, Bree poussa quelques feuilles mortes sur les débris de la coquille. Elle ne savait pas quoi faire d'autre.

« Arrêtons-nous ici », lança Jill depuis l'arrière-garde. Elle fermait la marche.

« Reposons-nous quelques minutes.

— Ici ? »

Alice se retourna vers elle. Les arbres étaient toujours denses autour d'elles, mais le chemin s'était quelque peu élargi et n'était plus recouvert d'herbes et de broussailles.

Jill se débarrassa de son sac sans même daigner répondre. Elle avait le visage rougi par l'effort, les cheveux en désordre. Elle fouilla les poches de son blouson puis s'arrêta soudain, le regard fixé sur une souche d'arbre au bord du sentier.

Sans un mot, elle marcha dans sa direction. Une mare d'eau de pluie s'était accumulée dans le creux de la souche. Jill, que Bree avait vu un jour refuser une tasse de tisane au prétexte que les feuilles avaient infusé trop longtemps, plongea les deux mains dans la souche, les porta à ses lèvres et avala une grande gorgée. Elle s'arrêta pour enlever un truc noir de sa bouche, le rejetant d'une pichenette avant de replonger les mains dans cette fontaine de fortune.

Bree avala sa salive, la langue sèche et gonflée, et marcha vers la souche. Elle plongea les mains dedans, perdant la première gorgée quand son bras heurta celui de Jill. Elle recommença, portant les paumes à ses lèvres plus vivement cette fois. L'eau avait un goût croupi et sale, mais elle but quand même et renouvela l'opération, se disputant l'espace avec quatre autres paires de mains. Quelqu'un repoussa les siennes, et Bree se défendit, ignorant la douleur quand elle se tordit les doigts en résistant. Elle plongea de nouveau les mains, luttant pour sa part du butin, dans un vacarme de grognements et de bruits de gorge. Elle garda la tête baissée, déterminée à engloutir autant de liquide que possible. Mais l'eau fut épuisée en un rien de temps et ses ongles se retrouvèrent soudain à gratter le fond moussu de la souche.

Elle recula d'un pas, brusquement. Elle avait des grains dans la bouche et un léger vertige la prit, comme si elle avait franchi une ligne dont elle ignorait l'existence. Elle se dit qu'elle n'était pas la seule ; elle lisait la même surprise et la même honte sur le visage des autres. L'eau lui barbouillait déjà l'estomac, et elle dut se mordre la lèvre pour ne pas vomir.

L'une après l'autre, les femmes s'écartèrent de la souche, évitant le regard des autres. Bree s'assit sur son sac et regarda Jill enlever une chaussure et faire glisser sa chaussette. Son talon était en sang, la chair à vif. Juste à côté, Lauren consultait la boussole pour la millième fois. Bree espérait que l'aiguille aimantée lui disait quelque chose.

Le raclement d'un briquet se fit entendre et une odeur de tabac envahit l'air.

« Sérieux, t'es vraiment obligée de faire ça maintenant ? s'emporta Alice.

— Oui. C'est pour ça que ça s'appelle une addiction. »

Beth ne releva pas les yeux, mais Bree sentit un frisson de malaise parcourir tout le groupe.

« C'est dégoûtant, surtout. Éteins-la. »

Bree sentait à peine la fumée.

« Éteins-la », répéta Alice.

Beth leva les yeux, cette fois, et recracha un long panache de fumée dans les airs. Le nuage resta suspendu, comme un défi. D'un geste fulgurant, la main d'Alice attrapa le paquet de cigarettes. Elle le jeta dans les buissons.

« Eh ! » Beth bondit sur ses pieds.

Alice s'était levée, elle aussi. « Fin de la pause. Allons-y. »

Beth ignora son ordre et, sans même un regard en arrière, s'engouffra dans les hautes herbes, disparaissant parmi les arbres.

« On ne va certainement pas t'attendre ! » cria Alice. Aucune réponse, rien qu'un martèlement de gouttes sur les feuilles. La pluie s'était remise à tomber. « Ah, bon Dieu, Jill, allons-y ! Elle nous rattrapera. »

Bree sentit une bouffée de colère l'envahir, aussitôt atténuée par la vue de Jill en train de secouer la tête.

« Nous ne laisserons personne derrière, Alice. »

Bree ne lui connaissait pas ce ton.

« Alors vous feriez mieux d'aller la chercher. Des excuses seraient les bienvenues, aussi.

— Vous plaisantez…

— Absolument pas.

— Mais…, commença Alice, quand un cri résonna de l'autre côté du rideau végétal.

— Hé ! »

La voix de Beth était assourdie. Elle semblait venir de très loin.

« Il y a quelque chose par ici. »

Chapitre 14

Le ciel du petit matin était d'un gris sale quand Falk frappa à la porte de Carmen. Son sac était prêt, elle l'attendait. Ils portèrent leurs bagages jusqu'à la voiture, marchant d'un pas prudent sur l'allée, que la pluie de la nuit avait rendue glissante.

« Et au bureau, ils ont dit quoi ? » Falk enleva un poignée de feuilles mortes qui s'étaient retrouvées coincées dans les essuie-glaces.

« Comme d'habitude. » Carmen n'avait pas besoin d'en dire plus. Falk savait que cela n'aurait été qu'une simple répétition de sa conversation d'hier avec ses supérieurs. *Trouvez les contrats. Trouvez les contrats.* Carmen posa son sac dans le coffre. « Vous avez prévenu King que nous partions ? »

Falk fit oui de la tête. Après avoir quitté Carmen, la veille au soir, il avait laissé un message au sergent. Le policier l'avait rappelé sur le fixe une heure plus tard. Ils avaient échangé les dernières nouvelles – une conversation désespérément pauvre, aucun d'eux n'ayant grand-chose à dire. L'absence de résultats concrets commençait visiblement à peser.

« Vous avez perdu espoir ? avait demandé Falk.

— Pas totalement, avait répondu King. Mais j'ai de

plus en plus la sensation de chercher une aiguille dans une botte de foin.

— Combien de temps se poursuivent les recherches, en général ?

— On continue jusqu'à ce que ça ne serve plus à rien, répondit King, sans plus de précisions sur le délai. Mais nous allons bientôt devoir réduire les moyens mobilisés, si nous ne trouvons rien. Gardez ça pour vous, évidemment. »

Dans la lumière de l'aube, Falk distingua la tension sur les visages des hommes, tandis qu'un groupe de recherche montait à bord d'un minibus. Il déposa son sac à côté de celui de Carmen et ils prirent le chemin du gîte.

Un nouveau ranger tenait la réception. Penché par-dessus le guichet, il donnait des instructions à une femme qui était penchée sur le vieil ordinateur mis à la disposition des clients.

« Essayez de vous reconnecter, lui disait-il.

— J'ai essayé. Deux fois ! Mais ça ne marche pas. »

Falk la reconnut : Lauren. Elle semblait au bord des larmes. Elle leva les yeux quand elle les entendit poser leurs clés sur le comptoir.

« Vous partez ? Vous rentrez en voiture à Melbourne ? »

Elle était déjà à moitié debout. « Vous pouvez me ramener. Je vous en prie, je dois rentrer chez moi. J'ai passé la matinée à chercher une voiture. »

Dans l'éclat cru du soleil, ses yeux étaient rouges et ridés. Falk se demanda si cela était dû au manque de sommeil ou si elle avait pleuré. Les deux, peut-être.

« Le sergent King vous a donné son feu vert pour partir d'ici ?

— Oui, il a dit que j'avais le droit. »

Elle se tenait déjà devant la porte.

« Ne partez pas sans moi. S'il vous plaît. Je vais chercher mes sacs. Cinq minutes. »

Elle disparut sans lui laisser le temps de répondre. Falk remarqua que de nouveaux prospectus avaient été disposés sur le comptoir de la réception. On y lisait : DISPARUE, imprimé en gras au-dessus de la photo souriante d'Alice Russell, accompagnée de quelques détails clés et d'une description. Tout en bas, la dernière photo que Ian Chase avait prise au départ du sentier de Mirror Falls.

Falk la regarda. Jill Bailey se tenait au centre, avec Alice et Lauren à sa gauche. Bree était placée sur sa droite, et Beth à un demi-pas du reste du groupe. Les détails apparaissaient mieux sur ce prospectus que sur le portable de Chase, l'autre jour. Tous les visages souriaient mais, en y regardant de plus près, Falk trouva que ces sourires semblaient un peu forcés. Dans un soupir, il plia le prospectus et le glissa dans la poche de son blouson.

Carmen emprunta la radio du ranger et, le temps de se faire confirmer par le sergent King ce que Lauren leur avait dit, la jeune femme était de retour. Elle se tenait debout sur le seuil, serrant son sac entre ses bras. Le sac était sale, et Falk comprit soudain que c'était celui qu'elle avait emporté pour la marche.

« Je vous remercie du fond du cœur », dit-elle en les suivant sur le parking, avant de monter à l'arrière. Elle mit sa ceinture et s'assit bien droit sur la banquette, mains posées à plat sur les cuisses. Elle avait hâte de quitter cet endroit, songea Falk.

« Tout va bien à la maison ? demanda-t-il en démarrant le moteur.

— Je ne sais pas, répondit Lauren, dont les traits se creusèrent. Vous avez des enfants, tous les deux ? »

Falk et Carmen secouèrent la tête.

« Ah. Eh bien, dès qu'on a le dos tourné, il se passe quelque chose », dit-elle, comme si cela expliquait tout. Falk attendit, mais elle en resta là.

Ils franchirent le panneau signalant la limite officielle du parc et, à l'approche du petit bourg, Falk reconnut la lueur familière de l'enseigne de la station-service, droit devant. Il consulta la jauge et décida de s'arrêter. Le même type était au comptoir.

« Donc ils ne l'ont pas retrouvée », dit-il en reconnaissant Falk. Ce n'était pas une question.

« Pas encore. » Pour la première fois, Falk prit vraiment soin d'examiner l'homme. Un bonnet dissimulait ses cheveux, mais ses sourcils et sa barbe de trois jours étaient noirs.

« Ils n'ont rien retrouvé du tout ? Un abri ? Un sac ? » interrogea l'homme, et Falk secoua la tête. « C'est sans doute une bonne chose, reprit le pompiste. Quand on trouve les affaires ou un abri, le corps n'est plus très loin. Toujours. On ne peut pas survivre sans équipement, là-bas. Je crois qu'il y a de bonnes chances qu'on ne la retrouve jamais, maintenant. Surtout s'ils n'ont encore aucun signe d'elle.

— Eh bien, espérons que vous vous trompez, répliqua Falk.

— Ce n'est pas mon genre. »

Le type jeta un coup d'œil dehors. Carmen et Lauren étaient descendues de la voiture, bras croisés sur leur poitrine dans l'air glacé.

« Vous prévoyez de revenir par ici ?

— Je ne sais pas, répondit Falk. Peut-être, si on la retrouve.

— Dans ce cas, j'espère vous revoir bientôt. »

La phrase avait le ton définitif d'un enterrement.

Falk regagna la voiture et reprit place au volant. Le parc et la station-service étaient déjà quinze kilomètres derrière eux quand il se rendit compte qu'il dépassait allègrement la vitesse limite. Ni Carmen ni Lauren n'y voyaient d'objection. La silhouette accidentée des montagnes était toute petite dans son rétroviseur quand Lauren se redressa sur la banquette arrière.

« Apparemment, les policiers pensent que la cabane que nous avons trouvée aurait pu être utilisée par Martin Kovac, déclara-t-elle. Vous étiez au courant ? »

Falk jeta un coup d'œil dans le rétroviseur. Lauren regardait dehors en mâchouillant l'ongle de son pouce.

« Qui vous a dit ça ?

— Jill. Un des policiers le lui a dit.

— Je crois qu'il s'agit d'une simple hypothèse, pour l'instant. Ça n'a pas été confirmé. »

Lauren grimaça et retira son pouce de sa bouche. Son ongle saignait, un croissant noir s'était formé au bout. Elle le contempla, puis fondit en larmes.

Carmen pivota sur son siège pour lui tendre un mouchoir en papier. « Vous voulez qu'on s'arrête ? Pour prendre un peu l'air ? »

Falk se rangea sur le bas-côté. De part et d'autre, la route était déserte. La forêt avait enfin laissé place à des terres cultivées, et il repensa à leur voyage aller vers les montagnes. À peine deux jours plus tôt, mais qui paraissaient une éternité. Cela ferait une semaine le lendemain qu'Alice avait été engloutie par le bush. *On continue de chercher jusqu'à ce que ça ne serve plus à rien.*

Falk descendit de voiture et prit une bouteille d'eau dans le coffre pour la donner à Lauren. Ils restèrent immobiles au bord de la route pendant que la jeune femme buvait une gorgée.

« Je suis désolée. » Lauren lécha ses lèvres. Elles étaient sèches et livides.

« Je m'en veux de partir comme ça alors qu'Alice est encore perdue là-bas.

— Ils vous l'auraient dit, si vous pouviez faire quoi que ce soit, lui expliqua Falk.

— Je sais. Et je sais aussi… »

Elle eut un petit sourire dur.

« Je sais qu'à ma place, Alice ferait exactement la même chose. Mais ça ne rend pas les choses plus faciles pour autant. » Elle but une autre gorgée d'eau, les mains un peu moins tremblantes à présent. « Mon mari m'a appelée. L'école de notre fille a contacté les parents. Les photos d'une étudiante se sont retrouvées sur Internet. Des photos “explicites”, apparemment, même si je ne suis pas très sûre de ce que ça veut dire…

— Mais pas de votre fille ? intervint Carmen.

— Non. Pas de Rebecca. Elle ne ferait jamais une chose pareille. Mais… pardonnez-moi, merci… »

Elle prit le mouchoir en papier que Carmen lui offrait et s'épongea les yeux.

« Mais elle a eu des ennuis du même genre, l'an dernier. Pas des photos sexuelles, Dieu merci, mais pas mal de harcèlement. D'autres filles prenaient des photos d'elle en train de se changer après le sport ou de manger son déjeuner, enfin, des trucs stupides. Elles partageaient ces photos par téléphone et sur les réseaux sociaux. En encourageant les élèves de l'établissement pour garçons à faire des commentaires. Rebecca… »

Lauren marqua une pause.

« … a vécu une période difficile.

— Je suis désolée de l'apprendre, dit Carmen.

— Oui, eh bien, nous l'avons été nous aussi. C'est vraiment incroyable, quand je pense à ce que j'ai dépensé pour l'envoyer dans cette école. La direction nous a écrit en disant que deux des filles responsables allaient passer en conseil de discipline et qu'une grande réunion allait être organisée autour de la notion de respect. »

Lauren s'essuya à nouveau les yeux.

« Les filles sont parfois de vraies garces, à cet âge-là, déclara Carmen. Je m'en souviens bien. Et le collège, c'était déjà bien assez dur sans Internet.

— C'est un tout autre monde auquel elles doivent faire face, maintenant, répondit Lauren. Je ne sais pas comment faire. Fermer tous ses comptes ? Lui prendre son portable ? Mais quand je lui dis ça, vu la tête qu'elle fait, c'est comme si je lui coupais la main. » Elle vida sa bouteille d'eau et essuya une dernière larme. Elle se fendit d'un demi-sourire, mouillé. « Pardon. Je crois que j'ai vraiment besoin de rentrer chez moi. »

Ils remontèrent en voiture et Lauren posa la tête contre la vitre, tandis que Falk redémarrait. Au bout d'un moment, au souffle de la femme, Falk comprit qu'elle s'était endormie. Recroquevillée comme ça, songea-t-il, elle ressemblait à une coquille vide. Comme si le bush avait aspiré toute son énergie.

Carmen et lui se relayèrent au volant, somnolant chacun son tour sur le siège passager. Le battement de la pluie sur le pare-brise s'amenuisa au fil de la route, tandis qu'ils laissaient derrière eux les montagnes et leur temps instable. La radio grésilla doucement – les stations reprenaient vie les unes après les autres.

« Alléluia ! s'exclama Carmen quand son téléphone se mit à vibrer. Ça capte à nouveau. »

Elle se courba sur le siège passager pour passer en revue ses messages.

« Jamie est pressé de vous voir rentrer à la maison ? s'enquit Falk, puis il se demanda aussitôt ce qui lui avait pris de poser cette question.

— Ouais. Enfin, il le sera bientôt. Il est parti quelques jours pour une formation. »

Elle joua sans s'en rendre compte avec sa bague de fiançailles, et Falk repensa à la veille au soir. Ses longues jambes dépliées sur le lit. Il s'éclaircit la gorge et jeta un coup d'œil dans le rétroviseur. Lauren dormait toujours, une ligne inquiète entre les yeux.

« J'ai l'impression qu'elle sera quand même contente de rentrer, dit-il.

— Ouais. »

Carmen se tourna sur son siège vers la banquette arrière.

« Moi, je le serais, après tout ça.

— Vous avez déjà été obligée de participer à un de ces séminaires de team-building ?

— Non, heureusement. Et vous ? »

Falk fit non de la tête.

« Je crois que c'est plus un truc qui se fait dans le secteur privé.

— Jamie en a fait deux ou trois.

— Avec son entreprise de boissons énergisantes ?

— C'est une marque sportive qui couvre tous les domaines, s'il vous plaît…, répliqua Carmen, tout sourires. Mais, oui, ils sont à fond dans ces trucs-là.

— Il a fait le même genre d'expédition ?

— Je ne crois pas. Il s'agit plus de souder les équipes en faisant des sports extrêmes. Mais une fois, avec un groupe de collègues, ils ont dû poser le carrelage d'une salle de bains dans un entrepôt désaffecté.

— Vraiment ? s'exclama Falk en éclatant de rire. Ils s'y connaissaient, en carrelage ?

— Non, pas vraiment. Et ils pouvaient être sûrs que la mission du groupe du lendemain, ce serait de détruire tout ce qu'ils avaient fait. Alors vous imaginez bien comment ça s'est passé. Jusqu'à aujourd'hui, Jamie n'a plus jamais reparlé aux autres types du groupe. »

Falk se fendit d'un sourire. Sans quitter la route des yeux.

« Vous êtes prêts, pour le mariage ?

— Quasiment. Ça va arriver vite. Enfin, nous avons trouvé quelqu'un pour diriger la cérémonie, et Jamie sait où et quand se pointer, alors on devrait y arriver. »

Elle se tourna vers Falk.

« Au fait, vous devriez venir.

— Quoi ? Oh non, ce n'est pas ce que je voulais dire ! »

Vraiment, il ne pensait pas à se faire inviter. Il ne se rappelait même pas la dernière fois qu'il avait assisté à un mariage.

« Je sais. Mais vous devriez venir. Ça serait sympa. Et puis ce serait bien pour vous. J'ai quelques amies célibataires…

— C'est à Sydney…

— Sydney se trouve à une heure d'avion de Melbourne.

— Et c'est dans trois semaines. Il n'est pas un peu tard pour le plan de table et tout le reste ?

— Vous avez rencontré mon fiancé : j'ai dû, littéralement, préciser “Jean interdit” sur les invitations pour les membres de sa famille. Alors vous croyez vraiment qu'on fera des plans de table ? »

Elle étouffa un bâillement.

« Enfin, je vous donnerai tous les détails. Réfléchissez-y. »

Il y eut un mouvement sur la banquette arrière et Falk regarda dans le rétroviseur. Lauren s'était réveillée et regardait autour d'elle avec les yeux écarquillés de celle qui a oublié où elle est. Elle semblait affolée par la circulation. Falk ne pouvait pas lui reprocher ça : après deux jours à peine dans les montagnes, il se sentait lui-même un peu perdu. Il passa le volant à Carmen, et chacun se perdit dans ses pensées en écoutant vaguement la radio, tandis que la ville approchait. Falk monta le volume pour le journal de seize heures. Il le regretta aussitôt.

La nouvelle ouvrait le flash : la police enquêtait sur un possible lien entre le célèbre Martin Kovac et la cabane où la randonneuse de Melbourne Alice Russell avait été vue pour la dernière fois, annonça le présentateur.

Falk n'était pas surpris que cette information ait fuité. Vu le nombre de personnes impliquées dans les recherches, ce n'était qu'une question de temps. Il pivota sur son siège et croisa le regard de Lauren. Elle avait l'air apeurée.

« Vous voulez que j'éteigne ? »

Lauren fit non de la tête et ils écoutèrent le présentateur résumer les détails de l'affaire qui avait défrayé la chronique deux décennies auparavant. Trois femmes assassinées, et une quatrième qu'on n'avait jamais retrouvée. Puis la voix du sergent King résonna dans l'habitacle, insistant sur le fait que les crimes commis par Kovac appartenaient au passé. L'assurance que tous les efforts étaient faits, un nouvel appel à d'éventuels témoins présents dans la région et, enfin, le journal enchaîna sur le reste des actualités.

Lauren les guida jusqu'à chez elle, dans l'une des banlieues les plus boisées de la ville, le genre de quartier que les agents immobiliers désignaient volontiers comme étant « plein de charme ». Carmen se gara devant une maison plutôt bien entretenue, visiblement, mais où l'on devinait les premiers signes d'un certain laisser-aller. La pelouse côté rue n'avait pas été tondue depuis longtemps, et personne n'avait pris la peine d'effacer un graffiti gribouillé sur le portail.

« Je vous remercie encore, dit Lauren en défaisant sa ceinture, clairement soulagée. On me préviendra tout de suite s'il y a du nouveau, n'est-ce pas ? Pour Alice ?

— Bien sûr, la rassura Falk. J'espère que votre fille va bien.

— Moi aussi. »

Ses traits se durcirent. Elle n'avait pas l'air rassurée. Ils la regardèrent prendre son sac et disparaître dans la maison.

Carmen se tourna vers Falk.

« Alors, qu'est-ce qu'on fait maintenant ? Pensez-vous qu'il vaut mieux prévenir Daniel Bailey de notre arrivée, ou bien le prendre par surprise ? »

Falk réfléchit quelques instants.

« Prévenons-le. Il aura à cœur de montrer qu'il aide la police dans ses recherches, et ça le rendra plus coopératif. »

Carmen sortit son portable et appela le standard de BaileyTennants. Elle finit par raccrocher, le front soucieux.

« Il n'est pas à son bureau.

— Vraiment ?

— Sa secrétaire est catégorique. Il a pris quelques jours de congé, apparemment. Pour raisons personnelles.

— Alors qu'un de ses employés a disparu ?

— Je crois que Jill nous a dit qu'il devait rentrer à Melbourne pour une histoire de famille…

— Je sais, mais je ne l'ai pas crue une seconde, déclara Falk. On pourrait essayer chez lui ? »

Carmen démarra le moteur puis resta figée, l'air songeur.

« Vous savez, on n'est pas très loin de chez Alice. Avec un peu de chance, on trouvera peut-être un voisin serviable qui a le double des clés. »

Falk la regarda.

« Et des photocopies impeccables des documents dont nous avons besoin, qu'Alice aurait laissées sur le plan de travail de la cuisine ?

— Ce serait idéal, oui. »

Trouvez les contrats. Trouvez les contrats. Le sourire de Falk s'évapora. « Bon. Voyons ce que nous pourrons trouver. »

Vingt minutes plus tard, Carmen s'engagea dans une rue tapissée de feuilles mortes et ralentit. Ils n'avaient jamais rencontré Alice Russell à son domicile, et Falk étudia les lieux avec curiosité. Ce quartier était l'incarnation de la sérénité hors de prix. Trottoirs et clôtures étaient impeccables, et les rares véhicules garés au bord de la route étincelaient au soleil. Falk songea que la plupart des voitures de luxe étaient à l'abri, bien en sécurité, sous des bâches de protection, dans des garages fermés à double tour. Les arbres bien taillés qui bordaient le rectangle d'herbe, au milieu de la rue, ressemblaient à des modèles en plastique, comparés à la luxuriance sauvage qui les avait encerclés ces trois derniers jours.

Carmen avançait au pas maintenant, scrutant les boîtes aux lettres immaculées.

« Bon Dieu, pourquoi ces gens ne mettent-ils pas des numéros clairs sur leurs maisons ?

— Je ne sais pas, répondit Falk. Pour garder la populace à l'écart ? »

Un mouvement devant eux attira son attention.

« Hé, regardez ! »

Il pointait du doigt une grande maison à la façade crème, tout au bout de la rue. Carmen suivit son regard et ses yeux s'écarquillèrent de surprise en voyant une silhouette descendre l'allée à grands pas, tête baissée. Un coup de poignet et la BMW noire garée sur le trottoir émit un bip feutré en se déverrouillant. Daniel Bailey.

« C'est une blague… » grommela Carmen. Bailey portait un jean et une chemise débraillée. Il passa une main soucieuse dans ses cheveux en ouvrant la portière. Il s'assit au volant et démarra sur les chapeaux de roues. Le temps qu'ils atteignent la maison, la BMW avait déjà disparu au coin de la rue. Carmen la suivit un peu, le temps de la voir disparaître dans la circulation dense d'une artère principale.

« Je ne me sens pas trop de le prendre en chasse, dit-elle, et Falk secoua la tête.

— Non, ne le faites pas. Je ne sais pas ce qu'il faisait là, mais il n'avait pas l'air de vouloir prendre la fuite. »

Carmen fit demi-tour et s'arrêta devant la maison. « En tout cas, je crois que nous avons trouvé le domicile d'Alice. »

Elle arrêta le moteur et tous deux descendirent. Falk remarqua que l'air de la ville semblait à présent recouvert d'une fine pellicule qui enduisait doucement ses poumons à chaque souffle. Il resta planté sur le trottoir, le sol étrangement dur sous ses chaussures de randonnée, et il examina cette maison à deux étages. La pelouse était vaste et bien tondue, et la porte d'entrée était peinte dans un bleu marine éblouissant. Un épais paillasson, posé juste devant, souhaitait la bienvenue aux visiteurs.

Falk sentit dans l'air des parfums de roses de Noël un peu passées, et il entendit le grondement lointain des autoroutes. Et à l'étage de la maison d'Alice Russell, à travers une baie vitrée immaculée qui donnait sur la rue, il aperçut l'étoile à cinq doigts d'une main pressée contre la vitre, une tache de cheveux blonds et la bouche bée d'un visage qui le regardait.

Jour 3 : samedi après-midi

« Il y a quelque chose par ici ! »

La voix de Beth était étouffée. Quelques instants plus tard, il y eut un bruissement de feuilles et des craquements, et elle réapparut, se frayant un passage à travers les épaisses broussailles qui encadraient le chemin.

« Par là. Il y a un abri. »

Jill suivit son doigt des yeux, mais la forêt était dense et fermée dans cette direction.

« Quel genre d'abri ? »

Jill tendit le cou et fit quelques pas en avant, son talon gauche irradiant de douleur.

« Un genre de petite cabane. Venez voir. »

Beth disparut de nouveau. Tout autour, le tambourinement de la pluie se faisait de plus en plus insistant. Sans prévenir, Bree s'engagea dans les herbes hautes et emboîta le pas à sa sœur jumelle.

« Attendez… » voulut protester Jill, mais il était trop tard. Elles n'étaient plus visibles. Jill se tourna vers Alice et Lauren. « Venez. Je ne veux pas que nous nous retrouvions séparées. »

Jill quitta le chemin et s'enfonça dans les bois sans leur laisser le temps de répondre. Des branches s'accrochaient à ses vêtements et il lui fallait lever les pieds très hauts. Elle distinguait des taches de couleur – les blousons des deux sœurs, devant elle. Enfin, celles-ci s'immobilisèrent. Jill les rattrapa sans tarder, à bout de souffle.

La petite cabane, trapue, se dressait au centre d'une clairière, ses lignes anguleuses contrastant avec les courbes des arbres alentour. Deux fenêtres obscures semblaient les contempler depuis leurs orbites de bois pourri, et la porte était ouverte, affaissée sur ses gonds. Jill leva les yeux. Les murs étaient un peu de travers, mais la cabane semblait avoir un toit.

Beth approcha de la cabane et colla son visage à la fenêtre. Ses cheveux gras luisaient, trempés par la pluie.

« Elle est vide, cria-t-elle par-dessus son épaule. Je vais regarder dedans. »

Elle tira sur la porte branlante et fut avalée par l'intérieur obscur. Avant que Jill ait eu le temps de dire quoi que ce soit, Bree avait suivi sa sœur.

Jill se retrouva seule, assourdie par son propre souffle. Soudain, le visage de Beth apparut à l'une des fenêtres.

« C'est sec là-dedans ! cria-t-elle. Venez voir. »

Jill traversa les herbes hautes jusqu'à la cabane. Arrivée à la porte, elle éprouva comme un malaise. Une envie soudaine la prit de faire demi-tour et de partir, mais où aurait-elle pu aller ? Le bush s'étendait à perte de vue. Elle inspira profondément et entra.

Ses yeux mirent quelques instants à se faire à la pénombre. Elle entendait comme un cliquetis au-dessus de sa tête. Au moins, le toit faisait son boulot. Elle avança d'un pas, sentant le plancher craquer et ployer sous son poids. Lauren apparut sur le seuil, derrière elle, secoua son blouson pour évacuer les gouttes. Alice la suivait de près, elle observa les lieux sans aucun commentaire.

Jill balaya la cabane du regard. Elle avait une forme étrange et, à l'exception d'une table bancale posée contre un mur, elle était vide. D'épaisses toiles d'araignées blanches pendaient dans les coins et un oiseau avait bâti un nid avec des feuilles et des brindilles dans un petit trou du plancher. Un gobelet en métal solitaire était posé sur la table. Jill l'empoigna délicatement, tel un chercheur menant une expérience, et remarqua le rond parfait qu'il laissait dans la poussière et les saletés.

Quelques planches de mauvais contreplaqué avaient été clouées ensemble pour faire un semblant de séparation avec une deuxième pièce. Les jumelles étaient déjà de l'autre côté, elles contemplaient quelque chose en silence. Jill les rejoignit, et le regretta aussitôt.

Un matelas était posé verticalement contre le mur, piqueté de vert par la moisissure, hormis au milieu : là, le motif floral du tissu était totalement obscurci par une grande tache sombre. Impossible de déterminer quelle avait été la couleur de cette tache, à l'origine.

« Je n'aime pas ça », déclara Alice dans le dos de Jill, la faisant sursauter. Elle fixait le matelas pardessus sa patronne. « On ferait mieux de repartir. »

Les jumelles se retournèrent, avec une expression indéchiffrable. Jill vit que les sœurs grelottaient et s'aperçut qu'elle aussi. Alors, elle ne s'arrêta plus de trembler.

« Attendez un peu, dit Beth en refermant les bras autour de sa poitrine. Nous devrions au moins y réfléchir. C'est sec ici et il fait un peu moins froid. Ça sera forcément moins dangereux que d'errer toute la nuit là-dehors.

— Vraiment ? répliqua Alice en désignant d'un regard le matelas.

— Bien sûr. Des gens meurent de froid, Alice, rétorqua Beth. Nous n'avons plus de tentes, pas de nourriture. Il nous faut au moins un abri. Ne rejetez pas cet endroit parce que c'est moi qui l'ai trouvé.

— Je le rejette parce qu'il est horrible ! »

Toutes deux se tournèrent vers Jill, qui sentit une vague d'épuisement la submerger.

« Voyons, Jill, protesta Alice. Nous ne savons rien de cet endroit. N'importe qui pourrait l'utiliser comme base, et nous n'avons pas la moindre idée de qui en connaît l'existence… »

Jill passa ses doigts dans la poussière.

« Elle n'a pas l'air d'être souvent utilisée », déclara-t-elle. Elle tournait délibérément le dos au matelas.

— Mais personne ne sait que nous sommes là, insista Alice. Il faut qu'on sorte du parc…

— Comment ?

— En trouvant la route ! On marchera droit vers le nord, comme convenu. Nous ne pourrons pas rester ici indéfiniment.

— Ce n'est pas indéfiniment. Seulement jusqu'à…

— Jusqu'à quand ? Des semaines pourraient s'écouler avant qu'on nous retrouve ici. Il faut au moins qu'on essaie de regagner notre point de départ. »

Les épaules de Jill lui brûlaient là où le frottement des bretelles du sac avait laissé deux marques rouges, et toutes ses couches de vêtements étaient trempées. Son talon lui faisait souffrir le martyre. Elle écouta le martèlement de la pluie sur le toit et comprit qu'elle ne pourrait tout simplement pas ressortir par ce temps.

« Beth a raison. Nous devrions rester ici.

— Vous êtes sérieuse ? » s'exclama Alice, bouche bée.

Beth n'essaya même pas de dissimuler son air triomphant.

« Vous avez entendu ce que dit Jill…

— Personne ne demande ton putain d'avis ! gronda Alice avant de se tourner vers Lauren. Tu pourrais me soutenir un peu. Tu sais que nous sommes capables de sortir de ce parc. »

Lauren porta la main à son front. Le pansement sale s'était de nouveau détaché. « Moi aussi, je crois qu'on devrait rester. Au moins pour la nuit. »

Interloquée, Alice se tourna vers Bree, qui hésita, puis acquiesça du chef, les yeux rivés au plancher.

Alice laissa échapper un petit cri, incrédule.

« Bon Dieu, dit-elle en secouant la tête. C'est bon, je reste.

— Parfait, soupira Jill en se débarrassant de son sac.

— Mais seulement jusqu'à ce que la pluie s'arrête. Ensuite, je pars d'ici.

— Oh, bon sang ! »

Malgré le froid, Jill sentit une vague de chaleur parcourir tout son corps, de son talon à vif jusqu'à ses épaules endolories. « Pourquoi faut-il que vous fassiez tant d'histoires ? Nous en avons déjà parlé : personne ne s'en ira de son côté. Vous resterez jusqu'à ce que nous soyons toutes d'accord pour partir, Alice. En équipe. »

Alice se tourna vers la porte de la cabane, qui venait de s'ouvrir brusquement dans le grincement de ses gonds tordus, lui jetant au visage un rectangle de lumière venteuse. Elle inspira, prête à répondre, mais se ravisa aussitôt, ferma lentement la bouche, le bout rose de sa langue pointant entre ses dents blanches.

« Compris ? » demanda Jill. Sa tête palpitait d'un début de migraine.

Alice haussa imperceptiblement les épaules. Elle ne dit rien, mais ce n'était pas nécessaire. Le sens de son geste était clair : *vous ne pourrez pas m'en empêcher*.

Jill dévisagea Alice, puis se tourna vers la porte ouverte et le bush, dehors, en se demandant si c'était vrai.

Chapitre 15

Falk frappa du poing sur la porte bleu marine d'Alice Russell, et entendit le fracas de ses coups se répercuter dans les profondeurs de la maison. Ils attendirent. Rien ne bougeait, mais ce n'était pas le vide creux d'un lieu désert. Falk se rendit compte qu'il retenait son souffle.

Le visage avait disparu, à l'étage, dès qu'il avait posé les yeux sur lui. Il avait planté son doigt dans l'épaule de Carmen, mais le temps qu'elle regarde, la fenêtre n'était plus qu'un cadre vide. Il lui expliqua qu'il venait d'y voir un visage. Une femme.

Ils frappèrent à nouveau, et Carmen pencha la tête vers lui.

« Vous avez entendu ? murmura-t-elle. Je crois que vous avez raison, il y a bien quelqu'un à l'intérieur. Je vais rester ici, essayez de voir si vous pouvez faire le tour.

— OK. »

Falk contourna la maison et posa la main sur la poignée d'un portail, à l'arrière. Il était verrouillé. Falk tira une poubelle à roulettes contre la palissade et, content d'avoir gardé sa tenue de randonnée, grimpa dessus et sauta la barrière. Il entendit Carmen frapper à la porte tandis qu'il remontait l'allée pavée qui traversait un grand jardin, avec une terrasse en bois et un spa rempli d'une eau dont la nuance de bleu n'existait pas dans la nature. La façade couverte de lierre conférait aux lieux une ambiance intimiste.

L'arrière de la maison était constitué presque exclusivement de baies vitrées donnant sur une vaste cuisine. Les panneaux de verre étaient si réfléchissants qu'il faillit ne pas voir la femme blonde à l'intérieur. Elle se tenait debout dans l'encadrement d'une porte qui donnait sur le hall d'entrée, parfaitement immobile, de dos. Falk entendit Carmen frapper de plus belle et le vacarme de ses coups fit sursauter la femme. Elle avait dû sentir sa présence dans le jardin car, au même instant, elle pivota brutalement et poussa un cri en l'apercevant. Son visage stupéfait avait quelque chose de familier.

Alice.

L'espace d'un court instant, Falk sentit un soulagement euphorique lui monter à la tête. Une décharge d'adrénaline, brutale, qui, dans une douleur presque physique, se retira tout aussi vite. Il resta figé tandis que son esprit digérait ce qu'il était en train de voir.

Le visage de la femme était familier, mais il ne le connaissait pas. Et « femme » n'était pas le bon mot, songea-t-il, alors qu'un grondement sourd se formait dans sa gorge. Elle n'était encore qu'une jeune fille, qui le contemplait depuis le seuil de la cuisine, le regard terrifié. Ce n'était pas Alice, non. Presque, mais pas tout à fait.

Falk sortit son badge avant que la fille d'Alice ne pousse un second cri. Il le tendit vers elle, à bout de bras.

« Police. N'aie pas peur », cria-t-il à travers la baie vitrée. Il essaya de se rappeler le prénom de l'enfant. « Margot ? Nous participons aux recherches pour retrouver ta mère. »

Margot Russell fit un demi-pas en direction de la vitre. Ses yeux semblaient gonflés de larmes quand elle examina l'insigne.

« Vous voulez quoi ? » Sa voix tremblait mais elle avait quelque chose de troublant. Falk comprit qu'elle ressemblait beaucoup à celle de sa mère.

« Pouvons-nous te parler ? demanda Falk. Ma collègue qui est à la porte est une femme, tu veux bien lui ouvrir ? »

Margot hésita, elle jeta un nouveau coup d'œil à son badge, puis hocha la tête et disparut. Falk attendit. Quand elle revint, Carmen la suivait. Margot déverrouilla la porte de derrière et le laissa entrer. Falk découvrait la maison. En les rejoignant, il put examiner la jeune fille de plus près. Comme Alice, elle était presque belle, se dit-il, mais avec la même dureté de traits qui donnait une autre impression. Frappante, peut-être. La fille avait seize ans, Falk le savait, mais avec ce jean, ces chaussettes aux pieds et ce visage sans maquillage, elle avait l'air extrêmement jeune.

« Je croyais que tu devais dormir chez ton père ? » s'étonna-t-il.

Margot haussa légèrement les épaules, le regard baissé. « Je voulais rentrer à la maison. » Elle tenait un portable à la main et le faisait tourner comme une boule antistress.

« Ça fait combien de temps que tu es ici ?

— Depuis ce matin.

— Tu ne peux pas rester ici toute seule, déclara Falk. Ton père est au courant ?

— Il est au travail. »

Des larmes se formèrent au coin de ses yeux, mais elles ne débordèrent pas.

« Vous avez retrouvé maman ?

— Pas encore. Mais on cherche partout.

— Cherchez mieux, alors. »

Sa voix vacilla, et Carmen tira un tabouret haut.

« Assieds-toi. Où sont les verres ? Je vais te donner un peu d'eau. »

Margot désigna un placard, sans cesser de jouer avec son portable.

Falk prit un tabouret et s'assit en face d'elle.

« Margot, tu connais cet homme qui était ici tout à l'heure ? demanda-t-il. Celui qui a frappé à la porte ?

— Daniel ? Ouais, bien sûr. »

Il y avait comme un malaise dans sa voix.

« C'est le père de Joel.

— Qui est Joel ?

— Mon ex-copain. »

Elle avait délibérément insisté sur le « ex ».

« Tu as parlé à Daniel, à l'instant ? Il t'a dit ce qu'il faisait là ?

— Non. Je ne veux pas le voir. Je sais ce qu'il voulait.

— Il voulait quoi ?

— Il cherche Joel.

— Tu es sûre ? insista Falk. Ça n'avait rien à voir avec ta mère ?

— Ma mère ? »

Margot le regarda comme s'il était un idiot.

« Ma mère n'est pas ici. Elle a disparu.

— Je sais. Mais comment sais-tu que Daniel venait pour son fils ?

— Comment je le sais ? »

Margot laissa échapper un drôle de rire étranglé.

« À cause de ce que Joel a fait. Il s'est bien amusé sur Internet… »

Elle serra si fort son portable que les jointures de ses doigts blanchirent. Puis elle avala une longue bouffée d'air et le tendit sous le nez de Falk.

« Autant vous les montrer. Tout le monde les a vues. »

La Margot sur l'écran semblait plus âgée. Elle était maquillée, ses cheveux détachés brillaient dans la lumière. Et elle ne portait plus son jean. Les photos étaient étonnamment nettes pour un éclairage aussi faible. La direction du lycée avait raison, songea Falk : elles étaient clairement explicites.

Margot baissa les yeux sur l'écran, le visage froissé et les yeux rougis.

« Depuis quand sont-elles en ligne ? demanda Falk.

— Depuis hier midi, je crois. Il y a deux vidéos, aussi. »

Elle cligna nerveusement des yeux.

« Elles ont déjà eu plus de mille vues… »

Carmen posa un verre d'eau devant la jeune fille.

« Et tu crois que c'est Joel Bailey qui les a postées ?

— Il est le seul à les avoir. Enfin, il était.

— Et c'est lui qui est avec toi, sur ces photos ?

— Il les trouvait marrantes. Mais il m'avait promis de les effacer. Je lui avais demandé de me montrer son portable pour vérifier. Je sais pas, il a dû les copier quelque part. »

Elle s'emballait à présent, ses mots s'enchaînaient sans répit. « On les a prises l'année dernière, avant de rompre. Juste pour… » Sa bouche se tordit en un rictus amer. « … s'amuser. Enfin, c'était censé être marrant. Quand on a cassé, je n'ai plus eu de ses nouvelles pendant longtemps, et puis, la semaine dernière, il m'a écrit sur Messenger. Il voulait que je lui en envoie d'autres.

— Tu l'as dit à quelqu'un ? Ta mère ? demanda Carmen.

— Non. »

Margot la dévisageait, incrédule.

« Pourquoi j'aurais fait ça ? J'ai dit à Joel d'aller se faire voir. Mais il a continué de m'envoyer des messages. Il m'a dit que si je ne lui en envoyais pas de nouvelles, il montrerait les autres à ses potes. Je lui ai dit qu'il était un connard. » Elle secoua la tête. « Il m'avait *juré* de les effacer. »

Elle porta une main à son visage et, enfin, les larmes coulèrent, roulant sur ses joues tandis que ses épaules s'affaissaient. Elle fut incapable de parler pendant un long moment.

« Mais il mentait. » Sa voix était à peine audible. « Et maintenant elles sont sur le Net et tout le monde les a vues. »

Elle se couvrit le visage pour pleurer, et Carmen tendit la main et lui frotta le dos. Falk nota les références du site affiché sur l'écran de Margot et les envoya par e-mail à un collègue spécialisé dans la cybercriminalité.

Mis en ligne sans consentement, écrivit-il. *16 ans. Faire possible pour effacer.*

Il n'avait pas beaucoup d'espoir. Ils parviendraient sans doute à faire enlever ces images du site originel, mais cela ne servirait à rien si elles avaient déjà été partagées. Il repensa à un vieux proverbe. Un truc qui parlait d'attraper des plumes emportées par le vent.

Au bout d'un long moment, Margot se moucha et épongea ses yeux.

« Je voudrais tellement parler à maman, dit-elle d'une voix ténue.

— Je sais, dit Falk. Et on la cherche, à l'heure qu'il est. Mais Margot, tu ne peux pas rester seule ici. Nous allons devoir appeler ton père pour qu'il te ramène chez lui. »

Margot secoua la tête.

« Non, s'il vous plaît. N'appelez pas mon père.

— Nous allons devoir…

— Je vous en prie. Je ne veux pas le voir. Je ne peux pas dormir chez lui ce soir.

— Margot…

— Non.

— Mais pourquoi ? »

La fille tendit la main et, à la grande surprise de Falk, lui agrippa le poignet, les doigts comme un étau. Elle le fixa droit dans les yeux et gronda entre ses dents.

« Écoutez-moi. Je ne peux pas aller chez mon père parce que je ne peux pas le regarder en face. Vous comprenez ? »

On n'entendait plus que le tic-tac de l'horloge, dans la cuisine. *Tout le monde les a vues.* Il hocha la tête. « Je comprends. »

Ils durent promettre à Margot de lui trouver un autre endroit où dormir avant qu'elle accepte de faire un sac avec quelques affaires.

« Je peux aller où ? » avait-elle demandé. C'était une bonne question. Elle avait secoué la tête quand ils lui avaient demandé chez quel autre proche ou ami elle préférait dormir. « J'ai envie de voir personne. »

« On pourrait certainement lui trouver une sorte de famille d'accueil en urgence », marmonna Falk à voix basse, s'adressant à Carmen. Ils étaient debout dans le hall. Margot avait enfin accepté de réunir quelques affaires et le bruit de ses pleurs résonnait là-haut dans sa chambre. « Mais je n'ai pas vraiment le cœur à la laisser chez des étrangers, surtout dans l'état où elle est. »

Carmen tenait son portable à la main. Elle avait essayé de joindre le père de Margot. « Et chez Lauren ? suggéra-t-elle au bout d'un moment. Juste une idée, comme ça. C'est seulement pour une nuit. Au moins, Lauren est au courant de cette histoire de photos.

— Ouais, pourquoi pas, répondit Falk.

— OK. »

Carmen jeta un coup d'œil en haut de l'escalier.

« Essayez de joindre Lauren. Je vais aller discuter avec Margot, voir si elle sait où sa mère pourrait cacher des documents confidentiels.

— Là, maintenant ?

— Oui, maintenant. Ce sera peut-être notre seule chance. »

Trouvez les contrats. Trouvez les contrats.

« OK, d'accord. »

Carmen monta l'escalier quatre à quatre et Falk sortit son téléphone, marchant jusqu'à la cuisine tout en composant le numéro. De l'autre côté des baies vitrées, le soir tombait déjà. Les dessins des nuages se reflétaient sur la surface lisse de la piscine.

Accoudé au plan de travail, il contempla un tableau de liège fixé sur le mur tandis qu'il portait le téléphone à son oreille. Le numéro d'un homme à tout faire avait été punaisé sur le tableau, à côté d'une recette de cuisine écrite de la main d'Alice, un truc qui s'appelait « Boulettes énergie au quinoa ». Il y avait aussi une invitation à la cérémonie de remise des prix de l'Endeavour Ladies' College, qui avait eu lieu le dimanche précédent, le jour où Alice avait disparu. Le reçu correspondant à une paire de chaussures. Une brochure de Corporate Adventures avec les dates du séminaire griffonnées en haut.

Falk se pencha un peu plus. Sur la brochure, il reconnut Ian Chase au deuxième rang d'une photo du personnel. Chase ne regardait pas l'objectif, et l'un de ses collègues, sur sa droite, le cachait en partie.

Le fixe de Lauren sonnait toujours dans son oreille et ses yeux balayèrent une série de collages photo encadrés, accrochés aux murs de la cuisine. Des photos d'Alice et de sa fille, séparément ou ensemble. Une grande partie de ces clichés se répondaient : Alice et Margot bébés, le jour de leur entrée à l'école, dans des soirées dansantes, allongées au bord d'une piscine en bikini.

Dans l'oreille de Falk, la sonnerie s'interrompit et son appel bascula vers la messagerie de Lauren. Il jura intérieurement et laissa un message lui demandant de le rappeler au plus tôt.

Il raccrocha et approcha son visage du collage le plus proche. Une image jaunie avait attiré son attention. C'était une photo en extérieur, dans un cadre qui lui rappelait celui des monts Giralang. Alice, portant un tee-shirt et un short ornés du logo de l'Endeavour Ladies' College, se tenait au bord d'un torrent furieux, le regard fier, pagaie de kayak à la main et un sourire aux lèvres. Derrière elle, un groupe de filles aux joues roses et aux cheveux mouillés étaient accroupies autour de l'embarcation. Le regard de Falk se posa sur la fille située tout au fond, et il laissa échapper un petit cri de surprise : Lauren. L'air pincé qu'elle arborait aujourd'hui était dissimulé sous des rondeurs d'adolescente, mais, comme Alice, elle était très reconnaissable, surtout les yeux. Il était intéressant de voir combien les deux femmes avaient peu changé.

Son portable sonna bruyamment dans sa paume, le faisant sursauter. Il regarda l'écran – Lauren – et se força à revenir au présent.

« Il s'est passé quelque chose ? lui demanda-t-elle dès qu'il décrocha. On l'a retrouvée ?

— Non, merde, je suis désolé. Il ne s'agit pas d'Alice. »

Falk se maudit intérieurement : il aurait dû le préciser clairement dans son message. « Nous avons un problème avec sa fille. Elle a besoin d'un endroit où passer la nuit. » Il lui raconta la situation, et l'histoire des photos postées sur Internet.

Il y eut un long silence. Falk se demanda si la communication n'avait pas été coupée. La politique des cours de récré était un mystère pour lui, mais, en écoutant le silence ponctué de parasites, il se demanda si toutes les mères de l'école n'allaient pas s'empresser d'éloigner leur progéniture de Margot.

« Elle ne vit pas ça très bien, ajouta-t-il. Surtout ce qui concerne sa mère. »

Un autre silence, plus court cette fois.

« Vous feriez mieux de l'amener ici, soupira Lauren. Mon Dieu. Ces gamines. Je vous jure, elles font vraiment n'importe quoi…

— Merci. »

Falk raccrocha et regagna le hall d'entrée. En face de l'escalier, une porte donnait sur un bureau. Carmen était assise devant l'ordinateur familial. Elle leva les yeux vers Falk quand il entra.

« Margot m'a donné le mot de passe. »

Elle parlait à voix basse, et Falk referma la porte derrière lui.

« Il y a des trucs ? »

Carmen secoua la tête.

« Je n'ai rien trouvé. Mais bon, je cherche au hasard. Même si Alice a sauvegardé des documents intéressants sur cet ordi, elle a pu leur donner n'importe quel nom et les ranger dans n'importe quel dossier… Il va nous falloir un mandat pour emporter cette bécane et la faire examiner comme il se doit. »

Elle soupira et releva la tête.

« Lauren a dit quoi ?

— Elle a dit oui. Au bout d'un moment. Mais bon, elle n'avait pas l'air très chaude.

— Pourquoi ? À cause des photos ?

— Je ne sais pas. Peut-être en partie. Mais j'ai l'impression qu'elle a déjà pas mal de problèmes avec sa propre fille.

— Oui, c'est vrai. Mais elle ne sera pas la première, ni la dernière d'ailleurs, à juger Margot là-dessus, vous verrez. »

Carmen se tourna vers la porte fermée et baissa d'un ton.

« Ne dites pas à Margot que j'ai dit ça. »

Falk secoua la tête.

« Je vais aller lui expliquer le plan. »

La porte de la chambre de Margot était ouverte, et il vit la jeune fille assise sur sa moquette rose fluo. Elle avait une petite valise ouverte en face d'elle, totalement vide. Elle contemplait son portable posé sur ses cuisses et fit un bond quand Falk frappa du doigt sur le montant de la porte.

« On s'est organisés pour que tu dormes chez Lauren Shaw, ce soir, annonça Falk, et Margot l'enveloppa d'un regard étonné.

— Ah bon ?

— Juste pour ce soir. Elle sait ce qui t'arrive.

— Rebecca sera là ?

— Sa fille ? Probablement. Ça ne te pose pas de problème ?

— Je suppose que sa mère va tout lui raconter. »

Margot semblait sur le point d'ajouter quelque chose, mais finalement elle secoua la tête. « C'est normal, j'imagine. »

Il y avait quelque chose d'étrange dans la manière dont elle avait dit ça. Comme si la mère s'exprimait par la bouche de sa fille.

Falk éprouva de nouveau un étrange sentiment de trouble.

« OK. Bon, c'est seulement pour une nuit. » Il désigna d'un geste la valise vide. « Prends quelques affaires et on va te conduire chez elle. »

L'air ailleurs, Margot tendit le bras pour attraper deux soutiens-gorge en dentelle d'assez mauvais goût posés sur une pile à même le plancher. Elle les prit dans sa main puis releva les yeux et le fixa avec intensité. Un éclat fugace dans le regard. C'était un test.

Il soutint son regard, l'air totalement neutre.

« Nous t'attendons dans la cuisine », dit-il, et il referma la porte de cette chambre rose vif avec un réel soulagement. Depuis quand les adolescentes étaient-elles sexualisées à ce point ? Étaient-elles déjà comme ça dans sa jeunesse à lui ? Sans doute, se dit-il, sauf qu'alors, il avait été totalement pour. À cet âge-là, on s'éclatait souvent sans penser aux conséquences.

Jour 3 : samedi après-midi

Pour une fois, Beth regretta que la pluie cesse de tomber.

Tout le temps qu'elle avait martelé le toit de la cabane, il avait été difficile de parler. Les cinq femmes s'étaient éparpillées dans la plus grande des deux pièces, et elles étaient restées chacune dans son coin tandis que le vent de fin d'après-midi s'engouffrait par les fenêtres béantes. Intérieurement, Beth reconnut qu'il ne faisait pas vraiment plus chaud que dehors. Mais au moins, on était à peu près au sec. Elle était contente que le groupe soit resté là. Quand la pluie finit par se calmer, un silence épais et lourd tomba sur la cabane.

Beth se redressa, prise d'une légère claustrophobie. De là où elle était, elle pouvait apercevoir un coin du matelas, dans l'autre pièce.

« Je vais aller jeter un coup d'œil dehors.

— Je viens avec toi, dit Bree. J'ai besoin d'aller aux toilettes. »

Lauren remua dans son coin. « Moi aussi. »

Dehors, l'air était froid et humide. En refermant la porte de la cabane derrière elle, Beth entendit Alice marmonner des mots inaudibles à l'intention de Jill. Cette dernière ne répondit rien.

Bree désigna un point à l'autre extrémité de la petite clairière. « Oh, mon Dieu, pourrait-il s'agir de vraies toilettes ? »

Le minuscule cabanon se dressait au loin, avec un toit rouillé et l'un de ses côtés ouvert à la furie des éléments.

« Ne rêvez pas trop, la coupa Lauren. Il s'agit certainement d'un simple trou dans le sol. »

Beth regarda sa sœur se frayer un chemin à travers les herbes hautes en direction de cet abri branlant. Bree jeta un coup d'œil à l'intérieur, et se révulsa, prise d'un haut-le-cœur. Les deux sœurs se regardèrent et rirent ensemble pour la première fois depuis des jours, songea Beth. Des années, même.

« Oh, mon Dieu. C'est juste pas possible ! cria Bree.

— De la merde partout ?

— Des toiles d'araignées. Épargnez-vous ça. Il y a des choses qu'il vaut mieux ne pas voir. Je vais me trouver un coin dans le bush. »

Elle disparut au milieu des arbres. Lauren se força à sourire et partit dans la direction opposée, laissant Beth seule. Le jour s'amenuisait déjà, le ciel virait au gris sombre.

Elles avaient vraiment eu de la chance de trouver cette cabane, se dit Beth, alors que la pluie avait cessé de tomber. Il y avait deux ou trois trouées dans les bois, là où des chemins avaient peut-être existé dans le temps, mais rien qui aurait pu conduire d'éventuels randonneurs jusqu'à cette clairière. Soudain à cran, Beth chercha des yeux les autres. Elles n'étaient nulle part. Des oiseaux s'interpellaient au-dessus d'elle, des cris suraigus et pleins d'urgence, mais quand elle leva les yeux, elle ne vit rien.

Beth fourra la main dans sa poche en quête de cigarette. Elle avait retrouvé le paquet dans unc flaque après qu'Alice l'avait jeté. Les cigarettes étaient ruinées, tout imbibées d'eau, mais elle n'avait pas voulu donner à Alice la satisfaction de le constater.

Ses doigts se refermèrent sur les angles du paquet, ramollis par l'eau, et elle sentit l'appel impérieux de la nicotine. Elle l'ouvrit et constata une nouvelle fois que les cigarettes étaient irrécupérables. L'odeur du tabac humide déclencha quelque chose en elle : il lui devint soudain insupportable de les avoir si près d'elle et pourtant inaccessibles. Elle avait envie de pleurer. Bien sûr, elle ne voulait pas être accro. Ni au tabac ni à quoi que ce soit.

Beth ne savait même pas qu'elle était enceinte lorsqu'elle avait fait sa fausse couche. Assise dans la salle stérile de la clinique universitaire, elle avait entendu le médecin lui expliquer que cela n'avait rien d'inhabituel au cours des douze premières semaines. Elle n'était sans doute pas enceinte depuis très longtemps. Et elle n'aurait pas pu faire grand-chose pour éviter ça. C'étaient des choses qui arrivaient.

Beth avait hoché la tête. Le truc, avait-elle expliqué d'une voix étranglée, c'est qu'elle sortait beaucoup. Presque tous les week-ends. Parfois même en semaine. Elle était l'une des seules filles à faire des études d'informatique à l'époque, et les types de sa promo étaient cool. Ils étaient jeunes et intelligents et ils rêvaient tous d'inventer le prochain gros truc 2.0, de devenir millionnaires et de prendre leur retraite à trente ans. Mais en attendant, ils aimaient bien boire, danser, prendre des drogues douces, passer la nuit dehors et flirter avec cette fille qui, à vingt ans, ressemblait encore beaucoup à sa sœur jumelle – le genre qui vous tapait dans l'œil. Et Beth aimait toutes ces choses, elle aussi. Peut-être, avec le recul, un peu trop.

Elle avait confessé tous ses vices, ce jour-là, dans la lumière crue de la salle d'opération. Le médecin avait secoué la tête : ça n'avait sans doute rien à voir. Sans doute ? Presque à coup sûr. Mais ce n'était pas sûr ? Cela n'avait très certainement rien à voir, lui avait-il assuré en lui remettant une brochure d'information.

C'était mieux comme ça, de toute manière, s'était-elle dit en ressortant de la clinique, la brochure roulée dans la main. Elle l'avait jetée dans la première poubelle. Elle n'y repenserait plus, maintenant. Et ça ne servait à rien d'en parler à qui que ce soit. Pas maintenant. Bree ne comprendrait pas, de toute façon. Elle allait s'en sortir seule : cette chose dont elle ignorait jusque-là l'existence n'allait quand même pas lui manquer.

Elle avait dans l'idée de rentrer directement chez elle, mais la perspective de se retrouver seule dans sa chambre d'étudiante lui avait soudain paru un peu sinistre. Alors, elle était descendue du bus et elle s'était rendue au bar, pour retrouver les mecs. Pour prendre un verre, puis quelques autres, parce qu'il n'y avait pas vraiment de raison qu'elle se prive d'alcool ou d'un pétard de temps en temps, n'est-ce pas ? C'était un peu trop tard, pas vrai ? Et quand elle s'était réveillée avec un mal de crâne et la bouche pâteuse, le lendemain matin, elle n'y pensait déjà plus. C'était le seul avantage d'une belle gueule de bois : elle ne laissait pas beaucoup de place pour ressentir quoi que ce soit d'autre.

À présent, Beth contemplait le bush autour d'elle. Elle broya dans sa main le paquet de cigarettes imbibé d'eau. Elle avait conscience que le groupe était dans la merde. Toutes le savaient. Mais tant qu'elle avait pu fumer, le tabac avait été comme un dernier lien avec la civilisation. Et maintenant, Alice l'avait privée de ça. Bouillonnant de colère, Beth ferma les yeux et jeta le paquet dans les buissons. Quand elle rouvrit les yeux, il avait disparu. Elle ne voyait pas où il avait atterri.

Une rafale de vent traversa la clairière et Beth frissonna. Les brindilles et les feuilles à ses pieds étaient trempées. Pas facile de faire un feu ici. Elle repensa au premier soir dans le parc, quand Lauren était allée chercher du petit bois sec. Beth gratta sa paume désormais vide et se retourna vers la cabane. Elle était un peu de traviole et son toit de tôle dépassait un peu plus d'un côté que de l'autre. Ça ne suffisait sans doute pas à garder au sec le sol au pied de la cabane, mais c'était quand même leur meilleure chance de trouver du bois pour le feu.

Comme elle se dirigeait vers la cabane, Beth distingua des voix à l'intérieur.

« Je vous l'ai déjà dit, la réponse est non, disait Jill d'une voix asséchée par le stress.

— Je ne vous demande pas la permission.

— Hé, vous oubliez à qui vous parlez, jeune fille.

— Non, Jill. Ouvrez donc un peu les yeux et regardez autour de vous. Nous ne sommes pas au travail, ici. »

Une pause.

« Je suis toujours au travail. »

Beth fit encore un pas et, d'un coup, elle se sentit basculer tandis que le sol se dérobait sous sa chaussure. Elle tomba lourdement sur ses paumes en se tordant la cheville. Elle baissa les yeux, et le grognement de sa poitrine se transforma en cri lorsqu'elle vit sur quoi elle était tombée.

Le cri fendit l'air de la clairière, faisant taire les oiseaux. Une immobilité stupéfaite s'empara de la cabine, puis deux visages apparurent à la fenêtre. Beth entendit des bruits de course derrière elle tandis qu'elle rampait en arrière, sa cheville foulée palpitant de douleur à chaque contact avec le sol.

« Ça va ? » Lauren fut la première à la rejoindre, suivie de près par Bree. Les visages disparurent de l'encadrement de la fenêtre et, trois secondes plus tard, Jill et Alice étaient dehors. Beth se releva tant bien que mal. Sa chute avait éparpillé une pile de feuilles mortes et de débris divers, dévoilant une cavité quasi imperceptible.

« Il y a quelque chose là-dessous. »

Beth fut surprise par sa voix rauque.

« Quoi ? demanda Alice.

— Je ne sais pas. »

Dans un grognement d'impatience, Alice s'approcha et balaya le trou du bout de sa chaussure pour écarter les feuilles. Les femmes se penchèrent collectivement, puis reculèrent aussitôt. Seule Alice resta immobile, le regard rivé au sol. Petits, jaunes, et en partie enfouis dans la boue, ils étaient pourtant reconnaissables, même pour un œil profane : des os.

« C'est quoi, ça ? murmura Bree. Je vous en prie, dites-moi que c'est pas un enfant… »

Beth tendit la main pour prendre celle de sa sœur jumelle. Elle lui parut bizarrement étrangère. Elle était soulagée que Bree ne la retire pas.

Alice balaya une nouvelle fois le trou du bout du pied, repoussant le reste des feuilles. Beth remarqua que le geste, cette fois, s'était fait plus hésitant. Le pied d'Alice rencontra quelque chose de dur et l'envoya voler un peu plus loin parmi les feuilles. Ses épaules se raidirent, puis elle se pencha doucement pour ramasser l'objet. Ses traits se figèrent, et elle poussa un léger soupir de soulagement.

« Mon Dieu, dit-elle. C'est bon. C'est juste un chien. »

Elle tendit sous leurs yeux une petite croix abîmée, grossièrement confectionnée avec deux morceaux de bois cloués ensemble. Au centre, quelqu'un avait gravé un nom, dont les lettres étaient si anciennes qu'elles étaient à peine lisibles : Butch.

« Comment savez-vous que c'est un chien ? répliqua Beth d'une voix qui ne lui appartenait pas vraiment.

— Si tu avais un enfant, tu l'appellerais Butch ? rétorqua Alice en se tournant vers elle. Peut-être que oui, finalement. Mais quoi qu'il en soit, ça ne ressemble pas vraiment à un humain… »

Elle désigna de la pointe de sa chaussure la partie visible d'un crâne. Beth se pencha. Il ressemblait effectivement à celui d'un chien. Enfin, apparemment. Beth se demanda comment il était mort, mais ne posa pas la question à voix haute.

« Pourquoi n'a-t-il pas été enterré comme il faut ? » interrogea-t-elle.

Alice s'accroupit au bord du trou. « C'est sans doute l'érosion qui a mis le trou à découvert. Le sol n'a pas l'air très profond, ici. »

Beth mourait d'envie de fumer. Ses yeux se précipitèrent vers l'orée de la forêt. Rien ne semblait avoir changé depuis tout à l'heure. Pourtant, elle sentit un frisson la parcourir : elle avait la troublante impression d'être observée. Elle écarta ses yeux des arbres, tâchant de se concentrer sur autre chose. Sur les arabesques des feuilles soulevées par le vent, sur la cabane, sur la clairière…

« Qu'est-ce que c'est que ça ? »

Beth désigna un point au-delà de la cavité qui contenait le squelette du chien. Les autres suivirent son regard et Alice se redressa lentement.

Le creux s'enfonçait plus profond dans la terre au pied de la cabane, dessinant une étrange courbe. La cavité était si discrète qu'on ne la voyait presque pas. L'herbe qui la recouvrait, mouillée et battue par le vent, avait une teinte différente de celle des herbes hautes de part et d'autre. Une différence tout juste assez marquée, se convainquit aussitôt Beth, pour laisser deviner que la terre avait récemment été creusée à cet endroit. Il n'y avait pas de croix, cette fois.

« Ce trou-là est plus grand, fit remarquer Bree, au bord des larmes. Pourquoi il est plus grand ?

— Il n'est pas plus grand. C'est rien du tout. »

L'esprit de Beth tentait de faire machine arrière. Ce n'était qu'un relief naturel, l'érosion sans doute ou bien un glissement de terrain, ou alors une sorte de phénomène scientifique. Que savait-elle de la repousse des herbes ? Absolument rien, que dalle.

Alice tenait encore la croix de bois dans sa main. Elle avait une drôle d'expression.

« Je ne voudrais pas vous faire stresser, dit-elle d'une voix étrangement étouffée, mais comment s'appelait le chien de Martin Kovac, déjà ? »

Beth inspira brusquement.

« Putain, plaisantez pas avec…

— Je ne plaisante pas… non, Beth, *tais-toi*, je ne plaisante pas… Réfléchissez, tout le monde. Vous vous souvenez ? C'était il y a des années. Il avait ce chien, là, dont il se servait pour attirer les randonneuses et…

— Taisez-vous ! Ça suffit ! s'exclama Jill d'une voix perçante.

— Mais… »

Alice se tourna vers Lauren.

« Tu te rappelles, n'est-ce pas ? Dans les médias ? Quand on était encore à l'école. C'était quoi, le nom de ce chien ? Butch ? »

Lauren regardait Alice avec un air qu'elle n'avait jamais eu. « Je ne m'en souviens pas. Il avait peut-être un chien. Des tas de gens ont des chiens. Je ne sais plus. » Son visage était livide.

Beth, qui tenait encore la main de sa sœur, sentit une larme tiède tomber sur son poignet. Elle se tourna vers Alice, envahie par l'émotion. La colère, pas la peur, se dit-elle.

« Vous êtes une putain de manipulatrice. Comment osez-vous ? Foutre une trouille bleue à tout le monde, tout ça parce que vous n'avez pas eu ce que vous vouliez, pour une foutue fois dans votre vie ! Vous devriez avoir honte !

— Ce n'est pas vrai ! Je…

— Si, c'est vrai ! »

Les mots résonnèrent dans le bush.

« Il avait un chien. » La voix d'Alice était calme. « On ne devrait pas rester ici. »

Beth respira, la poitrine palpitante de rage, puis elle se força à inspirer une nouvelle fois avant de parler.

« N'importe quoi. C'était il y a vingt ans. Et il fera nuit dans une demi-heure. Jill ? Vous avez déjà tranché. Marcher au hasard dans le noir, c'est le meilleur moyen pour que l'une d'entre nous se tue.

— Beth a raison…, commença Lauren, mais Alice l'assassina du regard.

— Personne ne t'a parlé, Lauren ! Tu pourrais nous aider à sortir d'ici, mais tu as trop peur pour essayer. Alors ne t'en mêle pas.

— Alice ! Assez. »

Les yeux de Jill dérivèrent des os du chien jusqu'aux premiers arbres, puis retour. Beth vit qu'elle était partagée.

« OK, finit-elle par reprendre. Écoutez, moi non plus je n'ai pas très envie de rester, mais ce n'est pas ces histoires de fantômes qui peuvent nous faire du mal. Alors que l'hypothermie, si. »

Alice secoua la tête.

« Vraiment ? Vous allez vraiment rester ici ?

— Oui. »

Le visage de Jill avait pris une vilaine teinte rouge. Ses cheveux mouillés étaient plaqués contre son crâne, dévoilant des mèches grises autour de la raie. « Et je sais que vous avez un problème avec ça, Alice, mais pour une fois, bon sang, gardez vos jérémiades pour vous. J'en ai marre de vous entendre. »

Les deux femmes se faisaient face, les lèvres bleuies, le corps tendu. Quelque chose d'invisible remua sous les buissons et elles bondirent toutes deux. Jill recula d'un pas.

« Ça suffit, maintenant. La décision est prise. Que quelqu'un fasse un feu, pour l'amour de Dieu ! »

Les ramures des eucalyptus frémirent et les regardèrent chercher du petit bois pour le feu, sursautant au moindre bruit, jusqu'à ce qu'il fasse trop noir pour distinguer quoi que ce soit. Alice n'aida pas les autres.

Chapitre 16

Margot Russell ne parla pas trop dans la voiture. Assise sur la banquette arrière, elle avait les yeux rivés à son portable pendant que Falk et Carmen roulaient vers la maison de Lauren pour la deuxième fois de la journée. Elle regardait les vidéos encore et encore, le visage collé à l'écran, les bruits infimes d'une partie de jambes en l'air entre ados résonnant jusqu'à l'avant de l'habitacle. Falk et Carmen échangèrent un regard. Quand Margot eut achevé de visionner les images pour la seconde fois, Carmen lui suggéra gentiment de passer à autre chose. Mais elle se contenta de couper le son et continua de regarder.

« Nous allons transmettre aux inspecteurs chargés des recherches les coordonnées de Lauren, au cas où il y aurait du nouveau cette nuit, annonça Carmen.

— Merci. »

Sa voix était à peine audible.

« Et je suppose que les responsables du lycée voudront s'entretenir avec toi. Mais eux, j'imagine qu'ils ont les coordonnées de Lauren. Sa fille pourra peut-être récupérer des choses dans ton casier si tu en as besoin et que tu ne veux pas aller là-bas.

— Mais… »

Margot détacha les yeux de son écran. Elle avait l'air surprise.

« Rebecca ne va plus à l'école, maintenant.

— Ah bon ? »

Falk la dévisagea dans le rétroviseur.

« Non. Elle ne vient plus en cours depuis à peu près six mois.

— Elle a arrêté complètement ?

— Ouais. Évidemment, répondit Margot. Vous l'avez vue ?

— Non.

— Oh. Eh bien, non, elle n'est pas venue depuis longtemps. On se moquait d'elle, un peu. Rien de bien méchant, juste des photos débiles. Mais je crois qu'elle se sentait... »

Elle ne put terminer sa phrase. Elle baissa de nouveau les yeux sur son écran, la bouche serrée.

Lauren les attendait devant la porte ouverte quand ils se garèrent devant la maison.

« Entrez », dit-elle en les voyant remonter l'allée en rang serré. À la vue du visage gonflé de larmes de Margot, Lauren tendit la main comme pour lui caresser la joue. Elle arrêta son geste au dernier moment.

« Je suis désolée, j'avais oublié à quel point... »

Elle s'interrompit. Falk savait ce qu'elle avait failli dire. *À quel point tu ressembles à ta mère.* Lauren se racla la gorge.

« Ce n'est pas trop dur pour toi, Margot ? Je suis si triste de ce qui t'arrive.

— Merci. »

Margot examina la longue balafre sur le front de Lauren, jusqu'à ce que celle-ci y porte la main.

« Allez, donne-moi ton sac. Je vais te montrer ta chambre. »

Les yeux de Lauren se posèrent tour à tour sur Falk et Carmen.

« Le séjour se trouve au bout du couloir. Je vous rejoins dans une minute.

— Rebecca est là ? »

Falk entendit Margot poser cette question tandis que Lauren la conduisait jusqu'à sa chambre.

« Je crois qu'elle fait une sieste. »

Le couloir débouchait sur une grande salle, étonnamment négligée. Des tasses de café à moitié bues dépérissaient sur la table basse et, à côté du canapé, des magazines gisaient grand ouverts, abandonnés. Il y avait une épaisse moquette hirsute sur le plancher et des photos encadrées un peu partout. D'un coup d'œil, Falk constata que c'étaient presque toutes des portraits de Lauren et d'une fillette qui était à l'évidence la sienne. À un moment donné avait eu lieu ce qui ressemblait à un petit mariage en famille, et un homme apparaissait sur les clichés. Un nouveau mari et beau-père, devina-t-il.

Il fut surpris de voir les rondeurs de la jeune Lauren disparaître et réapparaître au fil des années, son corps enflant et se dégonflant pratiquement au rythme des saisons. La tension autour de ses yeux, elle, restait constante. Elle souriait sur toutes les photos et ne semblait sincèrement heureuse sur aucune.

Il n'y avait pas de photos de sa fille au-delà des premières années de son adolescence. La plus récente était un cliché pris avec son uniforme d'école, avec la légende *En troisième*. Elle avait une beauté discrète, avec son sourire timide, ses joues rondes et lisses et ses cheveux d'un brun étincelant.

« J'aimerais bien que maman décroche tout ça. » La voix venait de derrière. Falk se retourna et il dut se forcer à ne pas réagir. Il comprenait maintenant la question de Margot, dans la voiture. *Vous l'avez vue ?*

Les yeux de la jeune fille, globuleux, étaient profondément enfoncés dans ses orbites. Les seules traces de couleur sur son visage, c'étaient les cernes violets sous ses yeux et un réseau de fines veines bleues, en étoile, qui luisaient sous sa peau parcheminée. Même de loin, Falk distinguait les os de son visage et au niveau du cou. Cela lui fit un choc.

Cancer, songea immédiatement Falk. Son père avait eu la même apparence glaçante avant de succomber. Mais il écarta aussitôt l'hypothèse. Non, c'était autre chose. Cela avait l'aspect encore plus déroutant d'une souffrance infligée à soi-même.

« Bonjour. Rebecca ? demanda-t-il. Nous sommes de la police.

— Vous avez retrouvé la mère de Margot ?

— Pas encore.

— Oh. »

La fille était si évanescente qu'elle semblait sur le point de s'envoler.

« Quelle merde ! Je me suis perdue dans le bush, un jour. C'était pas la joie…

— Au camp McAllaster ? demanda Carmen, à la grande surprise de Rebecca.

— Ouais. On vous a parlé de cet endroit ? Mais bon, c'était autre chose que ce qui est arrivé à la mère de Margot. J'ai perdu mon groupe pendant, genre, deux heures. »

Une pause.

« Ou plutôt, c'est elles qui m'ont perdue. Elles sont revenues quand elles en ont eu marre. »

Elle jouait avec un objet, dans ses mains, les doigts en mouvement perpétuel. Elle jeta un regard derrière elle au couloir désert.

« Et pourquoi Margot voulait venir ici ?

— C'est nous qui l'avons suggéré, répondit Carmen. Elle n'avait pas très envie de rentrer chez son père.

— Oh. Je m'étais dit que c'était peut-être à cause des photos. Moi aussi, j'ai eu des problèmes avec ça. Pas des trucs sexuels, s'empressa-t-elle d'ajouter. La bouffe, et tout ça. »

Dans sa bouche, le mot avait quelque chose de honteux. Ses doigts s'agitèrent de plus belle. Falk se rendit compte qu'elle fabriquait quelque chose. Elle tissait ensemble des fils argentés et rouges.

Rebecca se tourna vers la porte.

« Vous avez vu les photos de Margot ? demanda-t-elle en baissant d'un ton.

— Margot a décidé de nous en montrer deux ou trois, répondit Carmen. Et toi, tu les as vues ?

— Tout le monde les a vues. »

Elle n'avait pas dit cela d'un ton malveillant, mais simplement prosaïque.

« Qu'est-ce que tu es en train de fabriquer ? demanda Falk.

— Oh, répondit Rebecca dans un sourire embarrassé. Rien du tout. C'est débile. »

Elle tendit sous son nez un bracelet tressé multicolore, les fils argentés et rouges composant un motif complexe.

« Un bracelet d'amitié ? » demanda Carmen.

Rebecca fit une drôle de moue.

« J'imagine, oui. Mais je les offre pas à n'importe qui. C'est censé avoir un sens, comme cadeau. C'est mon thérapeute qui m'a demandé de faire ça. Chaque fois que je suis anxieuse ou que je suis sur le point de basculer dans des comportements autodestructeurs, je suis censée me concentrer là-dessus à la place.

— C'est très bien fait, dis donc… », la félicita Carmen en se penchant pour étudier la chose.

Rebecca noua les extrémités des fils et tendit le bracelet à Carmen. « Gardez-le. J'en ai des tonnes. »

Elle désigna une boîte posée sur la table basse. Dedans, Falk aperçut un amas de serpents rouge et argenté. Impossible de compter le nombre de bracelets qu'elle contenait. Des dizaines. Il était un peu troublant d'imaginer le temps que la jeune fille avait dû consacrer à la réalisation de ces objets, ses doigts si délicats travaillant sans relâche pour lui faire oublier les idées noires qui bouillonnaient sous son crâne.

« Merci, dit Carmen en fourrant le bracelet dans sa poche. J'aime bien le motif que tu as réussi à faire. »

Rebecca eut l'air touchée par le compliment, ses joues se creusèrent encore davantage quand elle se fendit d'un sourire timide.

« C'est moi qui l'ai inventé.

— C'est très beau.

— Qu'est-ce qui est beau ? »

Lauren apparut sur le seuil. Par comparaison avec sa fille squelettique, sa silhouette pourtant fine semblait gigantesque.

« Nous discutions de mon nouveau motif. Maman en a un comme ça, aussi. »

Le regard de Rebecca se posa sur les poignets de Lauren. Celle-ci portait une montre autour du gauche, mais le droit était nu. Une fine marque rouge était visible sur la peau. Les traits de Rebecca se durcirent.

Lauren baissa les yeux, horrifiée.

« Oh, ma chérie. Je suis tellement désolée. Je l'ai perdu pendant la randonnée. J'allais te le dire.

— C'est pas grave.

— Si, c'est grave. Je l'aimais vraiment…

— T'en fais pas.

— Je suis désolée.

— Oublie ça, maman, la coupa Rebecca d'un ton sec. C'est rien. J'en ai mille autres, de toute façon. »

Lauren regarda la boîte ouverte sur la table basse, et Falk comprit qu'elle en détestait le contenu. Lauren parut presque soulagée que Margot vienne les rejoindre, les yeux encore rougis mais secs pour le moment.

« Salut, Margot. » Rebecca avait l'air gênée. Elle tendit la main pour refermer la boîte de bracelets.

Il y eut un silence plein de malaise.

« Alors, t'as vu les photos ? » Margot semblait incapable de fixer l'autre adolescente dans les yeux, son regard dérivant vers les coins de la pièce.

Rebecca hésita. « Non. »

Margot laissa échapper un petit rire sarcastique. « Ouais. C'est ça. Tu serais bien la seule. »

Lauren frappa dans ses mains.

« Bon. Les filles, allez dans la cuisine et choisissez ce que vous voulez manger ce soir – toutes les deux, Rebecca, je t'en prie…

— Je n'ai pas faim.

— Ne discute pas. Vraiment, j'y tiens, pas ce soir…

— Mais…

— Rebecca, s'il te plaît ! »

La voix de Lauren semblait plus forte que souhaité et ses mots étaient hachés. Elle inspira profondément. « Pardon. S'il te plaît, fais ce que je te dis. »

Jetant un regard rebelle à sa mère, Rebecca pivota sur ses talons et quitta la pièce, entraînant Margot dans son sillage. Lauren attendit que le bruit de leurs pas ait disparu au bout du couloir.

« Je vais faire en sorte que Margot se sente à l'aise. Et qu'elle ne soit pas trop sur Internet, si je peux.

— Merci beaucoup, dit Carmen tandis que Lauren les raccompagnait jusqu'à la porte d'entrée. Un policier a parlé au père de Margot. Il viendra la chercher demain, quand elle sera plus tranquille.

— C'est normal. C'est le moins que je puisse faire pour Alice. »

Lauren les raccompagna dehors dans l'allée. Elle se retourna vers la maison. Aucun bruit de vaisselle ni de voix ne résonnait dans la cuisine. « Ça n'a pas été facile ici, ces derniers temps. Mais au moins, moi, j'ai eu la chance de rentrer chez moi. »

Jour 3 : samedi soir

Le feu avait pris. C'était déjà ça.

Il brillait dans la petite clairière devant la porte de la cabane. Les flammes étaient trop faiblardes pour offrir la moindre chaleur, mais, debout devant le feu, Lauren se sentait un peu mieux qu'au cours des deux dernières journées. Pas bien, non, loin de là. Mais mieux.

Il avait fallu plus d'une heure d'efforts pour l'allumer. Lauren avait tourné le dos au vent, tenant le briquet de Beth dans ses doigts engourdis et s'efforçant d'enflammer un tas de brindilles mouillées. Au bout de vingt minutes, Alice avait enfin daigné décroiser les bras pour venir l'aider. Lauren se fit la réflexion qu'elle était donc plus frigorifiée qu'en colère. Jill et les jumelles s'étaient réfugiées à l'intérieur de la cabane. Au bout d'un moment, Alice s'était éclairci la voix.

« Je suis désolée pour tout à l'heure. » Sa voix était à peine audible. Les excuses d'Alice, qui étaient rares, avaient toujours l'air d'être prononcées à contrecœur.

« Ne t'inquiète pas. Nous sommes toutes fatiguées. »

Lauren se préparait déjà pour une nouvelle dispute, mais Alice avait continué à jouer avec le feu. Elle semblait absente tandis qu'elle faisait de petites piles avec les branches, puis les faisait tomber pour mieux les reconstruire.

« Comment va Rebecca, Lauren ? »

Sortie de nulle part, la question l'avait prise au dépourvu.

« Pardon ?

— Je me demandais comment elle allait, après cette histoire de photos, l'an dernier. »

Cette histoire de photos. Dit comme ça, on pouvait penser que ce n'était rien.

« Elle va bien, finit par répondre Lauren.

— Vraiment ? »

La curiosité d'Alice semblait sincère.

« Elle retourne à l'école ?

— Non, dit Lauren en ramassant le briquet. Je ne sais pas. »

Elle se concentra sur sa tâche. Elle n'avait pas envie de parler de Rebecca avec Alice, dont la fille était éclatante de santé, sans parler de ses remises de prix et de *ses perspectives d'avenir.*

Lauren se souvenait parfaitement de la première fois qu'elle avait vu Margot Russell, seize ans plus tôt, au centre de vaccination de la maternité. C'était seulement la deuxième fois qu'elle recroisait le chemin d'Alice depuis le lycée, mais elle l'avait reconnue tout de suite. Elle avait regardé son ancienne camarade transporter un petit paquet rose dans une poussette de luxe, jusqu'au guichet de la clinique. Les cheveux d'Alice avaient l'air tout juste lavés, et son jean n'était pas boursouflé au niveau des hanches. Son bébé ne pleurait pas. Alice souriait à l'infirmière. Elle avait l'air reposée, fière et heureuse. Lauren était allée se planquer dans les toilettes, contemplant le poster sur la contraception affiché à l'arrière de la porte de son box, tandis que Rebecca lui hurlait aux oreilles. Elle n'avait pas voulu jouer avec Alice au jeu des comparaisons entre leurs filles, ce jour-là, et ce n'était pas maintenant qu'elle allait s'y prêter.

« Pourquoi tu me demandes ça ? interrogea Lauren, occupée à manipuler le briquet.

— J'aurais dû te le demander depuis longtemps. »

Oui, tu aurais vraiment dû, songea Lauren. Mais elle ne fit aucun commentaire et réessaya d'allumer le briquet.

« Je crois... », commença Alice, mais elle s'interrompit. Elle jouait toujours avec les branches, les yeux rivés au sol.

« ... que Margot...

— Et voilà ! » s'écria Lauren, tandis qu'une petite flamme brillante jaillissait.

Elle referma ses paumes autour pour la protéger, alors que le petit bois prenait feu juste à temps, au moment où la nuit tombait.

Jill et les jumelles sortirent de la cabane, visiblement soulagées, et toutes se disposèrent en cercle autour des flammes. Lauren dévisagea Alice, mais les mots qui allaient sortir de sa bouche s'étaient perdus. Elles contemplèrent le feu pendant un long moment puis, l'une après l'autre, elles déplièrent leurs blousons imperméables sur le sol et s'assirent dessus.

Lauren sentit l'humidité s'évaporer un peu de ses vêtements. La manière dont la lueur orangée du feu dansait sur les visages des autres lui rappela le premier soir, avec les hommes et les bouteilles d'alcool. Et la nourriture. Tout cela semblait si loin dans l'espace et le temps, à présent. Comme si c'était arrivé à une autre.

« Combien de temps leur faudra-t-il pour se rendre compte que nous nous sommes perdues, à votre avis ? »

La voix de Bree avait rompu le silence.

Jill contemplait le feu d'un regard vitreux.

« Pas trop longtemps, j'espère.

— Ils nous cherchent peut-être déjà. Ils ont dû se douter que quelque chose clochait en ne nous voyant pas arriver au deuxième campement.

— Non, ils ne savent pas. »

La voix d'Alice trancha l'air. Elle pointa son doigt vers le ciel. « Nous n'avons pas entendu d'hélicoptère. Personne ne nous cherche. »

Seul le feu lui répondit par un crachotement. Lauren espérait qu'Alice se trompait, mais elle n'avait pas l'énergie d'en débattre avec elle. Elle voulait juste rester assise là à regarder les flammes, jusqu'à ce que quelqu'un sorte de la forêt pour venir la récupérer. Jusqu'à ce qu'*une équipe de recherche* sorte de la forêt pour venir la récupérer, se corrigea-t-elle aussitôt, mais il était trop tard : cette pensée avait déjà planté une graine pourrie dans son esprit, et elle lança un regard inquiet autour d'elle.

Les arbres et broussailles les plus proches brillaient d'un éclat rougeâtre, qui donnait l'illusion de mouvements convulsifs. Au-delà de ce premier rang, c'était comme contempler le vide. Lauren secoua la tête. Elle était ridicule. Pourtant, elle prit soin de ne pas regarder vers cet horrible renfoncement dans le sol, qui n'était en fait pas si horrible, quand on se disait qu'il s'agissait sans doute d'un phénomène d'érosion. Alice avait raison, néanmoins, murmurait une petite voix sous son crâne. Il n'y avait pas eu d'hélico dans le ciel.

Lauren inspira profondément, plusieurs fois de suite, et détacha ses yeux du bush pour les lever au ciel. L'étonnement la gagna quand ses yeux s'accommodèrent à l'obscurité : les nuages s'étaient dissipés, pour une fois, et l'encre de la nuit était constellée d'étoiles – un ciel comme elle n'en avait pas vu depuis des années.

« Regardez, tout le monde. »

Les autres penchèrent la tête en arrière, mains en visière autour des yeux pour les protéger de l'éclat du feu.

Les autres nuits avaient-elles également offert ce spectacle ? se demanda Lauren. Elle se rappelait seulement un ciel opaque, oppressant, mais peut-être n'avait-elle pas daigné regarder, tout simplement.

« Quelqu'un connaît des constellations ? demanda Alice, en appui sur ses coudes.

— La Croix du Sud, évidemment, répondit Bree en désignant un coin du ciel. Et on peut parfois apercevoir les principales étoiles de la Vierge, à cette époque de l'année. Le Sagittaire est trop bas sur l'horizon pour qu'on puisse le voir d'ici. »

Elle remarqua que toutes les autres la dévisageaient, et haussa les épaules.

« Les hommes aiment bien me montrer les étoiles. Ils pensent que c'est romantique. Ça l'est d'ailleurs un peu. Ils pensent aussi que c'est original. Mais là, pas du tout. »

Lauren crut déceler un semblant de sourire.

« C'est incroyable, déclara Jill. On comprend pourquoi les gens, autrefois, croyaient que leur avenir était écrit dans les étoiles. »

Alice laissa échapper un petit rire.

« Certains le croient encore.

— Pas vous, je le sens.

— Non, pas moi. Je crois que chacun fait ses choix.

— C'est ce que je crois, aussi, acquiesça Jill. Mais parfois, je me demande. Je veux dire, je suis née chez BaileyTennants. J'ai suivi la voie de mon père comme on me le demandait, j'ai travaillé avec mon frère comme j'étais censée le faire. »

Elle soupira.

« Chaque jour, je fais ce que je dois faire pour le cabinet, pour l'héritage de notre famille, pour tout ce que papa a bâti. Parce que c'est ce que je dois faire.

— Mais vous avez le choix, Jill, répondit Alice d'un ton que Jill ne sut interpréter. Nous avons tous le choix.

— Je le sais bien. Mais parfois j'ai un peu l'impression… »

Jill jeta une branche dans le feu, qui s'embrasa en sifflant.

« … qu'on me force la main. »

Dans le noir, Lauren n'aurait su dire si c'étaient des larmes qui faisaient briller les yeux de Jill. Il ne lui était jamais venu à l'esprit que Jill pût être malheureuse de son sort chez BaileyTennants. Elle se rendit compte qu'elle dévisageait sa patronne, et détourna le regard.

« Je comprends, déclara Lauren, car elle se sentait obligée de le dire. Les gens aiment croire qu'ils contrôlent leur destinée, mais peut-être que… »

Elle pensa soudain à Rebecca. Contrôlant ce qu'elle

mangeait avec un soin maniaque, mais incapable de maîtriser la maladie qui était en train de la détruire. Les séances de psychothérapie, les étreintes et les menaces de sa mère et autres bracelets « pleine conscience », si nombreux soient-ils, n'y pouvaient rien changer. Lauren passa le doigt sur le bracelet tressé, à son poignet.

« Je ne sais pas. Peut-être que nous ne pouvons pas aller contre ce que nous sommes. Peut-être que nous naissons comme ci ou comme ça et que nous ne pouvons rien y faire.

— Mais les gens peuvent changer, intervint Beth, parlant pour la première fois. Moi, j'ai changé. Pour le pire et pour le meilleur. »

Elle était penchée en avant, épaules voûtées, tendant une longue tige d'herbe au-dessus du feu pour en enflammer le bout.

« Mais bon, c'est des conneries, toutes ces histoires d'astrologie et de destin. Bree et moi, on est nées sous le même signe, à trois minutes d'intervalle. Ça en dit long sur cette idée de destin écrit dans les étoiles... »

Cette tirade fut accueillie par un rire doux, collectif. Plus tard, Lauren s'en souviendrait comme étant le dernier de leur aventure.

Les femmes se turent, elles regardaient le ciel ou le feu de camp. Un estomac gargouilla bruyamment. Personne ne fit de commentaire. Ce n'était pas la peine. Elles étaient parvenues à remplir un peu leur gourde avec de l'eau de pluie, mais leurs réserves de nourriture étaient épuisées depuis longtemps. Un vent froid se leva, faisant danser les flammes, et tout autour, dans les ténèbres, des arbres invisibles s'entrechoquaient et grondaient dans un chœur collectif.

« Qu'est-ce que vous croyez qu'il va nous arriver ? » demanda Bree d'une voix étranglée.

Lauren attendit qu'une autre la rassure. *Tout va bien se passer*. Personne ne le fit.

« On va s'en sortir ? insista Bree.

— Bien sûr que oui, répondit Beth, cette fois. Ils partiront à notre recherche dès demain après-midi.

— Et s'ils ne nous trouvent pas ?

— Ils nous trouveront.

— Mais s'ils n'y arrivent pas ? »

Bree avait les yeux écarquillés.

« Sérieusement ? Et si Alice avait raison ? Oubliez ces histoires d'avoir le choix et de tout contrôler… Et si c'étaient des conneries, tout ça ? Moi, je n'ai pas du tout l'impression de contrôler la situation. Et si nous n'avions en fait pas le choix, jamais, si nous étions destinées à rester ici pour toujours ? Seules, apeurées, perdues à tout jamais ? »

Personne ne répondit. De là-haut, les étoiles les contemplaient, leur lumière froide et lointaine enveloppant la Terre.

« Bree, rester ici n'est absolument pas notre destin. »

De l'autre côté du feu, Alice parvint à rire.

« À moins que l'une d'entre nous ait fait quelque chose de terrible dans une autre vie… »

C'était presque drôle, songea Lauren, la manière dont chaque visage avait soudain l'air un peu coupable dans l'intimité relative de cette pénombre parcourue d'éclats orangés.

Chapitre 17

« C'était vraiment pesant, déclara Carmen.

— À quel moment ?

— Du début à la fin. »

Ils étaient assis dans leur voiture devant la maison de Lauren. La nuit était tombée depuis leur arrivée, et la lueur des réverbères parait les gouttes de pluie sur le pare-brise d'une teinte orangée.

« Je ne savais même pas quoi dire à Margot, chez Alice, poursuivit Carmen. Je veux dire, elle a raison : qu'est-ce qu'elle peut faire, maintenant que ces photos se baladent partout ? Ce n'est pas comme si elle pouvait les récupérer. Et puis, Rebecca. C'était super choquant. Pas étonnant que Lauren soit à cran. »

Falk repensa à l'adolescente squelettique et à sa boîte de bracelets « pleine conscience ». Combien ces tresses renfermaient-elles d'angoisse et de stress ? Il secoua la tête.

« Bon, et maintenant ? » Il consulta sa montre. Il était moins tard que Falk ne le pensait.

Carmen regarda son portable. « Le bureau a donné son feu vert pour aller voir Daniel Bailey chez lui, à supposer qu'il soit à la maison, bien sûr. Mais ils disent d'être très prudents.

— Super conseil. »

Falk démarra le moteur.

« Ils n'ont rien dit d'autre ?

— Comme d'habitude. »

Carmen lui lança un regard en coin, avec un petit sourire. *Trouvez les contrats.* Elle se redressa sur son siège.

« Je me demande si son fils est rentré à la maison.

— Peut-être », répondit Falk.

Mais il en doutait. Il avait vu l'expression sur le visage de Bailey lorsque ce dernier était reparti en trombe du domicile d'Alice. Pas besoin de connaître Joel Bailey pour comprendre qu'il risquait de vouloir se planquer pendant un bon moment.

La maison des Bailey était cachée derrière un portail en fer forgé très sophistiqué et des haies si épaisses qu'il était impossible de rien distinguer à travers elles depuis la rue.

« C'est au sujet d'Alice Russell », annonça Falk dans l'Interphone. La lumière rouge de la caméra de surveillance clignota, puis le portail s'ouvrit sans bruit, dévoilant une longue allée parfaitement lisse, bordée de cerisiers japonais qui ressemblaient à des jouets manucurés.

Bailey vint leur ouvrir en personne. Il dévisagea Falk et Carmen avec surprise, puis fronça les sourcils, essayant de les remettre. « Nous nous sommes déjà rencontrés ? » C'était une question, pas une affirmation.

« Au gîte. Hier. Avec Ian Chase.

— Ah oui, c'est vrai. »

Bailey avait les yeux injectés de sang. Il avait l'air plus vieux que la veille.

« On a retrouvé Alice ? Ils m'avaient dit qu'on m'appellerait s'ils la trouvaient...

— On ne l'a pas encore retrouvée, non, répondit Falk. Mais nous aimerions vous parler.

— Encore ? Et qu'est-ce que vous voulez savoir ?

— Déjà, pourquoi vous frappiez à la porte de la maison d'Alice Russell il y a quelques heures. »

Bailey se raidit.

« Vous êtes allés chez elle ?

— Elle est toujours portée disparue, répliqua Carmen. Je croyais que vous vouliez que tous les moyens soient mis en œuvre pour la retrouver...

— Bien sûr », répondit sèchement Bailey, puis il s'interrompit.

Il passa la main sur ses yeux puis ouvrit la porte en grand et se poussa sur le côté. « Pardon. Entrez. »

Ils le suivirent le long d'un couloir immaculé qui menait à une vaste et luxueuse véranda. Le plancher de bois vernis étincelait sous des canapés en cuir, et les flammes domestiquées d'une cheminée chauffaient doucement la pièce. L'endroit était aussi impeccable qu'un showroom. Falk résista à l'envie d'ôter ses chaussures. Bailey leur fit signe de s'asseoir.

Sur une photo de famille prise par un professionnel, suspendue au-dessus du manteau de la cheminée, Bailey souriait béatement, aux côtés d'une séduisante femme brune. Sa main était posée sur l'épaule d'un adolescent à la peau parfaitement lisse et aux dents étincelantes, dont la chemise portait encore les plis bien droits du repassage. Joel Bailey, devina Falk. Il ne ressemblait pas à cela sur l'écran du portable de Margot Russell.

Bailey suivit son regard.

« Je suis allé chez les Russell pour voir si mon fils était là-bas. Il n'y était pas, du moins je ne crois pas, alors je suis reparti.

— Vous avez essayé de parler à Margot ? demanda Carmen.

— Elle était à la maison, alors ? C'est bien ce que je pensais. Mais non, elle ne m'a pas ouvert. »

Il leva les yeux sur eux.

« Vous lui avez parlé ? Sait-elle où se trouve Joel ? »

Falk secouait la tête quand il sentit un mouvement derrière lui.

« Vous parlez de Joel ? On l'a retrouvé ? » demanda une voix.

La femme brune du portrait de famille était plantée sur le seuil de la véranda, à les regarder. Comme son mari, l'inquiétude semblait l'avoir vieillie. Elle était habillée élégamment, avec des bijoux en or aux oreilles et autour du cou, mais ses yeux luisaient de larmes contenues.

« Michelle, mon épouse, la présenta Bailey. Je leur racontais juste que j'étais allé chez Margot Russell pour voir si Joel y était.

— Pourquoi ? Il n'a aucune raison d'aller chez elle, déclara Michelle, un rictus incrédule aux lèvres. Il ne veut pas entendre parler de cette fille.

— Il n'était pas là-bas, de toute façon, répliqua Bailey. Il doit se cacher chez l'un de ses copains.

— As-tu dit à cette Margot de le laisser tranquille, au moins ? Parce que si elle continue de le bombarder avec ces photos et ces vidéos, c'est moi qui vais aller voir la police. »

Falk s'éclaircit la voix.

« Je ne crois pas qu'il y ait vraiment un risque de voir Margot envoyer quoi que ce soit. Elle est vraiment blessée que ces images aient fini sur le Net.

— Et Joel, alors ? Il est plus blessé que quiconque. Il est tellement gêné qu'il ne veut même pas nous voir. Il n'avait rien demandé, le pauvre.

— Il a quand même demandé à avoir ces photos, fit remarquer Carmen. Apparemment.

— Non, ce n'est pas vrai. »

La voix de la mère était dure et cassante.

« Mon fils n'aurait jamais fait cela. Vous m'entendez ? »

Bailey allait intervenir, mais sa femme le fit taire d'un geste de la main.

« Même s'il y a eu une sorte d'erreur… »

Les yeux de Michelle filèrent se poser sur le portrait de famille.

« Même s'ils ont flirté ensemble, par exemple, et que, d'après mon fils, Margot a mal interprété ses intentions, pourquoi lui enverrait-elle des choses pareilles ? Elle n'a donc plus aucun respect envers elle-même ? Si elle ne voulait pas que ces images finissent en ligne, elle aurait peut-être dû y réfléchir un peu, avant de se comporter comme une sale petite pute. »

Elle avait à peine prononcé ces mots que Bailey bondit de son fauteuil et raccompagna sa femme hors de la véranda. Il resta parti pendant de longues minutes. Falk entendit les éclats étouffés d'une voix basse mais ferme, et des répliques outrées et haut perchées. À son retour, Bailey avaït l'air encore plus tendu.

« Je suis navré. Elle est très ébranlée par tout ça. »

Il soupira.

« C'est elle qui a découvert les photos et les vidéos. Nous avons une nouvelle tablette pour la salle commune, et le portable de Joel s'est synchronisé tout seul avec, ou je ne sais quoi. Sans doute par erreur, pendant qu'il téléchargeait quelque chose, mais en tout cas, les images de son portable se sont retrouvées sur la tablette, et ma femme a tout vu. Michelle m'a appelé. J'étais déjà en route pour aller prendre le bus, pour ce foutu séminaire – j'ai dû faire demi-tour et revenir ici. Joel était à la maison, avec deux de ses copains. Je les ai renvoyés chez eux et je lui ai demandé d'effacer les images, évidemment. Je lui ai passé un savon.

— C'est pour ça que vous êtes arrivé en retard, là-bas ? » demanda Falk.

Bailey fit oui de la tête.

« Je ne voulais pas y aller du tout, mais c'était trop tard pour annuler. Ça aurait fait mauvais genre, que le patron se défile. Et puis… »

Il parut hésiter.

« Je me suis dit qu'il fallait sans doute que je prévienne Alice. »

Falk vit les sourcils de Carmen s'arc-bouter.

« Même après avoir effacé ces photos ? s'étonna-t-elle.

— J'ai pensé que c'était important. »

Sa voix avait pris un ton de martyre.

« Et vous avez pu le faire ? La prévenir ?

— Oui. Le premier soir de cette marche, quand nous sommes allés voir le campement des femmes. J'avais essayé de l'appeler en route, mais sans succès. Et quand je suis arrivé au point de départ de la randonnée, les femmes étaient déjà parties. »

Falk repensa à leurs propres portables, devenus inutiles à l'approche des montagnes.

« Mais pourquoi une telle urgence ? insista-t-il. Vous dites que les photos avaient été effacées, alors, si vous teniez vraiment à lui raconter ça, pourquoi ne pas le faire après ce séminaire ?

— Je sais… Écoutez, personnellement, j'aurais préféré effacer ces images et en rester là, mais… »

Il se tourna vers la porte de la véranda, où sa femme était apparue quelques instants plus tôt.

« Michelle était – est – bouleversée. Elle a le numéro de portable de Margot Russell. Sur la route des monts Giralang, j'ai commencé à avoir peur que Michelle ait soudain envie, je ne sais pas, moi, de lui faire la leçon. Je ne voulais surtout pas qu'Alice revienne du séminaire trois jours plus tard et découvre vingt messages de Margot se plaignant de ma femme, sans qu'Alice soit au courant de rien. Elle aurait pu légitimement porter plainte, dans ce cas. »

Falk et Carmen le dévisagèrent.

« Alors, qu'avez-vous dit à Alice ? demanda Falk.

— J'ai pensé qu'elle n'aurait pas vraiment envie que tous les autres le sachent, alors je l'ai prise à part. »

Un sourire fugace, tendu.

« Pour être tout à fait honnête, je ne voulais pas que tous les autres le sachent. Je lui ai dit que Joel avait pris des photos de Margot, mais qu'elles avaient été effacées.

— Et comment a-t-elle réagi ?

— D'abord, elle ne m'a pas cru au sujet des photos. Ou elle n'a pas voulu me croire. »

Il se tourna de nouveau vers la porte.

« Mais c'est sans doute normal, pour une mère. Elle m'a répété plusieurs fois que Margot n'aurait jamais fait une chose pareille, mais quand je lui ai répondu que j'avais vu ces photos de mes propres yeux, son attitude a changé. Elle a commencé à réaliser et m'a demandé si je les avais montrées à quelqu'un d'autre, ou si j'en avais l'intention. Je lui ai dit que non, bien sûr. Je crois qu'elle ne comprenait pas encore vraiment. Je ne pouvais pas lui en vouloir. J'avais moi-même du mal à accepter l'idée. »

Il baissa les yeux sur ses mains.

Falk repensa au front plissé de Jill Bailey. *Une histoire de famille.*

« Avez-vous raconté à votre sœur ce qui s'était passé ?

— Pendant le séminaire ? »

Bailey fit non de la tête.

« Pas en détail. Je lui ai dit que j'étais en retard parce que nous avions découvert des photos indécentes sur le portable de Joel. Je n'ai pas précisé que Margot était impliquée. Je me suis dit que c'était à Alice de prendre cette décision, en tant que mère. »

Il soupira.

« Mais j'ai dû tout expliquer à Jill après le séminaire, quand Alice n'est pas réapparue.

— Quelle a été sa réaction ?

— Elle était en colère. Elle m'a dit que j'aurais dû tout lui raconter le premier soir, au campement des femmes. J'aurais sans doute dû le faire, c'est vrai. »

Carmen se rassit au fond du canapé.

« Mais alors, comment ces images ont-elles pu se retrouver sur Internet ? Margot nous a dit qu'elles étaient en ligne depuis hier.

— Sincèrement, je l'ignore. Je suis rentré à Melbourne hier, dès que Michelle m'a annoncé la chose. C'est une autre maman qui lui en a parlé. »

Il s'interrompit, incrédule.

« Ça vaut ce que ça vaut, mais je ne crois vraiment pas que Joel serait du genre à les diffuser. Je lui ai fait toute une leçon sur le respect de la vie privée, et il a eu l'air de comprendre. »

Falk se fit la réflexion que Daniel Bailey, maintenant, parlait comme son épouse.

« Joel était avec des copains quand Michelle est tombée sur ces images, poursuivit Bailey. Je crois que dans la confusion, il est probable qu'un d'entre eux les ait copiées sur son téléphone. » Il tourna son propre portable dans la paume de sa main. « J'aimerais juste que Joel réponde au téléphone, pour qu'on puisse en avoir le cœur net. »

Pendant un long moment, on n'entendit plus que les craquements du feu de bois.

« Pourquoi ne pas nous en avoir parlé quand nous vous avons vu au gîte ? interrogea Falk.

— Je voulais respecter la vie privée de ces gamins. Ne pas empirer une situation déjà délicate pour eux. »

Falk le dévisagea et, pour la première fois, Bailey ne put soutenir son regard. Il y avait autre chose. Falk revit Margot debout dans la cuisine de sa mère, enfantine et si seule.

« Quel âge a Margot, sur ces photos ? »

Bailey sursauta, et Falk sut qu'il avait vu juste.

« Si quelqu'un s'intéresse aux dates où elles ont été prises, risque-t-il de s'apercevoir que Margot n'avait que quinze ans, à l'époque ? »

Bailey secoua la tête. « Je ne sais pas. »

Falk était persuadé du contraire. « Quel âge a votre fils, maintenant ? »

Un long silence. « Il a dix-huit ans, mais il vient de les avoir. Il n'avait que dix-sept ans quand ils sont sortis ensemble.

— Mais maintenant, il n'a plus dix-sept ans, intervint Carmen en se penchant vers lui. Désormais, il est légalement un adulte majeur soupçonné d'avoir diffusé des images intimes d'une jeune fille n'ayant pas encore atteint la majorité sexuelle. J'espère que vous avez un bon avocat… »

Bailey resta assis sur son canapé haut de gamme, à côté de sa cheminée ronronnante. Il leva les yeux vers son fils, tout sourires, sur le portrait de famille. Il hocha la tête, il n'avait pas l'air content.

« Il est très bon. »

Jour 3 : samedi soir

Alice était partie depuis un bon moment quand son absence fut enfin remarquée.

Bree ignorait depuis combien de temps au juste elle contemplait les flammes quand elle se rendit compte qu'elles n'étaient plus que quatre à être assises autour du feu. Elle balaya la clairière du regard. Il n'y avait pas grand-chose à voir. Le devant de la cabane clignotait en noir et orange, ses angles projetant des ombres géométriques à la lueur du feu. Autour d'elles, tout était plongé dans les ténèbres.

« Où est Alice ? »

Lauren releva les yeux.

« Je crois qu'elle est partie faire ses besoins. »

De l'autre côté du feu de camp, Jill plissa le front.

« Ça fait longtemps, non ?

— Ah bon ? Je ne sais pas. »

Bree ne savait pas non plus. Le temps semblait s'écouler différemment, dans ces montagnes. Elle contempla les flammes pendant quelques minutes encore, peut-être même de longues minutes, jusqu'à ce que Jill s'impatiente.

« Bon, où est-elle passée ? Elle ne s'est quand même pas éloignée au point de ne pas retrouver le feu, n'est-ce pas ? » Jill se redressa et appela : « Alice ! »

Elles tendirent l'oreille. Bree entendit un bruissement d'herbes et un craquement, loin derrière elle. Un opossum, se dit-elle. À part ça, tout était silencieux.

« Peut-être qu'elle n'a pas entendu », dit Jill. Puis d'une voix très basse : « Son sac est toujours là, n'est-ce pas ? »

Bree se leva pour aller vérifier. Dans la cabane, elle distingua les contours de cinq sacs à dos. Elle ne les voyait pas assez clairement pour identifier celui d'Alice, si bien qu'elle recompta, pour être bien sûre. Cinq. Ils étaient tous là. Elle se tournait pour ressortir quand un mouvement, dans le cadre de la fenêtre, attira son attention, et elle s'approcha de l'ouverture. Une silhouette se déplaçait à l'orée de la forêt. Alice.

Que faisait-elle là ? Difficile à dire. Puis Bree aperçut une lueur bleue révélatrice. Elle laissa échapper un soupir et rejoignit les autres dehors, près du feu.

« Alice est là-bas, annonça-t-elle en montrant la direction. Elle vérifie le portable.

— Mais son sac est à l'intérieur ? s'inquiéta Jill.

— Ouais.

— Vous pouvez aller la chercher ? demanda Jill, scrutant en vain l'obscurité. S'il vous plaît. Je ne voudrais pas que quelqu'un se perde dans le noir. »

Bree se retourna, alertée par un bruit dans les bois. Ce n'était vraiment qu'un opossum, se répéta-t-elle. « D'accord. »

Il faisait nuit noire à l'écart du feu, et Bree trébuchait sans arrêt sur le sol irrégulier. L'image des flammes continuait de danser devant ses yeux, qu'ils soient ouverts ou fermés. Elle inspira profondément, se força à s'arrêter quelques instants. Peu à peu, sa vue s'habitua à l'obscurité. Elle distinguait à présent la silhouette mouvante, à l'orée de la forêt.

« Alice ! »

Alice bondit sur place et se retourna. Le portable brillait au creux de sa paume.

« Hé ! l'apostropha Bree. Vous ne nous avez pas entendues vous appeler ?

— Non. Désolée. Quand ? »

Alice avait une drôle d'expression sur le visage et, en s'approchant, Bree se demanda si elle n'avait pas les larmes aux yeux.

« À l'instant. Tout va bien ?

— Oui. J'ai cru... Un instant, j'ai cru que j'avais du réseau.

— Oh, mon Dieu, vraiment ? »

Bree faillit lui arracher l'appareil des mains, mais parvint à se retenir.

« Vous avez pu joindre quelqu'un ?

— Non. Ça n'a duré qu'un court instant. Et je n'arrive plus à capter, maintenant. »

Alice baissa les yeux.

« Je ne sais plus. Peut-être que j'ai rêvé, c'est tout.

— Je peux regarder ? »

Bree tendit la main, mais Alice resta juste assez loin.

« Il n'y a plus rien. Il se peut que j'aie tout simplement vu ce que j'avais envie de voir. »

Sur l'écran, Bree aperçut fugacement un nom. Margot. Le dernier numéro composé. Elle hésita. C'était le téléphone d'Alice, mais elles étaient toutes en train de dériver à bord du même bateau. Ce qui changeait les règles. Bree rassembla son courage.

« Nous ne devrions utiliser le téléphone que pour appeler le numéro d'urgence.

— Je sais.

— Je veux dire, évidemment que c'est difficile. Chacune aimerait rentrer chez soi et pense à sa famille. Je comprends parfaitement, mais…

— Bree. Je sais. Je n'ai pas réussi à la joindre.

— Oui, mais même le fait d'essayer, ça use la batterie, et on ne sait pas combien de temps…

— Bon Dieu, je sais tout ça ! »

Des larmes qui luisaient, sans aucun doute.

« Je voulais juste lui parler. C'est tout.

— OK. »

Bree tendit le bras et frotta le dos d'Alice. C'était un peu gênant et Bree se rendit compte qu'elles n'avaient jamais échangé davantage qu'une simple poignée de main, jusqu'à présent.

« Je sais qu'elle est grande, maintenant, reprit Alice en s'essuyant les yeux sur sa manche. Mais c'est encore mon bébé. Tu ne peux pas comprendre. »

Non, se dit Bree en repensant à l'œuf brisé sur le chemin. Non, elle ne pouvait sans doute pas comprendre. Sa main se figea dans le dos d'Alice.

« Ne le dis pas aux autres, ajouta Alice en la regardant dans les yeux. S'il te plaît.

— Elles vont vouloir savoir, s'il y avait du réseau.

— Il n'y en avait pas. J'ai mal regardé.

— Quand même…

— Ça va juste leur donner de faux espoirs. Elles

vont toutes vouloir appeler des gens. Et tu as raison, pour la batterie… »

Bree ne répondit rien.

« D'accord ? »

Comme Bree retirait la main de son dos, Alice l'empoigna, refermant ses doigts sur ceux de Bree. C'était presque douloureux.

« Bree ? Allez, tu es assez intelligente pour voir que j'ai raison. »

Une longue pause.

« Oui, j'imagine.

— Très bien. Merci. C'est la meilleure chose à faire. »

À peine Bree eut-elle acquiescé qu'elle sentit Alice lâcher sa main.

Chapitre 18

Daniel Bailey avait de nouveau l'air tout petit, devant sa somptueuse villa. Falk le voyait dans son rétroviseur, qui les regardait s'éloigner. Le portail en fer forgé au bout de l'allée s'ouvrit sans un grincement, les laissant sortir.

« Je me demande quand Joel Bailey a prévu de rentrer chez lui pour braver l'orage, déclara Falk, tandis qu'ils s'engageaient dans les rues immaculées du quartier.

— Quand il aura besoin que sa mère lave son linge, j'imagine. Et je parie qu'elle sera contente de le faire. »

Le ventre de Carmen gargouilla assez fort pour que Falk l'entende malgré le grondement du moteur.

« Vous voulez manger un morceau ? proposa Carmen. Jamie n'aura rien laissé à manger à la maison avant de partir, c'est sûr. »

Elle jeta un coup d'œil dehors, alors qu'ils longeaient une enfilade de magasins de luxe.

« Mais bon, je ne connais aucune adresse dans le coin. Enfin, aucun resto qui coûte moins cher qu'un mois de crédit immobilier… »

Falk réfléchit quelques instants, pesant le pour et le contre. Bonne idée, mauvaise idée ?

« Vous devriez venir chez moi. » Les mots sortirent avant qu'il ne l'ait vraiment décidé. « Je préparerai quelque chose. » Il se rendit compte qu'il retenait son souffle. Il expira.

« Comme quoi ? »

Il passa en revue, mentalement, ses placards et son congélateur. « Un bol de spaghettis ? » Un hochement de tête dans le noir. Un sourire, crut-il déceler.

« Un bol de spaghettis chez vous. » Un sourire, décidément, il l'entendit dans sa voix. « Comment pourrais-je refuser ? Allons-y. »

Il mit son clignotant.

Trente minutes plus tard, ils se garèrent devant son appartement de St Kilda. Les vagues étaient hautes et déferlaient sur la baie de Melbourne quand ils avaient longé la mer, leurs crêtes blanches brillant sous la lune. Falk ouvrit la porte d'entrée. « Venez. »

Son appartement, déserté pendant plusieurs jours, était froid. Il alluma la lumière. Ses baskets étaient près de la porte, là où il s'en était débarrassé d'un coup de pied pour enfiler ses chaussures de randonnée. Combien de jours s'était-il écoulé depuis ? Même pas trois. Il avait l'impression que cela faisait beaucoup plus.

Carmen le suivait de près, elle examinait son intérieur sans la moindre gêne. Falk sentait son regard s'attarder partout, pendant qu'il faisait le tour de son séjour pour allumer des lampes. Le chauffage se mit en route en ronronnant et, presque aussitôt, l'air commença à se réchauffer. Tous les murs de la pièce étaient peints d'un blanc neutre, les rares traits de couleur étant limités aux étagères de livres fixées le long des murs. Une table dans un coin et un canapé en face de la télé composaient le seul mobilier. Les lieux semblaient plus petits avec une autre personne dedans, songea Falk, mais pas au sens exigu. Il tenta de se remémorer la dernière fois qu'il avait accueilli quelqu'un. Cela faisait un bail.

Sans attendre son invitation, Carmen s'assit sur un tabouret devant le petit bar qui séparait la modeste cuisine de l'espace de vie.

« Elles sont jolies, dit-elle en ramassant l'une des deux poupées tricotées à la main posées sur des enveloppes rembourrées, à même le plan de travail. « Des cadeaux ? Ou bien vous commencez une collection d'objets bizarres ? »

Falk éclata de rire. « Des cadeaux, merci. Je voulais les poster cette semaine mais je n'ai pas eu le temps avec tout ce qui s'est passé. C'est pour les enfants de deux amis.

— Oh, vraiment ? »

Elle empoigna les enveloppes.

« Ils ne vivent pas dans le coin, donc…

— Non. L'un habite encore à Kiewarra, là où j'ai grandi. »

Il ouvrit un placard et inspecta avec attention ses étagères pour ne pas regarder Carmen.

« L'autre est mort, malheureusement.

— Oh. Je suis désolée.

— Ce n'est rien, dit-il, s'efforçant de donner l'impression qu'il le pensait vraiment. Mais sa petite fille va bien. Elle vit à Kiewarra, elle aussi. Ces poupées sont des cadeaux d'anniversaire un peu tardifs. J'ai dû attendre un peu pour faire broder leurs noms dessus. »

Il désigna les lettres sur les robes des poupées. Eva Raco. Charlotte Hadler. Elles grandissaient toutes deux comme des champignons, lui avait-on dit. Il n'était pas retourné sur place pour le constater par lui-même et se sentit soudain un peu coupable.

« C'est sympa comme cadeau, non ? Pour des gamins ?

— Elles sont très belles, Aaron. Je suis sûre qu'ils vont les adorer. »

Carmen les reposa délicatement sur les enveloppes, tandis que Falk continuait de fouiller ses placards.

« Vous voulez boire quelque chose ? » Il dénicha une bouteille de vin dans un coin et essuya avec soin la couche de poussière qui la recouvrait. Il n'était pas un gros buveur quand il était accompagné, et encore moins lorsqu'il était seul.

« Du rouge, ça vous irait ? Je crois que j'ai du blanc quelque part, mais…

— Le rouge, c'est parfait, merci. Donnez, je vais la déboucher, répondit Carmen, tendant les mains pour prendre la bouteille et les deux verres que Falk lui tendait. C'est très plaisant chez vous. Très bien rangé. Moi, il faut me prévenir deux semaines à l'avance si quelqu'un vient à la maison. Même si vous avez des goûts du genre monacal, si je peux me permettre…

— Vous n'êtes pas la première à me le dire. »

Il enfouit la tête dans un autre placard et en ressortit avec deux grandes casseroles. La viande hachée congelée passa au micro-ondes, pendant que Carmen remplissait les deux verres de vin.

« Je n'ai jamais eu la patience pour ces conneries de "laisser respirer", déclara-t-elle, trinquant avec lui. Santé.

— Santé. »

Il sentit le regard de Carmen dans son dos tandis qu'il faisait revenir des oignons et de l'ail dans une poêle, puis ouvrait une conserve de tomates. Elle avait un demi-sourire aux lèvres quand il se retourna.

« Quoi ? demanda-t-il.

— Rien. »

Elle le regarda par-dessus le bord de son verre en buvant une gorgée.

« C'est juste qu'avec votre petite piaule de célibataire, je m'attendais plutôt à une sauce en boîte…

— Ne vous emballez pas. Vous n'avez pas encore goûté.

— Non. Mais ça sent bon. Je ne savais pas que vous cuisiniez. »

Il sourit.

« C'est un bien grand mot, je crois. Je sais faire ce plat-là et deux-trois autres. Mais bon, c'est comme jouer du piano, pas vrai ? Il suffit de connaître à peu près cinq morceaux décents, qu'on peut jouer devant les gens en les faisant durer un peu, et tout le monde croit que vous êtes bon…

— Donc ce plat est votre spécialité du chef, comme on dit ?

— L'une de mes spécialités. J'en ai exactement quatre de plus.

— Quand même, cinq plats, c'est quatre de plus que la plupart des hommes, vous pouvez me croire. »

Elle lui rendit son sourire et sauta au bas de son tabouret. « Je peux mettre le journal, juste une minute ? »

Carmen empoigna la télécommande sans attendre sa réponse. Le son était bas, mais Falk voyait l'écran du coin de l'œil. Ils n'eurent pas à attendre longtemps pour avoir les dernières nouvelles. Le téléscripteur défila au bas de l'écran :

GRAVES INQUIÉTUDES POUR LA RANDONNEUSE DE MELBOURNE PORTÉE DISPARUE.

Une série de photos apparurent : Alice Russell, seule, puis sur la photo de groupe prise au départ du sentier. Martin Kovac, de vieilles photos de ses quatre victimes, un cliché aérien des monts Giralang, étendue de verdure vallonnée s'étirant jusqu'à l'horizon.

« Aucune mention du fils ? demanda Falk depuis la cuisine, et Carmen secoua la tête.

— Pas encore. Tout ça a l'air très hypothétique. »

Elle éteignit la télé et s'approcha des étagères pour examiner ses livres.

« Bonne bibliothèque…

— N'hésitez pas, si vous voulez en emprunter », répondit-il. Il lisait toutes sortes d'ouvrages, de la fiction essentiellement, qui allait du commercial sans scrupules aux auteurs couverts de prix littéraires. Falk secoua la poêle et les arômes emplirent la salle pendant que Carmen passait en revue les tranches des romans, faisant glisser ses doigts dessus, s'arrêtant une fois ou deux pour incliner la tête et déchiffrer un titre. À mi-chemin, elle s'immobilisa, tirant sur quelque chose de fin entre deux livres.

« C'est votre père ? »

Falk se figea devant la cuisinière, sachant sans avoir besoin de regarder de quoi Carmen parlait. Il remua énergiquement le contenu en ébullition d'une des casseroles, avant de se retourner enfin. Carmen tendait une photographie vers lui. Elle en tenait une deuxième dans l'autre main.

« Ouais, c'est lui. » Falk s'essuya les mains sur un torchon et saisit par-dessus le comptoir le cliché qu'elle lui tendait. Il n'était pas encadré et Falk en pinça le coin entre deux doigts.

« Il s'appelait comment ?

— Erik. »

Falk n'avait pas vraiment regardé cette photo depuis le jour où une infirmière l'avait imprimée pour la lui offrir dans une carte de condoléances, après les funérailles. On y voyait Falk debout à côté d'un homme visiblement fragile, dans un fauteuil roulant. Les traits de son père étaient tirés et pâles. Les deux hommes souriaient, mais de manière rigide, comme s'ils obéissaient aux instructions de la personne qui tenait l'appareil.

Carmen étudiait l'autre photo qu'elle avait trouvée. Elle la lui montra.

« Celle-ci est vraiment très belle. Elle a été prise quand ?

— Je ne sais plus trop. Il y a longtemps, à l'évidence. »

Falk eut du mal à avaler sa salive en regardant cette image. La qualité technique était moins bonne, et le cliché un peu flou, mais les sourires qu'il avait capturés n'étaient pas forcés, cette fois. Falk estimait qu'il devait avoir dans les trois ans à l'époque, il était perché sur les épaules de son père, les mains agrippées aux pommettes d'Erik et son menton sur ses cheveux.

Ils marchaient sur ce que Falk reconnut comme étant le chemin qui longeait alors leur grand jardin, à l'arrière de la maison, et son père désignait quelque chose au loin. Falk avait essayé plusieurs fois, sans succès, de se rappeler ce qui avait bien pu attirer son attention. En tout cas, cela les avait fait rire tous les deux. Que ce soit en raison du temps qu'il faisait ce jour-là ou d'une erreur au moment du tirage, la scène baignait dans une lumière dorée qui lui donnait un air d'été sans fin.

Falk n'avait pas vu cette photo pendant des années, jusqu'à ce qu'il rapporte le sac à dos de son père de l'hospice et en vide le contenu. Il ne savait même pas que son père l'avait, et encore moins qu'il l'avait gardée avec lui pendant toutes ces années. Parmi toutes les choses de sa vie dont Falk regrettait qu'elles n'aient pas tourné différemment, il regrettait vraiment que son père ne lui ait pas montré cette photo de son vivant.

Ne sachant pas trop ce que tout ça lui inspirait – les affaires de son père, l'enterrement, la mort du vieux –, Falk avait rangé le sac à dos d'Erik avec ses cartes d'état-major au pied de l'armoire, et glissé les photos entre deux de ses romans préférés, en attendant de décider ce qu'il devait en faire. Elles étaient restées là depuis ce jour.

« Vous lui ressemblez beaucoup, fit remarquer Carmen, le nez collé à la photo. Enfin, franchement moins, évidemment, sur celle qui a été prise à l'hôpital.

— C'est vrai, il était déjà très malade à ce moment-là. Il est mort peu de temps après. Mais avant, on se ressemblait plus.

— Ouais, surtout sur cette photo de vous, enfant.

— Je sais. »

Elle avait raison. On aurait pu le prendre pour l'homme sur cette photo.

« Même si vous ne vous êtes pas toujours bien entendus, il doit vous manquer…

— Bien sûr. Il me manque beaucoup. C'était mon père.

— C'est juste que vous n'avez pas accroché ces photos au mur.

— Non. Eh bien, la déco intérieure, c'est pas vraiment mon truc… »

Il avait dit ça comme une blague, mais Carmen ne rit pas. Elle le dévisagea par-dessus son verre.

« C'est normal de regretter ça, vous savez.

— Regretter quoi ?

— De ne pas avoir été plus proche de lui quand vous en aviez l'occasion. »

Il ne dit rien.

« Vous ne seriez pas le premier enfant à ressentir ça après la perte d'un parent.

— Je sais.

— Surtout si vous avez l'impression, je ne sais pas, que vous auriez pu faire plus d'efforts.

— Carmen. Merci bien. Je sais tout ça. »

Falk posa sa cuillère en bois et se tourna vers elle.

« Très bien. Je disais juste ça comme ça. Au cas où vous ne le sauriez pas. »

Il ne put s'empêcher de sourire fugacement.

« Rappelez-moi, vous avez fait une formation de psychologue professionnelle, ou…

— J'ai un don pour ça. »

Le sourire de Carmen s'affaissa un peu.

« Mais bon, c'est vraiment dommage que vous vous soyez perdus de vue. On dirait que vous étiez heureux ensemble, quand vous étiez plus jeune.

— Ouais. Mais il a toujours eu un caractère difficile. Il passait trop de temps tout seul et gardait tout pour lui. »

Carmen le regarda.

« Un peu comme vous, vous voulez dire ?

— Non. Bien pire que moi. Il restait à l'écart des gens. Même ceux qu'il connaissait bien. Il ne parlait pas beaucoup, alors c'était dur de savoir ce qu'il pensait, la plupart du temps.

— Vraiment ?

— Ouais. Alors il a fini par être vraiment déconnecté…

— Je vois.

— … et donc, il n'avait plus vraiment de relations proches avec personne.

— Mon Dieu, Aaron, sérieusement, vous ne saisissez vraiment pas le rapprochement ? »

Il ne put s'empêcher de sourire.

« Je vois ce que vous voulez dire, mais ce n'était pas comme vous croyez. Si nous avions été aussi similaires que vous le dites, nous nous serions mieux entendus. Surtout après avoir déménagé en ville. Nous avions besoin l'un de l'autre. Ça a été difficile de se faire à cet endroit, les premières années. Notre ferme me manquait, notre vie d'avant, mais il n'a jamais donné l'impression de comprendre ça. »

Carmen inclina la tête sur son épaule.

« Ou peut-être qu'il comprenait combien cela était dur pour vous, parce que ça l'était aussi pour lui, et c'est pour ça qu'il vous invitait à partir randonner avec lui le week-end… »

Falk cessa de remuer la sauce et fixa Carmen dans les yeux.

« Ne me regardez pas comme ça, protesta-t-elle. C'est vous qui savez. Je n'ai jamais rencontré votre père. Je dis simplement que la plupart des parents, je crois, essaient vraiment de faire ce qui leur paraît le mieux pour leurs enfants. »

Elle haussa les épaules.

« Je veux dire, regardez les Bailey et leur connard de fils. Pour eux, il est incapable de faire quoi que ce soit de mal, même quand des photos le prouvent. Et apparemment, même un taré comme Martin Kovac a passé les dernières années de sa vie à se lamenter que son fils ait disparu dans la nature. »

Falk recommença à remuer le contenu de sa casserole, et chercha quoi répondre. Au cours des derniers jours, l'image pénible qu'il avait de son père s'était peu à peu transformée.

« Oui, j'imagine que vous avez raison, dit-il. Écoutez, je regrette que nous n'ayons pas pris la peine de poser les choses sur la table, mon père et moi. Évidemment. Et je sais que j'aurais dû faire plus d'efforts. J'ai juste l'impression que mon père n'a jamais réellement voulu faire sa moitié du chemin.

— Encore une fois, c'est vous qui savez. Mais c'est vous qui avez planqué la dernière photo de votre père entre deux livres de poche. Je ne suis pas sûre qu'on puisse appeler ça faire la moitié du chemin… »

Elle se leva pour remettre les deux photos entre les couvertures.

« Ne faites pas cette tête : à partir de maintenant, promis, je m'occupe de mes affaires.

— Ouais. OK. Le dîner est prêt, de toute façon.

— Parfait. Ça devrait me faire taire pendant un moment, au moins. »

Elle sourit jusqu'à ce qu'il se déride.

Falk remplit deux assiettes de pâtes, versa la riche sauce dessus et alla les poser sur la petite table, dans le coin de la pièce.

« C'est exactement ce qu'il me fallait, déclara Carmen en mâchant sa première bouchée. Merci. »

Elle dévora un quart de son assiette, puis se redressa sur sa chaise et s'essuya les lèvres avec une serviette.

« Bon, vous voulez qu'on parle d'Alice Russell ?

— Pas vraiment, répondit Falk. Et vous ? »

Carmen fit non de la tête.

« Parlons d'autre chose. »

Elle but une autre gorgée de vin.

« Par exemple, ça fait combien de temps que votre petite amie est partie ? »

Falk releva les yeux, surpris, fourchette à mi-chemin de la bouche. « Comment le savez-vous ? »

Carmen laissa échapper un petit rire.

« Comment je le sais ? Aaron, j'ai des yeux pour voir. » Elle montra du doigt un grand vide près du canapé, qui avait jadis accueilli un fauteuil. « Soit c'est l'appartement le plus férocement minimaliste que j'aie jamais visité, soit vous n'avez pas remplacé ses meubles. »

Il haussa les épaules.

« Ça fait bientôt quatre ans qu'elle est partie.

— Quatre ans ! »

Carmen posa son verre.

« Honnêtement, je croyais que vous alliez me dire quatre mois. Dieu sait que je ne suis pas vraiment une fée du logis, moi non plus, mais quand même. Quatre ans. Vous attendez quoi ? Vous voulez que je vous emmène chez Ikea ? »

Il ne put contenir un rire.

« Non. C'est juste que je n'ai jamais pris le temps de remplacer ses trucs. Je ne peux m'asseoir que sur un seul canapé à la fois.

— Oui, je sais. Mais l'idée, c'est d'inviter des gens chez vous et qu'ils s'assoient sur vos autres fauteuils. Je veux dire, c'est vraiment bizarre. Vous n'avez pas de fauteuil mais vous avez… »

Elle désignait un étrange meuble en bois vernis qui prenait la poussière dans un coin.

« … ça. C'est quoi, d'ailleurs ?

— Un porte-magazines.

— Il n'y a pas de magazines dessus.

— Non. Je ne lis pas trop de magazines.

— Donc elle a pris le fauteuil, mais elle vous a laissé son porte-magazines.

— C'est à peu près ça.

— Incroyable. »

Carmen secoua la tête, surjouant l'incrédulité.

« Eh bien, s'il vous fallait une preuve que vous êtes mieux sans cette femme, elle se trouve là-bas, dans ce coin de la pièce, sans un magazine. Elle s'appelait comment ?

— Rachel.

— Qu'est-ce qui n'a pas marché ? »

Falk baissa les yeux sur son assiette. Ce n'était pas un sujet qu'il s'autorisait à aborder très souvent. Les rares fois où il pensait à elle, la première chose qui lui revenait en mémoire, c'était son sourire. Au tout début, quand tout était encore neuf. Il remplit de nouveau les verres.

« Rien de très original. Nous nous sommes éloignés peu à peu, c'est tout. Elle a fini par déménager. C'était ma faute.

— Ouais, je veux bien le croire. Santé. »

Elle leva son verre.

« Pardon ? »

Il riait presque.

« Je suis à peu près sûr que ce n'est pas ce qu'on est censé dire, dans ces cas-là… »

Carmen le regarda.

« Pardon. Mais vous êtes un adulte, vous pouvez encaisser ça. Ce que je veux dire, Aaron, c'est que vous êtes un type bien. Vous écoutez, vous avez l'air de vous soucier des autres et vous essayez de bien vous comporter avec les gens. Donc, si vous l'avez poussée jusqu'au point où elle a dû partir, c'est que c'était volontaire. »

Il allait protester, mais il se ravisa. N'avait-elle pas raison ?

« Elle n'a rien fait de mal, finit-il par reprendre. Simplement, elle voulait des choses que je ne me sentais pas capable de lui offrir.

— Comme quoi ?

— Elle voulait que je travaille un peu moins, que je parle un peu plus. Que je prenne un peu de temps pour nous. Que je me marie, peut-être, je ne sais pas. Elle voulait que je règle mes problèmes avec mon père.

— Elle vous manque. »

Il secoua la tête.

« Plus maintenant, répondit-il avec sincérité. Mais parfois, je me dis que j'aurais dû l'écouter.

— Il n'est peut-être pas trop tard.

— Avec elle, si. Elle est mariée, maintenant.

— J'ai l'impression qu'elle aurait pu vous faire du bien, si vous étiez restés ensemble », fit remarquer Carmen.

Elle tendit la main à travers la table et toucha légèrement la sienne. Le regarda droit dans les yeux.

« Mais à votre place, je ne serais pas si dur avec moi-même. Elle n'était pas faite pour vous.

— Ah bon ?

— Non. Aaron Falk, vous n'êtes pas le genre d'homme dont l'âme sœur possède un porte-magazines.

— À sa décharge, elle l'a laissé ici. »

Carmen éclata de rire.

« Et il n'y a eu personne d'autre, depuis ? »

Falk ne répondit pas tout de suite. Six mois plus tôt, dans sa ville natale. Une fille, une femme maintenant, qu'il avait connue à l'époque.

« C'est passé tout près, récemment.

— Ça n'a pas marché ?

— Elle était… »

Il hésita. Gretchen. Qu'aurait-il pu dire sur elle ? Ses yeux bleus et ses cheveux blonds. Ses secrets. « Très compliquée. »

Son esprit était à ce point plongé dans le passé qu'il faillit ne pas entendre le bruit de son portable qui vibrait sur le plan de travail. Il mit quelques minutes à se lever, et, le temps qu'il décroche, le correspondant avait raccroché.

Aussitôt après, le téléphone de Carmen se mit à sonner au fond de son sac, une sonnerie suraiguë, impérieuse. Elle plongea la main dans son sac et sortit l'appareil pendant que Falk consultait le sien pour lire le nom de l'appel manqué. Leurs yeux se croisèrent quand ils les détachèrent de leurs écrans respectifs.

« Le sergent King ? » demanda Falk.

Elle acquiesça du chef en appuyant sur le bouton et porta l'appareil à son oreille. La sonnerie se tut, mais Falk l'entendait presque encore résonner dans la pièce, comme une sirène d'alarme lointaine mais insistante.

Carmen écouta, et ses yeux se redressèrent pour chercher son regard. Elle articula en silence : « Ils ont retrouvé la cabane. »

Falk sentit une poussée d'adrénaline inonder sa poitrine. « Et Alice ? »

Elle écouta encore. Un brusque mouvement de la tête.

Non.

Jour 3 : samedi soir

Quand la pluie se mit à tomber, ce fut bientôt un déluge qui noya les étoiles et réduisit le feu de camp à un tas de cendres fumantes. Les femmes battirent en retraite dans la cabane et retrouvèrent leurs sacs et leurs maigres biens, chacune marquant son minuscule territoire. Le martèlement des gouttes sur le toit semblait réduire encore l'espace à l'intérieur, et Jill avait l'impression que le semblant de camaraderie qui s'était créé autour du feu était lui aussi parti en fumée.

Elle frissonna. Elle se demandait ce qui était le pire : l'obscurité ou le froid. Un craquement tonitruant se fit entendre dehors, et elle bondit sur place. L'obscurité était pire, trancha-t-elle. Elle n'était visiblement pas la seule à le penser car quelqu'un bougea et une torche s'alluma dans un cliquetis. Posée sur le plancher, elle illuminait la poussière qui tourbillonnait. Le faisceau vacilla.

« On devrait économiser les piles », déclara Alice.

Personne ne réagit. Avec un grognement rageur, Alice tendit la main vers la torche.

« Il faut économiser les piles. »

Un clic. Obscurité totale.

« Aucune barre sur le portable ? » demanda Jill.

Un bruissement de tissu, puis le carré de lumière bleue. Jill retenait son souffle.

« Non.

— Il reste combien de batterie ?

— Quinze pour cent.

— Éteignez-le. »

La lumière disparut. « Ça captera peut-être un peu quand la pluie s'arrêtera. »

Jill n'avait pas la moindre idée de l'impact que le temps pouvait avoir sur le réseau, mais elle s'accrocha à cette idée. Quand la pluie s'arrêtera, peut-être. Oui, elle avait envie d'y croire.

À l'autre bout de la cabane, une nouvelle lumière apparut. Plus forte, celle-ci, et Jill reconnut la torche professionnelle de Beth.

« Tu es sourde ou quoi ? grogna Alice. Il faut économiser les piles.

— Pourquoi ? »

La voix de Beth s'éleva, claire et forte, depuis son recoin sombre.

« Ils vont lancer les recherches demain. C'est notre dernière nuit. »

Un rire d'Alice.

« Si tu crois qu'ils ont la moindre chance de nous retrouver demain, tu te mets le doigt dans l'œil. On est tellement loin du chemin, maintenant, qu'ils ne vont même pas penser à chercher par ici. La seule manière pour nous d'être retrouvées dès demain, c'est de partir à leur rencontre. »

Au bout d'un moment, la torche s'éteignit. La cabane se retrouva de nouveau plongée dans l'obscurité. Beth murmura quelque chose entre ses dents.

« Tu as quelque chose à dire ? » lui demanda sèchement Alice.

Pas de réponse.

Jill sentit un début de migraine se former sous son crâne, tandis qu'elle s'efforçait de passer en revue les options qui s'offraient à elles. Elle n'aimait pas cette cabane – pas du tout –, mais au moins, c'était une base abritée. Elle ne voulait pas retourner dehors, là où les arbres se disputaient le moindre mètre carré d'espace et où leurs branches l'égratignaient à chaque pas, alors qu'elle devait s'arracher les yeux pour distinguer un chemin qui n'arrêtait pas de s'évaporer sous ses pieds. Mais du coin de l'œil, elle apercevait le matelas avec son inquiétante tache sombre. L'idée de se remettre en route la rendait malade ; celle de rester la mettait en panique. Elle se rendit compte qu'elle tremblait, de froid ou de faim, elle ne le savait pas au juste, et elle se força à inspirer profondément.

« Vidons de nouveau les sacs. »

Elle ne reconnaissait pas sa propre voix.

« Pour chercher quoi ? » Elle ne savait pas qui avait posé la question.

« De quoi manger. Nous avons toutes faim, et ça n'aide pas. Vérifiez dans vos sacs, vos poches, partout. Fouillez vraiment à fond. Il doit bien rester une barre de céréales ou un paquet de cacahuètes quelque part.

— On a déjà fouillé partout.

— Recommencez. »

Jill remarqua qu'elle retenait sa respiration. Elle entendit des bruissements de tissu, des fermetures Éclair que l'on remontait.

« On peut allumer les lampes pour faire ça, au moins, Alice ? » Beth alluma la sienne sans attendre la réponse. Pour une fois, Alice ne protesta pas, et Jill remercia les cieux en silence. *Faites qu'elles trouvent quelque chose*, pria-t-elle en retournant son propre sac. Une petite victoire, une seule, pour redonner le moral aux troupes jusqu'au matin. Elle sentit quelqu'un approcher.

« On devrait vérifier le sac de Beth. » La voix d'Alice, dans son oreille.

« Hé ! » Le faisceau de la torche ricocha sur le mur.

« Je t'entends, Alice. Je n'ai rien dans mon sac.

— C'est ce que tu avais dit hier. »

Beth braqua sa torche sur le visage d'Alice.

« C'est quoi le problème ? » Alice tressaillit mais ne recula pas. « C'est bien ce qui s'est passé, pas vrai ? Tu as dit que tu n'avais pas de nourriture hier soir, et tu mentais. Parce qu'en fait il t'en restait encore. »

Le bruit d'une respiration.

« Eh bien, ce soir, je n'ai rien.

— Dans ce cas, ça ne te dérangera pas qu'on vérifie nous-mêmes. »

Alice se rua vers Beth et lui arracha son sac des mains.

« Hé !

— Alice ! intervint Bree. Laisse-la tranquille. Elle n'a rien dans son sac. »

Alice les ignora toutes les deux, elle ouvrit le sac et plongea la main dedans. Beth l'empoigna et tira si fort qu'elle tordit le bras d'Alice.

« Putain ! Fais gaffe ! » Alice se frottait l'épaule.

Les yeux de Beth étaient sombres et grands ouverts dans la lumière blanche de la torche.

« Toi, fais gaffe. J'en ai ma claque de tes conneries.

— Ça tombe bien, parce que moi aussi j'en ai marre. De tout ça. Je me tire dès que le soleil se lève, demain matin. Celles qui veulent venir peuvent me suivre. Les autres, vous n'avez qu'à rester ici et prier pour qu'on vous trouve. »

Jill avait un mal de crâne atroce, à présent. Elle s'éclaircit la gorge. Le raclement parut étrange, forcé, dans l'exiguïté de la cabane.

« Je vous l'ai déjà dit : hors de question de nous séparer.

— Et moi, Jill, je vous l'ai déjà dit, répliqua Alice en se tournant vers elle : je me fous de ce que vous pensez, maintenant. Je m'en vais. »

Jill tenta de respirer profondément, mais sa poitrine était bloquée. Elle avait l'impression que ses poumons étaient vides. Elle secoua la tête. Elle avait vraiment espéré ne pas en arriver là.

« Pas avec le téléphone, en tout cas. »

Chapitre 19

Falk reprit le volant avant l'aube. Il s'arrêta devant l'immeuble où vivait Carmen. Il faisait noir quand elle avait quitté son appartement à lui, sept heures plus tôt, et il faisait encore noir ce matin. Elle l'attendait sur le trottoir, prête à partir, et elle ne dit rien ou presque en s'installant sur le siège passager. Ils s'étaient déjà tout dit la veille, après l'appel du sergent King.

« Comment ont-ils fait pour retrouver la cabane ? avait demandé Falk, après que Carmen avait raccroché.

— Quelqu'un les a rencardés, apparemment. Il n'est pas entré dans les détails. Il dit qu'il en saura davantage, le temps qu'on soit sur place. »

Falk avait appelé le bureau, et il y avait eu un long silence à l'autre bout du fil.

Ils pensent encore pouvoir la retrouver en vie ? Falk l'ignorait. *S'ils la retrouvent vivante, elle risque de se mettre à parler de toutes sortes de choses.* Oui, c'est possible. *Vous feriez mieux d'aller là-bas. N'oubliez pas qu'il nous faut toujours les contrats.* Non, Falk ne risquait pas d'oublier.

De nouveau, Carmen et lui se relayèrent au volant. Comme la première fois, les routes étaient pratiquement désertes. En longeant ces vastes pâturages pour la seconde fois, Falk se fit la réflexion que le trajet semblait infiniment plus long.

Quand ils arrivèrent enfin près de l'entrée du parc, Falk aperçut la lueur verdâtre de l'enseigne de la station-service, et il s'arrêta. Il repensa à ce que le pompiste lui avait dit la fois d'avant. *Quand on trouve les affaires ou un abri, le corps n'est plus très loin.* Une surprise l'attendait à l'intérieur : une femme se tenait derrière le guichet, ce matin-là.

« Où est passé votre collègue ? demanda-t-il en lui tendant sa carte bleue.

— Steve ? Il est en congé maladie.

— Depuis quand ?

— Ce matin.

— Qu'est-ce qui lui arrive ? »

La femme lui lança un drôle de regard. « Comment voulez-vous que je le sache ? » Elle lui rendit sa carte et se détourna. Encore un connard de la ville.

Falk rangea sa carte. Il sentit le regard de la femme dans son dos jusqu'à la voiture. Au-dessus des pompes, l'œil cyclopéen de la caméra le contemplait, impassible.

Si l'ambiance au gîte avait été animée la première fois, elle était à présent en surchauffe. Il y avait des journalistes et des vestes fluo partout. Impossible de se garer.

Falk déposa Carmen devant l'entrée et elle se rua à l'intérieur pendant qu'il cherchait une place. Le sergent King avait dit qu'il leur laisserait ses instructions à la réception. Falk traversa le parking au ralenti. Arrivé tout au fond, il fut obligé de se garer en double file derrière la camionnette d'un ranger.

Il attendit à côté de la voiture. Il faisait encore plus froid que dans son souvenir, et il remonta la fermeture Éclair de son blouson. À l'autre extrémité du parking, à l'écart de la ruche, le sentier de Mirror Falls était désert.

« Hé. »

Falk se retourna en entendant la voix. L'espace d'un instant, il ne reconnut pas la femme. Dans ce nouveau décor, elle était différente.

« Bree. Vous êtes sortie de l'hôpital ?

— Ouais, hier soir. Dieu merci. J'avais besoin d'air. »

Ses cheveux noirs étaient ramenés sous un bonnet, et le froid vif lui rougissait un peu les joues. Elle était très belle, songea Falk.

« Comment va votre bras ?

— Il va mieux, merci. C'est encore un peu douloureux. »

Elle regarda le bandage qui dépassait de la manche de son blouson.

« Je suis surtout inquiète pour tout le reste. Beth et moi, on est censées repartir dans l'après-midi. J'ai rendez-vous chez un spécialiste, à Melbourne, demain matin, mais… »

Bree se tourna vers une équipe de recherche qui grimpait dans sa camionnette. Elle repoussa de la main une mèche de cheveux tombée sur ses yeux. Ses ongles ébréchés avaient été limés avec soin, remarqua Falk.

« Cette cabane n'a pas vraiment été utilisée par Martin Kovac, n'est-ce pas ? demanda-t-elle, sans même essayer de cacher la peur dans sa voix.

— Je ne sais pas, avoua Falk. Je suppose qu'ils vont tout faire pour le savoir. »

Bree mâchonna l'un de ses ongles impeccables.

« Et que va-t-il se passer, maintenant qu'ils ont trouvé l'endroit ?

— J'imagine qu'ils vont concentrer leurs recherches sur cette zone. Traquer la moindre trace d'Alice. »

Bree ne dit rien pendant une minute.

« Je sais que l'histoire de Kovac remonte à une éternité, mais quelqu'un d'autre connaissait l'existence de cette cabane, pas vrai ? Sinon, qui aurait refilé ce tuyau aux policiers ? L'un d'eux m'a dit que c'est comme ça qu'ils l'avaient trouvée.

— Oui, je suppose. Je n'en sais guère plus que vous, pour le moment.

— Mais si une personne connaissait cette cabane, peut-être qu'elle savait aussi qu'on était dedans ?

— Ça, je n'en suis pas sûr.

— Mais vous, vous n'étiez pas là-bas. Par endroits, la forêt était si épaisse qu'on ne voyait plus rien. Vous ne savez pas comment c'était.

— Non, reconnut-il. C'est vrai. »

Ils suivirent du regard la camionnette qui s'éloignait.

« Enfin, reprit Bree au bout d'un moment. Je suis venue vous remercier.

— De quoi ?

— D'avoir été gentil avec Beth. Elle m'a dit qu'elle vous avait parlé de sa mise à l'épreuve. Certaines personnes entendent ça, et aussitôt elles jugent. Les gens se font souvent une idée horrible de ma sœur…

— Je vous en prie, c'est normal. Elle va bien ? Elle avait l'air un peu abattue quand nous lui avons parlé, l'autre jour. »

Bree le dévisagea.

« Quand ça ?

— Il y a deux jours, le soir. Je l'ai croisée devant le gîte. Elle regardait la pluie tomber.

— Oh. Elle ne m'a pas parlé de ça. »

Bree plissa le front.

« Elle buvait ? »

Falk hésita une demi-seconde de trop, et les plis se creusèrent sur le front de Bree.

« Ce n'est pas grave. Je me doutais qu'elle avait dû boire. Elle est stressée. Je m'y attendais.

— Je crois qu'elle a juste pris une bière », dit Falk.

Bree secoua la tête.

« Une bière ou dix, c'est pareil. Elle n'est pas censée boire, point. Mais bon, elle est comme ça, Beth. Elle veut toujours bien agir, mais, bizarrement, elle n'y parvient jamais vraiment… » Bree s'interrompit et regarda le gîte par-dessus l'épaule de Falk. Ce dernier se retourna. Sur le perron, trop loin pour les entendre, une silhouette les observait. Un blouson trop serré, des cheveux noirs et courts. Beth. Falk se demanda depuis combien de temps elle était là. Il lui fit un signe de la main. Beth hésita, puis lui retourna son geste. Même à cette distance, Falk vit qu'elle ne souriait pas.

Bree s'ébranla. « Je ferais mieux de la rejoindre. Encore merci. »

Adossé à sa voiture, Falk la regarda traverser le parking. Beth se tenait toujours debout sur le perron du gîte, dans la même position. Elle ne bougea pas jusqu'à ce que sa sœur l'ait rejointe.

Jour 3 : samedi soir

Bree entendait son propre souffle résonner dans ses oreilles. Alice était adossée contre le mur.

Jill tendit la main vers elle.

« Donnez-moi le téléphone.

— Non.

— Où est-il ? Dans votre sac ? Laissez-moi regarder.

— Non.

— Je ne vous demande pas votre avis. »

Jill se pencha pour empoigner le sac.

« Hé ! »

Alice tenta de le lui arracher des mains, mais Jill tira plus fort.

« Puisque vous voulez tellement partir, Alice, tirez-vous. » Jill enfonça son bras dans le sac puis, avec un grognement satisfait, elle le retourna, renversant son contenu sur le plancher.

« Vous n'êtes pas toute seule et si vous mourez au fond d'un fossé, vous l'aurez bien cherché. Mais vous ne prendrez pas ce portable.

— Bon sang. »

Alice s'accroupit, rassemblant ses affaires tandis que Jill les examinait rapidement. Une polaire trempée, la boussole, la gourde. Pas de téléphone.

« Il n'est pas là.

— Il doit être dans son blouson. »

La voix de Beth, jaillie de nulle part, fit sursauter Bree.

Alice semblait barricadée dans son coin, ses affaires serrées contre sa poitrine. Jill lui braqua la torche dans les yeux. « C'est votre blouson ? Ne compliquez pas les choses. »

Alice trembla et détourna le regard.

« Ne me touchez pas.

— C'est votre dernière chance. »

Alice ne dit rien. Alors Beth se jeta sur elle, empoignant son blouson à deux mains.

« Arrête tes conneries, Alice. Tu ne t'es pas gênée pour fouiller mes affaires quand tu croyais que je cachais quelque chose… »

Bree tenta de retenir sa sœur tandis qu'Alice se débattait en poussant des cris.

« Lâchez-moi ! »

Beth lui tâta les poches puis, poussant une exclamation victorieuse, en sortit sa prise et la brandit au-dessus de sa tête. Le téléphone. De son autre main, elle repoussa Alice.

Alice chancela en arrière, puis elle se précipita vers l'avant, les mains tendues vers le portable. Les deux femmes luttèrent, leurs deux corps étroitement imbriqués, puis elles heurtèrent la table dans un fracas assourdissant. Il y eut un choc métallique quand une torche tomba sur le plancher, et la pièce se retrouva plongée dans le noir. Bree entendait encore les deux femmes se bagarrer.

« C'est à moi…

— Lâche… »

Bree s'entendit hurler : « Arrêtez ! » Elle ne savait pas au juste à qui elle s'adressait. Quelque chose de lourd roula contre son pied. La lampe. Elle la ramassa, la secoua, la lumière se ralluma en grésillant et l'aveugla. Elle la tourna vers le bruit.

Alice et Beth étaient enlacées sur le plancher. Bree arrivait à peine à savoir qui était qui dans cet amas de membres, puis l'une des deux leva un bras. Bree poussa un cri mais il était trop tard. La main de Beth dessina une ombre fulgurante dans le faisceau de la lampe, tandis qu'elle s'abattait de toutes ses forces. Le craquement, quand elle frappa la joue d'Alice, sembla faire trembler les murs de la cabane.

Chapitre 20

Carmen ressortit du gîte avec une carte marquée d'une grosse croix rouge.

« C'est là que nous allons, expliqua-t-elle en remontant dans la voiture. On en a pour un moment, à peu près quarante minutes. La route nord est le point d'accès le plus proche. »

Falk examina la carte. La croix était tracée au fin fond du bush. À une poignée de kilomètres au nord de ce point, une fine piste forestière traversait le vert.

Carmen mit sa ceinture. « Le sergent King est déjà sur place. Et Margot Russell a rappliqué aussi, apparemment.

— Pas toute seule, quand même ? s'étonna Falk.

— Non. J'ai croisé Lauren au gîte. Un policier les a amenées ici très tôt ce matin. Margot refuse toujours de voir son père. Il monte ici en voiture de son côté. »

Comme ils quittaient le parking, Falk aperçut une silhouette qui les observait depuis le seuil du gîte, tapie dans l'ombre de la porte. L'une des jumelles, se dit-il. Impossible de savoir laquelle.

Le vent sifflait de nouveau dans les cimes des arbres tandis qu'ils parcouraient les routes de montagne. Carmen ne parlait que pour donner les directions. Les routes se firent de plus en plus étroites, jusqu'au moment où ils se retrouvèrent à rebondir sur une chaussée mal pavée, approchant d'une nuée de policiers et de volontaires.

Le site bourdonnait d'un étrange mélange d'inquiétude et de soulagement. Enfin, ils avaient découvert quelque chose, même si ce n'était pas ce que tout le monde espérait. En descendant de voiture, Falk repéra une tache de rouge. Ian Chase, dans son éternelle polaire Corporate Adventures, se tenait en périphérie d'un groupe de rangers. Il traînait autour d'eux, ni vraiment dans le groupe ni tout à fait en dehors. Quand il vit Falk et Carmen, il les salua d'un brusque hochement de tête et vint à leur rencontre.

« Hé, il y a du nouveau ? On l'a retrouvée ? C'est pour ça que vous êtes là ? » Ses yeux allaient et venaient des policiers à la forêt.

Falk se tourna vers Carmen.

« Non, pas que nous sachions.

— Mais ils ont retrouvé la cabane. »

Chase scrutait encore le bush.

« Son corps ne devrait pas être loin.

— À moins qu'elle soit toujours vivante. »

Chase se figea, incapable de se débarrasser assez vite de l'expression embarrassée qui déformait ses traits.

« Oui, bien sûr. Évidemment. J'espère que c'est le cas. »

Falk ne pouvait pas lui en vouloir. Il savait que les espoirs étaient minces, à présent.

Un policier avait prévenu King par radio depuis le gîte, et le sergent les attendait à l'orée des bois.

Son visage était gris, mais ses gestes trahissaient un haut niveau d'adrénaline. Il les salua de la main en les voyant approcher, et il baissa les yeux, approuvant du chef leurs chaussures de randonnée.

« Parfait. Vous en aurez besoin. Suivez-moi. »

Il ouvrit la marche, plongeant dans le bush en entraînant les deux agents dans son sillage. En moins d'une minute, le brouhaha et l'agitation de la route disparurent et une forêt dense se referma sur eux. Falk repéra une bande de Scotch de police qui battait au vent, sur un arbre, indiquant l'itinéraire à suivre. Sous ses pas, le sentier était à peine marqué, seules les touffes d'herbe récemment aplaties par les semelles des policiers permettaient de le voir.

« Comment avez-vous fait pour trouver cette cabane, finalement ? » interrogea Falk.

Ils étaient seuls sur le chemin, mais King baissa la voix.

« Un prisonnier de Barwon nous a appelés pour refiler le tuyau. Il appartenait à un gang de bikers. Il a été condamné à une longue peine et, visiblement, il en avait assez. Quand il a appris à la télé que nous cherchions la cabane, il a compris qu'il pourrait négocier une remise de peine. Il dit que des copains à lui vendaient parfois de la drogue à Sam Kovac, dans le temps.

— Vraiment ?

— À le croire, Sam aimait fanfaronner un peu au sujet de son père, il se vantait de savoir des choses que les policiers ignoraient, ce genre de trucs. Sam a amené ses potes ici deux fois. »

King désigna le fin sentier sous leurs pieds.

« Le prisonnier ne savait pas exactement où se trouvait la cabane, mais il savait qu'il fallait partir de la route nord et il nous a donné deux ou trois autres points de repère – il y a une petite gorge un peu plus haut –, alors on a pu resserrer la zone des recherches. Il pense avoir encore des choses à nous dire. À l'heure où je vous parle, il est en train de négocier un deal avec ses avocats.

— Et vous y croyez, quand il met ça sur le dos de Kovac ? demanda Carmen. Ce n'est pas lui qui serait tombé par hasard sur cet endroit, et qui essaierait d'enjoliver le truc ?

— Ouais. Son histoire est crédible », soupira King.

Courte pause.

« On a retrouvé des restes humains. »

Il y eut un long silence, puis Falk se tourna vers King.

« Qui ?

— C'est une bonne question.

— Pas Alice ?

— Non. »

King secoua la tête.

« Aucun doute là-dessus. Les ossements sont trop anciens. On a retrouvé d'autres trucs intéressants sur place, aussi – vous verrez vous-mêmes. Mais aucune trace d'elle, pour l'instant.

— Bon Dieu, marmonna Carmen. Qu'a-t-il bien pu se passer là-bas ? »

Des martins-pêcheurs invisibles crièrent dans les profondeurs du bush. « Ça aussi, c'est une bonne question. »

Jour 3 : samedi soir

Beth entendit le fracas de sa main s'écrasant sur la joue d'Alice une fraction de seconde avant que la sensation de chaleur n'envahisse sa paume. Le claquement parut se répercuter dans toute la cabane, tandis que sa main brûlante palpitait d'une douleur cinglante.

L'espace d'un instant, Beth eut l'impression qu'elles étaient toutes deux en équilibre sur le fil d'un rasoir d'où elle – et Alice aussi – pouvait encore se retirer indemne. Demander pardon. Se serrer la main. Remplir un rapport et le remettre à la DRH à leur retour. Mais alors, le vent souffla dehors et Alice émit un bruit de gorge étranglé et rageur, et, d'un même élan, elles chancelèrent et s'effondrèrent sur le plancher. Des cris s'élevèrent, venus de tous les coins de la pièce.

Beth sentit Alice lui agripper les cheveux et tirer sa tête vers le sol. Elle perdit l'équilibre et son épaule alla percuter le plancher. Ses poumons se vidèrent d'un coup, écrasés sous son propre poids. Une paire de mains lui enfonça le visage dans la poussière et Beth sentit le bois irrégulier lui râper la joue et son goût de moisi humide lui remplir la bouche. Quelqu'un était couché sur elle. Alice. C'était forcément elle. Dans cette étreinte, Beth distingua l'odeur de son corps, et une partie de son esprit trouva le moyen d'être surprise. Alice n'avait jamais été du genre à transpirer. Beth tenta de la griffer pour se défendre, mais ses bras étaient coincés dans une position étrange et elle se débattit en vain, empoignant des morceaux de vêtements, ses doigts glissant sur des matières imperméables haut de gamme.

Elle sentit quelqu'un la tirer sur le côté, et une autre paire de mains qui s'efforçaient de les séparer, Alice et elle. Bree.

« Lâche-là ! » hurlait sa sœur.

Beth ne savait pas à qui elle parlait. Elle tenta de se libérer en se tortillant, puis elle sentit un choc violent quand Bree, déséquilibrée, leur tomba dessus. Le trio roula lourdement sur le côté, il alla s'écraser contre le pied de la table et celle-ci crissa sur le plancher. Il y eut un bruit sourd et quelqu'un, à l'autre bout de la pièce, poussa un cri de douleur. Beth voulut se redresser, mais une main empoigna ses cheveux et la ramena au sol. Son crâne se fracassa sur le plancher, si fort qu'un haut-le-cœur lui agita le corps, du ventre jusqu'à la gorge. Elle vit des petits points blancs danser dans le noir et, sous les assauts incessants de ces mains aux ongles aussi acérés que des griffes, elle se sentit partir.

Chapitre 21

Plus ils marchaient et plus le sentier devenait difficile à suivre. Au bout d'une heure, il disparut presque entièrement après avoir franchi une rivière, puis réapparut avant de virer de manière imprévisible en direction d'une descente abrupte, le long de la gorge que King avait évoquée tout à l'heure. Les rangées d'arbres-sentinelles, tous identiques, commençaient à jouer des tours aux yeux de Falk, et il était de plus en plus reconnaissant lorsqu'il apercevait les bouts de Scotch disposés à intervalles réguliers par les policiers. Il n'aimait guère l'idée d'avoir à parcourir seul cette portion. La tentation indésirable de se perdre dans le bush n'était jamais très loin.

C'est avec soulagement que Falk aperçut les premières taches orange au milieu des arbres. Des volontaires. Ils ne devaient plus être très loin, se dit-il. Comme par enchantement, les arbres s'écartèrent soudain et, quelques pas plus loin, il entra dans une petite clairière.

Au centre de celle-ci, trapue et sinistre derrière les rangées de Scotch jaune et les gilets fluo des policiers, se dressait la cabane.

Elle était bien camouflée sur le fond vert et brun terne du bush, et elle avait l'air volontairement isolée. De ses fenêtres borgnes à l'affaissement peu accueillant de sa porte, elle empestait le désespoir. Falk entendait le souffle de Carmen à côté de lui et, tout autour, les arbres qui murmuraient et frémissaient. Une rafale traversa la clairière, et la cabane gronda.

Falk pivota lentement sur lui-même pour embrasser la scène. De tous les côtés, la forêt encerclait les lieux, avec çà et là l'éclat orange d'un groupe de recherche à peine visible entre les arbres. Falk se fit la réflexion que, en fonction de l'angle, il était tout à fait possible de passer à côté de la cabane sans la voir. Les femmes avaient eu de la chance de tomber dessus par hasard. Ou de la malchance, songea-t-il.

Un agent de police montait la garde devant la cabane, et un autre un peu plus loin. Les deux hommes avaient des bâches en plastique à leurs pieds, qui recouvraient quelque chose. Les bâches s'affaissaient un peu au milieu, mais n'offraient aucun indice sur ce qu'elles dissimulaient.

Falk se tourna vers King.

« Lauren nous a dit qu'elles avaient trouvé le squelette d'un chien.

— Ouais, il est là-bas. »

King désignait la bâche la plus proche, et la plus petite des deux. Il soupira. « Mais l'autre, c'est pas un chien. La police scientifique va bientôt arriver. »

Tandis qu'ils contemplaient les deux bâches sans rien dire, une bourrasque souleva la plus proche des deux, qui se rabattit sur elle-même. Le policier qui la gardait s'accroupit pour la remettre en place, mais

Falk eut le temps d'apercevoir un trou peu profond. Il essaya d'imaginer ce qu'avaient pu ressentir les femmes ici, seules et effrayées. Difficile de se représenter l'enfer qu'elles avaient dû traverser.

Il se rendit soudain compte que, depuis le début, il avait eu le sentiment tenace que les quatre autres femmes du groupe avaient abandonné Alice un peu vite, après avoir découvert qu'elle avait disparu. Mais à présent qu'il se trouvait lui-même devant cette sinistre cabane, il pouvait presque entendre une voix insistante murmurer sous son crâne : *Va-t'en d'ici. Cours*. Il secoua la tête.

Carmen examinait la plus grande des deux bâches.

« On n'a jamais retrouvé la quatrième victime, à l'époque, dit-elle. Sarah Sonderberg.

— Non. »

King secoua la tête.

« Jamais.

— À votre avis, ça pourrait être elle ? »

Carmen désigna la bâche d'un geste du menton.

« Vous y pensez forcément. »

King donna l'impression de vouloir dire quelque chose, mais n'en fit rien. « La police scientifique n'a pas encore analysé les restes. Nous en saurons plus après. » Il souleva le Scotch jaune qui barrait l'entrée de la cabane. « Venez. Je vais vous montrer l'intérieur. »

Ils se courbèrent pour passer sous le Scotch et franchirent la porte, aussi béante qu'une plaie. Une vague odeur de décomposition était discernable sous l'odeur capiteuse des eucalyptus. Et il faisait très sombre ; les fenêtres ne laissaient entrer qu'un mince filet de jour.

Debout au centre de la pièce, Falk distingua d'abord des contours généraux, puis des détails. La couche de poussière qui, à l'évidence, s'était longtemps accumulée sur le plancher, et le mobilier de la cabane montrait à présent les signes évidents d'un grand chambardement. Une table avait été renversée, des feuilles et des débris étaient éparpillés un peu partout. Dans la deuxième pièce, il aperçut un matelas avec une tache sombre inquiétante. Et, tout près de lui, les planches sales au pied de la vitre cassée étaient imbibées d'une autre tache sombre, qui ressemblait à du sang frais.

Jour 3 : samedi soir

Lauren n'arrivait pas à trouver la torche. Ses ongles raclaient le plancher sale quand elle entendit un choc sourd et le crissement de la table glissant à travers la pièce. Elle l'aperçut qui fonçait vers elle une fraction de seconde avant que le coin du meuble ne la frappe en plein visage.

L'impact lui vida les poumons et elle s'effondra en arrière, retombant lourdement sur le coccyx. Elle émit un son rauque et resta couchée là, sonnée, sous la fenêtre. La vieille coupure sur son front palpitait de douleur et, quand elle la toucha, ses doigts sentirent quelque chose de chaud et gluant. Elle crut qu'elle pleurait, mais le liquide autour de ses yeux était trop épais. Un haut-le-cœur la prit quand elle réalisa que c'était son sang.

Lauren passa les doigts sur ses yeux pour les essuyer. Quand elle put de nouveau y voir, elle secoua ses mains et le sang sur ses doigts éclaboussa le plancher. À travers la fenêtre, elle ne distingua que la masse sombre des nuages. Comme s'il n'y avait jamais eu d'étoiles.

« Aidez-moi ! » s'écria une voix qu'elle ne put identifier. Elle s'en moquait presque, à présent, mais un nouveau choc sourd se fit entendre, suivi d'un gémissement puissant. Une torche ricocha sur les planches, son faisceau éclairant les murs, puis la lampe heurta une paroi et s'éteignit.

Lauren se releva tant bien que mal et se dirigea en titubant vers le trio affalé sur le plancher, avant de plonger ses mains ensanglantées dans cette mêlée furieuse. Elle n'avait aucune idée de ce qu'elle empoignait, en essayant de les séparer. À côté d'elle, quelqu'un d'autre tentait d'en faire de même. Jill, constata-t-elle.

Les doigts de Lauren rencontrèrent une portion de chair. Elle enfonça ses ongles dedans et laboura la peau, sans se soucier de savoir à qui elle appartenait : elle voulait juste décoller les trois corps les uns des autres. Un bras jaillit de la mêlée et Lauren l'évita de justesse. Il frappa Jill en pleine mâchoire, si fort que Lauren entendit ses dents craquer. Jill laissa échapper un grognement humide et tituba en arrière, la main refermée sur sa bouche.

Ce coup déséquilibra les trois lutteuses, et, dans un dernier effort, Lauren parvint à les séparer. On n'entendait plus que des souffles hachés, puis le bruit des femmes regagnant chacune son recoin de la pièce.

Lauren se laissa tomber contre le mur. Son front piquait, et elle sentit soudain une douleur au niveau de son poignet droit, qui avait été tordu. Elle se demanda s'il n'était pas enflé et passa son doigt sous le bracelet que Rebecca lui avait offert. Son poignet avait l'air d'aller pour le moment, elle se l'était juste un peu foulé. Le bracelet était un peu large, de toute manière, elle n'avait sans doute pas besoin de l'enlever.

Elle se redressa contre le mur, et son pied buta dans quelque chose. Elle se pencha en avant, et ses doigts rencontrèrent le plastique lisse d'une torche. Elle trouva l'interrupteur et l'actionna. Rien ne se passa. Elle secoua la lampe. Toujours rien. Elle était cassée. Lauren sentit l'angoisse bouillonner au creux de sa poitrine et, tout à coup, elle ne put supporter l'obscurité une seconde de plus. Elle se mit à genoux, maladroitement, fouillant le plancher à tâtons jusqu'à ce que sa main se referme sur un cylindre métallique. Elle l'empoigna et sentit son poids dans sa paume. La torche professionnelle de Beth.

D'une main tremblante, Lauren l'alluma, et manqua crier de joie quand le cône lumineux fendit l'air poussiéreux de la cabane. Elle baissa les yeux et découvrit son propre sang sur ses chaussures, rouge vif, et une autre tache sombre sur le plancher, près de la fenêtre. Elle se détourna, écœurée, et promena lentement le faisceau partout dans la pièce.

« Tout le monde va bien ? »

La lumière se posa sur Jill, affaissée près de la paroi de fortune qui séparait les deux pièces. Ses lèvres étaient enflées et encroûtées de sang, et elle se tenait la mâchoire à deux mains. La lumière la fit tressaillir et, comme Lauren écartait la torche de son visage, elle l'entendit cracher. Beth gisait sur le sol, non loin de là, sonnée et désarticulée, elle se frottait l'arrière du crâne tandis que sa sœur était adossée au mur, le dos bien droit, les yeux écarquillés.

Il fallut un moment à Lauren pour localiser Alice dans le noir.

Elle se tenait debout près de la porte de la cabane quand la faible lueur jaune de la torche finit par l'attraper, les cheveux ébouriffés et le visage rougi. Et, pour la première fois depuis trente ans qu'Alice et elle se connaissaient, Lauren la vit pleurer.

Chapitre 22

Falk étudiait les taches de sang sur le plancher.

« On sait à qui ça appartient ? »

King fit non de la tête.

« Les experts vont l'analyser. Mais c'est récent.

— Et ça ? »

Falk désigna le matelas posé debout contre le mur. Une bâche de plastique transparent avait été scotchée autour, mais la tache sombre sur le tissu était encore visible.

« On m'a dit qu'il s'agissait en fait de moisissures avancées, déclara King. Donc ce n'est pas aussi terrible que ça en a l'air.

— Ça vous aurait paru terrible si vous vous étiez retrouvé coincé ici, fit remarquer Carmen.

— Ouais. J'imagine. »

Il soupira.

« Comme je vous le disais, jusqu'à présent, nous n'avons trouvé aucun indice clair de ce qui a pu arriver à Alice. Les autres femmes disent qu'elle a pris son sac à dos et, c'est vrai, on ne l'a pas retrouvé, donc, heureusement, elle avait au moins ça avec elle. Mais, apparemment, elle n'a pas réussi à retrouver le chemin de cette cabane ou, si c'est le cas, elle n'a pas tenté de nous laisser un message ici. »

Falk regarda autour de lui et repensa au message déposé sur sa boîte vocale. *Lui faire du mal*. Il sortit son portable de sa poche. Rien sur l'écran.

« Personne n'a de réseau, ici ?

— Non », répondit King.

Falk fit quelques pas dans la pièce. La cabane grondait et grinçait. C'était un endroit peu accueillant, aucun doute là-dessus, mais au moins il avait des murs et un toit. Déjà à travers la vitre de sa chambre, au gîte, la nuit lui était apparue hostile. L'idée qu'Alice ait pu se retrouver exposée aux intempéries ne lui plaisait vraiment pas.

« Que va-t-il se passer maintenant ? demanda-t-il.

— On passe la zone au peigne fin, mais c'est une vraie galère, répondit King. Vous avez déjà vu comment était la végétation en venant ici, et c'est la même chose dans toutes les directions. Ça va sans doute nous prendre des jours de fouiller les environs immédiats. Plus encore si la météo empire.

— Par où sont parties les femmes ? demanda Carmen. Le chemin que nous avons pris en venant ?

— Non. Nous avons suivi le chemin le plus direct depuis la route, mais ce n'est pas celui qu'elles ont emprunté. Il y a un sentier qui part vers le nord, derrière la cabane. Il faut s'enfoncer dans les bois pour le trouver, mais, une fois qu'on est dessus, il est assez bien marqué. Elles marchaient déjà sur ce chemin quand elles sont tombées sur cet endroit. Si Alice a vraiment essayé de gagner la route à pied, il y a de grandes chances qu'elle ait suivi cet itinéraire. »

Falk essayait de se concentrer sur ce que King expliquait. Mais, tout en l'écoutant, il prit conscience qu'une infime part de son esprit avait entretenu l'espoir, jusqu'ici, que lorsqu'on retrouverait enfin la cabane, Alice Russell y serait aussi. L'espoir qu'elle avait retrouvé le chemin de cet abri et qu'elle s'y terrait, apeurée et en colère peut-être, mais vivante. Tandis que les parois de bois craquaient, il pensa aux bois impénétrables de cette partie du parc, aux tombes dehors, aux taches de sang sur le plancher, et il sentit ses derniers lambeaux d'espoir pour Alice Russell se déchirer et s'envoler.

La cabane était vide. Quoi qu'il ait pu arriver à Alice, elle était en pleine nature, exposée aux éléments. Quelque part, à travers les hurlements du vent et le grincement des arbres, Falk crut entendre sonner un glas.

Jour 3 : samedi soir

Le calme était retombé sur la cabane, après la lutte, brisé uniquement par le souffle haché des cinq femmes. Des particules de poussière tourbillonnaient paresseusement dans la lumière de la torche, tandis que Jill inspectait sa mâchoire du bout de la langue. La chair était enflée et molle, et une dent en bas à droite était un peu branlante. C'était une sensation étrange, qu'elle n'avait plus éprouvée depuis l'enfance. Elle repensa soudain à ses enfants, quand ils étaient petits. La petite souris et ses pièces sous l'oreiller. Ses yeux la piquèrent et sa gorge se noua. Elle mourait d'envie de leur parler. Sitôt sortie de là, elle les appellerait.

Jill bougea et sentit quelque chose contre son pied. Une torche. Elle se baissa pour la ramasser, grimaçant de douleur, et elle chercha à tâtons l'interrupteur. Rien ne se passa.

« Cette lampe est cassée. » Ses mots sortirent étouffés de ses lèvres enflées.

« Celle-ci aussi », répondit une voix. L'une des sœurs.

« On en a combien qui éclairent encore ? interrogea Jill.

— Une seule, par ici ».

Le faisceau jaunâtre scintilla tandis que Lauren lui tendait la torche qu'elle tenait à la main. Jill en sentit le poids dans sa paume. La lourde lampe de Beth. Excellent choix, finalement, de l'avoir emportée pour cette randonnée.

« Aucune autre ? » Pas de réponse. Jill soupira. « Merde. »

À l'autre bout de la pièce, Jill vit Alice s'essuyer les yeux avec sa main. Ses cheveux étaient emmêlés et elle avait des traces de saleté sur les joues. Elle ne pleurait plus, à présent.

Jill pensait qu'elle allait dire quelque chose. Exiger des excuses, peut-être. La menacer de porter plainte, qui sait. Au lieu de quoi Alice s'assit par terre et ramena les genoux contre sa poitrine. Elle resta là, près de la porte, recroquevillée et parfaitement immobile. Étrangement, Jill trouva cela plus dérangeant encore.

« Alice ? » La voix de Bree s'éleva d'un recoin sombre.

Pas de réponse.

« Alice, insista Bree. Écoutez, Beth est toujours sous le coup d'une mise à l'épreuve. »

Toujours pas de réponse.

« Le truc, c'est qu'on va la renvoyer devant un tribunal si vous... » Bree n'acheva pas sa phrase. Attendit. Pas de réponse. « Alice ? Vous m'écoutez ? Je sais qu'elle vous a frappée, mais elle aura de graves ennuis si vous engagez des poursuites...

— Et donc ? » répondit enfin Alice.

Ses lèvres bougeaient à peine. Elle n'avait pas relevé la tête.

« Donc restons-en là, OK ? S'il vous plaît... » Il y

avait dans le ton de Bree un soupçon de tristesse que Jill ne lui connaissait pas. « Notre mère ne va pas très bien. La dernière fois, ça l'a vraiment affectée… »

Pas de réponse.

« Je vous en prie, Alice.

— Bree. »

La voix d'Alice avait une drôle d'intensité.

« Ça ne sert à rien de me demander cette faveur. Vous aurez déjà de la chance si vous avez encore un boulot dans un mois…

— Hé ! »

La voix de Beth résonna, dure et pleine de rage.

« Je vous interdis de la menacer ! Elle n'a rien fait, à part se casser le cul pour vous. »

Cette fois, Alice releva les yeux. Ses mots jaillirent de sa bouche, lents et déterminés, tranchant l'obscurité comme un éclat de verre.

« Ferme-la, espèce de grosse vache.

— Alice, ça suffit ! aboya Jill. Beth n'est pas la seule personne dans cette pièce dont le sort ne tient qu'à un fil, alors faites attention ou bien vous aurez des problèmes quand…

— Quand quoi ? »

Alice avait l'air sincèrement curieuse de le savoir.

« Quand les secours débarqueront ici comme par enchantement ? »

Jill avait ouvert la bouche pour lui répondre, quand, dans un frisson de panique, elle se souvint brusquement du téléphone. Elle l'avait glissé dans son blouson avant que la bagarre n'éclate, et elle plongea la main au fond de sa poche pour le chercher. Où était-il passé ? Le soulagement lui fit tourner la tête quand sa main se referma sur le rectangle lisse et froid. Elle le sortit et consulta l'écran pour s'assurer qu'il était bien intact.

Alice l'observait. « Vous savez qu'il m'appartient. »

Jill ne répondit pas, elle remit le téléphone dans sa poche.

« Que fait-on, maintenant ? » interrogea Bree.

Jill poussa un soupir silencieux. Elle se sentait totalement épuisée. Elle avait froid et faim, sa mâchoire la faisait souffrir et son corps moite et crasseux la dégoûtait. Elle se sentait comme envahie par les autres femmes.

« Très bien, dit-elle du ton le plus mesuré dont elle était capable. D'abord, nous allons toutes nous calmer. Ensuite, je veux que tout le monde sorte son sac de couchage et nous allons tirer un trait sur tout ça. Du moins pour l'instant. Nous allons dormir un peu, et demain matin nous nous mettrons d'accord sur une stratégie, quand nous aurons les idées un peu plus claires, les unes et les autres. »

Personne ne réagit.

« Faites ce que je dis, maintenant. S'il vous plaît. »

Jill se pencha pour ouvrir son sac à dos. Elle sortit son duvet et soupira d'aise en entendant les autres l'imiter.

« Mettez votre sac de couchage à côté du mien, Alice », ordonna-t-elle.

Alice fit la moue mais elle ne discuta pas, cette fois. Elle déroula son duvet sur le sol à l'endroit indiqué par Jill, et se glissa à l'intérieur. Bree fut la seule à prendre la peine de sortir pour se brosser les dents à l'eau de pluie. Jill était contente qu'Alice ne veuille pas en faire de même. Elle n'avait pas encore décidé s'il fallait l'accompagner dehors dans ce cas, ou pas.

Jill se glissa dans son duvet, grimaçant en le sentant coller à sa peau comme un sac en plastique mouillé. Elle sentait le portable dans la poche de son blouson, et hésita. Elle n'avait pas envie de l'enlever, mais elle savait qu'elle ne dormirait pas bien en le gardant. Elle avait essayé la veille, mais la capuche s'était coincée dans les fermetures Éclair, et il serait déjà assez dur comme ça de trouver le sommeil. Au bout d'un moment, elle l'enleva sans faire de bruit et le cala contre elle en haut de son duvet. Elle eut la sensation qu'Alice la regardait, mais, quand elle se tourna, celle-ci était allongée sur le dos et contemplait le toit de tôle.

Elles étaient toutes harassées, Jill le savait. Elles avaient besoin de repos, mais l'atmosphère dans la cabane semblait électrique. Le sang palpitait sous son crâne sur le plancher dur, et elle entendait les craquements des corps qui se tournaient, incapables de trouver une position confortable. Elle distingua un mouvement dans le duvet à côté d'elle.

« Dormez, maintenant, dit-elle sèchement. Alice, si vous devez vous lever cette nuit, réveillez-moi. »

Il n'y eut pas de réponse.

Jill tourna la tête. Elle ne voyait presque rien dans le noir.

« Compris ?

— On dirait que vous ne me faites pas confiance, Jill. »

Jill ne prit même pas la peine de répondre. Elle posa la main sur son blouson, s'assurant qu'elle sentait bien les formes anguleuses du portable à travers les replis du tissu, avant de fermer les yeux.

Chapitre 23

Falk fut content de sortir de la cabane. Carmen et lui suivirent King dans la clairière, où ils clignèrent tous trois des yeux, éblouis par la lumière du jour.

« Le sentier que les femmes ont pris part de là-bas », expliqua King en désignant un point derrière la cabane. Falk tendit le cou. Il n'aperçut aucun chemin, rien qu'un mur d'arbres d'où jaillissaient parfois les taches orangées des équipes de recherche qui allaient et venaient dans les bois. Les hommes apparaissaient puis disparaissaient à chaque pas.

« Nous examinons les lieux aussi vite que nous le pouvons, mais… » King ne termina pas sa phrase, il n'avait pas besoin. Le bush était extrêmement dense par ici, et dense voulait dire long à fouiller. Cela voulait dire aussi qu'il était facile de passer à côté d'indices. Et que certaines choses pouvaient disparaître sans jamais être retrouvées.

Falk entendait des voix invisibles parmi les arbres, qui appelaient Alice, puis guettaient une réponse. Certaines de ces pauses étaient courtes, de pure forme. Falk ne pouvait pas en vouloir aux policiers. Cela faisait quatre jours, maintenant. Un agent émergea des arbres et fit signe à King de le rejoindre.

« Excusez-moi, je reviens », souffla King avant de s'éloigner.

Restés seuls, Carmen et Falk échangèrent un regard. Les bâches en plastique des tombes, aux pieds des policiers de garde, ondulaient dans le vent.

« J'espère vraiment que c'est Sarah Sonderberg qui est enterrée là, déclara Carmen en désignant la plus grande bâche. Pour ses parents. Être obligé de supplier Kovac pour qu'il vous donne des informations, c'est le genre d'expérience qui doit vous hanter toute une vie. Au moins, les autres familles ont eu des enterrements. »

Falk, lui aussi, espérait qu'il s'agissait de Sarah Sonderberg. Et si ce n'était pas elle, il ne savait pas quoi espérer d'autre.

Il se retourna pour examiner la cabane. Elle avait sans doute été bien construite, au début, mais à présent, elle ne semblait plus tenir debout que par miracle. Elle était bien plus ancienne que l'époque Martin Kovac, ça, il en était certain, à en juger d'après l'état du bois. Qui l'avait bâtie ? Un programme d'aménagement du parc tombé dans l'oubli depuis longtemps ? Un amoureux de nature qui cherchait une planque où passer ses week-ends, à une époque où la législation des parcs était plus laxiste ? Il se demanda si l'endroit avait toujours eu l'air si désolé et solitaire.

Il s'approcha de la porte pour la tester, l'ouvrant et la refermant plusieurs fois de suite. Les gonds étaient si rouillés qu'ils grinçaient à peine. Le cadre de bois de la porte semblait tout juste assez large pour accueillir le panneau gonflé par les intempéries.

« Ça ne fait pas beaucoup de bruit. Il serait sans doute possible de se glisser dehors en douce sans réveiller personne. Ou de se glisser à l'intérieur, j'imagine. »

Carmen essaya à son tour. « Il n'y a pas de fenêtres sur l'arrière, non plus. Donc, depuis l'intérieur de la cabane, elles n'auraient pas pu la voir se diriger vers ce fameux sentier qui part en direction du nord. »

Falk songea à ce que les femmes avaient raconté, et tenta de reconstituer le déroulement des événements. Elles affirmaient qu'elles s'étaient réveillées et qu'Alice n'était plus là. Si elle était partie seule, elle avait dû contourner la cabane par-derrière et disparaître dans l'obscurité. Il repensa à l'heure du message sur sa boîte vocale : 4 h 26 du matin. *Lui faire du mal.* Quoi qu'il ait pu arriver à Alice Russell, cela s'était très certainement passé dans le noir, hors de vue du monde.

Il jeta un regard à l'autre bout de la clairière. King était encore en grande conversation. « On va marcher ? » proposa-t-il à Carmen.

Ils se frayèrent un chemin à travers les herbes hautes, puis les premiers arbres. Falk regardait derrière lui tous les deux ou trois pas. La cabane ne tarda pas à disparaître. Il avait un peu peur de manquer le début du sentier qui partait vers le nord, mais son inquiétude n'était pas fondée. Quand ils tombèrent dessus, ils surent qu'ils l'avaient trouvé : il était étroit, mais ferme sous leurs pas. Un lit de pierres l'avait empêché de se transformer en boue sous la pluie.

Carmen s'arrêta au milieu du chemin, regardant d'un côté puis de l'autre.

« Je crois que le nord est par là. » Elle pointa le doigt dans cette direction, le front un peu plissé. « C'est sûrement ça. Même si ce n'est pas facile à dire. »

Falk se retourna, un peu désorienté déjà. Le bush était quasiment identique des deux côtés. Il lança un coup d'œil dans la direction d'où ils étaient venus : on apercevait encore les équipes de recherche derrière eux. « Ouais, je crois que vous avez raison. Le nord est forcément par là. »

Ils se remirent en marche, le sentier était juste assez large pour leur permettre de marcher côte à côte.

« Qu'auriez-vous fait ? interrogea Falk. À leur place. Vous seriez restée ou partie ?

— Avec cette histoire de morsure de serpent, j'aurais essayé de gagner la route à pied. Pas vraiment le choix. Mais sans cette morsure ? »

Carmen réfléchit quelques instants.

« Je serais restée, je crois. Je ne sais pas. Je n'en aurais pas eu envie, pas après avoir vu l'état de cette cabane, mais je crois que je serais restée quand même. Je me serais mise à l'abri et j'aurais fait confiance aux équipes de recherche. Et vous ? »

Falk s'était posé les mêmes questions. Rester, sans savoir quand ni même si on viendrait les chercher ? Partir, sans savoir où aller ? Il ouvrit la bouche, ignorant encore quelle serait sa réponse, quand il l'entendit.

Un petit *bip*.

Il se figea. « C'était quoi, ça ? »

Carmen, un demi-pas devant lui, se retourna. « Quoi ? »

Falk ne répondit pas. Il tendit l'oreille. Il n'entendait plus rien que le bruit du vent dans les arbres. Avait-il rêvé ?

Il aurait voulu que le son résonne une nouvelle fois. Ce ne fut pas le cas, mais Falk s'en souvenait encore avec une étonnante clarté. Court, discret et à coup sûr électronique. Il ne lui fallut qu'une fraction de seconde pour l'identifier. Il enfonça la main dans sa poche, sachant déjà qu'il avait vu juste. Il entendait généralement ce son une bonne dizaine de fois par jour. Si souvent que, dans des circonstances normales, il ne le remarquait même plus vraiment. Mais ici, ce son étrange et artificiel l'avait fait réagir.

L'écran de son portable était allumé. Un texto. Falk ne prit même pas la peine d'en vérifier le contenu ; la notification lui disait à elle seule tout ce qu'il voulait savoir. Son téléphone captait.

Falk le tendit à Carmen pour qu'elle puisse voir. Le réseau était faible, mais il y en avait. Il fit quelques pas vers elle. Le signal disparut. Il recula et les barres de réseau réapparurent, hésitantes. Falk s'éloigna un peu dans l'autre direction. Plus de réseau. Il n'y avait qu'un seul endroit où les téléphones captaient. Incertain et insaisissable, mais cela suffisait peut-être pour déposer un message à peine audible.

Carmen fit volte-face et courut le long du sentier en direction de la cabane, disparaissant dans le sous-bois tandis que Falk restait exactement à l'endroit où son portable avait capté. Il contemplait son écran, où les barres de réseau clignotaient, disparaissant puis réapparaissant toutes les deux secondes, sans oser en détacher les yeux. Carmen revint quelques instants plus tard, entraînant derrière elle un sergent King à bout de souffle. Le policier regarda l'écran du portable, puis il prit sa radio pour rameuter ses troupes. Celles-ci se déployèrent bientôt de part et d'autre du sentier, constellation de taches orange disparaissant dans la pénombre.

Lui faire du mal.

Il leur fallut moins de quinze minutes pour retrouver le sac à dos d'Alice Russell.

Jour 4 : dimanche matin

Les nuages s'étaient dissipés et la pleine lune illuminait le ciel.

Les cheveux blonds d'Alice formaient comme un halo argenté quand elle referma la porte de la cabane derrière elle. Il y eut un *clic*, puis les gonds rouillés laissèrent échapper un semblant de gémissement. Elle se figea, l'oreille aux aguets. Son sac à dos était suspendu à l'une de ses épaules, et un vêtement posé sur son avant-bras libre. Aucun bruit ne se fit entendre à l'intérieur, et Alice reprit son souffle.

Elle posa son sac sans bruit sur le sol à ses pieds, et secoua le vêtement posé à cheval sur son bras. Une veste imperméable. Chère, de grande taille. Ne lui appartenant pas. Alice passa les mains sur le tissu, ouvrit la fermeture Éclair d'une poche. Elle en sortit un objet fin et rectangulaire, et appuya sur un bouton. Une lueur bleutée, et un petit sourire. Alice glissa le portable dans la poche de son jean. Elle empoigna le blouson et le jeta derrière un arbre tombé, près de la porte de la cabane.

Alice hissa le sac sur son épaule et, un *clic* plus tard, le faisceau de la torche éclairait le sol devant elle. Elle se mit en route à pas de loup, droit vers l'épais mur d'arbres et le sentier qui se trouvait derrière. Elle contourna l'angle de la cabane sans un regard en arrière.

Loin derrière elle, de l'autre côté de la clairière, à travers les fines franges détachées des troncs d'eucalyptus, quelqu'un la suivait du regard.

Chapitre 24

Le sac à dos d'Alice Russell gisait derrière un arbre, abandonné. Il se trouvait à dix mètres à peine du sentier, caché par d'épaisses broussailles, et il était fermé. Presque comme si sa propriétaire l'avait posé par terre et s'était éloignée pour ne plus jamais revenir, songea Falk.

Le sergent King était resté un long moment accroupi devant le sac, se déplaçant autour de lui méthodiquement comme s'il réalisait une chorégraphie. Puis, dans un soupir, il s'était relevé, avait fait poser des scellés et sélectionné son équipe de recherche avant de demander à tout le monde de quitter les lieux.

Falk et Carmen n'avaient pas discuté. Ils s'étaient donc retrouvés à remonter vers la route nord par le même chemin qu'ils avaient emprunté à l'aller, suivant les rubans de Scotch de police et deux agents qui venaient de terminer leur service. Ils marchaient sans rien dire, en file indienne, et hésitèrent à plusieurs reprises sur la direction à prendre pour rester sur le chemin. Une nouvelle fois, Falk se félicita que les policiers aient ainsi laissé des repères dans les arbres.

Marchant dans les pas de Carmen, il repensa au sac à dos. Gisant là-bas, solitaire, en paix, aberration créée par l'homme dans le paysage. Il ne donnait pas l'impression d'avoir été fouillé, et Falk ne savait pas comment l'interpréter. Le contenu du sac n'avait sans doute pas une grande valeur commerciale, mais dans cet endroit hostile, où des vêtements imperméables pouvaient faire la différence entre vie et mort, la valeur se mesurait différemment. Falk savait d'instinct qu'Alice Russell n'aurait jamais abandonné son sac de son plein gré, et cette prise de conscience provoqua un frisson dans son dos qui n'avait rien à voir avec le froid ambiant.

Quand on trouve les affaires ou un abri, le corps n'est plus très loin. Les paroles du pompiste n'arrêtaient pas de résonner sous son crâne. Il visualisa le type, attendant derrière son guichet chaque fois qu'ils s'étaient arrêtés à la station-service. Sauf ce matin-là, cependant. *Le corps n'est plus très loin.* Falk soupira.

« Vous pensez à quoi ? demanda Carmen à voix basse.

— Que ça s'annonce mal, c'est tout. Surtout si elle n'avait plus de matériel, dans un environnement comme celui-ci.

— Je sais. Je crois qu'ils vont bientôt la retrouver. »

Carmen contempla le bush, dense et hostile, aussi loin que portait la vue.

« Si elle est encore dans le coin, quelque part. »

Ils continuèrent de marcher jusqu'à ce que les arbres commencent à s'espacer, laissant davantage filtrer la lumière du jour. Un dernier virage et ils atteignirent de nouveau la route nord. Des policiers et des volontaires étaient massés sur le bord de la route, discutant à voix basse – la nouvelle du sac à dos s'était répandue comme une traînée de poudre. Falk regarda autour de lui. Aucun signe de Ian Chase, à présent, et le minibus

Corporate Adventures avait disparu. Le vent sifflait au-dessus de cette étendue de terrain dégagée, et Falk referma les pans de son blouson. Il se tourna vers l'un des policiers qui supervisaient le retour des équipes de recherche en fin de service.

« Vous avez vu Ian Chase partir ? »

Le policier le regarda, la tête ailleurs. « Non, désolé. Je n'avais même pas vu qu'il n'était plus là. Vous pourriez essayer de l'appeler si c'est une urgence. Il y a une cabane du parc avec une ligne fixe d'urgence à environ dix minutes en voiture, par là. » Il désigna la direction.

Falk secoua la tête. « C'est bon. Merci. »

Il suivit Carmen jusqu'à leur voiture et elle prit le volant.

« On rentre au gîte ? demanda-t-elle.

— Oui, j'imagine. »

Elle démarra, l'animation des lieux rapetissant peu à peu dans le rétroviseur, jusqu'à disparaître au détour du premier virage. Des cathédrales de verdure se dressaient au-dessus d'eux de part et d'autre de la route. Il n'y avait aucune trace des recherches frénétiques qui avaient lieu dans les profondeurs de cette forêt. Le bush gardait bien ses secrets.

« Cette cabane était bien cachée, mais elle n'était pas inconnue, déclara Falk après un long silence.

— Pardon ? »

Carmen fixait la route.

« J'ai repensé à un truc que Bree McKenzie disait hier, expliqua Falk. Le prisonnier qui leur a refilé le tuyau connaissait l'existence de la cabane. Ça fait donc au moins une personne. Et si quelqu'un d'autre l'avait découverte aussi ?

— À qui pensez-vous ? Notre ami de Corporate Adventures, qui a soudain disparu ?

— Peut-être. Ça en fait un. Il passe pas mal de temps tout seul, par ici. »

Falk repensa à la foule des policiers, des volontaires et des employés du parc qu'ils venaient de croiser.

« Mais je suppose que c'est le cas de pas mal de gens. »

Ils se garèrent sur le parking du gîte et sortirent leurs sacs du coffre. Un ranger qu'ils avaient déjà vu tenait la réception.

« J'ai cru comprendre qu'il se passe des choses là-haut, hein ? » Il dévisagea les deux agents dans l'espoir qu'ils lui donnent les dernières nouvelles, mais ils se contentèrent de hocher la tête. Ce n'était pas à eux de répandre de telles informations.

La porte donnant sur la cuisine commune était entrebâillée et, à travers l'ouverture, Falk aperçut Margot Russell. Assise à une table, elle pleurait en silence, une main posée sur les yeux, ses épaules agitées de brusques sanglots. Elle se trouvait entre Jill Bailey et une femme qui avait l'allure aisément reconnaissable d'une travailleuse sociale. Lauren se tenait juste derrière elles.

Falk détourna le regard. Ils parleraient à Margot plus tard, ce n'était clairement pas le bon moment pour ça. À travers la grande baie vitrée de la réception, il vit quelqu'un sur le parking. Une tête aux cheveux sombres – non, deux. Bree et Beth qui venaient des bungalows. Elles se disputaient. Falk n'entendait pas ce qu'elles disaient, mais il les vit s'arrêter pour laisser passer une camionnette. Le logo imprimé sur le flanc du van était facile à reconnaître : *Corporate*

Adventures. Ian Chase était de retour, quel que soit l'endroit où il avait pu disparaître. Falk poussa le bras de Carmen, qui se tourna vers le parking.

Le garde-parc derrière le guichet avait fini de les enregistrer et leur tendit deux clés.

« Les mêmes que la dernière fois, précisa-t-il.

— Merci. »

Distrait par la vue de Chase en train de descendre de son véhicule, Falk prit les clés et se retourna pour partir. Ils allaient franchir la porte quand le réceptionniste les interpella.

« Hé ! Attendez. » Il tenait un combiné de téléphone, le front plissé. « Vous êtes de la police, pas vrai ? Un appel pour vous. »

Falk lança un regard à Carmen, qui haussa les épaules, surprise. Ils revinrent sur leurs pas jusqu'au guichet, où Falk prit le combiné et prononça son nom. La voix à l'autre bout du fil était à peine audible, mais reconnaissable. Le sergent King.

« Vous m'entendez ? » Le sergent parlait d'un ton précipité.

« À peine.

— Merde. Je suis toujours sur place. C'est la ligne fixe de la cabane du parc. La liaison est toujours pourrie… »

Interruption.

« C'est mieux comme ça ?

— Pas vraiment.

— Bon, c'est pas grave. Écoutez, je suis sur le point de rentrer. Il y a des gens de la police d'État avec vous ?

— Non. »

Carmen et Falk étaient seuls à la réception, et le parking était presque désert. La plupart des policiers devaient encore être sur les lieux de la découverte.

« Il n'y a que nous.

— OK. Mon vieux, j'aurais besoin… »

Parasites. Puis plus rien.

« Attendez. Je vous avais perdu.

— Bon Dieu. Vous m'entendez, maintenant ?

— Ouais.

— Nous l'avons trouvée. »

Il y eut des craquements sur la ligne. Falk inspira, puis expira.

« Vous avez entendu ? reprit King d'une voix calme.

— Oui. J'ai entendu. Vivante ? »

Falk connaissait la réponse avant de poser la question. À côté de lui, Carmen se figea, comme pétrifiée.

« Non. »

Ce mot le frappa quand même comme un coup en pleine poitrine.

« Écoutez. » La voix de King semblait tantôt proche, tantôt très lointaine. « Nous sommes en route pour rentrer au gîte, aussi vite que possible, mais j'ai besoin d'un service. Il y a qui d'autre, là-bas ? »

Falk regarda autour de lui. Carmen. Le ranger à la réception. Margot Russell et son assistante sociale dans la cuisine avec Jill et Lauren. Les jumelles dehors, sur le parking. Ian Chase qui venait de verrouiller la porte de sa camionnette et s'éloignait déjà. Falk relaya cette liste à King. « Pourquoi ? »

Un torrent de parasites. Puis la voix de King, au plus loin. « Quand nous avons trouvé son corps, nous avons trouvé autre chose aussi. »

Jour 4 : dimanche matin

La lune plongea derrière un nuage, transformant Alice Russell en ombre tandis qu'elle disparaissait derrière la cabane.

À l'autre extrémité de la clairière, la personne qui l'observait émergea du mur d'eucalyptus en se battant avec la fermeture Éclair de son pantalon. Une légère odeur d'urine, chaude sur le sol glacé. Quelle heure était-il ? Bientôt 4 h 30, lui apprirent les cristaux lumineux de sa montre. Un rapide coup d'œil vers la cabane : pas de mouvement là-dedans.

« Merde. »

La personne hésita, puis contourna la cabane à son tour, en se baissant. Les nuages s'écartèrent et les hautes herbes brillèrent d'un éclat argenté. Les premiers arbres de la forêt étaient immobiles. Alice avait déjà disparu.

Chapitre 25

Deux sacs à dos étaient posés par terre près de la roue arrière d'une voiture de location. Le coffre était ouvert et les jumelles se disputaient à voix basse, tête contre tête. Une bourrasque souleva leurs cheveux, entremêlant les mèches noires. Elles tournèrent la tête d'un même élan, leur dispute cessant aussitôt en entendant approcher Falk et Carmen.

« Désolée, mesdames, s'excusa Carmen d'une voix aussi neutre que possible. Nous allons devoir vous faire rentrer à l'intérieur du gîte.

— Pourquoi ? »

Beth les dévisagea l'un après l'autre avec un drôle d'air. De la surprise, peut-être. Ou autre chose.

« Le sergent King veut vous parler.

— Mais pourquoi ? » répéta Beth.

Bree restait plantée sans rien dire à côté de sa sœur, contemplant les agents de ses yeux écarquillés. Elle serrait sa main bandée contre sa poitrine. Son autre main était posée sur la portière ouverte.

« Bree a un rendez-vous, reprit Beth. On nous a dit que nous pouvions partir.

— Je comprends bien, mais on vous demande de rester. Pour le moment, du moins. Venez. »

Carmen fit demi-tour et marcha vers le gîte.

« Vous pouvez prendre vos sacs. »

Falk vit les jumelles échanger un regard qu'il ne sut déchiffrer, puis ramasser leurs sacs à contrecœur. Bree sembla mettre un temps exagérément long à fermer la portière et à prendre la direction du gîte. Les deux sœurs marchèrent d'un pas lourd vers le bâtiment. Quand le groupe passa devant la fenêtre de la cuisine, Falk aperçut Jill et Lauren qui regardaient dehors. Il évita de croiser leur regard.

Carmen chassa les quelques membres des équipes de recherche qui traînaient dans le salon, et fit entrer les jumelles.

Jill et Lauren s'avancèrent dans le hall, manifestement intriguées. Falk referma la porte et se tourna vers les jumelles.

« Asseyez-vous. »

Carmen et lui s'assirent côte à côte sur le vieux canapé. Bree hésita, puis se recroquevilla dans un fauteuil, en face d'eux. Elle jouait de nouveau avec son bandage.

Beth resta debout.

« Pouvez-vous nous dire ce qui se passe ?

— Le sergent King vous expliquera dès son arrivée.

— Et ce sera quand, au juste ?

— Il est en route. »

Beth jeta un coup d'œil dehors à travers la fenêtre. Sur le parking, un policier au repos serrait sa radio contre l'oreille. Soudain, il poussa un cri, appelant deux de ses collègues qui étaient en train de charger une voiture. Il leur montra la radio. La nouvelle se répandait, devina Falk.

Beth le dévisagea. « Ils l'ont retrouvée, c'est ça ? »

Le plancher craqua, puis se tut.

« Elle est morte ? »

Falk ne disait toujours rien, et Beth lança un regard de biais à sa sœur. Le visage de Bree était pétrifié.

« Où ? Près de la cabane ? interrogea Beth. Forcément. Ils n'ont pas eu le temps d'aller très loin, depuis qu'ils ont trouvé l'endroit. Donc elle était là-bas depuis le début ?

— Le sergent King vous…

— Oui, je sais. Vous l'avez déjà dit. Mais je veux savoir. S'il vous plaît. »

Beth avala sa salive.

« Nous avons le droit de savoir. »

Falk secoua la tête. « Il faudra attendre. Je suis désolé. »

Beth marcha à grandes enjambées vers la porte fermée. Elle s'arrêta devant et, brusquement, fit volte-face.

« Pourquoi Lauren et Jill ne sont-elles pas ici, avec nous ?

— Beth. Arrête. Tais-toi, lui ordonna Bree. Attends que le sergent arrive. »

Falk entendait encore la voix de King au téléphone. À peine audible parfois, mais assez pour saisir l'essentiel.

Quand nous avons trouvé son corps, nous avons trouvé autre chose aussi.

Quoi ?

Beth se tenait immobile. Elle fixait sa sœur.

« Pourquoi il n'y a que nous ? répéta-t-elle.

— Arrête de parler. »

Bree était raide dans son fauteuil, ses doigts tirant toujours sur le bord du pansement.

Beth eut comme un sursaut. « À moins que ce ne soit pas ça ? » Ses yeux se posèrent sur Falk. « À moins que ce ne soit pas nous, je veux dire. Mais seulement l'une de nous. »

Falk ne put s'empêcher de regarder Bree, avec son bandage gris effiloché et, dessous, la morsure infectée.

Quand nous avons trouvé son corps, nous avons trouvé autre chose aussi. La voix de King, difficile à entendre.

Quoi ?

Caché dans une vieille souche, juste à côté d'elle. *Une saleté de python tapis.*

Enfin, Bree regarda sa sœur jumelle dans les yeux.

« La ferme, Beth. Ne dis rien.

— Mais…, protesta Beth d'une voix tremblante.

— Tu es sourde ?

— Mais… »

Beth s'interrompit.

« Que se passe-t-il ? Tu as fait quelque chose ? »

Bree la dévisagea. Sa main s'était figée, oubliant le bandage l'espace d'un instant.

« Si *j'ai* fait quelque chose ? »

Elle laissa échapper un rire bref et amer.

« S'il te plaît, pas ça.

— De quoi tu parles ?

— Tu sais très bien de quoi je parle.

— Non, pas du tout.

— Vraiment ? OK, alors. Ce que je veux dire, Beth, c'est ne reste pas plantée là devant les policiers à me demander ce que j'ai fait comme si tu ne savais pas. Si tu veux vraiment faire ça, alors parlons un peu de ce que *toi*, tu as fait…

— Moi ? Je n'ai rien fait.

— Sérieux ? Tu vas jouer…

— Bree, la coupa Falk. Je vous suggère fortement d'attendre…

— Tu vas jouer les innocentes ? Genre, tu n'avais rien à voir là-dedans ?

— Rien à voir avec quoi ?

— Bon Dieu, Beth ! T'es vraiment en train de faire ça ? De me montrer du doigt, devant ces gens ? »

Bree désigna Falk et Carmen d'un geste de la main.

« Rien de tout ça ne serait arrivé sans toi.

— Rien de *quoi* ne serait arrivé ?

— Hé… »

Falk et Carmen tentèrent en vain de les interrompre. Bree se tenait debout, à présent, yeux dans les yeux avec sa sœur jumelle.

Beth recula d'un pas. « Écoute ce que je te dis, je ne sais vraiment pas de quoi tu parles.

— N'importe quoi.

— Non. C'est vrai.

— C'est des conneries, Beth ! Je n'arrive pas à croire que tu puisses me faire ça.

— Te faire quoi ?

— Essayer de t'en laver les mains, et tout me mettre sur le dos ! Dans ce cas, pourquoi devrais-je même essayer de t'aider ? Pourquoi ne pas me protéger et dire la vérité ?

— La vérité sur quoi ?

— Qu'elle était déjà morte ! »

Bree avait les yeux écarquillés, sa chevelure noire se balançait.

« Tu le sais parfaitement ! Alice était déjà morte quand je l'ai trouvée. »

Beth recula encore d'un pas, sans quitter sa sœur des yeux. « Bree, je ne… »

Bree laissa échapper un gémissement de colère et pivota sur les talons, posant sur Falk et Carmen un regard implorant.

« Ça ne s'est pas passé comme elle l'a laissé entendre. Ne l'écoutez pas. » La main de Bree tremblait, pointée sur sa sœur. « Je vous en prie. Il faut faire comprendre au sergent King que…

— Bree…

— Écoutez-moi : Alice était déjà morte. »

Le beau visage de Bree était tout tordu et elle avait les larmes aux yeux.

« Je l'ai trouvée. Au milieu du chemin, le dimanche matin de bonne heure. Et je l'ai déplacée. C'est là que j'ai été mordue. Mais c'est tout ce que j'ai fait. Je ne lui ai rien fait de mal, je le jure. C'est la vérité.

— Bree… »

Carmen essaya d'intervenir, mais Bree la coupa aussitôt.

« Elle était juste effondrée par terre. Elle ne respirait plus. Je ne savais pas quoi faire. J'avais peur que quelqu'un sorte de la cabane et la voie, alors je l'ai empoignée par les aisselles. Je voulais juste la cacher dans le bush jusqu'à ce que… »

Bree s'interrompit. Elle se tourna vers sa sœur. Beth agrippait le dossier d'une chaise, si fort que les jointures de ses mains étaient blanches.

« Jusqu'à ce que je puisse en parler à Beth. Mais alors, j'ai trébuché et j'ai senti le serpent près de mon bras.

— Mais pourquoi l'as-tu cachée, Bree ? »

Beth avait les yeux mouillés de larmes.

« Bon sang, tu sais pourquoi !

— Non, je ne sais pas.

— Parce que… »

Bree avait le visage empourpré, deux taches de couleur brûlantes sur les joues. « Parce que… » Elle semblait incapable de trouver les mots. Elle tendit la main à sa sœur.

« À cause de quoi ?

— À cause de toi. J'ai fait ça pour toi. »

Elle allongea le bras, empoignant celui de sa sœur.

« Je ne pouvais pas les laisser te renvoyer en prison. Ça aurait tué maman. Elle ne t'en a jamais parlé, mais cela a été vraiment terrible pour elle, la dernière fois. Son état a tellement empiré. C'était horrible de la voir si triste, en sachant que c'était ma faute et…

— Non, Bree. C'était ma faute si on m'a bouclée.

— Non, c'était la mienne. »

Bree serra plus fort son bras.

« Ce n'est pas mon voisin qui a prévenu la police que tu avais cambriolé mon appartement. C'était moi. Je les ai appelés parce que j'étais en colère après toi. Je ne pensais pas que les choses iraient si loin.

— Ce n'était pas ta faute.

— Si.

— Non, c'était la mienne. Mais ça… »

Beth recula encore, échappant à la poigne de sa sœur.

« C'est terrible, Bree. Pourquoi ferais-tu une chose pareille ?

— Tu sais bien pourquoi. »

Bree tendit de nouveau le bras, mais ses doigts se refermèrent sur le vide.

« Évidemment que tu le sais. Parce que tu es ma sœur ! Parce que nous sommes une famille.

— Mais tu ne me fais absolument pas confiance. »

Beth fit un autre pas en arrière.

« Tu me crois vraiment capable de faire une chose aussi atroce ? »

Dehors, Falk aperçut une voiture de police qui se rangeait sur le gravier. King en descendit.

« Mais que veux-tu que je croie d'autre ? Comment veux-tu que je te fasse confiance, après tout ce que tu as fait ? »

Bree pleurait à présent, le visage gonflé et rougi.

« J'arrive pas à croire que tu puisses mentir comme ça. Dis-leur ! Je t'en prie, Beth. Pour moi. Dis-leur la vérité !

— Bree… »

Beth ne put aller plus loin. Elle ouvrit la bouche comme pour dire autre chose, puis elle la referma, et sans un autre mot elle tourna le dos à sa sœur.

Bree tendit le bras vers elle, sa main valide tâtonnant dans le vide et ses sanglots se répercutant dans toute la pièce, tandis que le sergent King ouvrait la porte du salon.

« Tu es une sale menteuse ! Je te déteste, Beth ! Je te déteste de me faire ça ! Dis-leur la vérité ! » Bree avait du mal à parler à travers ses larmes. « J'ai fait ça pour toi. »

Falk observait les jumelles : avec leurs visages grimaçants de colère, outrés par cette trahison de l'autre, elles ne s'étaient jamais tant ressemblé.

Jour 4 : dimanche matin

Alice Russell s'était figée sur place.

Elle était à peine visible, un peu plus loin sur le sentier qui filait vers le nord, baignée par la lueur de la lune. La cabane avait disparu, maintenant, cachée derrière les arbres.

Alice avait la tête baissée, et son sac à dos était posé à ses pieds, appuyé contre un gros rocher. Elle tenait une main serrée contre son oreille. Même à cette distance, grâce à l'éclat bleuté du téléphone, on voyait que sa main tremblait.

Chapitre 26

Les jumelles quittèrent les lieux séparément, dans deux voitures de patrouille.

Falk et Carmen les regardèrent partir depuis le hall d'entrée. Lauren et Jill restèrent plantées au milieu de la réception, bouche bée, incrédules, jusqu'à ce que le sergent King leur demande d'attendre au salon. Un agent les emmènerait tour à tour au bureau du gîte pour mettre à jour leurs dépositions, expliqua-t-il. Elles devaient se préparer à venir au siège de la police, à Melbourne, si nécessaire. Elles acquiescèrent sans dire un mot tandis que le sergent s'éloignait.

Lauren fut convoquée la première et traversa le bâtiment, livide, les joues creusées. Falk et Carmen restèrent au salon avec Jill. On aurait dit une version ratatinée de la femme qu'ils avaient rencontrée quelques jours auparavant.

« J'ai dit à Alice que si elle mourait au fond d'un fossé, elle ne l'aurait pas volé », déclara Jill, abruptement. Elle contemplait le feu. « Et je le pensais, sur le moment. »

À travers la porte, ils entendaient les hurlements de Margot Russell. On distinguait à peine la voix de l'agent qui s'occupait d'elle. Jill se détourna, l'air sincèrement peinée.

« Quand avez-vous appris que votre neveu avait ces photos de Margot ? interrogea Carmen.

— Très tard, répondit Jill en baissant les yeux sur ses mains. C'est mardi que Daniel a fini par me raconter toute l'histoire, et encore, seulement parce que les photos circulaient déjà sur le Net à ce moment-là. Mais il aurait dû me prévenir bien avant. S'il avait été honnête le premier soir, quand il nous a rejointes au campement, alors peut-être que rien de tout ça ne serait jamais arrivé. J'aurais laissé partir Alice quand elle me l'a demandé.

— Que vous a raconté Daniel, ce premier soir ? demanda Falk.

— Seulement que sa femme avait trouvé des photos sur le portable de Joel, et que c'était pour ça qu'il était arrivé en retard au séminaire. J'aurais peut-être dû faire le lien, mais honnêtement, l'idée qu'il pouvait s'agir de photos de Margot ne m'a même pas traversé l'esprit. »

Elle secoua la tête.

« Les choses n'étaient pas du tout comme ça quand j'étais au lycée. »

À travers la porte, les pleurs de Margot se faisaient encore entendre. Jill soupira.

« Je regrette tellement qu'Alice ne me l'aie pas dit elle-même. Je l'aurais laissée rentrer chez elle après la première nuit, si j'avais su. Évidemment. »

Jill donnait un peu l'impression de vouloir se convaincre elle-même.

« Et Joel est un jeune idiot. Il ne pourra pas s'en tirer avec des excuses, cette fois-ci. Il ressemble beaucoup à Daniel quand il était jeune ; il fait ce qu'il veut, il ne se projette jamais au-delà d'une heure dans le futur. Mais les jeunes ne comprennent pas ça, pas vrai ? Ils vivent juste dans l'instant. Ils ne saisissent pas que ce qu'ils font à cet âge-là risque encore de les hanter des années plus tard. »

Elle se tut, mais ses mains jointes tremblaient, posées sur ses genoux. Puis on frappa, et la porte s'ouvrit. Lauren passa la tête à l'intérieur, extrêmement pâle et amaigrie.

« C'est à vous, dit-elle à Jill.

— Ils vous ont demandé quoi ?

— Comme la première fois. Ils voulaient savoir ce qui s'est passé.

— Et vous leur avez dit quoi ?

— Je leur ai dit que je n'arrivais pas à croire qu'Alice ne soit pas partie seule en nous laissant, ce matin-là. »

Lauren regarda Jill, puis ses pieds.

« Je vais aller me coucher. Je n'ai pas la force d'affronter ça. » Sans attendre de réponse, elle se retira, fermant la porte derrière elle.

Jill contempla la porte fermée pendant un long moment puis, dans un profond soupir, elle se leva. Elle ouvrit la porte et sortit, les pleurs de Margot résonnant tout autour d'elle.

Jour 4 : dimanche matin

Alice criait presque dans le téléphone. Sa joue luisait d'un éclat bleu dans la lumière de l'écran, et ses mots flottaient le long du chemin.

« Les urgences ? Vous m'entendez… ? Merde. » Le désespoir poussait sa voix dans les aigus. Elle raccrocha. Tête basse, elle regarda l'écran de son portable. Essaya de nouveau, tapant trois chiffres, toujours les mêmes. Trois fois zéro.

« Les urgences ? À l'aide. Il y a quelqu'un ? S'il vous plaît. Nous sommes perdues. Vous m'en… ? » Elle s'interrompit, écarta l'appareil de son oreille. « *Merde.* »

Ses épaules montèrent puis s'affaissèrent tandis qu'elle prenait une grande bouffée d'air. Elle tapota sur l'écran une nouvelle fois. C'était un autre numéro, pas trois fois le même chiffre. Quand elle parla, sa voix était beaucoup plus calme

« Agent fédéral Falk, ici Alice. Russell. Je ne sais pas si vous m'entendez. » Il y avait un tremblement dans sa voix. « Si vous recevez ce message, je vous en prie, s'il vous plaît, ne transmettez pas les dossiers demain. Je ne sais plus quoi faire. Daniel Bailey a des photos. Enfin, son fils. Des photos de ma fille. Je ne peux pas prendre le risque de le contrarier maintenant, désolée. Je vais essayer de rentrer pour tout vous expliquer. Si vous pouvez attendre un peu, j'essaierai de vous trouver un autre moyen d'obtenir les contrats. Je suis désolée, mais c'est ma fille. S'il vous plaît. Je ne voudrais pas lui faire du mal… »

Un bruissement d'herbes et des bruits de pas derrière elle. Une voix dans le noir.

« Alice ? »

Chapitre 27

Assis seuls au salon, Falk et Carmen ne disaient pas grand-chose. Les sanglots de Margot Russell avaient résonné longtemps à travers la porte, avant de soudain s'arrêter, laissant planer un silence irréel. Falk se demanda où elle était passée.

Ils entendirent une voiture s'arrêter dehors sur le gravier, et Carmen marcha jusqu'à la fenêtre.

« King est revenu.

— Les jumelles sont avec lui ?

— Non. »

Ils attendirent King dans le hall d'entrée. Son visage était encore plus gris que d'habitude.

« Comment ça s'est passé au commissariat ? » demanda Falk.

Le sergent souffla, perplexe.

« Elles ont demandé à voir un avocat, mais pour l'instant, chacune s'en tient à sa version des faits. Bree soutient qu'Alice était déjà morte quand elle l'a trouvée, Beth affirme qu'elle n'était au courant de rien.

— Vous les croyez ?

— Comment savoir ? Dans un cas comme dans l'autre, ça va être un vrai cauchemar pour apporter des preuves. Une équipe de la police scientifique est montée de Melbourne et examine les lieux, en ce moment même. Mais Alice a passé plusieurs jours sous la pluie et le vent. Il y a de la poussière, de la boue et des débris partout.

— Il n'y avait rien d'intéressant dans son sac à dos ? interrogea Carmen.

— Genre, une liasse de documents comptables concernant les activités de BaileyTennants ? rétorqua King en se fendant d'un sourire jaune. Je ne crois pas, désolé. Mais tenez… »

Fouillant dans son sac à dos, il en tira une clé USB.

« Des photos de la scène de crime. Si vous avez besoin d'examiner quoi que ce soit, vous pourrez demander aux gars de la police scientifique de vous le montrer quand ils auront tout rapporté ici.

— Merci, dit Falk en prenant la clé USB. Ils analysent la tombe près de la cabane, aussi ?

— Oui, bien sûr. »

King parut hésiter.

« Quoi ? demanda Carmen, qui le dévisageait. Qu'est-ce qu'il y a ? Ils ont confirmé qu'il s'agissait bien de Sarah ? »

King fit non de la tête.

« Ce n'est pas Sarah.

— Comment peuvent-ils le savoir ?

— C'est le cadavre d'un homme. »

Ils le regardèrent, stupéfaits.

« Qui ? interrogea Falk.

— On a reçu un appel du commissariat, il y a une heure, répondit King. L'ancien biker dont je vous ai parlé a obtenu un deal qui lui va bien, ct il a confié à son avocat que, pour lui, le cadavre dans ce trou est celui de Sam Kovac. »

Falk ne put cacher son étonnement.

« Sam Kovac ?

— Oui. Ce type dit que les bikers ont touché de l'argent pour se débarrasser de lui, il y a cinq ans. Sam avait mis en avant ses liens avec son père, pour que le gang l'accepte, j'imagine. Mais ce type pense que Sam n'avait pas toute sa tête, et qu'il était trop instable pour qu'on puisse lui faire confiance. Alors, quand les bikers ont eu une offre plus intéressante, ils l'ont acceptée. Les commanditaires ne voulaient pas savoir comment ils s'y prendraient, du moment qu'on ne retrouvait jamais le corps. Ces gens voulaient juste que Sam disparaisse.

— Qui étaient les commanditaires ? » demanda Carmen.

King regarda dehors, à travers la grande baie vitrée. Le vent était retombé et les arbres du bush étaient étrangement calmes pour une fois.

« Ils sont passés par un intermédiaire, mais apparemment il s'agissait d'un couple un peu âgé. Aisé. Prêt à payer ce qu'il fallait. Mais des gens bizarres. Un peu dérangés. »

Épluchant mentalement les diverses possibilités, Falk n'en trouva qu'une. « Ce n'étaient pas les parents de Sarah Sondenberg ? »

King haussa légèrement les épaules.

« Il est trop tôt pour le dire, bien sûr, mais j'imagine que c'est la première piste qu'on va examiner. Les pauvres. Vingt ans de tristesse et d'incertitude, ça doit secouer… »

King secoua la tête.

« Maudit Martin Kovac. Il a détruit cet endroit. Il aurait pu donner un peu de paix à ces malheureux. Et peut-être s'éviter lui-même le chagrin de perdre son fils. Qui sait ? Vous avez des enfants ? »

Falk fit non de la tête. Il revit la photo de Sarah Sondenberg, tout sourires, dans les journaux. Il pensa à ses parents, et à ce qu'ils devaient traverser depuis vingt ans.

« Moi, j'ai deux garçons, reprit King. J'ai toujours eu de la peine pour les Sondenberg. Entre nous, si c'est eux, je ne pourrais pas tellement leur en vouloir. » Il soupira. « Je crois qu'on ne devrait jamais sous-estimer ce que les gens sont capables de faire pour leur enfant. »

Quelque part, dans les profondeurs du bâtiment, la plainte de Margot Russell se fit de nouveau entendre.

Jour 4 : dimanche matin

« Alice. »

Alice Russell bondit sur place. Ses doigts cherchèrent l'écran en tremblant pour interrompre l'appel, tandis qu'elle se retournait vers la voix, réalisant avec panique qu'elle n'était plus seule sur ce chemin. Elle recula d'un demi-pas.

« À qui tu parlais, Alice ? »

Chapitre 28

Falk se sentait complètement à plat. À en juger d'après la mine de Carmen, alors qu'ils remontaient ensemble l'allée menant aux bungalows, elle était dans le même état. Le vent s'était remis à souffler, il lui piquait les yeux et secouait ses vêtements. Ils s'arrêtèrent devant les chambres, et Falk fit tourner dans sa paume la clé USB que le sergent King leur avait remise.

« Vous voulez qu'on regarde les photos ? demanda-t-il.

— On ferait mieux, oui. »

Carmen avait l'air aussi enthousiaste que lui. Le tombeau d'Alice Russell, en pleine nature. Les montagnes l'avaient finalement rendue, mais pas de la manière que tout le monde avait espérée.

Falk ouvrit sa porte et posa son sac à dos sur le plancher, vidant quelques affaires pour pouvoir dégager son ordinateur portable. Assise sur le lit, Carmen le regardait faire.

« Vous avez encore les cartes de votre père, remarqua-t-elle quand il posa la pile à côté d'elle, sur le couvre-lit.

— Ouais. Je n'ai même pas eu le temps de vraiment défaire mon sac, à la maison.

— Je sais, moi non plus. Mais bon, je suppose qu'on sera bientôt rentrés. Et qu'on devra rendre des comptes, au bureau, maintenant qu'Alice a été retrouvée. Ils voudront quand même ces contrats. »

Carmen semblait découragée.

« Enfin… »

Elle se poussa de côté pour lui faire une place sur le lit.

« … finissons-en avec ça. »

Falk déplia son portable et introduisit la clé USB. Il ouvrit la galerie de photos.

Le sac à dos d'Alice occupa soudain tout l'écran. Des clichés pris de loin montraient le sac posé contre la base d'un arbre, la couleur vive du tissu contrastant avec l'océan de bruns et de verts ternes. Des gros plans confirmaient la première impression que Falk avait eue, là-bas, dans le bush : trempé par la pluie, le sac n'avait pour le reste pas été ouvert ni endommagé. La manière dont il se dressait là, bien droit, prêt à être récupéré par une propriétaire qui ne reviendrait jamais, avait quelque chose de troublant. Falk et Carmen prirent le temps d'examiner les images du sac prises sous tous les angles, avant que le diaporama passe soudain à autre chose.

Les arbres avaient protégé le corps d'Alice Russell du plus gros des intempéries, mais les éléments avaient quand même laissé leur marque. Elle gisait à plat sur le dos dans un lit d'herbes et de broussailles, jambes tendues, les bras posés le long du corps. Elle ne se trouvait pas à plus de vingt mètres du sentier, mais, sur ces photos, il était évident qu'on ne pouvait la voir que de tout près.

L'amas enchevêtré de ses cheveux était déployé autour de son visage, et sa peau était flasque sous ses hautes pommettes. À part ça, on aurait pu croire qu'elle dormait. Enfin, presque. Les animaux et les oiseaux avaient découvert le corps bien avant la police.

Le bush avait submergé Alice comme une vague. Des feuilles, des brindilles et des saletés diverses étaient accrochées à ses cheveux et dans les plis de ses vêtements. Un morceau d'emballage plastique érodé, qui semblait avoir voyagé de très loin, était coincé sous l'une de ses jambes.

Falk était sur le point de passer à la photo suivante quand il se ravisa. Quelque chose avait attiré son attention – mais quoi ? Il balaya de nouveau l'image du regard. Quelque chose dans la manière dont Alice était couchée de tout son long, parsemée de débris. Une pensée le titillait, filant dès qu'il essayait de l'attraper.

Falk repensa à la femme que Carmen et lui avaient connue. Le rouge à lèvres chic d'Alice et son air de défi avaient disparu depuis longtemps, et son corps ressemblait à une coquille vide sur le sol de la forêt. Elle avait l'air fragile et très seule. Falk espérait que Margot Russell ne verrait jamais ces images. Même dans la mort, la ressemblance entre Alice et sa fille était frappante.

Ils continuèrent de faire défiler le diaporama jusqu'à ce que l'écran soit vide. Ils étaient arrivés au bout. « Eh bien, c'était à peu près aussi atroce que je m'y attendais », déclara Carmen d'une voix éteinte.

La vitre trembla lorsqu'elle se redressa sur le lit, sa main retombant sur la pile de cartes posée sur le couvre-lit. Elle attrapa celle du dessus et la déplia, laissant ses yeux courir au long des lignes imprimées.

« Vous devriez vous en servir, dit-elle d'un ton triste. Comme ça, au moins, quelque chose de bon résulterait de tout ça.

— Ouais, je sais. »

Falk passa en revue la pile, jusqu'à ce qu'il trouve la carte des monts Giralang.

Il la posa à plat sur le lit, cherchant la route nord. Il trouva le trait, qui coupait à travers une portion de bush absolument vierge. Il localisa approximativement l'endroit où, d'après lui, devait se situer la cabane, puis celui où le corps d'Alice Russell avait été retrouvé.

Il n'y avait aucune marque de crayon sur ce coin de la carte, aucune annotation qu'aurait laissée son père. Falk ne savait pas vraiment ce qu'il avait cru, ou espéré, trouver, mais en tout cas ce n'était pas là. Son père ne s'était jamais rendu dans cette zone-là. Les symboles imprimés sur le papier le contemplaient avec indifférence.

Dans un soupir, il fit glisser la carte sur le lit, cherchant le sentier de Mirror Falls. À cet endroit, les notes au crayon étaient parfaitement lisibles, les pattes de mouche de son père s'enroulant et tourbillonnant sur le papier jauni. *Chemin d'été. Attention aux chutes de pierre. Source d'eau douce.* Il avait fait de nombreuses corrections. Un point d'observation était marqué comme étant fermé, puis rouvert, puis de nouveau énergiquement barré par les mots : *danger récurrent.*

Falk contempla ces mots pendant un long moment, sans trop savoir pourquoi. Il y eut comme un déclic, dans les profondeurs de sa conscience. Il allait tendre la main vers son ordinateur quand Carmen détacha les yeux de la carte qu'elle était en train d'étudier.

« Il aimait cette région, déclara-t-elle. Il y a plein de notes. »

Falk reconnut aussitôt le nom de la carte.

« C'est là où j'ai grandi.

— Vraiment ? Waouh… Vous ne racontiez donc pas de blagues : c'est vraiment au milieu de nulle part. »

Carmen regarda la carte d'un peu plus près.

« Donc vous faisiez des randos tous les deux, là-bas ? Avant votre déménagement. »

Falk secoua la tête.

« Pas que je m'en souvienne. Je ne suis même pas sûr qu'il partait souvent marcher, à l'époque. Il était très occupé à la ferme. Il prenait sans doute assez l'air.

— Mais d'après cette carte, on dirait pourtant que vous marchiez avec lui. C'est arrivé au moins une fois, en tout cas… »

Carmen lui tendit la carte, pointant du doigt des mots que son père avait écrits :

Avec Aaron.

Ces mots étaient couchés près d'un sentier facile, praticable l'été. Falk ne l'avait jamais parcouru en entier, mais il savait où menait cet itinéraire. Il longeait les pâturages dans lesquels il allait courir pour relâcher un peu de vapeur pendant que son père travaillait la terre ; frôlait la rivière, à l'endroit où son père lui avait appris à pêcher ; suivait la clôture devant laquelle le jeune Aaron, trois ans à l'époque, avait été photographié un jour d'été en train de rire, perché sur les épaules de son père.

Avec Aaron.

« Nous n'avons... »

Les yeux de Falk étaient chauds et lourds.

« Nous n'avons jamais vraiment fait ce chemin ensemble. Pas d'une traite.

— Eh bien, peut-être qu'il en avait envie. Et il y en a d'autres, aussi. »

Carmen avait regardé les autres cartes. Elle lui en passa deux autres, en lui montrant les notes de son père. Puis d'autres encore.

Sur presque toutes, d'une écriture à moitié effacée par les années et qui devenait plus tremblante avec l'âge, figuraient les mots : *Avec Aaron. Avec Aaron.* Des itinéraires choisis pour être faits ensemble. Son père, têtu face aux refus sans appel du fils ; ces mots, c'était le souhait que les choses se passent autrement.

Falk s'adossa contre la tête de lit. Il se rendit compte que Carmen le regardait et il secoua la tête. Il pensa qu'il allait avoir de la peine à parler.

Elle tendit le bras pour poser sa main sur la sienne.

« Ne vous inquiétez pas, Aaron. Je suis sûr qu'il savait. »

Falk avala péniblement sa salive.

« Non, je ne crois pas.

— Si, insista Carmen, dans un sourire. Bien sûr qu'il le savait. Parents et enfants sont programmés pour s'aimer. Il savait. »

Falk examina les cartes.

« Il a fait davantage d'efforts que moi pour le montrer.

— Bon. Peut-être. Mais vous n'êtes pas le seul dans ce cas. Je crois que les parents aiment souvent plus leurs enfants que l'inverse.

— Peut-être. »

Falk pensa aux parents de Sarah Sondenberg et aux extrémités où leur amour pour leur fille les avait conduits. Qu'avait dit King, déjà ? *On ne devrait jamais sous-estimer ce que les gens sont capables de faire pour leur enfant.*

Une idée titilla de nouveau son esprit. Il se figea. Qu'était-ce donc ? Dès qu'il s'en approchait, elle se contractait et menaçait de s'évaporer. L'ordinateur était encore ouvert à côté de Carmen, la galerie de photos aussi.

« J'aimerais les regarder encore. » Falk tira le portable vers lui et fit défiler les photos d'Alice Russell, qu'il examina avec une attention accrue. Quelque chose dans leurs détails les plus infimes le chiffonnait, mais il n'arrivait pas à savoir quoi. Il étudia la peau cireuse d'Alice, sa mâchoire légèrement pendante. Son visage exposé aux éléments était presque détendu, et, étrangement, elle paraissait plus jeune. Les hurlements du vent, dehors, ressemblèrent soudain beaucoup à ceux de Margot Russell.

Falk se concentra encore davantage. Sur les ongles brisés d'Alice, ses mains sales, ses cheveux emmêlés. Les débris et les détritus éparpillés autour d'elle. De nouveau, cette idée nébuleuse qui le titillait. Falk s'arrêta sur la dernière image et colla ses yeux à l'écran. Un vieux morceau de plastique était pris au piège sous sa jambe. Un fragment sale d'emballage alimentaire était posé près de ses cheveux. Il zooma.

Un fil rouge et argent s'était pris dans la fermeture Éclair de son blouson.

L'idée nébuleuse s'éclaircit soudain lorsqu'il reconnut ce fil déchiré. Et tout à coup, il ne pensa plus à Alice ni à Margot Russell, mais à une autre fille, si fragile qu'elle semblait à peine présente, ses doigts jouant sans cesse avec un truc rouge et argenté.

Un fil pris dans une fermeture Éclair. Un poignet nu. Le regard hanté de la jeune fille, au fond de ses orbites creuses. Et la culpabilité dans celui de sa mère.

Jour 4 : dimanche matin

« Alice. » Lauren la dévisageait avec insistance. « À qui tu parlais ?

— Oh, mon Dieu. »

Alice posa une main sur sa poitrine. Son visage était livide dans l'obscurité.

« Tu m'as fait peur.

— Ça capte, ici ? Tu as réussi à avoir quelqu'un ? »

Lauren tendit la main vers le portable, mais Alice la repoussa.

« Le signal est trop faible. Je ne crois pas qu'on puisse m'entendre.

— Appelle les urgences. »

Lauren tenta une nouvelle fois d'attraper le téléphone.

Alice recula.

« C'est ce que j'ai fait. Ça n'arrête pas de couper.

— Merde. Mais alors, à qui tu parlais ?

— C'était une boîte vocale. Je crois pas que ça ait marché.

— Mais c'était qui ?

— Personne. Un truc, au sujet de Margot. »

Lauren la fixa durement, jusqu'à ce qu'Alice croise son regard.

« Quoi ? demanda sèchement Alice. Je te l'ai dit, j'ai déjà essayé de joindre les urgences.

— Nous n'avons pas beaucoup de réseau, et très peu de batterie. Il faut l'économiser.

— Ça, je le sais. Mais c'était important.

— Tu ne vas peut-être pas me croire, mais il y a des choses plus importantes sur terre que ta foutue fille. »

Alice ne dit rien mais serra plus fort son portable.

« Bien... »

Lauren se força à inspirer profondément.

« Au fait, comment tu as fait pour récupérer le téléphone sans réveiller Jill ? »

Alice faillit en rire. « Même l'orage de la nuit dernière n'a pas réveillé cette femme. Alors ce n'est pas en attrapant son blouson que j'allais le faire. »

Lauren n'était pas étonnée. Jill avait toujours paru mieux dormir que le reste du groupe. Elle regarda l'autre main d'Alice.

« Et tu as pris la torche de Beth, aussi...

— J'en ai besoin.

— C'est la seule qui nous reste et qui fonctionne.

— C'est pour ça que j'en ai besoin. »

Alice évitait son regard. Le faisceau de la lampe tremblait dans le noir. Tout le reste, autour des deux femmes, était plongé dans les ténèbres.

Lauren aperçut le sac à dos d'Alice posé contre un rocher. Prête à repartir. À nouveau, elle avala une grande bouffée d'air. « Écoute, on va aller chercher les autres. Il faut qu'elles sachent, pour le réseau. Je ne leur dirai pas que tu étais en train de t'en aller. »

Alice ne dit rien. Elle fourra le téléphone dans la poche de son jean.

« Alice, putain. Tu ne penses pas sérieusement à t'en aller quand même ? »

Alice se baissa pour attraper son sac à dos. Elle le hissa sur son épaule. Lauren l'empoigna par le bras.

« Lâche-moi. » Alice secoua le bras pour se libérer.

« C'est dangereux de marcher toute seule. Et il y a du réseau, maintenant. Ça va leur permettre de nous retrouver.

— Non. Le signal est trop faible.

— C'est déjà ça, Alice ! C'est notre meilleure chance depuis des jours.

— Parle moins fort, tu veux bien ? Je ne peux pas rester ici à attendre qu'on nous retrouve.

— Pourquoi ? »

Pas de réponse.

« Bon Dieu. » Lauren tenta de se calmer. Elle sentait son cœur battre à tout rompre.

« Et comment tu comptes faire, d'ailleurs ?

— Je vais marcher droit au nord, comme on aurait dû le faire aujourd'hui. Tu sais que ça marchera, Lauren, mais tu ne veux pas le reconnaître parce que sinon, tu serais obligée d'essayer.

— Non. Je ne veux pas le faire parce que c'est trop risqué. Surtout toute seule. Tu vas marcher à l'aveugle, tu n'as même pas la boussole. »

Lauren sentait l'arrondi du cadran dans sa poche.

« Puisque tu es si inquiète, tu pourrais me la donner.

— Non. »

La paume de Lauren se referma sur l'objet.

« Pas question.

— C'est bien ce qui me semblait. De toute manière, on sait que ce sentier part vers le nord. Je pourrais me débrouiller sans boussole, s'il le faut. Je l'ai bien fait au camp McAllaster. »

Maudit camp MacAllaster. Lauren sentit sa poitrine se serrer et son pouls battre plus fort en entendant ce nom. Trente ans en arrière, perdues au milieu de nulle part, toutes les deux, exactement comme maintenant. L'épreuve de confiance. Lauren, triste d'être si loin des siens, les yeux bandés, et le soulagement qu'elle avait éprouvé en sentant la main ferme d'Alice sur son bras, et en entendant sa voix pleine de confiance dans son oreille.

« C'est bon, je te tiens. Par ici.

— Merci. »

Alice devant, et Lauren qui suivait. Les bruits de pas autour d'elle. Un gloussement. Puis la voix d'Alice de nouveau, dans son oreille. Une mise en garde murmurée : « Attention. »

La main posée sur son bras pour la guider, qui s'était soudain envolée. Lauren avait tendu la sienne, désorientée, son pied avait buté dans quelque chose, juste devant elle, et elle s'était sentie tomber. Elle n'entendait plus que le bruit lointain d'un rire étouffé.

Elle s'était fracturé le poignet dans sa chute. À sa grande joie. Car cela voulait dire qu'en ôtant son bandeau, pour constater qu'elle était seule, entourée par une forêt impénétrable dans le soir tombant, elle avait une excuse pour les larmes qui se formaient au coin de ses yeux. Ce qui n'avait d'ailleurs servi à rien : quatre heures s'étaient écoulées avant que les autres filles reviennent la chercher. Et quand enfin, elles l'avaient fait, Alice lui avait ri au visage.

« Je t'avais dit de faire attention. »

Chapitre 29

Falk regarda encore un moment le fil rouge et argenté coincé dans la fermeture Éclair du blouson d'Alice, puis il tourna l'écran vers Carmen. Elle ouvrit les yeux, stupéfaite.

« Merde. » Sa main fouillait la poche de son blouson et, l'instant d'après, elle en tira le bracelet d'amitié tressé par Rebecca. Les fils argentés brillèrent dans la lumière.

« Je sais que Lauren nous a dit qu'elle avait perdu le sien, mais est-ce qu'elle le portait vraiment pendant la randonnée ? »

Falk ramassa son propre blouson et farfouilla dans les poches jusqu'à ce qu'il trouve l'avis de recherche froissé qu'il avait pris à la réception du gîte. Il le lissa de la main, ignorant le sourire d'Alice pour se concentrer sur la dernière photo des cinq femmes, ensemble.

Elles se tenaient debout au point de départ du sentier de Mirror Falls. Alice avait passé le bras autour de la taille de Lauren. Alice souriait. Le bras de Lauren était posé sur les épaules d'Alice – en suspens, plutôt que posé, remarqua Falk en y regardant de plus près. Au bout de la manche du blouson de Lauren, une bande rouge, clairement visible, encerclait son poignet.

Carmen était déjà en train de décrocher le téléphone fixe de la chambre et composait le numéro du sergent King. Elle écouta pendant quelques secondes, puis secoua la tête. Pas de réponse. Elle appela la réception. Falk avait déjà enfilé son blouson quand elle nota le numéro de chambre et, sans échanger un seul mot, ils se retrouvèrent dehors et remontèrent la rangée des bungalows. Le soleil de la fin d'après-midi avait plongé derrière les arbres et l'obscurité tombait déjà à l'est.

Ils atteignirent la chambre de Lauren et Falk frappa à la porte. Ils attendirent. Pas de réponse. Falk frappa encore, puis posa la main sur la poignée. La porte s'ouvrit. La chambre était vide. Il se tourna vers Carmen.

« Dans le bâtiment du gîte, peut-être ? » dit-elle.

Falk hésita, puis regarda par-dessus sa collègue. Le début du sentier de Mirror Falls était désert, le panonceau de bois à peine visible dans la pénombre. Carmen comprit ce qu'il regardait et lut dans ses pensées. Ses traits trahissaient l'inquiétude.

« Allez vérifier, dit-elle. Je vais chercher King et on vous rattrapera.

— OK. »

Falk s'éloigna d'un pas vif, remontant l'allée de gravier puis s'enfonçant un peu dans la boue. Il était seul, ici, mais il distinguait des empreintes de semelles sous ses pas. Il s'engagea sur le sentier de Mirror Falls.

Son hypothèse était-elle la bonne ? Comment savoir. Puis il repensa à la jeune fille si maigre, au fil rouge et argenté et au poignet nu de sa mère.

On ne devrait jamais sous-estimer ce que les gens sont capables de faire pour leur enfant.

Le pas de Falk se fit de plus en plus rapide, et, alors que le rugissement des chutes grondait déjà à ses oreilles, il se mit à courir.

Jour 4 : dimanche matin

« Je saurai trouver mon chemin. Je l'ai fait à McAllaster. »

Lauren dévisagea Alice.

« Tu as fait un tas de choses à McAllaster.

— Oh, s'il te plaît, Lauren. Tu ne vas pas recommencer. Je me suis excusée pour ce qui est arrivé là-bas. Tellement de fois… »

Alice se tourna vers la cabane.

« Je suis désolée mais il faut que je m'en aille.

— Pas avec ce téléphone.

— Si, avec *mon* téléphone. »

Alice la repoussa et Lauren tituba un peu vers l'arrière. Les longues ombres autour d'elle semblèrent vaciller, elles aussi, et Lauren sentit la colère l'envahir en voyant Alice s'éloigner.

« Ne pars pas.

— Pour l'amour de Dieu… »

Alice ne se retourna pas, cette fois. Lauren se rua vers elle, les jambes un peu branlantes. Sa main se referma sur le sac d'Alice, la tirant en arrière.

« Tu ne peux pas nous laisser.

— Bon Dieu. Ne sois pas si pathétique…

— Hé ! »

Lauren sentit une boule se former et éclater au creux de sa poitrine.

« Ne me parle pas comme ça.

— D'accord. »

Alice dressa une main devant elle.

« Écoute, viens avec moi, si tu veux. Ou reste ici. Et pars quand tu te rendras enfin compte qu'ils ne viendront pas vous chercher. Ça m'est égal. Mais il faut que je m'en aille. »

Elle tenta de se dégager, mais cette fois Lauren ne lâcha pas.

« Ne fais pas ça. » Sa main lui faisait mal de serrer si fort. Sa tête tournait un peu.

« Pour une fois, Alice, pense aux autres.

— C'est ce que je fais ! Il faut que je rentre voir Margot. Il s'est passé quelque chose et…

— Et il ne faudrait surtout pas que cette chère Margot Russell, si fragile, se fasse du souci… », l'interrompit Lauren.

Elle s'entendit rire. C'était si étrange, dans cette obscurité.

« Je ne sais pas laquelle de vous deux est la plus égocentrique.

— Pardon ?

— Ne fais pas semblant de ne pas comprendre. Elle est aussi méchante que toi. Tu prétends regretter la manière dont tu te comportais, à l'école – dont tu te comportes maintenant –, mais tu as éduqué ta fille à faire exactement la même chose. Tu voulais qu'elle devienne comme toi ? Eh bien, tu as réussi, pas de doute. »

Alice partit d'un rire glacial.

« Ah, vraiment ? Eh bien, tu peux parler, Lauren ! Toi, c'est pareil. »

Il y eut un silence.

« Qu'est-ce que… ? »

Lauren ouvrit la bouche, mais les mots s'évaporèrent.

« Laisse tomber. Laisse… »

Alice baissa la voix.

« Laisse juste Margot en dehors de ça. Elle n'a rien fait de mal.

— Ah bon ? »

Alice ne réagit pas.

Lauren la fixa droit dans les yeux.

« Tu sais qu'elle était impliquée, Alice.

— Quoi, cette histoire avec Rebecca ? C'est réglé, maintenant, tu le sais très bien. L'école a mené une enquête. Les filles responsables ont été suspendues.

— Les filles dont on a pu prouver la culpabilité ont été suspendues. Tu crois que je ne sais pas qu'elles faisaient toutes partie de la bande de Margot ? Elle était impliquée, ça ne fait aucun doute. Putain, je parie même que c'est elle qui a organisé tout ça.

— Si c'était le cas, la direction de l'école l'aurait dit.

— Vraiment ? Tu es sûre, Alice ? Combien leur as-tu donné d'argent en plus, cette année ? Combien ça t'a coûté pour qu'ils ferment les yeux sur les agissements de ta fille ? »

Pas de réponse. Un bruissement de feuilles dans le bush.

« Ouais, c'est bien ce que je pensais. »

Lauren tremblait si fort qu'elle pouvait à peine respirer.

« Hé, j'ai fait tout ce que j'ai pu pour t'aider, Lauren. Est-ce que je ne t'ai pas recommandée pour que tu aies ce job ? Et combien de fois je t'ai couverte, ces derniers temps, quand tu avais la tête ailleurs et que tu déconnais ?

— C'est parce que tu te sens coupable.

— C'est parce qu'on est amies ! »

Lauren la regarda, méprisante.

« Non. On n'est pas amies. »

Alice resta silencieuse pendant un long moment.

« OK. Écoute, nous sommes à bout, toutes les deux. Ces derniers jours ont été vraiment difficiles. Et je sais ce que tu as traversé avec Rebecca. Ce que vous avez traversé toutes les deux.

— Tu n'en as aucune idée. Tu ne peux pas imaginer ce qu'on a traversé.

— Bien sûr que je peux l'imaginer, Lauren. »

Les yeux d'Alice étincelaient sous la lune. Elle avala sa salive.

« Apparemment, il y a des photos de Margot et…

— Et quoi ?

— Il faut que je rentre.

— Et tu voudrais que je te plaigne, maintenant que c'est ta fille, et pas la mienne, qui est du mauvais côté de l'objectif ?

— Bon Dieu, Lauren, s'il te plaît. Ta fille était déjà malheureuse bien avant que ces photos débiles ne circulent…

— Non, ce n'est pas vrai.

— Si, bien sûr ! Bien sûr qu'elle était malheureuse ! »

La voix d'Alice était un murmure impérieux.

« Si tu veux trouver un responsable aux problèmes de ta fille, pourquoi ne commences-tu pas par te regarder dans la glace ? Sérieusement. Tu ne vois vraiment pas d'où elle tient ça ? »

Lauren sentait le sang lui battre aux tempes. Alice était tout près d'elle, mais ses paroles semblaient comme assourdies, lointaines.

« Non ? »

Alice la dévisageait.

« Tu veux un indice ? Seize années à te regarder te faire maltraiter par les gens. Te laisser marcher dessus. Tu n'es jamais contente de toi. Des années que tu fais des régimes et que ton poids fait le yo-yo. Je parie que tu ne lui as jamais appris à tenir tête aux autres, dans sa vie. Et tu t'étonnes que les gens te traitent toujours injustement ? Tu faisais tout pour à l'école, et tu te laisses toujours faire, encore aujourd'hui. Nous pourrions toutes nous sortir de ce pétrin grâce à toi, mais tu as trop peur pour te faire confiance.

— Ce n'est pas vrai !

— Bien sûr que si. Tu as si peu de volonté…

— C'est faux !

— Et si tu n'arrives pas à voir ce que tu as fait subir à cette fille, alors tu es encore pire, comme mère, que ce que je pensais. Et, sincèrement, je trouvais déjà que tu faisais n'importe quoi. »

Lauren avait le sang qui battait si fort, à présent, qu'elle s'entendit à peine parler.

« Non, Alice. J'ai changé. C'est toi qui es restée la même. Tu étais une salope à l'école, et tu es encore pire maintenant. »

Un rire.

« Tu te fais des illusions, Lauren. Tu n'as pas changé. Tu es celle que tu as toujours été. C'est ta nature, c'est tout.

— Et Rebecca ne va pas bien… »

Lauren sentit une boule de culpabilité se former dans sa gorge, au point qu'elle manqua s'étouffer. Elle la ravala.

« Elle a des problèmes compliqués.

— Combien tu paies ton thérapeute pour qu'il te fasse croire ça ? rétorqua perfidement Alice. Ce n'est pas si compliqué, en fait. C'est le monde qui est comme ça, pas vrai ? Tu crois que je n'ai pas compris que ma fille pouvait être une petite garce manipulatrice ? Et agressive, aussi, et tout ce qui va avec ? Je ne suis pas aveugle, je vois très bien comment elle est. »

Alice se pencha vers Lauren. Ses joues étaient empourprées. Elle transpirait malgré le froid et ses cheveux hirsutes collaient à la peau de son front. Elle avait les larmes aux yeux.

« Et Dieu sait qu'elle fait des choses vraiment débiles. Mais au moins, moi, je le reconnais. Je peux lever la main et accepter ma part de responsabilité. Tu veux dépenser des milliers de dollars pour essayer de savoir pourquoi ta fille est malade, et affamée et déprimée, Lauren ? »

Leurs visages étaient si proches l'un de l'autre que la buée de leurs souffles s'entremêlait.

« Garde ton argent et achète-toi un miroir. C'est toi qui l'as rendue comme ça. Tu trouves que ma fille me ressemble ? La tienne est *exactement* comme toi. »

Chapitre 30

Le sentier était glissant et boueux sous ses pas. Falk avançait aussi vite qu'il le pouvait, le cœur au bord de la rupture, tandis que des branches, tendues au-dessus du chemin, s'agrippaient à lui et le griffaient.

Le mur d'eau dégringolait au fond du gouffre. Il s'arrêta pour inspecter les lieux, le souffle court, plissant les yeux dans la pénombre. Rien. Le point de vue panoramique était désert. Il jura entre ses dents. Il s'était trompé. Ou il arrivait trop tard, souffla une petite voix sous son crâne.

Il fit un pas vers le pont, puis un autre, et il resta figé.

Elle était perchée au sommet du promontoire rocheux qui dominait les chutes de Mirror Falls, presque invisible dans ce décor vertigineux. Ses jambes pendaient dans le vide et elle courbait le front, contemplant les tourbillons chargés d'écume à l'endroit où l'eau s'écrasait dans la vasque, au pied de la falaise.

Lauren était assise, triste et grelottante. Seule.

Jour 4 : dimanche matin

Ta fille est exactement comme toi.

Ces mots résonnaient encore dans la nuit quand Lauren se précipita sur Alice. Cette charge soudaine surprit même Lauren, qui s'écrasa de tout son poids contre le corps d'Alice, et les deux femmes titubèrent, leurs bras battant le vide, toutes griffes dehors. Lauren ressentit une douleur vive quand des ongles raclèrent son poignet droit.

« Salope ! » Lauren avait la gorge serrée et brûlante, et sa voix était étouffée tandis qu'elles basculaient d'un même élan, terminant leur course contre un rocher, au bord du chemin.

Un choc sourd s'éleva dans le noir, et Lauren sentit ses poumons se vider sous l'impact quand elle heurta le sol. Elle roula sur le côté, asphyxiée, et sentit les pierres du sentier lui mordre le dos tandis que son pouls lui martelait les tympans.

Tout près d'elle, Alice poussa un petit grognement. L'un de ses bras était encore posé sur celui de Lauren et elle était allongée assez près pour que Lauren sente la chaleur de son corps à travers les habits. Son sac à dos était retombé à côté d'elle.

« Lâche-moi. » Lauren la repoussa. « Espèce de connasse. »

Alice resta sans réaction. Elle gisait là, les membres désarticulés.

Lauren se redressa, essayant de reprendre son souffle. La décharge d'adrénaline était retombée, la laissant tremblante, frigorifiée. Elle baissa les yeux. Alice était toujours couchée sur le dos, contemplant le ciel, paupières palpitantes et la bouche entrouverte. Elle gémit de nouveau, en portant une main à sa nuque. Lauren regarda le rocher au bord du chemin.

« Quoi ? Tu t'es cogné la tête ? »

Pas de réponse. Alice cligna des yeux, ses paupières s'ouvrant et se refermant comme au ralenti. Elle se tenait la nuque.

« Merde. » Lauren sentait toujours la colère, mais elle était plus diffuse à présent, recouverte d'un voile de regret. Alice était peut-être allée trop loin, mais elle aussi. Elles étaient toutes épuisées et affamées, et elle avait craqué. « Ça va, Alice ? Laisse-moi… »

Lauren se releva et cala ses mains sous les aisselles d'Alice, la hissant en position assise. Elle lui posa le dos contre le rocher et tira le sac à dos à ses pieds. Alice cligna lentement des yeux, les paupières tombantes et les mains posées sur ses genoux, inertes, le regard dans le vide. Lauren passa les doigts sur sa nuque. Pas de sang.

« Ça va aller. Tu ne saignes pas, tu es juste sonnée. Repose-toi une minute, c'est tout. »

Pas de réaction.

Lauren posa la main sur la poitrine d'Alice, pour sentir sa respiration. Comme elle l'avait souvent fait quand Rebecca n'était qu'un nourrisson, penchée sur son berceau aux heures sombres d'avant l'aube, étranglée par l'étroitesse du lien qui les unissait, tremblante sous le poids de la responsabilité. Tu respires encore ? Tu es encore avec moi ? À présent aussi, Lauren retenait son souffle. Elle sentit la poitrine d'Alice osciller faiblement sous sa paume. Elle ne put retenir un petit cri de soulagement.

« Bon Dieu, Alice. » Lauren se leva. Elle fit un pas en arrière. Et maintenant, que faire ? Elle se sentit soudain très seule et très effrayée. Elle était épuisée. Par tout. Elle se sentait trop fatiguée pour se battre.

« Écoute, Alice, fais ce que tu veux. Je ne vais pas réveiller les autres. Je ne leur dirai pas que je t'ai vue, si toi tu ne leur dis pas que… » Elle s'arrêta. « Que j'ai un peu perdu mon sang-froid tout à l'heure. »

Pas de réponse. Alice contemplait le sol à ses pieds, les paupières à moitié fermées. Elle cligna des yeux une fois, sa poitrine se gonfla puis retomba très lentement.

« Je rentre à la cabane, maintenant. Tu devrais faire ça, toi aussi. Ne disparais pas. »

Les lèvres d'Alice s'ouvrirent imperceptiblement. Un petit son résonna au fond de sa gorge. Intriguée, Lauren se rapprocha. De nouveau, ce petit son. C'était juste un grognement, mais malgré le sifflement du vent dans les branches, les battements du pouls dans ses oreilles et la douleur au creux de son ventre, Lauren sut ce qu'Alice voulait lui dire.

« Ne t'inquiète pas, répondit-elle. Moi aussi, je te demande pardon. »

Elle regagna la cabane sans même s'en rendre compte. À l'intérieur, trois corps immobiles respiraient calmement. Lauren retrouva son sac de couchage et se glissa dedans. Elle frissonnait, et, tandis qu'elle s'allongeait sur le plancher, tout se mit à tourner autour d'elle. Une boule dure lui oppressait la poitrine. Pas juste la peur, se dit Lauren. Ni la tristesse. Autre chose.

La culpabilité.

Le mot montant du ventre, lui noyant la gorge comme un flot de bile. Lauren le ravala aussitôt.

Ses paupières étaient si lourdes, elle était tellement fatiguée. Elle écouta les bruits du dehors aussi longtemps qu'elle put, mais elle n'entendit pas Alice se faufiler dans la cabane. Finalement, vaincue par l'épuisement, elle dut lâcher prise. C'est seulement au bord du sommeil qu'elle réalisa deux choses. Un : elle avait oublié de prendre le téléphone, et deux : son poignet droit était nu. Le bracelet d'amitié que sa fille avait fait pour elle avait disparu.

Chapitre 31

Falk enjamba le garde-fou et s'engagea le long de l'à-pic. La pierre était glissante comme de la glace sous ses semelles. Il commit l'erreur de regarder en bas et sentit un vertige le prendre, tandis que la roche chancelait sous ses pieds. Il empoigna la rambarde et tenta de se concentrer sur l'horizon jusqu'à ce que sa tête cesse de tourner. Il était difficile de percevoir la ligne séparant le paysage de l'air qui le surplombait, car les cimes des arbres se fondaient dans le ciel sombre.

« Lauren ! » l'interpella Falk, d'une voix aussi douce que possible par-dessus le rugissement de la cascade.

Elle tressaillit en entendant son nom, mais ne releva pas les yeux. Elle ne portait que le tee-shirt à manches longues et le pantalon qu'elle avait sur elle tout à l'heure. Pas de blouson. Ses cheveux trempés par les embruns étaient plaqués contre son crâne. Même dans la pénombre du soir, son visage avait une teinte bleutée. Falk se demanda depuis combien de temps elle était assise là, mouillée et frigorifiée. Peut-être plus d'une heure. Il craignait qu'elle ne tombe par pur épuisement.

Il regarda le chemin par-dessus son épaule. Il ne savait pas quoi faire. Le sentier était encore désert. Lauren était si proche du bord que le simple fait de la regarder lui donnait le vertige. Il inspira profondément et entreprit d'avancer vers elle centimètre par centimètre. Au moins, le ciel était plus dégagé, maintenant. Dans la grisaille du crépuscule, l'éclat argenté de la lune montante ajoutait un surcroît de lumière.

« Lauren, l'appela-t-il de nouveau. N'avancez plus. »

Il s'arrêta et risqua un regard vers le pied des chutes. Il ne distinguait le bas de la falaise que grâce aux remous de l'eau. Il tenta de se remémorer ce que Chase avait dit le premier jour. Une chute d'une quinzaine de mètres jusqu'à la vasque noire, en bas. Qu'avait-il dit d'autre ? Ce n'était pas la chute qui tuait les gens, c'était le choc, et le froid. Lauren tremblait déjà terriblement.

« Il fait très froid ici, reprit-il Je vais vous lancer mon blouson, OK ? »

Elle ne réagit d'abord pas, puis acquiesça d'un geste raide. Il interpréta cela comme un signe encourageant.

« Tenez. » Il baissa la fermeture Éclair de son blouson et l'enleva. Les embruns de la chute s'attaquèrent aussitôt à son pull, qui, en quelques instants, se retrouva trempé. Il jeta son blouson à Lauren. C'était un bon lancer, et le blouson tomba juste devant elle. Lauren détacha les yeux de l'eau, mais ne fit pas le moindre geste pour le ramasser.

« Si vous ne voulez pas le mettre, redonnez-le-moi », dit Falk qui claquait déjà des dents. Lauren hésita puis enfila le blouson. Encore un bon signe, se dit Falk. La fine silhouette de Lauren flottait dans le blouson.

« Alice est vraiment morte ? » Ses paroles étaient difficiles à entendre dans le fracas de la cascade.

« Oui. Je suis désolé.

— Ce matin-là, quand je suis retournée sur le chemin et qu'elle était partie, j'ai cru… »

Lauren grelottait toujours violemment, elle avait du mal à parler. « J'ai cru que c'était elle qui allait s'en tirer. »

Jour 4 : dimanche matin

Bree ne savait pas très bien ce qui l'avait réveillée. Elle ouvrit péniblement les yeux, et la première chose qu'elle perçut fut la lumière froide et grisâtre du petit jour, qui s'infiltrait par les fenêtres borgnes de la cabane. L'essentiel de la pièce était encore plongé dans une obscurité un peu glauque. Elle entendait des respirations paisibles tout autour d'elle. Les autres dormaient encore. Bien. Elle grogna intérieurement et se demanda si elle parviendrait à se rendormir, mais les planches étaient dures sous ses os, et sa vessie la torturait.

Elle se roula sur le côté et vit l'éclaboussure de sang sur le plancher, juste à côté. Celui de Lauren, se rappela-t-elle. Elle se recroquevilla de dégoût à l'intérieur de son duvet. Des images de la bagarre de la nuit dernière lui revinrent et, cette fois, elle grogna pour de bon. Elle se couvrit la bouche de la main et resta immobile. Elle ne voulait pas se retrouver face aux autres plus tôt que nécessaire.

Bree se glissa hors du cocon de son duvet et enfila chaussures et blouson. Elle gagna la porte à pas de loup, les grincements du plancher lui arrachant des grimaces, et elle sortit dans l'air glacial de l'aube. Elle refermait la porte quand des bruits de pas se firent entendre dans la clairière, derrière elle. Elle sursauta, étouffant un cri.

« Chut…, lui souffla Beth. Ne réveille pas les autres, putain. C'est juste moi.

— Bon sang, tu m'as fait peur. Je croyais que tu étais encore dedans. »

Bree s'assura que la cabane était bien fermée et s'écarta vers le centre de la clairière.

« Que fais-tu dehors à cette heure ?

— La même chose que toi, j'imagine. »

Beth désigna le cabanon des toilettes d'un geste du menton.

« Oh. Je vois. »

Il y eut un silence embarrassé, le fantôme de la nuit précédente s'accrochant encore aux deux femmes comme de la fumée.

« Écoute, pour cette nuit…, murmura Beth.

— Je n'ai pas envie d'en parler.

— Je sais, mais il le faut. »

La voix de Beth était ferme.

« Je sais que je t'ai causé un tas d'ennuis, mais je rattraperai tout ça…

— Non, Beth. S'il te plaît. Laisse tomber.

— Je ne peux pas. C'est allé trop loin. Alice ne peut pas juste te menacer et s'en tirer comme ça. Pas avec tout le travail que tu fournis depuis des années. Elle ne peut pas passer son temps à maltraiter les gens et s'étonner après quand on lui répond.

— Beth…

— Fais-moi confiance. Tu m'as toujours aidée. Toute ma vie. Alors, t'aider à mon tour, c'est le moins que je puisse faire. »

Bree avait déjà entendu mille fois ce genre de choses. C'était un peu tard, songea-t-elle, mais aussitôt elle s'en voulut d'être si méchante. Sa sœur faisait de son mieux. À sa décharge, elle faisait toujours de son mieux. Bree avala sa salive.

« OK. Eh bien, merci. Mais ne va pas empirer les choses… »

Beth balaya le bush alentour d'un geste de la main, avec un drôle de sourire. « Pourraient-elles vraiment être pires ? »

Bree ne savait pas qui avait bougé en premier, mais elle sentit ses bras se refermer dans le dos de sa sœur pour la première fois depuis des années. C'était un peu étrange, ce corps qui lui avait jadis paru aussi familier que le sien lui semblait désormais si étranger. Quand elles s'écartèrent de nouveau, Beth souriait.

« Tout va bien se passer, dit-elle. Je te le promets. »

Bree regarda sa sœur faire volte-face et rentrer dans la cabane. Elle sentait encore la chaleur du corps de Beth contre le sien.

Elle snoba le cabanon des toilettes – pour rien au monde elle n'y aurait mis les pieds – et préféra faire le tour de la cabane. Elle se figea en apercevant l'atroce sépulture du chien. Elle l'avait presque oubliée. Bree détourna les yeux et fit un écart pour gagner l'arrière de la cabane, puis traversa les hautes herbes jusqu'aux arbres et au chemin du nord, jusqu'à ce que la cabane disparaisse de sa vue. Elle était sur le point de baisser son pantalon quand elle entendit quelque chose.

Qu'est-ce que c'était que ça ? Un oiseau ? Le bruit venait du chemin, dans son dos. C'était comme un cri minuscule, artificiel et perçant dans la paix absolue de l'aube. Bree retint son souffle, les oreilles si tendues qu'elles en sifflaient presque. Ce n'était pas un oiseau. Bree reconnaissait ce bruit. Elle se tourna dans la direction d'où il venait et se mit à courir. Elle manqua trébucher sur les pierres du chemin.

Alice était assise par terre, les jambes déployées devant elle, adossée à un rocher. Ses mèches blondes se soulevaient lentement dans la brise et elle avait les yeux fermés. Sa tête était basculée en arrière, presque tournée vers le ciel, comme si elle savourait un rayon de soleil inexistant. Et quelque chose sonnait dans la poche de son jean.

Bree tomba à genoux.

« Alice, le téléphone. Vite ! Le téléphone sonne ! »

Elle l'aperçut, calé contre la cuisse d'Alice. L'écran était fissuré, mais il brillait encore. Bree l'empoigna, ses mains tremblaient si fort qu'il faillit lui échapper. Il sonnait au creux de sa paume, aigu et insistant.

Sur l'écran fendillé, le nom du correspondant s'affichait. Deux lettres : *A.F.*

Bree ne savait pas de qui il s'agissait, et elle s'en fichait bien. De son gros doigt, elle appuya sur le bouton Répondre, le manquant presque dans sa précipitation. Elle colla le portable contre son oreille.

« Allô ? Oh, mon Dieu, je vous en prie. Vous m'entendez ? »

Rien. Pas même un parasite.

« S'il vous plaît. »

Elle écarta l'appareil de son visage. L'écran était éteint. Le nom avait disparu. La batterie était morte.

Bree secoua le téléphone, les mains glissantes de sueur. Rien. Elle appuya sur le bouton On, encore et encore. L'écran restait éteint, totalement noir.

« *Non !* »

Son estomac se noua : l'espoir venait de lui être arraché comme un tapis tiré de sous ses pieds. Elle se retourna et vomit de la bile dans les buissons, des larmes lui brûlant les yeux, asphyxiée par la déception. Putain, pourquoi Alice n'avait-elle pas répondu plus tôt ? Il y aurait sans doute eu encore assez de batterie, alors, pour un appel à l'aide. Qu'est-ce qui lui avait pris de ne pas réagir, à cette pauvre débile ? De laisser la batterie se vider comme ça.

C'est en se retournant pour lui poser la question, la gorge brûlée par le vomi et la colère, qu'elle se rendit compte qu'Alice était toujours assise dans la même position, adossée à son rocher. Elle n'avait pas bougé d'un pouce.

« Alice ? »

Il n'y eut pas de réponse. La posture détendue des membres d'Alice semblait à présent flasque comme celle d'une marionnette au repos. Son dos était bizarrement plié, en outre, et sa tête basculée en arrière. Elle n'avait pas l'air paisible. Elle avait l'air absente.

« Merde. Alice ? »

Bree pensait que les yeux d'Alice étaient fermés, mais elle constata qu'ils étaient en fait légèrement entrouverts. Deux minuscules fentes blanches tournées vers le ciel gris.

« Tu m'entends, Alice ? » Le cœur de Bree battait si fort qu'elle entendait à peine sa propre voix.

Pas de mouvement, aucune réponse. Bree avait la tête qui tournait. Elle avait presque envie de s'asseoir à côté d'Alice, sans bouger, et de disparaître.

Les yeux entrouverts d'Alice continuaient de contempler le ciel, jusqu'à ce que Bree ne puisse plus le supporter : elle fit un pas de côté pour ne plus voir son visage. L'arrière du crâne d'Alice était un peu étrange, et Bree se pencha pour regarder, luttant contre sa peur. Il n'y avait pas de sang, mais le cuir chevelu était violacé et moucheté à l'endroit où ses cheveux blonds se rejoignaient. Bree recula et contempla le sol.

Elle faillit ne pas voir l'objet coincé entre Alice et la base du rocher. Il était pratiquement caché par les reins d'Alice. Seul son bout circulaire était visible, l'éclat du métal. Bree le regarda pendant ce qui lui parut durer une éternité. Elle ne voulait pas le toucher, elle ne voulait pas admettre qu'elle le reconnaissait, mais elle savait déjà qu'elle ne pourrait pas le laisser là.

Enfin, rassemblant son courage, Bree s'accroupit et, du bout des doigts, elle attrapa et tira vers elle la torche professionnelle. Elle savait que le nom était gravé sur la poignée, mais le fait de le voir briller dans la lumière lui coupa quand même le souffle. Beth.

C'est allé trop loin. Alice ne peut pas juste te menacer et s'en tirer comme ça.

Dans un mouvement réflexe, Bree plia son bras en arrière et lança la torche le plus loin qu'elle put dans le bush. L'objet tournoya dans les airs et heurta quelque chose dans un choc sourd, avant de disparaître. Bree avait des fourmis dans la main. Elle l'essuya sur son jean. Cracha dans sa paume et l'essuya de nouveau.

Puis elle se retourna pour regarder Alice. Toujours assise, toujours muette.

Deux portes s'ouvrirent soudain dans l'esprit de Bree et, d'un brusque mouvement de tête, elle en referma une. La sensation cotonneuse l'avait quittée maintenant, et elle avait l'esprit très clair. Il fallait agir vite.

Bree jeta un coup d'œil le long du chemin. Il était désert. Pour l'instant. Elle ne savait pas depuis combien de temps au juste elle avait quitté la cabane. Quelqu'un d'autre avait-il pu entendre sonner le portable ? Elle tendit l'oreille. Elle ne distingua aucun signe de vie, mais les autres n'allaient certainement pas tarder à se réveiller, si elles n'étaient pas déjà debout.

Elle s'occupa d'abord du sac. C'était le plus facile. Elle s'assura une nouvelle fois que le téléphone était bien éteint, puis le glissa dans une de ses poches et empoigna les lanières du sac à dos. Elle l'emporta au milieu des broussailles, assez loin pour que le chemin ne soit plus visible, et le posa derrière un tronc d'arbre. Elle se redressa et, l'espace d'une terrible seconde, elle ne put se rappeler où se trouvait le sentier.

Pétrifiée, Bree avala deux grandes bouffées d'air pour reprendre ses esprits. « Ne panique pas », se murmura-t-elle. Elle savait dans quelle direction aller. Elle inspira une dernière fois et revint sur ses pas en marchant tout droit à travers les hautes herbes, de plus en plus vite, jusqu'à ce qu'elle aperçoive Alice adossée au rocher.

Elle faillit s'arrêter net en voyant l'arrière de son crâne, les cheveux blonds battant au vent, l'atroce immobilité. Le pouls de Bree battait si fort sur ses tempes qu'elle crut défaillir. Elle se força à courir et, avant de pouvoir changer d'avis, elle coinça ses mains sous les bras d'Alice et tira.

Elle recula dans les broussailles, traînant Alice à l'écart du chemin. Le vent tourbillonnait parmi les arbres, éparpillant des feuilles et des brindilles dans son sillage et effaçant toute trace de son passage, comme si elle n'était jamais passée là. Bree tira jusqu'à ce que ses bras lui fassent mal et que ses poumons brûlent. Jusqu'à ce que, soudain, elle chancelle et s'effondre.

Alice – son cadavre – tomba d'un côté, à plat sur le dos, le visage tourné vers le ciel. Bree heurta violemment une vieille souche, les yeux brûlants de larmes et de fureur. Elle se demanda fugacement si elle pleurait pour Alice, mais elle savait que non. Pas à ce moment-là, en tout cas. À cet instant précis, elle n'avait de larmes que pour elle et pour sa sœur, et pour ce que, malgré elles, les jumelles étaient devenues.

Comme si son cœur ne la faisait pas encore assez souffrir, Bree remarqua alors la sensation de piqûre sur son bras.

Chapitre 32

Quelque chose attira l'attention de Falk.

Tout là-bas, au pied des chutes, il aperçut l'éclat d'une veste fluo. Quelqu'un émergeait de la forêt, d'une démarche familière. Carmen. Elle se positionna sous la cascade et Falk la vit basculer la tête en arrière pour les chercher des yeux. Il faisait trop sombre pour distinguer son visage, mais au bout d'un moment elle leva un bras. Je vous vois. Autour d'elle, des agents de police se mettaient lentement en place en s'efforçant de ne pas se faire remarquer.

Lauren ne semblait pas les avoir vus, et Falk s'en réjouissait. Il voulait par-dessus tout distraire son attention du gouffre. À travers le grondement de l'eau, Falk entendit des pas résonner sur le pont de bois. Lauren avait dû les entendre aussi, car elle tourna la tête dans cette direction. Le sergent King apparut, flanqué de deux agents. Il resta à l'écart, mais porta sa radio à ses lèvres et murmura des mots que Falk ne put saisir à cette distance.

« Je ne veux pas qu'ils s'approchent. » Le visage de Lauren était mouillé, mais ses yeux étaient secs et l'expression de ses traits rendit Falk nerveux. Il lui semblait avoir déjà vu cet air-là. C'était l'air de quelqu'un qui a abandonné.

« Ne vous inquiétez pas, répondit-il. Mais ils ne vont pas rester là-bas toute la nuit. Ils vont vouloir vous parler et vous devriez les laisser approcher. Si vous pouviez vous éloigner un peu du bord, nous trouverons une solution…

— Alice a essayé de me parler des photos de Margot. Si je l'avais écoutée, peut-être que rien de tout ça ne serait arrivé.

— Lauren…

— Quoi ? »

Elle le coupa sèchement. Le fixa.

« Vous croyez que vous pouvez arranger ça ?

— On peut essayer. Je vous le promets. S'il vous plaît. Revenez au gîte et discutons. Si vous ne le faites pas pour vous, faites-le pour… »

Falk hésita. Il n'était pas sûr que c'était la bonne carte.

« … votre fille. Elle a besoin de vous. »

Il comprit aussitôt que c'était la pire chose à dire. Le visage de Lauren se crispa. Elle se pencha en avant et ses mains empoignèrent la roche si fort qu'on voyait le blanc des jointures.

« Rebecca n'a pas besoin de moi. Je ne peux pas l'aider. J'ai tellement essayé, toute sa vie. Et, Dieu m'est témoin, je sais que j'ai commis des erreurs, mais j'ai fait de mon mieux. » Elle courba le front, contemplant les abysses. « Je n'ai fait qu'empirer les choses. Comment ai-je pu lui faire ça ? Ce n'est qu'une petite fille. Alice avait raison. » Elle se pencha en avant. « C'est ma faute. »

Jour 4 : dimanche matin

La première chose que Lauren entendit lorsqu'elle ouvrit les yeux, ce furent les cris à l'extérieur de la cabane.

Elle sentit un mouvement près d'elle, entendit quelqu'un se lever, puis le martèlement d'un pas sur le plancher. Le fracas de la porte qui s'ouvrait en claquant. Elle mit un temps infini à se redresser dans son sac de couchage. Elle avait mal au crâne et ses paupières pesaient une tonne. Alice. Le souvenir du chemin envahit aussitôt son esprit. Elle regarda autour d'elle. Elle était toute seule dans la pièce.

Glacée d'effroi, Lauren se leva et marcha jusqu'à la porte. Elle regarda dehors, éblouie par la lumière du jour. Il y avait de l'agitation dans la clairière. Elle plissa les yeux pour mieux voir. Ce n'était pas Alice. C'était Bree.

Bree était affalée devant les restes du feu de la veille, elle se tenait le bras droit. Son visage était livide.

« Lève-le ! » hurlait Beth qui tentait de soulever le bras de sa sœur au-dessus de sa tête.

Jill feuilletait frénétiquement une petite brochure. Personne ne prêtait attention à Lauren.

« Ça dit qu'il faut mettre une attelle, bredouilla Jill. Trouver un truc pour immobiliser le bras.

— Mais quoi ? Quel genre de truc ?

— Je ne sais pas ! Comment voulez-vous que je sache ? Un bâton ou quelque chose ! N'importe quoi.

— Il faut qu'on parte d'ici, cria Beth en ramassant deux bouts de bois. Jill ? Il faut qu'on l'amène chez un docteur, tout de suite. Putain, personne n'a son brevet de secourisme ?

— Si, cette foutue Alice ! »

Jill se tourna finalement vers la cabane et aperçut Lauren plantée sur le seuil.

« Où est-elle ? Réveillez-la ! Dites-lui qu'on a une morsure de serpent. »

L'idée surréaliste traversa l'esprit de Lauren que Jill voulait qu'elle aille réveiller Alice là-bas, sur le sentier, mais elle se rendit compte que sa patronne désignait la cabane. Comme dans un rêve, Lauren rentra à l'intérieur et balaya les lieux du regard. Elle était toujours seule, dans cette cabane. Quatre duvets sur le plancher. Elle les vérifia, l'un après l'autre. Tous vides. Pas d'Alice. Elle n'était pas revenue.

Elle entendit du bruit devant la porte, et Jill entra.

Lauren secoua la tête. « Elle est partie. »

Jill se figea puis, d'un seul geste, elle attrapa son sac à dos et son duvet sur le plancher et les secoua.

« Où est mon blouson ? J'avais le portable, dedans. *Merde*. Cette salope l'a pris. »

Elle jeta ses affaires sur le plancher et fit volte-face, claquant la porte derrière elle.

« Putain, elle est partie et elle a pris le téléphone ! » La voix de Jill, dehors, était étouffée par le bois de la cabane. Lauren entendit un cri d'indignation poussé par l'une ou l'autre des jumelles.

Elle enfila ses chaussures de randonnée et ressortit d'un pas chancelant. Elle savait où était le blouson. Elle avait vu Alice le cacher derrière un bout de bois cette nuit-là, avant de s'en aller. Lauren regrettait, à présent, d'être sortie pour aller aux toilettes. Elle regrettait de ne pas avoir pris le temps de réveiller les autres avant de poursuivre Alice dans le noir. Elle regrettait de ne pas avoir pu l'empêcher de partir. Elle regrettait un tas de choses.

Lauren aperçut la tache de couleur derrière le rondin. Elle se baissa.

« Le blouson est là. »

Jill le lui arracha des mains et retourna les poches.

« Non, elle l'a pris avec elle. »

Beth était debout, penchée sur Bree qui était toujours affalée devant le feu, son bras immobilisé par une attelle de fortune.

« Bon. Quelles options on a ? »

Jill respirait fort.

« On reste groupées. Ou bien on se sépare, on laisse Bree ici…

— Non ! s'écrièrent les sœurs à l'unisson.

— D'accord. Alors il va falloir marcher. Nous allons toutes devoir aider Bree, mais dans quelle direction… »

Jill se retourna.

« Il faut continuer vers le nord, déclara Lauren.

— Vous êtes sûre ?

— Oui. On s'en tient au plan. Marcher aussi droit que possible, aussi vite que possible, et espérer que nous tomberons sur la route. C'est notre meilleure chance. »

Jill soupesa la chose une demi-seconde.

« Très bien. Mais d'abord, nous allons devoir chercher Alice. Juste au cas où.

— Vous plaisantez ? Au cas où quoi ? »

Beth s'était plantée devant Jill, bouche bée.

« Au cas où elle serait allée aux toilettes et se serait foulé la cheville, je ne sais pas, moi !

— Non ! Il faut partir tout de suite !

— Alors nous ferons vite. Cherchons toutes les trois. Bree restera ici. »

Une hésitation.

« Et ne vous éloignez pas trop. »

Lauren courait déjà à travers les hautes herbes en direction du sentier.

« Alice a intérêt que quelqu'un d'autre la trouve avant moi, entendit-elle Beth maugréer. Si je tombe sur elle la première, putain, je vais la tuer ! »

Lauren courait à perdre haleine. Elle sentait encore le poids d'Alice quand elles étaient tombées ensemble, et la force de l'impact, qui lui avait vidé les poumons. Elle sentait encore la morsure de ses mots.

Au souvenir de leur dispute, Lauren ralentit légèrement. Le chemin semblait différent en plein jour, et elle faillit manquer l'endroit. Le gros rocher lisse était presque déjà derrière elle quand elle s'en rendit compte. Elle s'arrêta et se tourna, comprit dans l'instant ce qu'elle avait sous les yeux. Rien. Le rocher, seul. Le sentier était désert.

Alice était partie.

Un brusque afflux de sang lui fit tourner la tête. Personne sur le sentier, ni d'un côté ni de l'autre. Elle scruta les alentours, en se demandant si Alice était déjà loin. Le bush n'offrait aucun indice.

Elle examina le sol à ses pieds, mais il n'y avait pas trace de son bracelet. Avait-elle pu le perdre à la cabane sans s'en rendre compte ? Il n'y avait rien à voir ici, mais une drôle d'odeur un peu acide flottait dans l'air et elle avait la sensation que les lieux avaient été dérangés. Elle se dit que oui, d'une certaine manière, ils l'avaient été tout à l'heure, mais elle avait beau regarder, elle ne voyait aucune trace de leur lutte. Ses jambes ne tremblaient qu'un petit peu quand elle fit volte-face et revint sur ses pas.

À l'approche de la cabane, Lauren entendit les cris assourdis des autres qui appelaient Alice. Elle se demanda s'il ne fallait pas faire de même, mais, quand elle ouvrit la bouche, le nom resta coincé au fond de sa gorge.

Chapitre 33

Lauren contemplait l'eau, en contrebas. Elle respira, mâchoire serrée, et Falk saisit cette occasion pour bondir vers elle. Absorbée dans sa contemplation du gouffre, elle ne le vit pas approcher.

Falk constata qu'ils tremblaient tous les deux de froid, et il avait peur que les doigts gelés de Lauren n'aient plus la force de la retenir, qu'elle soit prête à sauter ou non – et que lui soit prêt ou non à l'en empêcher.

« Sincèrement, je ne voulais pas la tuer. »

La voix de Lauren était quasiment inaudible dans le fracas de la cascade.

« Je vous crois », répondit Falk. Il se rappela leur première conversation sur ce même chemin, alors que la nuit les enveloppait. Il avait l'impression qu'une éternité s'était écoulée depuis. Il voyait encore son visage bouleversé et plein d'incertitude. *Ce n'est pas un truc qui a mal tourné, mais des dizaines de petits détails.*

À présent, elle avait l'air déterminée.

« Mais je voulais lui faire mal…

— Lauren…

— Pas à cause de ce qu'elle m'a fait. C'est ma faute, tout ça. Mais je sais ce que Margot a fait à Rebecca ; qu'elle lui a tendu un piège. Et peut-être que Margot était assez maligne pour ne pas que ça se voie, et qu'Alice a tapé assez fort du poing sur la table pour que l'école ferme les yeux. Mais je sais ce que cette gamine a fait. Elle est exactement comme sa maudite mère. »

Les mots restèrent comme suspendus dans la brume glacée. Lauren avait toujours les yeux rivés à la vasque d'eau, tout en bas.

« Mais c'est en grande partie ma faute. »

Sa voix était atone.

« J'ai été si faible… Ça, je ne peux pas le reprocher à Alice ou Margot. Et Rebecca s'en rendra compte un jour, si elle ne l'a pas déjà vu. Et elle me détestera pour ça.

— Elle a toujours besoin de vous. Et elle vous aime. »

Falk repensa au visage de son propre père. À ses notes manuscrites sur les cartes de randonnée. *Avec Aaron.*

« Même si elle ne le réalise pas encore.

— Mais si je ne peux pas réparer mes erreurs ?

— On peut toujours les réparer. Les proches sont capables de pardonner.

— Je ne sais pas. Certaines choses ne méritent pas d'être pardonnées. »

Lauren contemplait de nouveau le gouffre.

« Alice m'a dit que j'étais faible.

— Elle avait tort.

— Je le pense aussi. »

La réponse de Lauren le prit par surprise.

« J'ai changé, maintenant. Maintenant, je fais ce que je dois faire. »

Falk sentit les poils de ses bras se hérisser. L'atmosphère, brusquement, n'était plus la même. Ils avaient franchi un invisible seuil. Falk ne l'avait pas vue bouger, mais tout à coup elle semblait beaucoup plus proche du bord. Du coin de l'œil, il aperçut Carmen qui les observait d'en bas, pleine de sang-froid. Il prit une décision. Tout cela avait assez duré.

L'idée ne s'était pas encore tout à fait imposée à son esprit qu'il était déjà en mouvement. Deux pas vifs sur la roche glissante, et ses bras se tendirent. Ses doigts se refermèrent sur le blouson de Lauren – son blouson à lui –, agrippant deux pleines poignées de tissu malgré le froid qui les engourdissait.

Lauren le regarda, les yeux très calmes, et d'un seul geste fluide, elle haussa les épaules, pencha son torse si fin vers l'avant et se débarrassa de son blouson comme un serpent qui mue. Elle lui échappa et, d'un mouvement aussi déterminé que précis, elle s'envola.

Sur le rebord de la falaise, plus rien. Comme si elle n'avait jamais été là.

Jour 4 : dimanche matin

Jill vit sa propre peur se refléter sur les trois visages qui étaient tournés vers elle. Son cœur battait à tout rompre et elle entendait le souffle saccadé des autres. Au-dessus de la clairière, la poche de ciel dessinée par les arbres était d'un blanc laiteux. Le vent fit danser les branches, faisant tomber une pluie de gouttes sur le groupe en dessous. Aucune des femmes ne broncha.

« Il faut qu'on parte d'ici, déclara Jill. Tout de suite. »

Sur sa gauche, les jumelles acquiescèrent sans tarder, unies pour une fois dans une même panique. Bree se tenait le bras, et Beth la soutenait. Elles avaient les yeux noirs et écarquillés. Sur sa droite, Lauren se raidit, hésita un instant puis fit oui de la tête. Elle inspira.

« Mais…

— Mais quoi ? s'impatienta Jill.

— Mais Alice ? »

Silence atroce. On n'entendait que les craquements et les bruissements des arbres qui surplombaient ce petit cercle de quatre femmes.

« Alice ne peut s'en prendre qu'à elle-même. »

Nouveau silence. Puis Lauren tendit le bras.

« Le nord est par là. »

Elles se mirent en marche sans un regard en arrière, laissant les arbres engloutir tout ce qu'elles abandonnaient derrière elles.

Chapitre 34

Falk cria : « Lauren ! », mais il était trop tard. Il parlait au vide. Elle n'était plus là.

Il avança d'un pas hésitant vers le bord de la falaise, juste à temps pour la voir plonger dans l'eau noire, tout en bas, comme un poids mort. Le bruit de l'impact fut couvert par le grondement des chutes. Falk compta jusqu'à trois – trop vite –, mais elle ne refit pas surface. Il fit passer son pull par-dessus sa tête et ôta ses chaussures à la hâte. Il essaya d'avaler une grande bouffée d'air, mais sa poitrine était bloquée. Il fit un pas en avant et sauta dans le vide. Tout au long de la chute, dans le fracas de l'eau sous lui et le bruissement de l'air au-dessus, il n'entendit que le hurlement de Carmen.

Il heurta l'eau de la vasque les pieds en avant.

Un néant irréel l'enveloppa et il se sentit comme suspendu dans un grand vide. Puis, tout à coup, le froid le saisit avec brutalité. Il battit fort des jambes, résistant à l'envie de respirer jusqu'à ce que sa tête brise la surface. Sa poitrine le brûlait quand il goba une bouchée d'air humide, l'eau glaciale puisant tout l'oxygène de ses poumons aussi vite qu'il l'absorbait.

Les embruns de la cascade l'aveuglaient, piquant son visage et ses yeux. Il ne voyait Lauren nulle part. Il ne distinguait rien du tout. Il entendit un son lointain à travers le vacarme assourdissant de la chute et il se retourna en s'essuyant les yeux. Carmen était debout sur la berge. À côté d'elle, deux policiers sortaient une corde d'un sac. Elle lui criait dessus en montrant quelque chose du doigt.

Lauren.

Le rideau tonitruant de la cascade allait l'aspirer vers le fond, il le comprit d'instinct. Il sentait déjà les doigts des remous lui tirer sur les pieds, menaçant de l'entraîner sous la surface. Il avala une bouffée d'air en forçant sa cage thoracique bloquée, puis il nagea vers elle comme il put, dans un style peu orthodoxe.

Falk était un assez bon nageur, il avait grandi au bord d'une rivière, mais les courants violents, contraires, qui agitaient l'eau n'offraient aucun appui. Ses vêtements le freinaient et le faisaient couler, et il se félicita d'avoir eu la présence d'esprit d'enlever ses chaussures.

Devant lui, la forme dérivait vers la zone de danger. Elle ne se débattait pas, elle ne bougeait même presque pas, et son visage restait immergé pendant de longues secondes.

« Lauren ! » hurla-t-il, mais sa voix ne portait pas dans ce vacarme. « Par ici ! »

Il la rattrapa à quelques mètres à peine du pied des chutes, où l'eau fracassait la surface, et il l'empoigna maladroitement tant ses doigts étaient ankylosés.

« Laissez-moi ! » cria Lauren. Ses lèvres étaient d'un violet morbide, et elle se débattait maintenant en le rouant de coups de pied. Il passa le bras autour d'elle, plaquant le dos de Lauren contre son torse, et il serra de toutes ses forces. Le corps de la femme ne dégageait aucune chaleur. Il se mit à battre des pieds aussi énergiquement qu'il pouvait, forçant les muscles de ses jambes à reprendre vie. Il entendit Carmen l'appeler depuis la rive. Il essaya de suivre sa voix, mais Lauren tenta de se libérer, dans un dernier sursaut, elle lui griffait le bras.

« Lâchez-moi ! » Elle se déchaîna, les entraînant tous deux vers le fond. Falk fut soudain aveuglé, son visage plongeant sous la surface avant qu'il ait eu le temps de remplir ses poumons. Lauren lança le bras en arrière, le frappant au visage et le faisant couler de plus belle.

Tout fut assourdi, puis Falk refit surface, de l'eau plein la bouche, une demi-bouffée d'air, pas assez, puis il plongea de nouveau et son étreinte se relâcha tandis que la femme luttait de plus belle pour se libérer. Il tint bon, résistant à l'instinct de survie qui lui dictait de tout lâcher. Il sentit comme un choc sous l'eau et un autre bras le toucha, pas celui de Lauren, pas hostile celui-là. Le bras l'empoigna par l'aisselle et le tira vers le haut. Son visage ressortit de l'eau et autre chose se coinça sous ses bras, une corde, et soudain il n'eut plus à forcer pour rester à la surface. Il avait la tête hors de l'eau et il respira, au bord de l'asphyxie. Il se rendit compte qu'il ne tenait plus Lauren dans ses bras, et la panique le prit.

« C'est bon, nous l'avons », souffla une voix dans son oreille. Carmen. Il essaya de se retourner, mais en fut incapable.

« Vous avez fait le plus dur. On est presque au bord.

— Merci, essaya-t-il de répondre, mais il ne put que haleter.

— Concentrez-vous sur votre souffle », lui dit-elle, tandis que la corde lui broyait douloureusement la poitrine.

Son dos racla contre la roche quand les deux policiers le hissèrent sur la berge. Allongé dans la boue, il tourna la tête pour les voir remonter Lauren. Elle grelottait, mais elle avait cessé de se débattre.

Falk avait les poumons en feu et la tête lui tournait, mais il s'en fichait. Il n'éprouvait qu'un grand soulagement. Il tremblait si fort que ses omoplates martelaient le sol. On jeta une couverture sur ses épaules, puis une autre. Il sentit un poids sur sa poitrine et rouvrit les yeux.

« Vous lui avez sauvé la vie. » Carmen était penchée sur lui, les contours de son visage se détachaient à contre-jour.

« Vous aussi », voulut-il répondre, mais ses lèvres gelées avaient du mal à articuler.

Il se laissa retomber dans la boue, s'efforçant de reprendre son souffle. La forêt s'écartait autour de la cascade et, pour une fois, il ne voyait plus d'arbres. Rien que Carmen penchée au-dessus de lui et, derrière elle, le ciel nocturne. Elle tremblait fort et il lui tendit un coin de sa couverture. Elle se rapprocha et, tout à coup, ses lèvres se posèrent sur les siennes, froid contre froid, et Falk ferma les yeux. Tout son corps était engourdi, hormis l'étrange bouffée de chaleur qui lui irradiait la poitrine.

Ça s'arrêta, trop vite, et Falk ouvrit les yeux. Carmen le regardait sans aucun embarras, sans regret, le visage toujours proche du sien, mais plus si proche.

« N'allez pas vous faire des idées, j'ai toujours l'intention de me marier. Et vous êtes un sacré idiot, vous n'auriez jamais dû sauter. » Elle lui sourit. « Mais je suis heureuse que vous n'ayez rien. »

Ils restèrent allongés, respirant à l'unisson, jusqu'à ce qu'un garde-parc apporte une autre couverture, et Carmen roula sur le côté et s'éloigna de lui.

Falk contemplait le ciel. Il entendait le frôlement des arbres qui se balançaient, hors de son champ de vision, mais il ne tourna pas la tête pour les regarder. Il scruta les étoiles indistinctes au-dessus de lui, cherchant la Croix du Sud, comme il l'avait si souvent fait dans le temps avec son père. Il ne put la trouver, mais ce n'était pas grave. Il savait qu'elle était là-haut, quelque part.

Son corps était froid là où Carmen avait posé le sien, mais la chaleur au creux de sa poitrine s'était répandue dans ses membres. Couché sur le dos à regarder les étoiles et à écouter le bruissement des branches, il remarqua que sa main ne lui faisait plus mal du tout.

Chapitre 35

Falk se redressa sur sa chaise pour admirer son ouvrage sur le mur. Ce n'était pas parfait, mais c'était quand même mieux. Lc soleil du début d'après-midi s'infiltrait à travers les fenêtres, baignant son appartement d'une lumière chaude. Au loin, les buildings de Melbourne scintillaient.

Cela faisait deux semaines que Carmen et lui avaient quitté les montagnes pour la deuxième fois. Falk espérait que ce serait la dernière. Il n'avait pas envie de remarcher de sitôt dans ces forêts.

Il était rentré chez lui depuis trois jours quand l'enveloppe de papier brun anonyme était arrivée. Postée au bureau, à son attention, elle contenait une simple clé USB. Falk en avait ouvert le contenu et il était resté figé devant l'écran. Il avait senti son pouls s'emballer.

Trouvez les contrats. Trouvez les contrats.

Il avait fait défiler les dossiers, les avait ouverts et parcourus en diagonale pendant plus d'une heure. Puis il avait décroché son téléphone et composé un numéro.

« Merci », dit-il.

À l'autre bout du fil, il entendit Beth McKenzie respirer.

« Vous avez vu le sale coup que BaileyTennants a joué à Bree ? demanda-t-elle. Ils ont tous pris leurs distances, et tentent de s'en laver les mains…

— Oui, j'ai appris ça.

— Je ne travaille plus là-bas.

— Oui, je l'ai appris aussi. Qu'allez-vous faire, maintenant ?

— Je ne sais pas.

— Pourquoi pas un job en rapport avec votre diplôme d'informaticienne, suggéra Falk. Bosser au service de traitement des données, pour vous, c'était du gâchis. »

Il entendit Beth hésiter.

« Vous croyez ?

— Oui. »

C'était un euphémisme. Tout en lui parlant, il passait en revue les documents téléchargés. Ils étaient tous là. Des copies de tous les documents qu'Alice avait demandés et obtenus des archives de Bailey-Tennants. Elle leur en avait déjà transmis une partie. Mais certains, pas encore. Les contrats étaient là sous ses yeux, noir sur blanc, et un flot de soulagement et d'adrénaline mêlés le traversa. Il fit défiler la liste à l'envers, vers le premier dossier.

« Comment avez-vous… ?

— Je n'ai jamais eu confiance en Alice. Elle était toujours insultante avec moi. Et Bree et elle travaillaient en étroite collaboration : il aurait été facile de tout mettre sur le dos de ma sœur si elle faisait quelque chose de mal. C'est pour ça que j'ai fait des copies de tout ce qu'elle réclamait.

— Merci. Vraiment. »

Il l'entendit soupirer.

« Que va-t-il se passer, maintenant ?

— Pour Bree ?

— Et Lauren.

— Je ne sais pas », reconnut Falk.

L'autopsie avait confirmé qu'Alice avait succombé à une hémorragie cérébrale, très probablement due au choc de son crâne contre le rocher près duquel on l'avait retrouvée. Lauren et Bree allaient toutes deux être poursuivies, mais Falk espérait en secret que leurs verdicts respectifs ne seraient pas trop sévères. Il avait beau retourner cette affaire dans tous les sens, il ne pouvait s'empêcher d'avoir de la peine pour ces deux femmes.

Les Bailey faisaient d'ores et déjà l'objet d'une enquête très médiatisée sur des images indécentes prétendument mises en ligne par le fils de Daniel, Joel. Ayant eu vent de ce scandale, les journaux avaient en effet commencé à publier des articles de fond sur deux pages, avec photos de l'établissement privé fréquenté par Joel, et de ses augustes allées d'arbres. D'après certaines sources, il avait été renvoyé de son école. Le nom de Margot Russell n'était pas mentionné, du moins pour le moment.

Grâce à Beth, la famille Bailey avait d'autres soucis à se faire. Falk n'éprouvait aucune compassion à leur égard. Les Bailey profitaient de la misère des autres depuis deux générations. Jill y compris. Qu'elle ait eu le choix ou non, ce n'était pas la question : quand il s'agissait de gérer les affaires familiales, elle se comportait vraiment comme une Bailey.

Depuis son retour des monts Giralang, Falk avait passé beaucoup de temps à réfléchir. Sur les relations humaines, et sur le peu de chose qu'il fallait pour qu'elles tournent au vinaigre. Sur les vieilles rancunes. Et sur le pardon.

Carmen et lui avaient essayé de rendre visite à Margot et à Rebecca. Margot ne voulait voir personne, leur avait dit son père. Ne voulait pas parler, ne voulait pas sortir de sa chambre. Il avait l'air terrifié en leur disant cela.

Rebecca avait au moins consenti à sortir de chez elle et à s'asseoir en face d'eux, sans rien dire, à la table d'un café. Carmen avait commandé des sandwichs pour tout le monde, et la jeune fille s'était contentée de les regarder manger.

« Il s'est passé quoi à la cascade ? » avait-elle fini par demander. Falk lui avait donné une version remaniée des événements. Aussi proche que possible de la vérité. Insistant sur l'amour et minimisant les regrets.

La fille avait contemplé son assiette intacte.

« Ma mère ne m'a pas dit grand-chose.

— Et elle t'a dit quoi ?

— Qu'elle m'aime et qu'elle est désolée.

— C'est ce que tu devrais retenir », déclara Falk.

Rebecca jouait avec sa serviette

« Qu'est-ce que j'ai fait de mal ? C'est parce que je ne veux pas manger ?

— Non. Je crois que c'est beaucoup plus profond que ça. »

Rebecca n'avait pas l'air très convaincue, mais, en se levant pour partir, elle avait emporté son sandwich, enveloppé dans une serviette. Falk et Carmen l'avaient regardée s'en aller à travers la vitrine. Au bout de la rue, elle s'était arrêtée devant une poubelle. Elle avait tenu le sandwich juste au-dessus pendant un long moment, puis, dans ce qui ressemblait à un effort presque physique, elle l'avait mis dans son sac et avait disparu au coin de la rue.

« C'est un bon début, je suppose », avait fait remarquer Falk. Il avait repensé aux centaines de petits détails qui s'étaient additionnés pour que les choses tournent mal. Peut-être que des centaines de petits détails pouvaient aussi s'additionner pour qu'elles tournent bien.

Après avoir passé plusieurs jours à réfléchir chez lui, Falk avait passé les suivants à agir. Il s'était rendu dans un magasin de meubles dans l'idée d'acheter deux ou trois choses, et il en avait acheté deux ou trois autres au passage.

À présent, il était assis dans son nouveau fauteuil au coin de son séjour, et un rayon de soleil éclairait la moquette. Le fauteuil était confortable, et il se félicitait d'avoir pris cette décision. Ça transformait l'endroit. L'appartement semblait plus chargé et moins spacieux, mais Falk se dit que ça lui plaisait. Et depuis son nouveau point de vue, il pouvait admirer la dernière touche qu'il avait apportée à sa décoration d'intérieur.

Les deux photographies de lui avec son père étaient accrochées au mur, encadrées et dépoussiérées. Cela changeait l'atmosphère des lieux, mais il se dit que ça aussi, ça lui plaisait. Il pensait vraiment ce qu'il avait dit à Lauren, au sommet de la cascade. Les proches peuvent pardonner. Mais il ne suffisait pas de le dire, il fallait le mettre en pratique.

Falk leva les yeux sur l'horloge. C'était un vendredi après-midi absolument superbe. Carmen allait se marier le lendemain à Sydney. Il lui souhaitait tout le bonheur du monde. Ils n'avaient jamais reparlé de ce qui s'était passé entre eux au bas de la cascade. Il avait senti que, pour elle, c'était juste l'histoire d'un moment, que c'était mieux ainsi. Il comprenait. Sa veste de costume et un cadeau de mariage empaqueté attendaient près de sa valise. Prêts à s'envoler pour Sydney.

C'était presque l'heure de partir, mais il songea qu'il avait juste le temps de passer un court appel.

Il entendit la première sonnerie à l'autre bout du fil et imagina le téléphone en train de tinter, là-bas, à Kiewarra. Sa ville natale. Une voix familière répondit.

« Greg Raco, j'écoute…

— C'est Aaron. Je te dérange pas ? »

Un rire dans l'écouteur.

« Non.

— Encore en train de sécher le boulot ? » demanda Falk.

Il se représenta le sergent de police chez lui. N'ayant pas encore renfilé l'uniforme.

« On appelle ça la convalescence, vieux, merci… Et ça prend du temps.

— Je sais », répondit Falk.

Il retourna sa propre main, examina la peau brûlée. Il savait. Il avait eu de la chance.

Ils discutèrent pendant un moment. Les choses allaient un peu mieux depuis la fin de la sécheresse.

Falk demanda des nouvelles de la fille de Raco. De la famille Hadler. Tous allaient bien. Et tous les autres ?

Raco éclata de rire. « Puisque t'es si curieux, vieux, pourquoi tu viens pas voir toi-même ? »

C'était peut-être une bonne idée. Falk finit par consulter l'horloge. Il était temps d'y aller. Pour ne pas manquer l'avion.

« T'en as pas marre de cette convalescence ? demanda-t-il.

— Si, tu m'étonnes.

— Je pensais aller randonner. Un week-end. Si ça te dit. Un truc tranquille.

— Oui. Carrément. Ce serait vraiment sympa, répondit Raco. Où ça ? »

Falk jeta un coup d'œil aux cartes de son père, déployées sur la table basse, dans la lumière chaude de l'après-midi. Le soleil, reflété par les deux photos encadrées sur le mur.

« Où tu voudras. Je connais de bons endroits. »

Les notes soignées, au crayon, lui montraient le chemin. Il y avait tant de lieux à explorer.

REMERCIEMENTS

Une fois encore, j'ai eu la chance d'être entourée d'un groupe de personnes merveilleuses, qui m'ont aidée, chacune à sa manière.

Je remercie tout particulièrement mes éditeurs Cate Paterson chez Pan Macmillan, Christine Kopprasch et Amy Einhorn chez Flatiron Books, et Clare Smith chez Little, Brown, pour leur soutien et leur foi sans faille. Vos conseils éclairés m'ont été très précieux, et je suis très reconnaissante des mille et une manières dont vous avez permis à mon travail d'écrivain de se développer.

Merci à Ross Gibb, Mathilda Imlah, Charlotte Ree et Brianne Collins chez Pan Macmillan, aux graphistes, aux équipes commerciales et marketing, si talentueuses, qui ont travaillé si dur pour que ce livre puisse voir le jour.

Je serais perdue sans l'aide de mes fabuleux agents Clare Forster, chez Curtis Brown Australie, Alice Lutyens et Kate Cooper de Curtis Brown Royaume-Uni, Daniel Lazar chez Writers House et Jerry Kalajian d'Intellectual Property Group.

Merci encore à Mike Taylor, grand expert des reptiles au Healesville Sanctuary, au sergent Clint Wilson de la police du Victoria, et à Tammy Schoo, du Grampians Gariwerd

National Park, pour avoir patiemment partagé leur savoir et leur expertise sur la faune locale, les procédures en vigueur dans les recherches de personnes disparues, et les techniques de camping et de randonnée dans le bush. Toutes les erreurs éventuelles, ou les libertés artistiques, sont de mon fait.

Toute ma gratitude aux nombreux libraires qui ont défendu mes livres avec un enthousiasme communicatif, et, bien sûr, à tous les lecteurs qui ont su se laisser emporter par ces histoires.

Merci aux mamans du quartier d'Elwood et à leurs magnifiques bébés pour leur gentillesse et leur amitié. Vous avez été un rayon de lumière pour moi pendant tout ce travail.

Comme toujours, tout mon amour et toute ma gratitude à ma famille, qui m'a soutenue chaque instant : Mike et Helen Harper, Ellie Harper, Michael Harper, Susan Davenport et Ivy Harper, Peter et Annette Strachan.

Par-dessus tout, je tiens à exprimer ma profonde gratitude à mon merveilleux mari, Peter Strachan – l'aide que tu m'apportes depuis des années remplirait bien des pages – et à notre fille chérie Charlotte Strachan, qui nous comble tant.

Du même auteur :

CANICULE, Kero, 2017
LOST MAN, Calmann-Lévy, 2019

Le Livre de Poche s'engage pour l'environnement en réduisant l'empreinte carbone de ses livres. Celle de cet exemplaire est de :
550 g éq. CO_2
Rendez-vous sur www.livredepoche-durable.fr

Composition réalisée par NORD COMPO

Achevé d'imprimer en août 2019 en Espagne par Liberduplex
08791 St. Llorenç d'Hortons
Dépôt légal 1re publication : septembre 2019
Édition 01 - août 2019
Librairie Générale Française
21, rue du Montparnasse – 75298 Paris Cedex 06

11/2524/7